KB253158

창해신궁 1

김정진 지음

북치는마을

『창해신궁』은 우리나라 고유의 설화를 통해서 신들과 영웅들의 이야기를 다루기 위해 집필되었다. 사실 우리나라의 신화를 살펴보면 수많은 신들과 영웅들이 있다. 그것은 그리스 신화와 견주어도 필적할만한 내용이다. 그러나 실제로 우리나라 설화문학에서는 그러한 신들과 영웅들을 활용하여 우리고유의 방대한 신화를 만들지는 못했다.

이제 이 작품을 통하여 환인과 환우천왕 그리고 전국의 설화에 등장하는 수많은 신들과 영웅들의 이야기를 우리고유의 신화의 세계를 형상화시키고자 한다. 또한 이 책에서는 옛조선 이후의 부여와 예맥 그리고 삼한시대의 영웅들을 픽션으로 만들어 우리신화와 접목시켜 방대한 고대서사를 완성하는 중요 모티프를 풍류도라는 고대 심신수련법에서 찾았다.

최치원은 그의 저서 『난랑비서(鸞郞碑序)』에서 "나라에 오묘한 도가 있으니 이름을 풍류도라 한다"고 했다. 그 가르침이 만들어진 내력은 『선사』에 자세히 실려 있다. 이 도는 유·불·도 삼교의 취지를 다 지니고 있어 모든 생령을 교화시킨다고 보았다. 그는 (國有玄妙之道, 曰風流. 設敎之源, 備詳仙史. 實乃包含三敎, 接化群生.)이라고 언급하여 고유의 선도에 대한 주체적 인식을 표명하였다. 결국 최치원은 당나라에서 배운 내단수련법을 넘어서서 심신수렵의 방도인 풍류도의 삼교합일 체계 안에 수용함으로써 우리나라의 독특한 신선의 세계를 향한 수련법을 이룩해낸 것이다.

결국 이 책에서 의도하는 신선이 되는 길은 환인과 환웅의 홍익인간이라는 뜻을 풍백이 인간에게 일러주고 인간들이 선행과 덕을 쌓고 심신수련을 하는 것을 추구한다. 그리고 그러한 영웅들과 용과 봉황 같은 신화시대의 영물들이 서로 만나 한바탕 신화의 세계를 그리는 것이 이 책이 만들고자한 한국식 판타지이다.

사실 판타지 소설(fantasy novel)은 그 소설의 배경이 현실과는 확연히 분리되는 새로운 가상적인 공간에서 벌어질만한 이야기를 상상하여 만들어낸 소설이다. 환상소설이라고도 지칭되기도 한다. 흔히들 많은 사람들이 판타지 소설하면 중세풍의 기사와 마법이 난무하는 등의 내용을 떠올리지만 사실, 판타지 소설은 작가의 상상력에 의해 만들어지고 재창조되는 가상의 공간이다.

판타지 소설의 시초로는 통상 잘 알려진 엘프, 드워프, 오크, 트롤 등과 같은 이종족과 마법에 대한 이야기들은 판타지의 시초라고 불리기도 하는 존 로널드 루엘 톨킨이 쓴『반지의 제왕』(The Lord of the Rings)에서 유래했다. 따라서 현 시점에서『반지의 제왕』은 요즘 나오는 판타지 소설의 원형이라 할 수 있으며, 1990년대 이후 등장한 한국 판타지 소설의 아버지격이라 할 수 있다.『반지의 제왕』은 판타지 소설의 바이블이라 할 수 있을 정도로 큰 영향력을 미쳤으며, 소설의 세계관은 현실과는 전혀 다른 판타지에 대한 새로운 개념을 연 것이기도 하다. 그러나 우리식의 판타지는 아직 미비한 상태이다.

환상적(Fatastic)이라는 단어는 라틴어 phantasticus에서 나온 말로 보이지 않는 것을 '가시화하다. 명백하게 하다'라는 의미를 가진다. 이런 판타지란 말은 희랍어(Phainein)로 '눈에 보이는 것 같이 하는 것'이란 어원을 가진 말이며 사전적 의미로는 '상상력 및 현실에 나타나지 않는 것을 구체적인 형태로 바꾸는 일 또는 결과'이다. 이런 넓은 의미에서 볼 때, 모든 상상적 활동은 환상적이며, 따라서 허구의 산물인 모든 지란 작품은 환상물이라고 할 수 있다. 즉, '작품 속에 비현실적이거나 초현실적인 현상에서 볼 수 있는 이야기'로 정의할 수 있다. 그것을 문학적으로 규정하면 이 정의 안에 포함될 수 있는 이야기의 장르의 범위가 매우 넓어서 신화, 민담, 전설, 공상과학, 꿈 이야기 등이 모두 환상물에 포함하는 것이다. 이런 환상물의 시작은 고대신화 전설 민담 카니발 시대의 예술로 거슬러 올라갈 수 있으며 직접적인 근원을 찾더라도 비이성과 활동 직접적이라고 할 수 있는 고딕 소설을 들 수 있다. 실제로 '환상'의 영역은 이렇게 광범위해질 수 있기 때문에 작품에 환상을 적용을 정의한다거나 그 효용을 논의하는 일은 어려운 일이 아닐 수 없다.

그렇다면 우리나라의 설화문학이나 무가와 같은 재료를 통하여 우리 식의 환상문학을 만든다면 과연 『반지의 제왕』이나 『나니아연대기』 같은 작품이 쓰여지지 않을까하는 질문에서 이 책이 집필되었다. 물론 필자는 연전에 『제왕의 탄생』이라는 한국형 판타지를 출간한 바 있다. 그리고 궁극으로는 인간이 신이 되고 신이 다시 인간계에 개입하는 지상과 천상과 명계를 아우르는 대서사를 집필하는 것이 꿈이다. 마치 그리스신화에서 천지창조와 올림포스의 열두신의 이야기가 수많은 영웅들과 병존하면서 우주의 이야기가 전개되는 것처럼, 우리의 신화세계에서 우리 민족의 정서를 통하여 흥미진진한 신과 인간의 세계를 우리식으로 펼쳐 보인다는 것은 의미 있는 일이 아닐 수 없다. 이러한 시각에서 필자는 앞으로도 고대신화의 세계를 보다 심도 있게 구성하는 후속작들을 기획하고 있으며 또한 집필 중에 있다.

　모쪼록 우리 설화문학을 통한 판타지의 세계를 접하는 독자들과 새로운 작가들이 속속 배출되기를 기대한다.

2013년 8월 31일
제천에서 김정진 씀

차 례

1권

제1부
용의 전설

백산전투

　마른 가시덤불이 흔들리더니 생후 일 년이 채 안되어 보이는 백호가 솟아올랐다. 순간 사두계는 화살 시위를 바짝 당겼다. 지난 칠일간의 추격의 순간들이 눈앞에 휙하고 지나가는 느낌이 들었다. 조심스럽게 좌우를 살피던 백호가 한곳에 머물 때까지 오랜 기다림 끝에 활시위를 당겨 신중에 신중을 기해 그는 호랑이를 겨누어 화살을 쏘았다. 핑! 하며 허공을 가르는 화살소리에 적막을 깼다. 하늘 끝까지 날아오를 듯 치솟던 백호는 사두계의 화살에 맞고는 허공중에서 천천히 떨어져내리기 시작했다. 마침내 일곱 낮 일곱 밤 동안의 추격전에 종지부를 찍은 것이었다. 호랑이의 심장부를 정확히 쏘아 맞히는 고수의 빼어난 활솜씨는 사두계 같은 일류 사냥꾼이 아니면 거의 불가능한 일이었다.

　사두계는 흡족했다. 단 한 발로 백산에서 가장 빠르다는 흰 호랑이를 적중시켰기 때문이었다. 한 살은 족히 되어 보이는 백호는 생각보다 튼실했다. 이미 다 자란 이빨과 앞발의 발톱은 커다란 곰도 능히 사냥할 수 있을 정도로 자라있었다. 사두계는 미리 준비한 들것에 호랑이를 들어

올렸으나 예상보다 무게가 더 나갔다. 하는 수 없이 그는 호피를 그 자리에서 벗기기로 했다. 그래도 명색이 산군이니 산신제까지는 몰라도 간단한 약식산제를 올린 후 제일 날이 선 칼을 골라 호피를 벗겨내었다. 턱밑에서 복부까지 벗겨내어 몸통을 내버리고, 사두계는 호랑이 대가리부터 조심스럽게 칼을 돌려가며 두골을 남겨둔 채 꼬리까지 모조리 가죽을 벗겨냈다. 오전 중에 잡은 호랑이의 탈피작업을 마치니 어느덧 해가 뉘엿뉘엿 서쪽으로 기울어버렸다. 백산의 반대편 기슭으로 가려면 제아무리 서둘러도 어두워진 이후에 당도할 수밖에 없었다. 사두계는 서둘렀다. 백산기슭을 돌아가는 길은 가파른 절벽이 많아 매우 위험했기 때문이었다. 더구나 날이 저물면 앞이 보이지 않아 위험은 배가되었다.

백산은 예로부터 단군(檀君)이 탄강(誕降)한 성지로 신성시해왔다. 요즘 들어 봉황이 사라지고 영웅(靈應)들이 빈번하게 출몰하고 백호가 자주 나타나 많은 사냥꾼들이 사냥을 하기 전 백산의 소도에서 영물들에게 제사를 지냈다.

백호를 들쳐 업고 걷기 시작하자 길옆으로 낙석들이 낭떠러지로 떨어지기 시작했다. 특히 가장 높은 장군봉에서부터 쌍무지개봉을 거쳐 사씨 일족이 살고 있는 백운봉까지는 매우 거친 백석용암대지가 뻗어있어 걷기가 퍽이나 어려웠다. 때문에 가파른 길은 대낮에도 매우 조심해서 가야만하는 곳이었다. 날이 어두워지면 남쪽의 더운 공기와 북의 사막지역에서 오는 찬 공기가 마주치면서 안개가 많이 끼기 때문에 사두계는 어둡고 가파른 길을 모두 감당할 수는 없었다. 더구나 호피를 짊어지고 깎아지른 산비탈을 간다는 것은 위험천만한 일이 아닐 수 없었다.

사두계는 축축하게 무거워진 호피를 짊어졌지만 대단히 빠른 경공으로 날랜 산짐승처럼 뛰기 시작했다. 달리는 사두계 주변에는 들짐승들이 하나둘 눈에 띄었다. 호랑이를 짊어지고 뛰었기 때문에 사슴은 말할 것도 없고 승냥이나 여우들도 혼비백산하여 달아났다. 백산에 서식하는 동물은 산군인 백호를 비롯해 검은담비, 수달, 표범, 황호랑이, 사향노루, 사슴, 승냥이, 백산 왕사슴, 산양, 큰곰 등이 있으나 사두계 일족은 오로지 백호와 황호 그리고 큰곰만을 사냥했다. 봉황을 닮은 삼지연메닭을 가끔 잡긴 하는데 그것은 봉황이나 용사냥시에 미끼로 삼으려는 것인데 최근 십수 년간은 용이 나타나지 않아 용사냥은 실제 맥이 끊긴 상태였다.

가문비나무와 백산자작나무가 즐비한 산기슭을 돌아서려다가 사두계는 본능적으로 몸을 낮추었다. 절벽 건너편 형제폭포 일대에 운집한 대군이 눈에 들어왔기 때문이었다.

"아니!"

사두계는 순간 몸이 얼어붙는 듯했다. 병사들은 줄잡아 천여 명으로 보였다. 사두계는 그처럼 많은 군사들이 싸우는 것을 생전 처음 보았다. 전투는 한 쪽으로 기우는 것처럼 보였다. 산등성이의 정규군으로 보이는 무사들이 일방적으로 산 아래에서 수세에 몰린 수백 명의 무사들을 강하게 밀어붙이는 형국이었다. 위쪽 군사들은 복색으로 미루어보아 한나라 병사들로 보였다. 아래쪽의 무사들은 정규군이 아닌 잡다한 복장을 한 것으로 보아 반란군세력이나 다른 지역에서 온 무사들 같기도 했다. 그러나 그들은 산적이나 비적 떼는 아닌 것으로 보였다. 사두계는 무척이나 난감했다. 다시 오던 길을 되돌아 산 위로 올라갈 수도 없고 그렇다고 저 살벌하기 이를 데 없는 전장터 속을 뚫고 백운봉의 사씨일족의 은신처까지 갈 수도 없는 노릇이었다.

사두계는 수십 년간 백산에서 사냥을 해왔지만 오늘처럼 대단위 전투가 벌어진 것은 처음이어서 놀란 채로 한동안 망연자실 광경을 바라볼

뿐이었다. 한창 전투중인 양쪽의 군사들은 남루한 차림의 병사들이 많았고 매우 지쳐 보였다. 아마도 그들은 며칠 동안 전투를 계속해온 모양이었다. 부상자들도 많았고 정상적인 무사와 병졸들도 동작이 하나같이 느릿느릿했다. 하지만 건너편 산기슭에서 내려다보니 수천 명의 군사가 싸우는 전투장면은 가히 대장관이었다.

그런데 전투는 점점 정규군들이 일방적으로 우세해지기 시작했다. 그리고는 사병들로 보이는 약한 세력이 점차 사두계가 몸을 은폐하고 있는 계곡의 위쪽으로 도망치며 몰려오기 시작했다. 사두계는 전투 구경을 하느라고 어깨에 짊어진 백호가죽에서 풍겨나는 비린내를 한동안 잊고 있었으나 점점 호랑이 피비린내가 나기 시작했다. 그는 무의식중에 호랑이 가죽을 뒤집어 피를 닦아낸 다음 다시 짊어지려고 호피를 두어 번 펄럭거렸다. 그리고는 다시 호피를 뒤집어썼다. 그런데 산 아래에서 누군가 다급하게 소리쳤다.

"백호다! 백호가 나타났다!"

"백산의 영물이 나타났다! 자! 이제 용을 불러라!"

반군부대의 몇몇 병사가 사두계가 호랑이 가죽을 뒤집어쓴 것을 보고 그것을 살아있는 백호로 오인한 모양이었다. 반군부대의 지도자로 보이는 노인이 품에서 신기하게 생긴 금속 덩어리를 꺼내 주문을 외우기 시작했다. 그리고는 일각도 되지 않아 먹장구름이 몰려들며 백산의 북쪽의 기슭일대가 점점 어두워졌다.

"계속 몰아부쳐라! 적들은 이미 전의를 상실했다!"

정규군의 장수는 더욱 가열차게 반군을 몰아붙이며 호령해댔다. 반군은 일정한 진법을 펼치며 최선을 다해 반격을 가했다. 그러나 역부족이었다. 다섯 배가 넘는 적들을 오기와 용기만으로 물리치기는 참으로 어려운 노릇이었다.

그러나 그때였다. 참으로 믿을 수 없는 광경이 사두계의 눈앞에서 벌어졌다. 구름 속에서 무언가 거대한 물체가 날아다니는 것이 아닌가! 수십 그루의 소나무가 구름 속에서 일렁거리듯 엄청나게 큰 물체가 서서히 움직여나갔다. 그것은 용이었다. 과연 실제로 용이 나타난 것이었다. 사두계는 침을 삼키며 겨우 마음을 진정시킬 수 있었다. 그야말로 십수 년 만에 보는 용이었다.

"과연, 용이 나타나는구면!"

"되었습니다. 회주님 어서 용의 공격을 이끄십시오!"

"알았다."

회주라는 노인은 아까부터 들고 있던 금속물건을 흔들며 외쳤다.

"용이여! 단군의 무리를 구하라! 용이여! 적병들을 물리쳐라!"

어두운 구름 속에서 거대한 뱀이 휘돌아다니는 듯한 어마어마한 광경은 사두계로서는 그야말로 가슴이 벅차오르는 일이 아닐 수 없었다. 용은 구름 속에 언뜻언뜻 모습을 보이며 벼락과 천둥을 울려대기 시작했다. 그리고는 곧바로 엄청난 돌풍과 번개가 백산의 북쪽 기슭으로 내리쳤다. 정규군 군사들은 혼비백산했다. 그들이 우왕좌왕하며 혼란에 빠진 동안 반군의 무리들이 파죽의 공세를 펼쳤다. 적장은 적지 않게 당황하였다.

"병사들이여! 모두 두려워 말라! 적은 불과 백 명도 남지 않았다. 앞으로 진군하라! 적들을 모조리 죽여라! 후퇴하는 자는 내 칼에 죽을 것이다!"

그러나 용이 쏟아내는 무지막지한 광풍과 벼락 앞에 그들은 감히 공격을 감행하지 못했다.

"단 회주님! 적장을 죽이십시오! 용에게 적장을 죽이라 하십시오!"

"알았다."

단환청이라는 반군의 회주는 다시 한 번 방울을 높이 들어 흔들며 소리쳤다.

"신령스런 용이여! 내 그대에게 명하노니 풍백의 용이여! 적장을 죽여라!"

일순간 회오리바람이 일어나며 검은 구름이 가시고 하얗고 엷은 구름 속에서 집채만한 용이 눈과 그 위로 솟은 뿔이 빛나며 어마어마한 크기의 용의 전신이 천천히 그 모습을 드러내었다. 그리고는 방울을 흔드는 단회주 쪽으로 미끄러지듯 날아오더니 별안간 몸을 휘리릭 돌려 하늘로 승천해버리는 것이 아닌가. 그 바람에 단환청이라는 노인은 강풍에 맞아 쓰러졌다. 한바탕 바람이 일었다가 잦아지자 정규군이 전열을 재정비하기 시작했다.

"전군은 제 위치에! 일렬은 전열을 제정비하라! 궁수들은 이열에 도열하라!"

적장의 구호에 일부군사들이 다시금 도열하기 시작했으나 용이 일으킨 강한 바람과 엄청난 양의 벼락을 맞은 군사들은 쉽사리 모여들지 않았다. 그런데 용이 구름 속으로 사라져버린 후 반군측은 공황사태가 되고 말았다.

"아니? 용이 가버리다니? 이럴 수가!"

난회주를 둘러싸고 있던 장군들은 더없이 당황했다. 한창 적에 대한 공격이 이루어져 승기를 잡기 직전이었기 때문이었다.

"회주님! 이것이 어찌된 것이옵니까? 용이 안보입니다!"

"오오! 온장군! 믿을 수가 없구나."

온장군이라는 검은 머리가 등까지 내려온 날카로운 눈의 장군이 다시금 군사들의 전투에 임하도록 독려했다. 그는 여기서 전투를 포기할 수는 없는 모양이었다.

"전군! 다시 공격한다. 자! 모두 진격한다!"

온장군이 선두에 서서 산기슭의 아래에서 위로 공격을 하기 시작했고 정규군도 조금씩 전열이 정비되어 다시금 전투가 계속되었다. 그러나 이미 날이 어두워지기 시작하면서 전투는 산발적으로 이루어졌다.

"회주님! 수적으로 절대 불리하옵니다. 일단 퇴각하셔야 합니다."

"무엇이? 그런데 온다던 조위달 장군은 왜 아직 오지 않는 것인가?"

"곧 올 것이옵니다. 그나저나 다시 한 번 용을 불러보심이 어떻습니까?"

"소용이 없소! 내 이미 여러 번 불러보았소이다. 그러나 허사였소! 그런데 아까 용이 나오기 전에 나타났던 백호는 어디로 갔단 말인가? 그대는 보았는가?"

"모르겠소이다. 아마도 용이 사라질 때 같이 없어진 줄 아나이다."

"그런데 어찌 용이 우릴 떠난 것인가? 으음……"

"단주님 시간이 없소이다. 빨리 철군하셔야 하옵니다. 후일을 도모하소서."

"알았네."

끝내 미련을 버리지 못하는 표정의 단회주는 하는 수 없이 고개를 돌리고 철군 명을 내렸다.

"단주청 부회주는 철군을 준비시키라!"

"예! 명을 따르나이다."

"전군은 들으라! 일선의 병사를 남기고 일단 나머지 병력은 철군한다.

전군은 회주님을 보호하고 신속히 퇴주로를 확보하라!"

"예!"

반군의 무리들이 회군을 준비하는 동안 전령이 회주의 곁으로 급히 다가왔다.

"회주님! 조장군이 군사를 이끌고 왔습니다!"

"그래? 조장군의 군사를 얼마나 되는가?"

"그것이…… 한 이백 명이오나 오십은 기마병이옵니다."

"알았다."

전령의 뒤를 이어 잠시 후 도착한 긴 수염의 조위달 장군이 회주에게 예를 올렸다.

"오랜만에 뵈옵니다. 회주님!"

"오오! 조장군! 어서 오시오!"

"원거리에 오느라 다소 지체되었나이다. 송구하오이다. 전세는 어떻습니까?"

"무척 불리하오. 용이 사라져 일단 철군을 준비중이오!"

조장군은 난감한 기색이 역력했다.

"용이 사라지다니요?"

"나도 웬일인지 알 수가 없소이다. 삼부인에 감응한 용이 명을 어기고 달아난 것이요."

"으음 괴인한 일이군요. 용이 회주님의 명을 어기다니…… 그런데 적의 수는?"

"어림잡아 일천이 조금 넘는 것으로 보이오. 허나 용이 나타나 적병 수백을 물리쳐주었으니 이제 천 명까지 되지는 않을 것이요."

"그래도 역부족이군요. 회주님! 그런데 오다가 이상한 자를 하나 잡아

왔나이다!"

"누구를 잡아왔단 말인가?"

"여봐라! 그자를 끌고 오라!"

"예!"

군사들에게 이끌려온 자는 바로 사냥꾼 사두계였다.

"회주님께 급히 오던 중 산중에 이상한 움직임이 있어 다가갔더니, 이놈이 호랑이 가죽을 뒤집어쓰고 수풀 속에서 살금살금 돌아다니는 것을 잡아왔나이다. 아마도 염탐꾼인 모양입니다."

사두계는 기가 막혔다. 그는 볼멘소리로 자신이 염탐꾼이 아니라고 소리쳤다.

"염탐꾼이라니요? 가당치 않소이다! 이보시오! 저는 백산의 사냥꾼이오. 우리 집안은 대대로 여기서 사냥을 했고 오늘도 백호를 잡아 가죽을 벗기고 집으로 돌아가는 길에 이 전투에 휘말리게 되었고 용을 보고 놀라 저도 모르게 숨어 있었던 것입니다."

복단회의 회주인 단환청은 놀라움과 실망으로 뒤섞인 표정으로 사두계에게 물었다.

"그래? 그럼, 아까 나타났던 백호가 진짜 백호가 아니고 네놈이 뒤집어썼던 호랑이 가죽이었단 말인가?"

"예, 그렇사옵니다."

"무엇이? 그 이야기를 나보고 믿으라구? 허허 참!"

단회주는 기가 막혀 말을 잇지 못했다. 그러자 조위달 장군이 마치 자신이 큰 죄를 지은 것 같아 다시 나섰다.

"회주님 일단 철군준비를 하시고 이자는 처형해 버리시지요."

"허허, 그것 참……"

사두계는 입이 말랐다.

"제 말을 믿어주십시오. 저를 못 믿으시겠거든 활을 잘 쏘는 사람들을 불러주십시오. 그럼 우리 사씨 일족에 대해 잘 알 겁니다."

단회주는 잠시 망설이더니 부관을 불렀다.

"여봐라! 시위장 우장군을 속히 들라하라."

"예!"

회주에게 불려온 우평군 장군은 사두계라는 이름을 들은 적이 있다고 했다.

"그는 백산의 유명한 사냥꾼 집안사람이 맞습니다. 수백 년 전부터 우씨와 사씨는 백산에서 사냥을 해왔습니다."

"그래? 그런데 이자가 사씨 일족임을 어떻게 증명하겠는가? 증명할 길이 없다면 이자를 바로 참수할 것이다."

조위달 장군은 시간을 일각이라도 지체할 수 없어 단호하게 말했다. 그러자 사두계는 더없이 당황했다.

"자, 잠깐만요! 저를 잡아올 때 호피 속에 넣어둔 화살과 살촉을 보십시오."

궁수대를 이끄는 우평군이라는 장군은 조위달 장군 일행이 가져온 사두계의 화살통을 살펴보고는 바로 확인을 해주었다.

"맞습니다. 회주님! 이것은 사씨 일족의 화살입니다. 사씨는 용사냥꾼으로도 예전에는 이름이 나있었습니다."

우평군 장군은 사두계를 이리저리 살펴보더니 고개를 끄덕였다.

"알았다. 일단 이자를 풀어주고 퇴각준비에 만전을 기하라!"

"예!"

"전군 퇴각하라!"

"일선에 남은 병사들은 반각 동안 전력을 다해 전열을 지켜라! 반각 후에 후방 궁수대가 활을 쏘면 그때 전군 철수한다! 알겠는가?"

"예!"

단주청부회주는 거대한 반월도를 치켜들고 매우 단호하게 명했다. 그리고는 누가 먼저랄 것도 없이 후방을 향해 군사들이 몰려 산 아래 쪽으로 뛰어가기 시작했다.

"와와!"

"질서를 지켜라! 부대별로 퇴각하라!"

부회주는 자못 당황했다.

"멈추어라! 적에게 아군의 퇴각이 알려지면 안 된다! 일단 전군 정지하라! 이놈들 명을 따르라!"

단주청 부회주는 앞서 도망가는 병사 둘을 무자비하게 자신의 반월도로 참수했다. 그는 분기가 탱천하여 마구 그 창과도 같은 긴 칼을 휘둘렀고 주위는 공포의 도가니가 되어버렸다.

그때 사두계가 나섰다.

"잠깐만요."

"뭐냐?"

"제 말을 들어보십시오."

"말하라."

"이렇게 후퇴하다가는 큰일이 납니다. 바로 아래는 가파른 절벽이옵니다. 수백 명이 이처럼 다 같이 몰려 내려가다가는 다 죽습니다. 제가 이곳 지리는 잘 압니다."

"그래? 그럼 어찌하면 좋단 말인가."

"제게 좋은 수가 있습니다. 일단 여기 저기 연기를 피워 올려 다시 용이 나타날 것처럼 위장을 하십시오. 그리고는 용이 나타났다고 고함을 치십시오. 그러면 적들의 공세가 늦추어질 것입니다.”

“알겠다. 여봐라! 퇴각로를 제외하고 길 양쪽으로 불을 질러라!”

“예!”

골짜기 숲 여기저기에 불이 타오르고 그 어둠 속에서 병사들이 거짓으로 용이 나타났다고 외치자 과연 적들의 움직임이 둔해지기 시작했다.

“용이다! 용이 나타났다!”

과연 산봉우리마다 용을 닮은 연기가 피어올랐고 여기저기 불빛들이 타오르면서 산사면 전체가 일순간에 소란스러워졌다. 적들에게서 날아오는 불화살도 그 수효가 현저하게 줄어들었다.

“일단 시간을 번 것이 아닌가. 조위달 장군에게 명하여 전방부대도 퇴각하라 전하시오!”

“예!”

그때였다. 전방의 전령병이 급하게 달려왔다.

“회주님! 우리 군내부에 첩자가 있는 줄 아뢰옵니다.”

“그게 무슨 소리냐?”

“전방의 일선부대가 고립되었나이다. 우리가 철군하는 것을 누군가 적에게 알린 모양입니다.”

“아니? 어찌 그런 일이? 으음…… 어쩐지……”

위험하옵니다. 호위장군은 단회주를 끌어안고 엎드렸다. 그리고 그 순간 회주의 믹사 지붕 위에는 화살 서너 발이 내리꽂혔다.

“적병이 벌써 다가왔단 말인가?”

“여봐라! 화살이 날아온 방향으로 불화살을 쏘아보거라!”

“저기다! 쏘아라!”

복단회 반군의 뒤쪽으로 몇몇 낙랑군 부대 정규군이 언뜻언뜻 보였다. 그런데 그들은 화살을 맞고 연이어 고꾸라지고 말았다. 신궁과도 같이 불이 번쩍일 때마다 모습을 드러낸 적병은 어김없이 쓰러졌다.

"아니? 누가 쏜 것이냐?"

그들은 사두계의 화살에 맞은 것이었다.

"사씨 사냥꾼이라더니, 과연 명궁이로다!"

"그렇군요!"

"이 어둠속에서 어찌 그리 정확하게 적들의 목을 겨누어 모두 맞출 수가 있는가?"

회주의 칭찬을 받은 사두계가 힘껏 싸웠지만 전세는 점점 불리해졌다. 회주의 호법이 급히 회주에게 다가와 외쳤다.

"회주님! 어서 피하소서! 훗날을 도모하소서!"

"아! 이대로 패퇴하고 마는가……"

단회주는 매우 낙담했다. 그때 호위장군이 나섰다.

"회주님! 제게 일백의 궁수를 주십시오. 퇴각로에 매복해 있다가 추격하는 적들을 쏘아 죽이겠소이다."

"무엇이? 그럼 그대가 위험해지지 않겠나!"

"지금은 우선 회주님께서 훗날을 도모하셔야 하옵니다. 소장의 말씀을 들어주소서!"

단회주는 잠시 망설이다가 어금니를 꽉 물고는 겨우 입을 열었다.

"알았네. 그리고 고맙네!"

호위장군은 더욱 재촉했다.

"화급하옵니다! 회주님! 어서 서두르십시오."

"알겠네…… 으음, 내부에 적이 과연 더욱 무섭다더니……"

사두계는 호피와 화살통을 다시 받아들고는 회주 앞에 나섰다.

"회주님! 이제 혼란한 틈을 타서 저희들이 숨어사는 북쪽의 백운봉 아래로 여러분을 제가 인도하겠습니다. 유풍곡을 돌아가야 하니 절벽의 좁은 통로를 조심하십시오!"

"아니? 지름길을 놔두고 왜 돌아간단 말인가?"

"유풍곡에는 옛 조선의 소도지역이어서 진법이 설치되어있고 별안간 엄청난 돌풍이 불기 때문에 무척 위험합니다. 오늘 같이 일기가 좋지 않은 날, 밤에는 피하셔야 합니다!"

"좋다! 가자!"

"모두 일렬로 저를 따라 오십시오."

사두계는 횃불을 만들어 치켜들고는 칠흑 같은 어둠속으로 앞장서 나아갔다. 그는 호피를 맨 채 사주경계하며 아슬아슬한 절벽 길을 조심조심하며 걸음을 옮겼다. 사두계의 뒷모습은 그야말로 한 마리 호랑이가 어슬렁어슬렁 기어가는 형국이었다.

사씨 집성촌에서는 차세대 촌장인 사두계가 사냥에서 돌아오기로 한 날에 밤이 어둡도록 부락으로 복귀하지 않자 모두들 걱정을 하고 있었다. 그런데 사두계가 수십 명의 군사들을 이끌고 부락으로 돌아오자 촌락사람들은 적지 않게 당황하였다.

사두계는 복단회 일행에게 자신의 집을 내주고 부상을 당한 단환칭 회주의 간병에 온 마을의 신경이 곤두섰다. 영문을 모르는 사씨 일족들은 적지 않게 당황했지만 그들은 모두 장차 촌장이 될 사두계를 믿었다. 그들은 사두계의 집에 일단 회주를 눕혔다. 비 오듯 땀을 흘리며 침상에 누워있던 회주는 잠시 후 조용히 입을 열었다.

"잘 듣거라, 열흘간의 대 전투 끝에 낙랑태수가 보낸 한나라 군이 승리하고 우리 복단회는 결국 패퇴했다. 물론 우리군은 수적 열세에다가 엄청난 적의 군대가 진격을 용에 의지하여 전투를 벌이려 했으나 용이 도중에 사라지자 대패한 것이었다. 이는 조상님들에게…… 쿨럭쿨럭!"

회주는 말을 잇지 못하고 계속 기침을 했다.

"쿨럭쿨럭……"

"회주님! 기운을 아끼시옵소서, 일단 주무시고 차후에 말씀하소서."

곁의 부회주가 회주의 말을 막았다. 그러나 회주는 무언가 작심한 듯 다시 입을 열었다.

"아니다. 이번에 용이 달아난 것은 대단히 중차대한 문제이다. 어째서 용이 삼부인의 명을 따르지 않았는가…… 쿨럭…… 그, 그것을…… 밝혀야 하느니라. 이번에도 또 그 잔인한 무망이란 놈이 방해를 한 모양이니 앞으로 무망의 간계를 항상 경계해야 한다. 그리고 나는 이제 얼마 남지 않았다. 일이각 안에 조상님들을 뵈러갈 것이다. 아직 살아계실지 모르니 기필코 준왕의 후손을 모셔올 때까지 부회주가 당분간 회주를…… 마, 맡으라……"

"회주님! 아아! 회주님……"

한편 마을의 사씨 원로의 집에서는 삼십여 명의 남자들이 모여 사두계에게 자초지종을 듣고 있었다.

"그래 저들에 대해 상세하게 말해보게, 어찌 데려온 것이야?"

팔십이 넘은 촌장은 다소 긴장하였으나 조급하지는 않은 얼굴 표정으로 사두계에게 병사들을 데리고 마을에 들어온 연유를 물었다.

"예, 말씀 올리겠습니다. 저들은 복단회 군사들로서, 이번 백산 전투의 패잔병들입니다. 그들은 단군왕검 복위운동을 하는 사람들이고, 한나라의 군사들과 대접전을 펼쳤으나 패전한 것입니다. 그들은 애초에 현태수를 암살하려 했던 모양입니다."

"뭐? 그럼 저들이 조선땅에서 한나라 놈들을 몰아내고 그 옛날 준왕의 후손을 복위하려한단 말이냐?"

"그런 것 같사옵니다."

"그래서?"

"그런데 놀라운 것은 그들은 다 이긴 전투에서 역전패를 당했는데 그것은 용의 배신 때문이었습니다."

"무엇이?"

촌장은 소스라치듯 몰았다.

"네가 백산에서 용을 보았단 말이냐? 그게 악한 용이 아니었더냐?"

"예! 물론입니다. 단씨회주를 돕지 않고 가버렸습니다. 선한 용이었다면 저들을 도왔겠지요!"

"그래?"

"예, 그런데 이상한 점은 전투 중에 나타난 용이 처음에는 복단회군을 지원했습니다. 복단회 우두머리가 용에게 낙랑군을 무찌르라고 하자 정말 용이 불을 뿜고 번갯불을 번쩍거리며 군대를 공격했다니까요!"

"무엇이? 그럼 저들이 용을 다룬단 말인가? 그렇다면 그용이 선한 용이 아니겠느냐? 정녕 선한 용이 나타났단 말인가?"

"아닙니다. 그런데 용이 적병을 물리치는가 싶더니 어느 편두 들지 않고 이내 구름 속으로 날아올라 사라지고 말았습니다. 이쪽 군사나 적병이나 가리지 않고 조금 공격을 하다가 사라진 것 같습니다. 용이 사라지고 나서 전세가 역전되었지요. 단군 복위군들은 비록 소수이지만 모두 무공이 뛰어난 고수들이었습니다. 그래도 대군과의 싸움은 불가항력이었지요. 점차 싸움은 불리해지고 용은 다시는 나타나지 않았습니다."

"아니 왜? 그들이 용을 조종한다면서?"

"그건 저도 모르죠. 그러자 수적으로 우세한 적들의 공격이 거세어졌고 제아무리 고수들이라고는 하지만 수적으로 절대 열세였던 단군왕검 복위군은 패배의 쓴 잔을 마시게 된 것이지요."

"으음, 그랬군."

촌장은 잠시 깊은 상념에 잠겼다가 다시 말을 이었다.

"단군왕검의 후예는 용을 다룬다더니 과연 옛말이 들어맞았군, 그런데 도중에 사라졌단 말인가? 그것 참……"

사두계의 집에서는 단환청이라는 복단회 회주가 사씨 집성촌에서 죽음을 맞이하고 있었다. 유언과도 같은 준왕을 모시라는 말을 마친 뒤 단회주는 눈을 감지 못한 채 숨을 거두었다. 모두들 노장군의 임종을 지키면서 눈물을 삼켰다. 부회주인 단주청이 이미 숨을 거둔 단회주의 부릅뜬 눈을 감겼다.

날이 밝자 복단회의 몇몇 패잔병들이 또 사씨 집성촌에 찾아들었다. 그리고 회주 사후에 대석오달이라는 명의를 모셔왔고 조위달 장군이 추가병력을 이끌고 왔다. 사씨촌은 그야말로 패전병의 막사가 되고 말았다. 실질적인 우두머리인 단주청과 온흔탄주라는 고수가 검상을 입고 조위달 장군과 대석오달이 오자, 그들은 회주의 죽음에 대한 책임을 묻기에 이르렀다.

온흔탄주라는 자는 우평군 시위장군에게 책임을 물었고 급기야 그에게 낙랑군과 내통이 있었는지 의심을 했다. 그러나 우평군 장군은 오히려 용의 소환에 문제가 있었던 단씨 일가를 비난했다. 그리고 온흔탄주의 능력에 대해서도 의심을 했다.

온혼탄주는 무술의 초고수이며 점성술의 대가였지만 자신들의 패전을 점치지 못한 점과 삼부인의 운용 혹은 진위에 대해서도 확신을 하지 못했다. 우평군은 억울하다 표정으로 좌중의 앞에 나서서 말했다.

"회주의 서거는 나를 비롯한 우리 모두에게 책임이 있소이다. 하지만 일단 모든 가능성을 열어두십시다. 삼부인의 용의 소환 실패에 대해서는 심사숙고해야 할 줄 압니다. 삼부인이 위조되었거나 소환자가 자격이 없었던 것은 아닌지 말입니다! 마읍산의 북마한 성주 부여환도 그 문제를 제기했다가 이제 완전히 결별을 하게 된 것 아닙니까?"

우장군이 말을 마치자 잔뜩 참고 있던 단주청부회주가 발끈하여 나섰다.

"무엇이요! 말을 삼가시요! 우장군!"

"부회주! 사실을 이성적으로 판단해야 할 것 아닙니까?"

"아니? 이자가? 어디서 망발인가? 그리고 반역자인 북마한의 부여환 일은 입에 담아서는 아니 되거늘!"

"무엇이 두려워 말을 못한단 말이요! 그들도 딘군을 섬기는 세력이 아닙니까?"

"우장군! 네가 지금 우릴 배신한 북마한편을 드는가? 네놈은 북마한의 첩자인가?"

"뭐라고?"

두 사람 사이가 발검이라도 할 듯 일촉즉발의 사태가 되자, 그때 아침에 도착한 대석오달이 끼어들었다.

"이보시오들! 가만히 계셔보시오. 지금 회주께서 붕어하시고 부회주가 지니고 있어도 삼부인에서는 빛이 나지 않고 있소이다. 그렇다면 이것은 위조품이요."

"그럴 리가?"

"이것이 모조품이 아니리면 이곳 부근에 무망이라는 요망한 용이 이 신물을 못 쓰게 만들려고 요술을 부리고 있다고 해야 할 것이요. 그러나 이곳은 암반 위에 위치한 마을이고 용이 숨어 계략을 부릴 곳이 못되오. 때문에 이 물건은 신물을 똑같이 모방해 만든 가짜가 틀림없소이다."

"아, 아니? 그럴 리가?"

부회주 단주청은 당황한 기색이 역력해졌다.

"예전에는 빛이 분명히 났었습니다."

"하지만 지금 부회주가 만졌는데도 빛을 발하지 않는 것으로 보아 우리는 이제 이것이 위품임을 인정해야만 하오."

"아아! 우리가 이 삼부인을 진한땅 목지국에서 얼마나 어렵사리 구했는데요. 그리고 그때 요하에서 용을 불러낸 것을 여기 계신 장군들께서 잘 아시지 않소이까? 그때 무망만 나타나지 않았다면 준왕의 후손을 살릴 수 있었을텐데……"

"잠깐만요!"

온흔탄주 장군이 부상당한 몸이어서 주위의 부축을 받은 채 겨우 일어서서 말을 했다.

"우리가 과거 삼한땅에서 너무나도 어렵게 목부인을 구했소. 처음 북마한의 부여환 성주가 목부인을 보고 진품이 아니라고 한 것은 거짓임이 이미 밝혀지지 않았소이까? 결국 금강산의 봉래도인이 진품이 맞다고 확인까지 해주지 않았소? 그리고 그때는 분명히 발광이 있었소. 혹시 회주님께서 삼부인 중에서 화부인과 금부인은 구하지 못하고 목부인만 구해서 그렇게 된 것이라는 회주님의 뜻을 나는 존중하오. 그렇기 때문에 우평군 시위장의 회주님 자격에 관한 논란은 우리 복단회에 대한 반역행위라 생각하오."

"무엇이? 반역? 말을 조심하시오!"

우장군이 버럭 화를 냈다.

"내가 목숨을 걸고 회주님을 지킨 일이 반역이라구? 이런 미친 것들!"

"멈추시오!"

우평군 장군이 분기탱천하여 발검을 할 듯 자세를 취했고 이내 조장군이 만류했지만 모두들 당황하지 않을 수 없었다.

"내가 말씀드리겠소이다."

이번에는 지난 밤 지원군으로 도착한 조위달 장군이 나섰다.

"이미 고인이 되신 회주님의 자격문제는 벌써 십수 년간 단씨의 후손이 아니라는 추측이 무성하여 지속적으로 우리 회내부에서 문제가 되어 왔소이다. 이 문제가 해결되지 않으면 우리는 저 흉악한 우거왕을 죽이고 준왕의 후손을 모셔오는 일이 어렵게 되고 말 것이요. 누구의 잘잘못을 따지기보다는 복단회의 존립여부가 걸린 만큼 이 자리에서 결판을 내고 앞으로 새롭게 거듭나야 할 것이오. 그러니 이제 부회주이신 단주청 임시 회주께서 모든 일을 일단락내고 다시 복단회 본부로 돌아가 후일을 도모해야 할 것이라 사료됩니다."

조장군을 이어 부회주가 좌중을 보고는 다시 한 번 신중한 표정으로 말했다.

"알겠소이다. 일단 여기 계신 모든 분들의 뜻을 위임받아 제가 현안을 타개하고 훗날을 도모하기로 하겠소이다. 전원 원대복귀하고 이번 싸움의 실패를 모두 제책임으로 하여 앞으로 뼈를 깎는 고통이 있다 하여도 마다하지 않겠소이다. 또한 군령이 지엄한테 회주를 모욕하고 반기를 들었으며 북마한을 지지한 우평군을 참하고 패전에 책임이 있는 온혼탄주

장군에게는 사병 오백 명의 조달을 명하는 바입니다."

"무엇이? 이놈들이! 나를 죽인다고? 순순히 당하지 않겠다!"

우평군이 분기탱천하여 발검하였으나 조위달 장군이 순간적으로 검을 휘둘러 우장군의 검을 떨어뜨려버렸다. 그리고 이내 좌우에 제압되어 끌려나가고 말았다. 결국 단주청은 자신과 죽은 형을 의심하는 우평군이라는 장군을 참수를 명하고 회의를 종결시켰다. 우평군의 조부는 과거 준왕의 선왕인 물리단군을 붕어하게 한 무림고수 우화충이었기 때문에 그의 참수에 대해 아무도 제지하지 않았다.

우장군이 참수되고 좌중이 혼란스러운 가운데 백발이 성성한 대석오달은 온흔탄주와 조위달 장군을 불러 귀엣말을 주고받았다.

"내가 진한에 가서 사로국의 선도산 여신을 비밀리에 뵈었네."

"예? 무슨 일로요? 그래서 늦으셨군요."

"그래. 여신과 부족장들이 단군왕검의 후손을 찾았다고 연통이 왔었지?"

"그래서요 후손이 틀림없던가요?"

"글쎄, 몸에서 광채가 나긴 하는데……"

"왜요? 아닙니까?"

"골격이 완전하게는 일치하지가 않았네, 하긴 지금의 단씨 회주와 부회주도 그렇기 하지만 말이야……"

"예? 그게 무슨 말씀이세요?"

"아닐쎄……"

비록 패잔병들이지만 전열이 정비되고 나자 복단회 사람들은 사두계에게 훗날 자신들을 찾아오면 은혜를 갚겠다고 하고는 약간의 은화와 패물을 보자기에 싸서 주고는 사씨촌을 떠나 남쪽으로 떠났다.

사두계는 그들이 준 선물과 보화를 촌장에게 주었고 보물을 받아든 촌장은 별안간 화들짝 놀랐다.

"아니? 이…… 이것은 복단회의 신물인데 이걸 왜?"

"그게 뭔데요?"

"글쎄다, 매우 중요한 신물인데…… 훗날 그들이 찾으러 돌아오면 그때 돌려주거라."

"예."

사두계는 은화 몇 닢을 받았지만 그래도 단군의 자손을 재옹립하려는 좋은 사람들을 도와주었다는 생각에 뿌듯한 마음이 없지는 않았다. 그리고 촌장님이 말씀하신 그 신물이라는 것에 자꾸만 신경이 쓰였다.

사호살

사두계는 곰과 호랑이 늑대 등 사냥하여 그 가죽을 벗겨 장사를 했으므로 늘 부락 내의 뛰어난 사냥꾼들을 데리고 수렵을 했다. 사냥만으로 일족이 먹고 살아야 했으므로 그들은 늘 사냥을 하지 않으면 안 되었다. 그가 어릴 적부터 뛰어놀며 자란 백산은 삼십 년 가까운 세월 동안 그와 그의 가족에게 생계를 대주는 삶의 원천이었고 아름다운 사계절의 모습을 보여주는 아름다움의 대상이기도 했다. 사두계는 사흘 후 아내의 생일을 맞이하여 커다란 곰이나 호랑이를 잡을 요량으로 자신과 손발이 제일이 잘 맞는 조카 사현철과 사냥을 나갔다. 개를 무려 다섯 마리나 끌고 간 것은 내심 호랑이를 잡겠다는 속내를 드러내는 표시이기도 했다. 지난달 백호를 잡은 후 마을의 노인장들에게 칭찬을 받았고 팔십이 넘은 백부에게 실력을 인정받은 것이 그로서는 여간 자랑스러운 일이 아니었다. 그리고 이번에는 조카 사현철에게도 범사냥을 가르쳐줄 요량이었다.

사두계는 활쏘기와 칼쓰기 그리고 사냥개 다루기를 모두 잘했다. 다만 달리기가 좀 늦어 순발력 있게 화살에 맞은 곰이나 표범을 쫓는 일은 조카인 사현철이 도맡았다. 그리고 이번에 현철이가 열여덟 번째 생일을 맞아 호랑이 사냥을 처음으로 하게 되었다. 그것은 사씨촌의 전통이었다. 말하자면 아이에서 성인이 되는 통과의례와도 같았다. 그래서 사현철은 무척이나 들떠있는 상태였다. 사두계는 직감적으로 호랑이의 흔적을 발견했다. 그리고는 다소 흥분한 사현철을 멈추어 세웠다. 사두계는 일부러 느긋하게 개들을 한 마리씩 점검하고는 작은 바위 위에 주저앉았다.

"아니? 삼촌 왜 서둘러가지 않으세요?"

"현철아! 잠시 쉬었다 가자."

"예?"

"긴장하면 될 일도 안 된다. 그럼 너만 손해지."

"무슨 말씀이세요?"

"범은 멀지 않은 곳이 있다. 서둔다고 될 일이 아니다. 하지만 너무 긴장하지 말거라! 범은 영물이다. 우리가 못 찾으면 하는 수 없지."

"삼촌! 개들이 호랑이 냄새를 놓칠 수도 있다는 말씀이세요?"

"개가 냄새를 맡는 거야 확실하다마는 범이라는 영물이 워낙 신출귀몰해서 추적을 못하는 수도 있지 않느냐는 것이다."

"그럼, 어쩌죠?"

"어떡하긴? 너는 총각으로 그냥 늙어죽는 거지."

"예?"

"개는 냄새를 맡았는데도 불구하고, 범이 나타나지 않을 수도 있고, 그렇게 되면 범은 못 잡게 되고 그러면 너는 어른이 못되는 것이고 결국 장가도 못 간다 이 말이야."

"에이! 삼촌도, 참!"

"하하하하하하."

"현철아, 너는 이 호피가 왜 큰 돈이 되는지 아느냐?"

"글쎄요. 호랑이가 잡기 힘드니까 그런 게 아닐까요?"

"그게 아니구, 저 서쪽의 한나라에서는 자고로 조선땅의 구운 소금과 호피 그리고 가죽옷을 장사아치들 간에 퍽 높게 쳐주었단다."

"아! 그래요?"

"그리고 그 질도 다른 지역에 비해 월등하지."

"조선의 호랑이가 다른 지역보다 더 좋단 말인가요?"

"아무렴 좋지, 후에 호랑이에 대해 자세히 이야기해주마."

"예."

"조금 쉬었으니, 자, 출발하자. 천천히 일어나거라."

사두계는 몸집이 큰 맹수의 사냥방법을 너무도 잘 알고 있었다. 곰과 호랑이가 주로 다니는 길목에서부터 개를 풀어 추적을 하다가 목표물이 나타나면 그 명궁의 솜씨로 화살을 쏘아 맞힌 다음 피를 흘리며 달아나는 맹수를 추격하는 방식이었다. 그래서 그의 사냥에는 현철과 같이 날랜 추격꾼이 꼭 필요했다. 하지만 보통 토끼나 노루 등의 작은 짐승은 사두계의 활 한방이 면 간단하게 끝나곤 했다.

앞장서 가던 개들의 우두머리격인 백구가 코를 킁킁거렸다. 놈이 무언가 냄새를 맡은 것이다. 백구는 제자리에서 두어 번 빙글빙글 돌더니 부리나케 산등성이 협곡으로 줄달음질을 쳤다. 나머지 네 마리도 누가 먼저랄 것도 없이 엄청난 속도로 달리기 시작했다. 개들을 뒤이어 사현철이 쏜살같이 달렸다. 이제 사십을 바라보는 사두계는 화살을 바싹 잡아들고 그 뒤를 이어 달렸다.

한참을 달리자 개들의 모습이 사라졌고 급기야 조카의 모습도 보이지 않았다. 늘 백산에서 달리기 연습을 하던 현철은 과연 비호처럼 빨랐다. 그들은 사두계의 시야에서 완전히 사라지고 말았다. 다만 개들이 사납게 짖는 소리와 산짐승들의 둔탁하면서도 재빨리 움직이는 소리가 들릴 뿐이었다. 사현철은 개들이 호랑이를 쫓고 있는 방향으로 본능적으로 달려 갔다. 소리를 따라 들짐승처럼 달리던 현철은 공중제비를 돌며 계곡사이를 뛰어넘으려는 순간 중심을 잃고 아래로 떨어졌다. 엄청난 속도의 경공술을 멈추고 맥없이 자연낙하를 하는 것이었다. 그것은 사현철이 허공 중에서 표창을 맞고 추락을 했기 때문이었다. 마치 하늘로 치솟았던 비호가 화살에 맞고 떨어지는 것처럼 사현철은 숨지고 말았다. 사두계는 하마터면 단발마 같은 비명을 지를 뻔했다.

"으악!"

사현철은 숲속에서 칼부림을 하던 네 명의 괴무사에게 난도질을 당했다. 그는 한창 결투중인 무사들의 살벌한 병장기들 위로 떨어진 것이었다. 사현철의 숨 막히는 호랑이 추격전은 그렇게 끝이 났다. 그는 개들이 있는 계곡에 가기도 전에 그 짧은 생을 마감한 것이었다.

뒤늦게 당도한 사두계는 몸을 숙이고 계곡에서 괴무사들의 일대접전을 목도할 뿐 조카가 죽었지만 다가갈 수가 없었다. 그들은 상상을 초월하는 고수들로써 하늘을 날고 장풍을 쏘는 등의 엄청난 무공을 주고받았다. 그런데 한 무사가 아이를 등에 업고 네 명의 복면을 한 괴한들과 사투를 벌이는 것이었다. 네 무사들은 굉장한 고수들이었지만 아이를 업은 무사는 아이를 등에 묶고 두 자루 검을 마치 풍차처럼 돌리며 검강을 사용해 양측이 팽팽한 긴장을 유지하고 있었다.

결투가 좀처럼 끝나지 않자 복면의 괴무사들은 둘씩 짝을 지어 두패로 나누어 애를 업은 무사를 차례로 교차 공격을 하였다. 그는 양쪽에서 동시에 공격해 오는 복면무사들의 공격을 막거나 피하면 곧바로 이어 달려드는 뒤의 두 무사를 감당하기가 대단히 힘겨워 보였다. 겨우겨우 공격을 막아내던 무사는 복면인들의 공격을 막지 않고 순식간에 두어 장을 뛰어올랐고 그러자 앞을 향해 공격하던 두 무사는 서로에게 상처를 입히고 말았다. 그리고 뒤미쳐 공격한 뒤의 두 무사도 앞의 무사들에 걸려 당황하는 기색이 있었고 그때 솟아올랐다가 착지하는 동시에 애를 업은 무사가 동시에 넷의 옷섶을 쾌검으로 갈랐다. 그야말로 눈부신 검술이었다. 애를 업은 무사의 검 끝에서는 무언가 알 수 없는 기운이 나오는 듯했다. 사두계의 눈에는 그 검기운이 마치 용의 머리처럼 보이기도 했다. 모두 검상을 입은 복면의 괴무사들은 속도가 현저히 느려졌다. 그러자 네 명 사이를 이리저리 오가며 괴무사가 연달아 검을 휘둘렀다. 그리고는 두 명의 무사가 그대로 무릎을 꿇고 괴로워했다. 나머지 두 무사도 애를 업은 무사에게 상처를 입히고는 역시 고꾸라지고 말았다. 결국 네 명의 괴한을 물리치고 자신도 피를 흘리며 쓰러지고 말았다.

그러나 이미 중상을 입은 괴무사는 스스로 운신을 할 수 없을 정도로 지쳐있었다. 그런데 이미 죽은 줄 알았던 네 복면무사들은 다시금 살아나는 것이 아닌가. 그중 한 명은 머리에서 피를 상당량 흘리고 있었지만 출혈은 아랑곳하지 않고 검을 들고 괴무사에게 뭐라고 지껄였다. 하지만 괴무사는 다시 한 번 더 용머리가 나오는 그 괴이한 초식을 펼치려는지 검을 치켜들었다. 네 명의 자객은 순간 뒤로 물러섰다. 그러나 오히려 괴무사가 피를 흘리는 네 명의 자객들에게 비틀거리면서도 점점 다가섰다. 그는 이미 상당한 부상임에도 검을 잡은 자세와 기도는 안정감을 찾아갔다. 그는 호흡을 고르고 단 일격에 끝을 보려는 듯 운기조식을 했다. 그는 검을 길게 잡고는 짧은 기합소리와 함께 직진으로 검을 찔렀다. 괴무사는 피할 길이 없어 보였다. 그는 주춤거리다가 자객의 검을 자신의 검집으로 막고는 동물적인 반사감각으로 최후의 일격을 가했다. 참으로 기묘하게도 자객의 검이 괴무사의 검집으로 빨려 들어가며 자객 한 명이 다시 쓰러지고 말았다. 하지만 이미 중심을 잃은 그는 아이를 업은 채 절벽 아래로 추락하는 것이 아닌가. 사두계가 필사적으로 달려갔지만 이미 두 사람은 절벽으로 떨어져버렸다.

사두계는 소스라쳤다. 그는 싸움에 정신이 팔려 이미 자신이 유풍곡에 들어와버렸다는 사실을 알고는 머리카락이 쭈뼛 서는 것이었다.

"왜 하필 유풍곡으로 떨어져버렸나? 어허 참!"

한참을 망설인 끝에 사두계는 조심조심 발걸음을 옮겼다. 계곡에는 평소와 달리 안개가 짙게 드리워있었다. 사두계는 유풍곡 절벽 아래 강가를 살핀 끝에 풀섶에서 괴무사와 아이를 발견할 수 있었다. 일명 얼음골이고도 불리는 유풍곡에서는 역시나 그 방향을 알 수 없는 괴로울 정도로 차가운 바람이 사방에서 불어왔고 바람소리에서 마치 귀신들이 우는 것과도 같은 귀곡성이 들려왔다. 겁에 질린 사두계는 서둘러 죽은 조카 사현철과 괴무사 그리고 머리가 깨져 피를 흘리는 아이를 수습하였다. 때마침 호랑이를 쫓다 돌아온 개 다섯 마리에 묶어 마을로 되돌아왔다. 다행히 무사는 기력을 되찾았고 아이는 출혈은 있었지만 심한 부상을 입지는 않은 모양이었다.

한편 절벽 위에서는 절벽으로 떨어진 아이를 업은 무사를 찾으려고 네 무사가 서둘러 상처를 치료하고 절벽 아래로 내려갈 채비를 하고 있었다. 그런데 유풍곡 근방에 스멀스멀 밀려오던 안개가 갑자기 급속도로 깔리기 시작했다. 그 농밀한 안개 속에서 은은하게 일곱 가지 광채가 어른거렸다. 무지개와도 같은 빛들 혼란스럽게 교차되더니 이윽고 믿을 수 없을 정도로 커다란 새 한 마리가 나타났다. 휘황찬란한 칠광을 폭사하는 봉황이었다. 봉황의 등 위에 백발이 배 아래까지 늘어진 노인이 모습이 서서히 나타났다.

"흐흐흐, 너희들이 무망이 보낸 사사신(四死神)이냐?"

"노인은 누, 누구요?"

"나? 나는 이 소도를 지키는 사람이다. 그만 잠들거라."

"아 아니? 저 봉황새는? 그러면 귀하는…… 저, 전설의 승균도인?"

"나를 알아보겠느냐? 후후후."

"흡!"

노인은 흰옷의 옷매무시를 다듬듯이 단정한 자세에서 부드럽고도 우아하게 손사래를 한번 쳤고 그 순간 네 명의 무사는 일시에 호흡이 정지되며 마치 고목나무가 넘어지듯 그 자리에 쓰러지고 말았다. 노인은 연기처럼 사라졌다. 그리고 유풍곡에는 다시 여러 방향으로 바람이 불었다.

집으로 돌아온 사두계의 극진한 보살핌 덕택인지 아이를 업었던 무사는 하루 만에 정신을 차렸다. 무사는 우화탄이라는 우씨 가문의 낭인무사였고 아이는 단씨 가문에서 버려진 아이로 추정되었다. 아이는 우화탄의 아들이 아니고 우화탄이 용으로부터 구한 단씨 집안의 아이라는 것이었다.

우화탄은 심한 부상으로 어디 한곳 성한 데가 없었다. 그러나 피를 닦고 상처를 대충 치료하고 나자 번듯한 무사의 모습이 확연하게 드러났다. 촌장은 사현철의 장례를 준비하는 동안 우화탄을 불러 조심스레 자초지종을 자세히 물었다.

"이름이 우화탄이라고 했나?"

"예, 그렇습니다."

"골격과 생김새를 보아 자네는 우씨 집안사람이 맞는 것 같구먼. 그래, 어쩌다가 중원의 자객들에게 쫓기게 되었고 또 저 아기는 누구란 말인가?"

"예, 어르신, 먼저 목숨을 구해주시고 저를 이렇듯 사씨촌에 받아들여 주어 고맙습니다. 다만 저 아이를 한 동안 맡아주신다면 백골 난망이겠습니다만."

"우리 사씨촌에 말인가?"

"예, 어르신."

"그래, 일단 그렇게 함세. 그렇다면 이제 자네와 저 아이의 이야기를 해보게."

"예, 저는 원래 북사막의 창해군이 낭인무사였습니다. 일거리가 있을 때마다 용병으로 팔려 다니며 싸움에 출정하곤 했지요. 제가 어려서 우씨 가문을 떠나 용성국 제일검의 수제자라는 괴무사에게서 검법의 기초를 얻어 배우게 된 인연으로 그래도 창해군에서는 이름이 좀 난 편이었지요. 그가 가르쳐준 검술 덕분에 한동안은 부어나 진나라의 목지국으로 가는 화물을 운송하는 표국에서 호송무사의 일을 했습니다."

"그런데 용성국 제일검의 제자가 괴무사라니? 자넨 스승의 함자를 모른단 말인가?"

"예, 처음부터 이름을 말해주지 않았고, 그는 저에게 스승이라기보다는 친구였습니다. 지금은 사형으로 모시고 있습니다."

"그래? 그래서?"

"그런데 지난 달 말에 낙랑태수가 보낸 귀중품들이 창해부에 들어왔고 한나라 낙양으로 가는 뇌물이었는데 표국이 없었던 터라 창해부에서는 검을 잘 다루는 이른바 쓸 만한 고수들을 모집했습니다. 그리고 큰 돈을 준다는 소리를 듣고 자원했던 제가 뽑혔지요. 우리는 요하를 건너기 전의 배까지만 운송을 해주면 되는 것이었습니다. 제 임무는 우마차 다섯 마리가 화물을 각각 끌고 가는 다섯 수레의 후방에서 무사 오인을 이끌며 비적 떼의 후방 습격을 막도록 되어 있었습니다. 그런데 요하의 포구가 멀리 보이는 주막에서 우리는 엄청난 습격을 받았습니다. 우리가 짐을 둘러싼 채로 간단하게 요기를 하려고 할 때 수십 명의 자객들이 우리를 덮쳤지요. 그들은 단순한 비적 떼가 아니었고 무공도 상당했습니다. 전방의 호위무사는 이미 표창과 화살에 맞아 쓰러졌고 후방의 우리는 겨우 암기를 막아냈지만 뒤에 나타난 고수들과 검을 섞어야만 했습니다. 그들은 복단회의 고수들이었습니다. 하지만 우리들도 모두 창해군에서 선발된 고수들이었기 때문에 그들에게 쉽사리 당하지는 않았습니다. 우리들은 이십여 명을 상대로 수십 합을 겨루면서 동시에 표국의 화물을 지키느라 무진 애를 썼습니다. 그런데 잠시 후 저는 스스로 제 눈을 믿을 수 없는 광경을 목도하게 되었습니다.

백여 장 떨어진 강가로부터 하늘을 뒤덮는 어마어마한 청룡이 날아올라 주막의 뒤뜰에 있던 살림채 위로 날아온 것이었습니다. 용은 크르르! 하는 엄청난 굉음과 함께 일대에 진한 안개를 뿜어 부근을 한치 앞도 분간할 수 없는 공간으로 만들어버렸습니다. 전투가 소강상태가 되고 그 집에서 노부부가 나오면서 다시 싸움이 시작되었습니다. 그런데 이번에는 강에 정박해 있던 한나라군의 배에서 괴무사들이 엄청난 속도로 경공을 펼치며 주막으로 날아왔습니다. 상황은 그야말로 일대 혼란상태가 되어 버렸습니다. 강가에서 솟아오른 용과 배로부터 경공술을 펼치며 주막에 홀연히 나타난 중원의 고수들은 주막에 숨어 있던 노부부와 갓난아기를 노렸지만 노인은 엄청난 고수였습니다. 그 노부부는 중원무사 여럿을 베었고, 주막을 급습한 복단회의 무사들이 용과 중원 무사들과 맞서 닥치는 대로 싸웠지요. 그런데 우리는 아군과 적군을 분간할 수 없어 우리 창해표국의 호송무사들은 수레에 다가오는 자들이면 누가 먼저랄 것도 없이 닥치는 대로 검을 휘둘러 댔지요. 하지만 인간은 참으로 미약한 존재다 싶더군요. 용이 땅을 향해 불을 뿜어대자 무사들은 모두 불붙은 메뚜기 떼처럼 사방팔방으로 뛰어 달아나게 되었지요.”

“그, 그게 사실인가? 자네가 용을 보았어?”

“예, 일대가 온통 안개와 연기와 휩싸이고 무사들의 시체가 여기저기 널브러진 상황에서 나는 언제 또 용이 나타날지 몰라 주막 뒤 박달나무 기둥 아래 낮은 자세로 검을 뽑아들고 있었습니다. 그리고는 엄청난 고수들이 나타나 용까지도 단칼에 마구 죽이는 걸 제 눈으로 똑똑히 보았습니다.”

“사람이 단칼에 용을 죽이다니? 그럴 수가 있는가?”

“정말입니다. 그런데 그 고수들과 싸우는 괴무사들이 또 나타난 것입니다. 그 고수들은 잔인한 표정으로 외쳤습니다. ‘무망님의 명이다! 사람은 물론 개와 닭까지도 모조리 죽여라! 살아있는 건 모두 죽여라!’ 그 소리에 저는 나서보려 했지만 그들은 제 상대가 아니었습니다. 그 소란이 어느 정도 지나고 여기저기에서 불타는 연기가 다소 걷히자 아이를 안은 노인이 저에게 조심조심 다가왔습니다. 그는 살아있다는 게 믿기 어려울 정도로 검상을 많이 입었습니다. 노인은 제 검을 보고는 백산의 우씨 가문 사람이 아니냐고 묻더군요. 그렇다고 하자 그는 자신도 우씨라면서 나를 믿는다고 했습니다. 그는 이미 심한 화상과 검상을 입은 터라 아이를 나에게 맡기겠다고 했습니다. 그는 자신도 상당한 고수인데 상상을 초월하는 무망이라는 고수와 맞서다 검상과 내상을 입었고 아이도 머리에 검상을 입었지만 다행이 생명에는 지장이 없는 것 같다고 했습니다. 아이는 머리꼭지가 퉁퉁 부어있었고 혈흔이 있었습니다. 그리고 그는 아이가 십팔세가 되면 아이는 스스로 용을 찾아 떠날 것이라면서 우씨 집안은 오래전에 단씨를 모셨던 집안이라며 우씨는 당연히 의리를 지켜야 한다고 했습니다. 그는 이미 숨을 거둔 자신의 부인을 어루만지면서 나에게 아이를 데리고 백산으로 가라고 했습니다. 그는 저에게 퇴로를 확보해주기 위해 다시 적군을 향해 나아갔습니다. 그는 전투 중에 흩어졌던 무사들을 불러 모아 재정비했고 그들만의 암호였는지 자신들의 무사들을 부르는 소리에 여기저기서 대답이 들려왔습니다. 나는 아이를 안고 도망치려고 주위를 둘러보니 부여국 창해군의 표국 무사들은 모두 죽어있었습니다. 그들의 시체가 산처럼 쌓여 마당에 즐비했습니다. 그리고 먼발치에서 보니 엄청난 기도의 고수가 나타나서 닥치는 대로 군사들을 죽이고 있었습니다. 복단회 고수들이 '무망이다! 무망이 나타났다!'고 외치면서 필사적으로 그를 둘러싸고 대대적인 전투를 벌이고 있었습니다. 그런데 이번에는 또 다른 함성이 들렸습니다. '창해도인이시다! 창해도인이 오셨다!' 제가 듣기로는 확실하지는 않지만 창해도인과 무망이 대결을 한다면서 모든 주의가 그쪽에 집중될 때 저는 필사적으로 탈출을 감행했지요. 아이를 맡은 나로서는 저는 일단 도망쳐야겠다는 일념으로 표국의 화물도 그리고 한나라 상인들과의 약조도 뒤로 하고 그곳을 빠져나왔습니다. 그리고는 지난달 말로부터 열흘간 저 한나라 무사들에게 쫓겨 왔던 것입니다."

"그랬구면. 그런데 그 우씨 노인이 백산으로 가라했다는데 무슨 연고가 있다고 하던가?"

"모르겠습니다. 다만 저는 지금은 사라진 제 고향인 우씨 집성촌으로 가보았지만 부락이 모두 불태워져 잿더미가 되어 있었고 남아 있는 사람은 아무도 없었습니다."

"알겠네, 그만 가 쉬게."

촌장은 우화탄을 다시 한 번 눈여겨보더니 곁에서 이야기를 듣던 사두계를 한번 힐끔 쳐다보았다. 그리고는 사두계에게 턱짓을 했다. 사두계는 잠시 망설이더니 입을 열었다.

"촌장 어르신, 제가 우씨 무사와 아이를 데려왔으니 제 처소에서 머물게 하겠습니다."

"그래? 그렇게 하게, 그런데 자네 혼례를 치른 지 십년 넘게 아이가 없으니, 아이 욕심이 나는가?"

"아닙니다. 아이를 원하는 것은 아니고, 다만 어쩔 수 없는 인연이라면 인지상정상 마지못해 거두어주겠다는 것입니다."

"하지만 근본도 모르는 아이를 사시촌에서 계속 키울 수는 없네. 아직 갓난아이이나 조금 자라거든 다른 곳으로 보내게."

"아닙니다. 어르신 제가 키우지는 않겠습니다. 이 아이는 단씨의 후손이라 알고 있습니다."

"그래? 그런데 아까 우씨 무사는 왜 그런 말을 우리에게 하지 않았나?"

"예, 저에게만 했습니다. 혹시 촌장께서 받아주시지 않을까봐 그런 모양입니다."

"그래? 단씨라…… 알았네. 일단 키워보세."

"예? 제가요?"

"그래, 다른 영감들은 내가 설득해보지!"

"고맙습니다. 촌장 어르신!"

사두계는 우화탄을 집으로 데리고 와서는 다시 한 번 더 통성명을 하고는 깜짝 놀랐다. 둘은 생년월일까지 똑같은 동갑이었다.

"이럴 수가? 이것도 인연이가 보이. 나이도 서른여섯으로 같고, 활도 똑같이 쌍각궁을 쓰는 게 보통 인연이 아닌듯 싶은데 이번 기회에 우리 친구하기로 합시다."

"그럽시다. 아니, 그렇게 하세나 친구!"

"좋아! 친구!"

하하하하하

사두계의 처는 처음에는 마뜩치 않았지만 아이가 워낙 귀엽고 귀티가 나게 생겨서 자신도 모르게 아이를 받아들고는 자신의 친자식인 냥 품에 꼭 안아주었다.

"부인, 아이가 한동안 밥다운 걸 먹지 못하고 그저 꿀과 산속의 과일만 먹어서 그런지 설사를 합니다. 죽이나 미음을 끓여 먹여주시면 고맙겠습니다."

"예, 그렇게 하지요. 아기가 돌은 지난 듯하니 죽은 잘 먹을 수 있을 것 같습니다."

"고맙습니다. 부인, 아니 제수씨."

아이가 잠들고 나자 사두계는 우화탄에게 지난 전투의 야기를 했다. 낙랑군과 조선회복을 도모하는 복단회간의 전투와 삼부인과 용의 이야기 그리고 단환청 회주의 자격문제 제기한 장군들과 회주의 심복들이 서로 팽팽히 맞섰다는 이야기, 또 부회주 단주청은 자신을 의심하는 우평군이라는 장군을 참수하고 회의를 종결시켰는데, 우평군의 조부는 과거 준왕의 선왕인 물리단군을 붕어하게 한 무림고수 우화충이었기 때문에 그의 참수에 대해 아무도 제지하지 않았다는 말을 할 때 우화탄은 소스라치며 놀랐다.

"지금 우평군장군이라 했나?"

"아니? 그럼, 자네는 우평군이라는 장군을 아는가?"

"그렇네. 나의 백부님이 되시지."

"저런! 그렇다면 혹시 우화충이란 분을 자네 아나?"

"우리 선조어르신이라는 것밖에는…… 과거 물리단군 때의 변이 있어 나라를 구하려다 돌아가셨다는……"

"그렇군."

"참! 나는 부상이 회복되면 떠나야 하니 자네가 이것을 맡아주게, 아이의 물건일세."

우화탄은 요하의 주막에서 노인에게서 받은 비단 주머니를 꺼냈다. 그리고 둘은 깜짝 놀라고 말았다. 그것은 단씨들만 사용하던 박달나무에 옥으로 새긴 신패와 편지였기 때문이었다. 우화탄이 그 아이를 처음 받았을 때부터 그는 줄곧 도망치며 싸워왔기 때문에 아이의 물건들을 살필 겨를이 없었다. 편지는 박달나무를 대단히 얇게 저며 만든 목편(나무조각) 속에 들어있었다. 편지내용은 매우 짧았다. 아이를 백산의 한씨 집안으로 보내달라는 것이었다. 하지만 사두계와 우화탄이 아는 한 백산에는 한씨 집안이 있다는 소릴 들은 바가 없었다. 한편 신패와 동일한 모양으로 제작되어 있던 박달나무 목편에는 재세이화(在世理化), 홍익인간(弘益人間), 풍류도법(風流道法), 단수신위(檀樹神褘), 현묘지도(玄妙之道)라는 글씨가 새겨져 있었나. 그것은 각기 다른 색으로 새겨있었다. 오행에 의하면 북은 수(水)이며 색깔로는 검은 색이고 음(陰)이다. 남은 화(火)이며 붉은 색이고 양(陽)이다. 동은 목(木)이며 청색이고 양의 방향이며, 서는 금(金)이며 흰색이고 음이다. 그리고 중앙은 토(土)이며 황색이 된다. 그것에

따라 중앙황의 위치는 금색으로 홍익인간이라 적혔고 푸른 글자인 풍류
도법과 붉은 글자인 재세이화는 양각으로 세련되게 새겨 있었다. 그리고
단수신위과 현묘지도는 음각이었다.

며칠 후 우화탄의 몸이 현저하게 회복되자 그는 백산 부근의 사냥꾼들
에게 수소문하여 옮겨간 우씨 집성촌을 찾아 떠났다. 한 달 이내에 다시
온다고 했지만 사두계는 그가 돌아오지 않을 거라 여기고 지난달 호피를
팔아 마련한 은자를 넉넉하게 챙겨주었다. 그러나 오히려 그는 사두계의
방 한 구석에 주먹만 한 은덩어리를 남겨두고 떠났다.

비록 사냥꾼이자, 갖바치 집안이지만 사씨 집안에서 다른 집 후손을
맞아들인다는 것은 있을 수 없는 일이어서 집안 회의를 했고 가장 나이
가 많은 사두계의 아버지인 사지선의 의해 아이의 입양을 최종적으로 결
정되었다. 사지선의 사촌 형인 촌장은 사두계의 입장을 지지해주었다.
그리하여 그 아이는 용가죽으로 가죽제품을 만들던 장인 사두계의 아들
로 입양되었다.

사두계의 집안에서는 아들은 얻은 기념을 잔치를 벌이기로 했다. 원래
는 예로부터 용비늘로 아이에게 부적을 만들어주었으나 당시에는 용들
이 거의 사라져 용가죽제품을 만들지 못하자 요즈음엔 호랑이나 곰의 이
빨로 기념부적을 만들곤 했다.

그런데 우연치고는 이상할 만큼 사냥을 떠나는 아침 우화탄이 돌아왔
다. 아이를 한 번 더 보고 가기 위해 열흘도 되지 않아 다시 사씨촌을 찾
은 것이었다. 우화탄과 사두계는 마치 몇 년 만에 만난 사이라도 되는 듯
이 반갑게 얼굴을 마주 대했다.

"이보게 친구, 마침 잘 되었네. 우리아이에게 사씨의 부적을 만들어주
기 위해 호랑이 사냥을 가는 길이니 함께 갈 수 있겠나?"

"그래? 아이를 위한 사냥이라? 내가 꼭 같이 가야겠군. 나도 아이에게 무언가 해주고 싶었는데 잘 되었네."

두 사람은 오랜 친구사이는 아니었지만 말만하면 뜻이 통하는 친구처럼 가까워졌다. 사냥길에 오르고 나서도 그들은 아이를 위해 무언가 한다는 생각에 내내 들떠 있었다.

우화탄과 사두계가 곰과 호랑이를 잡기 위해 백산을 뒤지던 중 이튿날 오후 북쪽 칠부 능선 경사면에서 호랑이 흔적을 찾아내었다. 둘은 각궁을 서너발씩 준비하여 화살을 활에 걸고 천천히 호랑이가 은거하는 솔숲이 빽빽한 기슭으로 접어들었다. 늦은 가을이라 낙엽을 밟는 소리가 크게 날까 조심하여 흙이나 바위만을 골라 딛고 가기가 여간 어려운 일이 아니었다. 우화탄이 앞서가던 사두계의 가죽털옷을 살며시 잡아챘다.

그들의 눈에 띤 것은 다름 아닌 백호였다. 송림 건너편 백호가 멧돼지를 앞에 놓고 움직이고 있었다. 아마도 잡은 멧돼지를 어느 정도 먹어치우고는 포만감에 주위를 어슬렁거리는 모양이었다.

사두계는 우화탄에게 자신의 뒤에서 엄호해 줄 것을 부탁하고는 실금살금 백호에게 다가가 사정권으로 집근했다. 사두계가 거의 소음 없이 백호에게 다가갔지만 백호는 인기척을 느낀 모양이었다. 백호는 굵고 낮은 소리로 크르릉거리면서 둘을 위협했다. 그리고는 허공중으로 날아올랐다. 사두계를 노리고 덮치려 했다. 순간 사두계도 세 발의 각궁을 모두 쏘았다. 그리고 그 뒤에 서있던 우화탄도 백호를 향해 세 발의 화살을 동시에 쏘았다. 백호는 고통스럽게 포효하며 사두계를 향해 앞발 공격을 가해왔다. 호랑이는 배와 옆구리에 각각 세 발씩 여섯 발의 화살을 맞고도 거세게 공격해왔다. 백호인지라 배쪽으로 흘러내리는 선혈이 더욱 뻘겋게 보였다. 사두계와 우화탄은 검을 뽑아들고 백호의 주위를 맴돌았다.

호랑이는 피를 흘리면서도 사납게 이빨을 드러내며 살기등등한 기세를 보였고 다소 위축된 두 사람은 호시탐탐 기회를 엿보았다. 호랑이가 사두계 쪽으로 몸을 돌리며 공격할 준비를 하자 사두계가 뒤로 슬슬 빠지면서 반대쪽의 우화탄이 재빨리 검을 휘둘렀다.

크허헝!

칼을 맞은 백호를 더욱더 광분하여 포효를 했고 그와 동시에 사두계의 칼이 백호의 목뒤에 적중되었다. 백호는 칼에 맞고도 사두계를 향해 몸을 돌려 공격할 태세였다. 그러자 다시 한 번 우화탄이 백호의 목으로 아래에서 위로 올려쳐 공격을 끝냈다. 배에 화살 여섯 발을 맞고 거기에 검 두 자루가 목을 관통당한 채로 백호는 그 자리에 쓰러지고 말았다.

신수인 백호를 만나 벌인 그 치열한 싸움을 기념하여 두 사람은 죽은 호랑이 앞에 향나무를 태워 제를 올려주었다. 그리고 사두계가 호랑이를 즉석에서 해체하여 가죽을 벗기어냈다. 호랑이의 살을 불에 굽기 위해 주위에서 나무를 모으다가 박달나무 숲에 다다르자 그는 다시 한 번 아이의 이름이 문득 떠올랐다. 그리고는 자신보다는 더 싸움을 잘하는 사람이라는 뜻의 사호살이라고 아이의 이름을 짓기로 결심했다. 이름은 항렬(行列)에 따라 사호살(史虎蠶)로 이름 붙여지게 되었다. 그는 아이의 이름 뜻은 호랑이를 잡는 화살이라고 여겼다.

그 후로 우화탄은 가끔 사씨촌에 들러 자신의 생명을 구해준 것에 대해 고마움을 전했고 그가 올 때마다 그는 사호살에게 무공을 가르쳤다. 사호살은 타고난 무골이었기 때문에 하나를 가르치면 그야말로 열을 알았다. 그리고 승부욕이 대단하였다. 그런데 아이는 자라나면서 어찌나 질문이 많은지 별명이 또물이가 되었다. 또 물어본다고 하여 그렇게 지은 것이었다. 그 덕분에 아이들 사이에서는 무두질이며 활쏘기 그리고 싸움질하기까지 질문을 하여 터득하는 아이로 소문이 자자했다.

우화탄은 우평군의 조카로 창해군 표국 사건 이후로 낙랑군과 복단회에게 이중으로 쫓기는 낭인이어서 한 곳에 머물 수 없는 입장이었다. 우화탄은 사씨촌을 떠난 이후 종종 마을에 올 때마다 사두계와는 사냥과 무공에 대한 이야기를 나누었다. 그는 친구 사두계에게 조선이 망한 이후에 부여나 옥저 동예 그리고 예맥이나 삼한의 소식 등을 전해주었다. 사두계는 조선의 진왕인 준왕의 소식이나 혹여 있을지도 모르는 백산의 한씨의 행방을 듣고 싶어 했으나 소식을 알 길이 없었다. 우화탄은 호살의 가문과 내력에 대해 백방으로 알아보고 다녔지만 헛수고였다.

하루는 우화탄이 사두계에게 물었다.

"혹시 백산의 한씨 가문에 대해서는 무슨 소식이 있는가?"

"아니, 다만 내 숙부님께서 유풍곡의 소도장이 한씨라는 소리를 들은 적이 있다고 하셨네, 일명 승균도인으로 불렸지. 하지만 소도가 없어진 지 벌써 백년이 지났네, 그 한씨가 아직 살아있을 리 만무이겠고……"

"그래? 그렇군. 자네, 만일 이 아이가 단군왕검의 적통이라면 어떻게 하겠나?"

"그럴 리가 있나? 그렇다면 누군가 벌써 찾으러 왔겠지. 어디 단씨가 한둘인가?"

"그렇겠지? 하지만 그들이 계속 이 아이를 찾고 있는 중이라면?"

"글쎄, 그럴 리가 없겠지만…… 나중에 애가 크면 복단회에 한번 데리고 가야겠구먼."

"아니야! 복단회는 변질되었어. 애가 다칠지도 몰라! 화탄이! 자네! 복단회에는 절대 비밀로 하게!"

"그래? 으음……"

사두계와 우화탄은 종종 만나 호살의 미래에 대해 염려하고 또 걱정하였다. 두 사람은 그러는 동안 더없는 우정을 쌓았고 사호살은 우화탄은 아버지처럼 따랐다. 아이가 자라면서 우화탄은 한문과 역사에 대한 교육을 시키기 위해 책도 사다주고 글공부를 시켰다. 사두계도 영민한 호살에게 여러 가지 교육을 시키면서 아기가 뛰어난 재목이라는 걸 알게 되었다.

사두계가 사호살을 입양한 후 우화탄은 사두계 부부에게 어느 날 약초를 갖다 주었다. 그들은 계속해서 우화탄이 가져다준 노루발풀과 옥란화(玉蘭花) 그리고 구절초(九折草) 등을 복용하였다. 사실 우화탄은 약초에 해박한 지식이 있었다. 결국 사두계는 사호살 밑으로 딸, 사연홍 그리고 막내아들 사연표를 두게 되었다.

사호살의 용꿈

사호살은 열여덟 살이 되자 늙은 아버지 사두계를 이어 실질적인 사냥꾼 겸 갖바치 장인이 되었다. 그는 사냥으로 심신을 단련한 터라 날래고 힘이 좋았고 머리 또한 영리했으며 인근에서는 그를 당할 자가 없는 그야말로 이름과 같은 싸움에 능한 인물이 되었다. 그는 그 누구보다도 산은 잘 타는 동시에 달리는 호랑이도 따라잡을 성도로 발이 빠른 바람 같은 청년으로 성장하였다. 그리고 사냥에 나설 때마다 사두계는 사호살에게 모든 지식을 전해주려고 무던히도 애를 썼다. 그리고 별명이 또물이답게 늘 질문을 수없이 하던 호살은 어린 나이지만 백산과 사냥에 관해서라면 모르는 게 없을 정도였다. 사두계는 사호살을 친자식 이상으로 아끼고 사랑하였다.

사두계는 고산 박달나무로 화살대를 만들기 위해 호살을 데리고 산을 올랐다. 산을 오르며 사두계는 사호살에게 이런저런 이야기를 하며 다정한 표정으로 힘든 비탈길을 올랐다. 언제나처럼 호살은 아버지에게 질문을 공세를 가했다.

"아버님. 저는 아버님께서 왜 저 삼지연 멧닭을 기르게 되었는지 궁금합니다."

"그야 봉황을 잡으려고…… 왜 또 다른 게 궁금하냐?"

"아니요. 그런데 결국 저 놈이 죽을 때까지 잡아먹지도 않고 늙어죽으니 아까워서요. 용이 나타난다면 모를까…… 봉황한테 주기는 좀 아깝기도 하고……"

"후후, 녀석, 용 이야기를 듣고 싶은 게로군! 우리 집안은 본시 용사냥꾼 가문이다. 삼지연 멧닭이 봉만 불러내는 줄 아느냐?"

"그럼요?"

"저놈은 영물이다. 저놈은 용도 불러낼 수 있다."

"쟤가 용을 불러온다고요! 설마요?"

"허허! 이놈 보게? 아비의 말을 도통 믿지를 않네?"

"아니, 그럼, 멧닭이 여기 있는데, 왜 여기에 아직 용이 나타나지 않는 거에요?"

"허허, 그놈 참! 그거야 용이 이 부근에 없기 때문이지."

사호살은 순간 눈이 반짝 빛났다.

"그럼 저 닭을 들고 용이 있는 곳으로 가면 용이 나타난단 말인가요?"

"그야, 그때 용이 배가 고프면 그렇고, 아니면 말구 뭐……"

"에이! 시시해! 그런 말이 어디 있어요? 그럼 배고픈 용을 찾아가면 되겠네요?"

"야 이 녀석아! 질문 좀 그만해! 이야기하다가 벌써 배가 꺼질라."

"허허허, 하하하."

둘은 신나게 한바탕 웃고 말았지만 사두계는 산봉우리 너머 하늘을 바라보며 망연자실 한동안 고개를 그렇게 들고 서 있었다. 그는 백산의 꼭

대기에 있는 엄청난 크기의 천지를 사호살에게 한번 보여주고 싶었던 것이다. 그 넓고 넓은 하늘못에는 이제 모든 것들이 다 사라지고 만 공허한 호수. 과거 그 거대한 수천 마리의 용들이 살았다는 천지에 사두계는 사호살을 데리고 올라가기 시작했다. 사실 백산의 양대 사냥가문인 사씨촌과 우씨촌에게 있어서 천지부근은 소도나 다름없었다. 그곳은 아무나 함부로 올라갈 수도 없고 설사 간다하더라도 촌장의 허락을 득한 연후에 목욕재개하고 정갈한 마음으로 올라야 하는 것이 사씨 가문의 전통이자 가례였다.

하지만 사냥가문의 위세도 완연하게 영락해버렸고, 실제로 이곳을 다스리던 조선도 망하고 나자 과거에 그토록 성스러웠던 장소는 이제 후미진 장소가 되어버린 것이었다. 옛 소도를 바로 앞두고 사두계는 사호살에게 흐트러진 옷을 바르게 여미게 하고는 산 정상의 호수를 향해 큰절을 세 번 했다. 말하자면 소도로 들어가는 통과의례를 한 것이었다. 사호살은 영문도 모르고 아버지인 사두계를 따라 절을 올렸다. 그리고 유풍곡을 지나 지름길로 산 정상으로 향했다. 유풍곡에는 언제나처럼 차가운 바람이 동서남북을 가리지 않고 사방에서 불어왔다. 한기를 안고 한참을 걸은 후 이윽고 산봉우리의 아래에 펼쳐진 거대한 호수에 다다르자 두 사람은 누가 먼저랄 것도 없이 가슴을 활짝 피고는 심호흡을 했다.

"보아라! 호살아! 이곳이 바로 천지이니라!"

"우와! 과연 어마어마하군요!"

호살은 자신도 모르게 가슴이 두방망이질하는 걸 느꼈다.

"그 옛날 이 물에는 엄청난 숫자의 용들이 헤엄을 치고 있었느니라!"

"그래요?"

사호살이 사두계의 눈치를 살피며 매우 조심스럽게 물었다.

"그런데 애초에 이 땅에는 어찌 그리도 많은 용이 살게 되었나요?"

"그야 나도 모르지, 다만 환인 옥황상제께서 환웅신에게 천상신 삼천을 주고 지상의 질서를 바로잡게 하셨을 때 천신들이 모두 용을 타고 강천 했다는 옛이야기만 들었을 뿐이란다. 몇 백 년 전부터 내려오는 이야기 하나를 해주마. 옛날 천신들께서는 환인천제님의 명에 따라 인간들에게 홍익을 하라는 명을 받고 이 땅에 오셔서 인간들을 교화하셨지."

"예? 인간에게 홍익이라니요?"

"으응, 그건 신들께서 인간들에게 커다란 도움을 주신 것을 뜻한단다. 사냥이나 길쌈 그리고 농사 같은 공부를 우리에게 가르쳐주신 거야. 우리 사씨 조상들은 단군왕검님의 가르침에 의해 용사냥을 시작했는데 전해들은 이야기로는 무망이라는 못된 용이 왕검님을 해하려고 악한 용들을 보내 공격을 감행했다는 거야."

"예? 그래서요? 그 용들이 왕검님을 시해하였나요?"

"아니 그 위기상황에서 착한 용이 나타나서 용들의 싸움이 생겨났고 왕검님은 목숨을 구하셨지. 그 이후로 왕검님 신하들이 악한 용들을 잡는 용사냥꾼들을 대대적으로 길러냈지, 우리 가문도 또 우씨 가문도 그때부터 용사꾼이 되었다고들 하지."

"아! 그랬군요. 그럼 아버지는 용사냥을 해보셨어요?"

"그럼. 삼십 년 전이니까, 내가 지금 네 나이보다 서너 살 어릴 때였지. 큰 아버님과 내 아버지 그리고 막내삼촌이 어린 나를 데리고 사냥을 나섰다가 이무기가 승천하는 걸 목격하게 되었단다. 우린 백산 폭포 위 근처를 걸어가고 있었지. 높은 절벽 위에서 그 아래 강물로부터 이무기가 기어 올라오는 것을 직감한 내 아버님 삼 형제분은 용사냥 준비를 하셨지."

"어떻게요?"

"으웅, 이무기는 일단 승천을 하려면 땅의 기운, 즉 지기를 다 없애버려야 하거든. 그러려면 절벽을 오르는 동안 몸의 모든 땅기운을 절벽에 문질러 없애버리고 천기를 얻어 비로소 승천을 하지. 그때 바위에 깊게 이무기의 흔적이 남게 된단다. 그런데 이무기가 용으로 변하기 전 땅기운이 있을 때에는 그의 수염이 철사처럼 강해서 칼로는 웬만해서는 잘라지지가 않거든. 그래서 용으로 변해 승천하기 시작할 때 용과 함께 높이 뛰어 순간적으로 수염을 자른 뒤 목에 있는 여의주를 빼앗거나 용의 심장부의 있는 역린을 검으로 베어버리는 거지. 그러면 용은 방향을 잃고 다시 땅으로 떨어진단다. 먼저 내 아버님이 막내삼촌을 업고 백부님과 둘이 이무기가 절벽 위로 솟아오를 때 동시에 몸을 날리셨지. 그리고 백부님이 중간에서 삼촌을 업은 내 아버님의 발바닥을 쳐 한 번 더 도약하도록 해주셨지, 그리고 마지막으로 아버지가 막내삼촌을 공중에서 위로 솟구치도록 쳐주시고는 땅으로 떨어지시는 거야. 그러면 막내삼촌이 양손에 검을 들고 그 높이까지 날아올라온 용의 수염을 잘라버리는 거지."

"그래서요? 용을 잡았나요?"

"거의 잡았었지. 용 수염 한쪽은 잘랐으니까!"

"예? 무슨 말씀이세요?"

"거짓말 같은 얘기지만 우리가 다 잡은 그 용을 아 글쎄, 갑자기 나타난 다른 용이 잡아채 가버렸어."

"예? 정말이에요?"

"우리 가문은 그이후로는 단 한 번도 용을 잡아본 적이 없단다. 그게 다 용의 저주를 받아서 그렇게 되었다고들 하는구나, 용의 저주라…… 그런 거는 그저 말하기 좋아하는 사람들이 만들어낸 이야기인지도 모른다."

"그렇군요……"

"호살아!"

"예!"

사두계는 잠시 생각에 잠겼다가 다시 말을 이었다.

"나는 예전에 내 형님의 큰 아들인 현철이라는 네 사촌형을 바로 이 백산 천지 아래에서 사냥 중에 잃었다. 그 아이가 살아있었다면 장차 사씨촌의 다음 촌장이 되었을 아이지. 그런데 어쩐지 나는 너에게서 그 현철이가 다시 살아 돌아온 느낌을 종종 받는다."

"예? 무슨 말씀이신지요?"

"……아니다. 나는 다만 네가 훌륭하게 자라나서 우리 사씨촌을 잘 이끌어주었으면 한다는 말이다. 나중에 용도 잡고 말이야!"

"아, 예, 아버지도 참……"

사두계는 긴 명상에 잠기기라도한 듯 천지 호수변에 한참을 앉아 있었다. 사두계는 과거 이야기를 아들에게 한 후로는 다소 멋쩍은 표정을 짓고는 말이 없었다. 호살도 어쩐지 분위기가 서먹해서 높은 곳으로 올라갔다. 그리고는 잠시 가슴에 통증을 느꼈다. 가슴을 부여잡고 있노라니 호수 속에 검고도 긴 어떤 물체가 움직이는 것이 보였다.

"아니? 저것은?"

"왜 그러느냐?"

그러나 그 괴물은 어느새 사라지고 말았다.

"아무것도 없는데? 네가 뭘 잘못 본 모양이구나? 호살아."

"예? 예, 그런 것 같아요…… 아니? 저, 저건?"

순간 호살은 물 속 깊은 곳의 용 모양을 다시 보았다. 호살은 아버지에게 용처럼 생긴 괴물의 이야기를 할까하다가 그만두었다. 가슴의 통증도 사라지고 기분도 좋아졌기 때문이었다. 호살은 묵묵히 아버지를 따라 튼

튼한 박달나무 관목을 꺾어 부락으로 돌아오고 말았다.

그런데 사호살은 천지를 본 이후로는 마음 한구석이 무언가 편치가 않았다. 그 후로는 계속 꿈자리가 편안하지도 않았다. 그리고는 며칠 후 용이 나타나는 꿈을 꾸었다. 그런데 어찌 된 영문인지 용꿈을 꾸고 나면 사호살은 더욱더 입맛이 없고 잠도 깊이 오지 않아 심신이 매우 피곤하게 되는 것이었다. 그리고 하루하루 피로가 쌓여만 가는 듯했다.

하루는 호살이 너무도 몸이 찌뿌드드해 활을 들고 산으로 향했다. 그날따라 힘은 들었지만 쉬지 않고 백산 정상까지 올라 천지호수를 내려다보았다. 호살은 한동안 괴물을 찾았다. 그러나 그 어디에도 괴물의 모습은 보이지 않았다. 백방으로 괴물을 찾으려고 수중을 내려다보다 지친 호살은 맥없이 산기슭에 주저앉았다. 그리고는 식은땀을 흘리며 넋을 놓고 망연자실해서는 드넓은 호수 수면을 바라보노라니 별안간 물속에서 커다란 거품이 일었다. 호살은 본능적으로 활을 들어 화살을 메겼다. 그러나 그는 활을 쏠 용기가 나지 않았다.

그 큰 호수의 수면이 마치 커다란 가마솥의 끓는 물처럼 부글거리며 연방 거품을 만들어내는 것이었다. 그리고는 급기야 그 부글거리는 소음과 땅이 웅웅 울리는 진동으로 주위가 가득 차버렸다. 호살은 너무도 긴장하여 침을 삼키려 했지만 침이 모아지지 않았다. 이윽고 수면 위로 거대한 물체들이 날아오르기 시작했다. 금빛을 찰랑거리며 수많은 괴물들이 하늘로 계속 날아올랐다. 그것은 용들이었다. 호살은 숨이 탁 막혔다. 수백 마리의 용들이 호수에서 날아올라와 하늘을 가득 메워버린 것이었다. 그리고는 화살을 들고 얼어붙어버린 호살을 용들이 일제히 바라보았다. 호살은 순간 도망쳐야겠다고 생각했지만 발이 제대로 떨어지지 않았다. 그는 필사적으로 뛰기 시작했다. 호살은 앞이 잘 보이지 않았다. 온몸에 땀이 나고 눈물과 콧물까지 나는 통에 시야가 흐려진 때문이었다. 전력으로 질주하였지만 등 뒤에서 날아오는 용들의 느낌이 점점 가깝게 느껴졌다. 그는 절벽 쪽으로 길을 잡았다. 그리고 전속력으로 질주하여 절벽 아래로 몸을 날렸다. 그는 절벽 건너편의 박달나무 숲 위로 한 마리 새처럼 뛰어내린 것이다. 하지만 용들은 공중에서 선회비행을 하다가 숲속에 숨어있는 호살을 찾기 시작했다. 이윽고 선두에서 비행하던 용이 호살을 발견했다. 용은 허공중에서 공중제비를 돌듯 몸을 빙글빙글 돌며 날다가 전신을 털어내며 비늘을 출렁출렁하게 만들었다. 그리고는 용의 전신에 붙어있던 비늘들이 모두 떨어져 나왔다. 그리고 그 비늘들이 호살 쪽으로 수천 개의 표창처럼 날아오기 시작했다. 그 비늘들은 단순한 비늘이 아니었다. 그것들은 이내 작은 용으로 화하였다. 그 수천마리의 용들이 호살을 향해 날아왔고 또 다른 용들의 몸에서 나온 수천 수만 개의 비늘들도 용으로 변하여 호살을 향해 날기 시작한 것이었다. 호살은 절벽의 나무 밑둥 쪽으로 도망치려 했지만 이미 때가 늦었다. 작은 용들이 호살의 목전까지 날아와 버렸다. 그 비늘의 용들은 하나씩 둘씩 호살의 등과 팔뚝, 어깨 그리고 가슴에까지 날아와 박혔다. 마지막에 가슴팍에 부딪친 용이 가장 강렬하였다. 호살은 고통을 못 이겨 으아악! 하고 외쳤지만 목소리가 나오지를 않았다. 그리고는 호살은 눈을 의심했다. 자신의 양팔의 피부에서 용의 비늘이 솟아나는 것이 아닌가! 호살은 다시 한 번 절규했다.

"으아!"

그때였다. 하얀 수염이 허리춤까지 흘러내린 노인이 구름을 타고 나타났다. 그리고는 호살을 살폈다.

"용을 보다니? 어린 아이가 어찌 천안통이 열렸단 말인가? 아이야! 네 사부의 함자가 무엇인고?"

"예? 으으으······"

호살이 괴로워하며 말을 잇지 못하자 노인은 지팡이를 휘둘러 용을 쫓아버렸고 호살을 향해 손바닥을 펴서는 기를 주입해주었다. 노인의 장심에서 나온 연기 같은 기운이 호살의 가슴으로 들어왔다. 통증이 점차 가라앉았지만 식은땀이 얼굴 가득 배어있었고 뺨 위로 흥건하게 흘러내렸다. 꿈이었다.

다음날 아침 여느 때처럼 사호살에게 활쏘기를 배우던 동생들이 궁수대에서 활시위를 당기면서 한참을 기다리고 있었다.

"누나, 형님 아직 안 일어난 거 아냐?"

"피이, 연표야, 오라버니가 너 같은 줄 아니? 아마 모르긴 해도 벌써 일어나서 산 한 바퀴 돌고 내려오셨을 걸? 오라버니는 우리 마을에서 가장 부지런하잖아."

"하긴, 근데 형님이 왜 여태 안 오지? 형님한테 한번 가볼까?"

"좀 더 기다려보지."

사연홍은 시간이 지나자 점차 의아한 생각이 들었다.

"이럴 리가 없는데? 우리에게 활쏘기 가르치는 걸 한 번도 빼먹은 적이 없었는데······"

사연표는 누나 사연홍이 생각에 잠겨있는 틈을 타 궁수대를 빠져나왔다. 사호살의 처소로 부리나케 달려가 문을 조심스레 두드렸지만 인기척이 없었다. 문은 잠겨있지 않았다. 사호살의 침상으로 살금살금 다가가던 연표는 소스라치게 놀라고 말았다. 침상에 누운 사호살은 마치 물에 빠진 사람처럼 땀으로 온통 젖어 있었기 때문이었다.

"형님, 정신 차리세요!"

"으으……"

사연표는 급하게 아버지 사두계를 불러왔다.

"호살아! 왜 이러느냐?"

"아, 아버님……"

"간밤에 무얼 먹었느냐?"

"아무것도 먹지 않았습니다."

"그래? 이상하군……"

사두계는 일단 호살의 이마의 열이 없음을 알고 맥을 짚어보았다.

"맥이 조금 불규칙하구나. 으음…… 아니 이것은?"

호살의 땀을 닦아주던 사두계는 소스라쳤다. 호살의 가슴에 장풍으로 맞은 듯한 손바닥모양의 붉은 자국이 나있었기 때문이었다. 사두계는 아무리 생각해보아도 알 길이 없었다. 강호고수와 겨루다 장풍을 맞은 것이 아니라면 어찌 장풍을 맞은 흔적이 있단 말인가. 사두계는 무척이나 의아했다. 용꿈에 시달리는 사호살이 딱한 사두계 부부는 산삼과 웅담을 달여 먹여 보았지만 이렇다 할 효과는 없었다. 언제나처럼 엄마와 여동생 연홍이 젖은 수건으로 열을 내려주고 지극정성으로 돌보아주었건만 차도가 없었다.

이제 촌장이 된 사두계는 시름시름 앓게 된 사호살을 데리고 의원을 만나보거나 좋은 곳에 가서 좋은 음식을 먹이고 싶었지만 촌장이라는 신분 때문에 오랜 시간 마을을 떠날 수는 없었다. 그저 딱한 마음을 가질 뿐이었다. 사두계는 부인에게 조심스레 입을 열었다.

"부인, 아이가 점점 식욕도 떨어지고 영 활기가 없구려. 그래서 말인데 저 삼지연 멧닭을 삶아 닭죽을 끓여주면 어떨까?"

"예?"

"아니, 그 그건 언젠가 용이 나타나면 미끼로 쓰려고 하지 않으셨어요?"

"그야 그렇지만……"

"당신 뜻대로 하세요. 언제 용이 나타나겠어요."

"조상님들 뵐 면목이 없으니 그것도 참 뜻대로 하기 어렵구료……"

사두계의 염려를 뒤로하고 호살의 어미는 삼지연 멧닭을 잡아 호살에게 삶아주었다. 하지만 호살은 기운을 제대로 차리지 못했다. 사두계 부부 뿐만 아니라 마을 사람들이 모두 호살의 건강을 무척이나 염려를 하고 있을 즈음에 우화탄이 사씨촌에 찾아들었다. 사두계는 우화탄이 그렇게 반가울 수가 없었다.

"이보게 화탄이, 자네에게 부탁이 있네."

"무언가?"

"호살이를 데리고 목지국의 대석오달이라는 의원에게 데리고 가줄 수 있겠나?"

"아니, 왜?"

"아이가 영 먹지도 못하고 기운도 없고 잠도 잘 못자고해서 말이야."

"하 참! 자네도 어린애는 그저 잘 먹구 뛰어다니면 저절로 낳는 게지 의원은 무슨?"

"아닐세, 내가 아이의 맥을 짚어보니 매우 불규칙한 게 쉬운 병이 아닌 듯하이. 그리고 가슴에 붉은 반점이 생겼는데 마치 장풍에 가격당한 것 같네."

"그래? 그렇다면 그 머나먼 남쪽 나라보다는 가까운 부여의 을탄광소라는 명의에게 데리고 가는 게 빠르겠군."

"아니! 자네가 어찌 그 의원을 안다는 말인가?"

"아, 내가 창해군 표국일을 할 때 한나라에서 여러 번 귀한 약재를 가져다준 적이 있거든."

"그래?"

"그리고 내가 잘 아는 우거사라는 사형과 그 의원이 또 막역한 사이고 말이야."

"그럼 말이 나온 김에 길 떠날 차비를 하세."

"알았네."

"화탄이! 각별히 신경을 써주게 자네와 나만 아는 비밀이지만, 만일 이아이가 진짜 단씨의 후손이라면, 우리가 반드시 지켜주어야 하지 않겠나!"

"그렇지! 염려말게, 무슨 일이야 있겠나? 아직 어리고 건강한 아이니까 금방 좋아질 걸쎄!"

"그런데 화탄이 혹 자네 사형인 우거사란 분에게도 아이의 내력을 비밀로 했으면 하네."

사두계의 말을 들은 우화탄은 화들짝 놀랐다.

"뭐? 그럴 필요까지야……"

"아니, 뭐, 일단은 아이가 장성할 때까지라도……"

"이보게, 두계! 우사형은 내 생명의 은인이야. 그는 오히려 아이를 잘 보호해줄 걸세."

"자넨 어떻게 그를 그렇게 믿나?"

"사실 나는 자네가 들으면 섭섭할지 몰라도 그 사형이 철없고 농을 잘하는 편이지만 자네보다 또 돌아가신 내 아버지보다도 그 사형을 더 믿네."

"그래?"

　"사실 내가 스무 살 적에 우연히 한 동굴에서 이무기가 승천하려는 걸 목도했는데, 사실 그 이무기가 승천하는 게 아니고 어두운 동굴 속에서 사람의 모습으로 점점 변하는 게 아닌가? 그것도 아주 흉측한 노파의 모습으로 변하길래 나는 엉겁결에 그 괴물을 칼로 찔러 죽였지. 그리고 나서 나는 열흘 정도 열병으로 거의 죽을 뻔 했네. 그때 나를 살려준 분이 바로 우사형이야."

　"그랬군."

　"그리고 지금까지 나에게 무공을 전수해주거나 혈맥을 타통시켜주며 보살펴주고 있지. 경솔한 것 같지만 속이 깊고 정말 존경할 만한 분이야. 그때 나의 정인이었던 여인도 괴질에 걸려죽었는데, 사실 나도 그때 그녀를 따라 죽으려 했다네. 그런데 우사형이 만류하고 정성으로 나를 보살펴주어 아직 내가 살아있는 게지."

　"으음 알았네. 좌우간 조심해 다녀오게."

　"걱정하지 마시게. 내 잘 다녀오지."

　우화탄과 사호살의 부여국으로의 여행은 그렇게 갑작스레 결정되었나. 부여행은 그다지 먼 여행길은 아니있다. 삼한의 목지국보다는 훨씬 가까웠다. 북부여는 백산에서 사흘이면 갈 수 있는 거리였다.

　사호살은 사씨촌을 떠나 백산을 내려오면서 점점 기력을 회복할 수 있었다. 맑은 공기를 마시며 오랫동안 걷는 것이 도움이 된 모양이었다. 우화탄은 사호살이 기력을 회복하자 조금 속도를 내었나.

　"호실아! 부여로 가려면 흑수를 지나가야 하니 가는 길에 만날 사람이 있다."

　"누군데요 아저씨?"

　"우거사라고 내 선배님 되는 사람이다. 용성국의 제일검이라는 전설의 고수에게 배운 제자라고 하는데 그 말을 모두 믿을 수가 있어야지, 하지만 무공은 실로 대단하단다."

"그래요?"

"그래, 너도 배울 점이 있을게다."

"사실은 네가 아프지만 않았다면 흑수너머의 북막으로 데리고 갈 참이었다만 일단 의원부터 봐야지, 아무래도 먼저 부여로 가야겠지."

"북막은 왜요?"

"네가 만일 대단한 인물이라면 북막 너머의 용성국이라는 나라에 가서 알아보면 모든 게 밝혀질지도 모르는데 말이야."

"그게 무슨 말이에요?"

"용성국은 용왕이 다스리는 나라야. 용들은 왕이 될 씨를 알아보지 그리고 언제 그 인물 왕이 될지 안 될지도 다 알아맞힌다는 게야."

"예? 누가 그래요?"

"그냥 소문으로 들은 거지만 좌우간 무지 궁금하잖아! 안그래?"

"피이! 단지 뜬 소문만으로 그 먼데까지 가요?"

"야! 그럼 너는 니가 나중에 어떻게 될지 궁금하지도 않냐?"

"아니요. 별로요."

"별로라구? 아니, 나두 이렇게 궁금한데? 하여간 희한한 놈이라니까?"

"그냥 만날 분 있는 데나 가요."

"알았다. 자식!"

흑수를 거처 북막으로 가는 길은 전혀 메마르지 않은 초원이었다. 그리고 엄청난 크기의 호수가 있어서, 그 뒤에 사막이 있다고는 상상하기가 어려웠다. 하지만 얼마가지 않아 길은 급속도로 메마른 지형을 바꿔었다. 그리고는 모래바람이 부는 반사막의 평원이 펼쳐졌다. 우화탄은 익숙하게 앞장서서 모래언덕으로 올랐다.

"다 왔다. 저 둔덕이 바로 우리가 갈 곳이다. 저래 봬도 저게 꽤 안전한 집이란다."

"저게 집이에요?"

"그래."

"집이 아니라, 그냥 뭔가가 모래에 파묻힌 거 아니에요?"

"말하자면 그렇지 뭐. 하지만 사막에서 저곳처럼 안전한 데도 없단다."

사호살은 온통 먼지와 모래로 뒤덮인 폐허와도 같은 집 앞에 서서 망연자실하고 있었다.

"여긴 말이야, 과거 숙신국의 군사들이 막사로 사용했던 건물로 지상보다는 지하에 주요 시설들이 있었지 말하자면 지하 요새라고나 할까? 원래는 사막풍을 피하기 위해 지은 낮은 집들이었는데 오랜 세월 모래가 쌓여 저절로 지하막사가 되어버린 거란다. 자, 바람이 세차니 일단 들어가자꾸나."

"예."

계단은 좁고 어두웠다. 더욱이 오랜 세월 모래바람에 의해 통로에는 흙과 먼지가 그득했다. 한동안 사람이 살지 않게 된 모든 집은 웬일인지 그냥 무너지고 마는데 이 막사는 그래도 온전하게 보존된 것이 게 사호살로서는 신기했다. 우화탄은 지하방을 이리저리 둘러보더니 사호살을 불렀다.

"호살아. 밤에는 추울 테니 주위에 떨어진 나뭇조각들을 주워오너라."

"예."

흑수를 지나 모래만 그득한 길로 접어든지 꽤 오래되어서인지 주위에 부서진 나무들이 많지가 않았다. 땔감을 구하려고 주위를 살피던 사호살은 자꾸 지하막사로부터 멀리까지 가게 되었고 결국은 수백 장 떨어진 곳에서 바싹 말라비틀어진 나무를 한 그루를 발견했다. 나무 밑둥부터 높은 가지 위까지 죽은 나무임을 확인한 호살은 나무를 부러트리고는 뿌리 쪽을 힘껏 잡아당겼다. 그 순간 호살은 화들짝 놀랐다.

"으악!"

뱀이었다.

희디흰 백사가 똬리를 틀었다가 순식간에 공중으로 날아오르면서 호살을 물 기세였다. 호살은 가까스로 피했지만 뱀은 여전히 공격을 멈추지 않았다. 호살은 썩은 나뭇가지를 들고 재빨리 몸을 움직이며 사막뱀과 혈투를 벌여보았지만 한 동안 앓아서인지 몸이 마음처럼 따라 주지를 않았다. 뱀이 똬리를 틀었다 솟아오르며 물려고 하면 호살은 순간적으로 몸을 이동하며 작대기를 휘둘렀다. 그러기를 여러 차례 반복했으나 뱀은 좀처럼 잡히지 않았다. 일대에 먼지가 나게 싸우는 동안 멀리 우화탄 아저씨가 사호살을 불렀다. 뒤를 돌아보는 순간 호살은 그만 뱀에게 물리고 말았다.

앗!

호살은 자신도 모르게 뱀의 대가리 쪽은 꽉 잡았지만 이미 자신의 가슴에서는 피가 흐르고 있었다. 황급히 달려온 우화탄은 사호살을 구해낸 다음 뱀을 죽여 버렸다. 그리고 혹시 독사인지 아닌지 몰라 사호살에게 해독을 시키기 위해 뱀의 배를 갈라 그 피를 마시게 했다. 그런데 뱀의 배에서 알과도 같은 내단이 흘러나왔고 얼떨결에 사호살은 그 내단을 먹어버렸다.

그리고는 별안간 사호살은 엄청나게 열이 오르고 괴로워하기 시작했

다. 우화탄은 호살의 입에 손을 넣어 그 뱀의 창자를 토하게 했지만 속수
무책이었다. 결국 호살은 이틀 동안이나 혼수상태에서 깨어나지를 못했
다. 맥은 정상이나 정신이 없으니 우화탄은 하는 수 없이 아이가 깨어나
기를 기다리는 수밖에 뾰족한 방도가 없었다.

스슥!

성벽 계단참에서 전광석화와도 같은 물체의 움직임이 스쳐가는 느낌
에 우화탄은 몸을 도사렸다. 움직인 범인은 바로 바람에 날려온 왕모래
알들이었다. 얼마 전에 숙신족 자객들이 마을 가까운 제단에서 사막의
도인들을 난자한 사건 이후 낙랑군 전체에 숙신족 자객에 대한 주의령이
발령되어 있어 더더욱 신경이 쓰였다. 우화탄은 발검후 사주경계하며 망
루 위로 조심스레 올랐다. 인기척은 없었다. 북사막에서 불어온 바람에
검불 부스러기가 휘날린 모양이었다. 남쪽으로 난 마을길과는 반대로 북
로는 하루 종일 모래바람이 불어와 칙칙하기 이를 데 없었다. 멀리 흑산
을 위아래로 뻗은 흑산북로와 흑산남로가 희부유스름하게 시야에 들어
왔다. 우화탄은 산과 하늘이 맞닿은 곳을 한참이나 우두망찰 바라보았다.

부근의 사주경세 마지고 다시 폐건물로 들어온 우화탄은 사호살을 한
번 바라고는 이마에 손을 대보고는 모처럼 몸을 뉘었다. 덧창 가득 햇살
이 비쳐 드러난 문살에 사막에서 날아든 모래알들이 보석처럼 묻어 반짝
거렸고 창틀 사이사이 먼지가 눌러 붙어 아예 새카맸다. 별안간 인기척
을 느낀 우화탄은 신형을 날리며 고개를 돌려 주위를 살피려는데 미동도
않던 움직임이 방 안의 공기를 휘저으며 굵고 낮은 목소리가 울려났다.
우화탄은 번개처럼 발검을 했다.

"오랜만이군, 화탄이!"

그는 햇빛을 등지고 서있어서 얼굴을 알아보기 힘들었지만 특유의 체

향이 콧속으로 스며들었다. 그자가 한 장 더 가까이 다가서자 우화탄은 상대를 알아보고 비로소 검을 검집에 넣었다.

"우거사 아니 사형? 언제부터 여기에 계셨소?"

"자네가 안 오길래 내가 직접 찾아 나섰지, 사형이 사제를 이렇게 모셔도 되는 건지 몰라."

"목마른 사람이 샘파는 것 아니겠수?"

그는 다소 비아냥거렸고 우화탄도 오랜만에 만나는 사람치고는 별반 반가운 기색은 없었다. 몇 해 전 우씨들이 낙랑군의 공격을 받고 대부분 죽었을 때 우씨 촌에 도움을 전혀 주지 않았던 우거사에게 우화탄은 언제부터인지 거리감이 생겼던 것이었다. 같은 우씨이면서 우씨촌의 일과 우씨 후손들에 아무런 관심이 없다는 게 한편으로 매우 섭섭했던 것이었다. 예전에는 그토록 좋아하고 따랐는데 요즘 우사형의 해동이 이상한 구석이 없지 않았다. 다소 퉁명스런 우화탄의 말에 그는 대답 없이 가지고 온 지팡이를 내밀었다. 용천검법(龍遷劍法)을 개발한다더니 온통 비룡으로 가득 새겨진 이 기괴한 막대기로 수련을 한 모양이었다. 그는 말없이 고개를 끄덕거리며 무언가 흡족한 표정을 지었다.

"이 목검으로 말하던 그 용천검법을 완성이라도 하셨수?"

여전히 대꾸 없이 우거사라는 자는 거만하고도 느긋한 미소를 지을 뿐이었다. 연전(年前)에 몇 번 수련을 같이한 인연으로 우화탄은 그가 자기의 생명의 은인이었고 과거 고조선 출신의 고수인 것은 사실이지만 그가 점점 괴팍해지는 까닭에 사이가 서먹해져 버렸다.

북산 동쪽 끝자락에서 도인을 만나 무공을 연마하고 하늘공부 땅 공부를 하던 우거사는 석실동굴을 드나든 인연을 소중히 여겨 스스로 문외제자를 원하던 우화탄에게 약간의 무공과 전술을 일러주긴 했다. 우거사는 우화탄을 각별하게 생각했지만 겉으로는 늘 데면데면하였다.

우거사는 툭하면 이름난 웬만한 무사들의 사부를 자처했고 지난번 낙랑군 일천 명을 모두 한칼에 죽인 것이 자신의 짓이라고 우기는 통에 우화탄는 우거사를 보면 은근히 심드렁해지곤 했다. 더더욱이 그가 못마땅한 것은 스스로 의형제를 맺자고 하고서는 그 후로 하릴없이 동생이라고 부르며 이것저것 함부로 심부름을 시키는 일이며 검법을 가르쳐주겠다면서 심하게 공격하여 상처를 내는 일도 그랬다. 어느 때에는 사부라고 했다가 또 혹은 동생이라고 했다가 제멋대로였다. 우거사가 지난 봄 북산남로에서 만난 괴도인을 모시고 다시 무술수련을 했다고 했다. 또 이번에는 더욱 엄청난 무공을 보여주겠다는 그는 겨우내 무술수련을 한 것이 아니고 아마도 북막 너머의 용성국에 다녀온 것이 분명했다.

우거사의 몸에서 향신료의 매캐하면서도 신비로운 향이 나는 것으로 보아 그는 흑산을 넘어 용성국에 다녀온 것이 분명했다. 그런데 그가 어떻게 흑수를 건너 그리고 흑산을 너머 용왕이 다스린다는 전설의 용성국을 다녀온 것일까. 우화탄으로서는 알 길이 없었다. 다만 조금 전에 그가 내민 용문양 막대기도 아마 용성국 땅 어딘가에서 얻어온 것이리라 여겼다.

"이보게 사제, 이걸 한번 막아내 보겠나?"

대답을 들을 겨를도 없이 우거사는 용문양 막대기를 우화탄의 전방을 향해 쭉 내밀었다. 우화탄는 당황했지만 신형을 돌려 검집으로 우거사의 막대기를 받아쳤다. 그러나 우거사는 몸을 꼿꼿하게 세우더니 우화탄의 검을 마치 천으로 감싸듯이 막대기로 돌려 감싸고는 동시에 일보를 전진하며 몸을 낮추었다가 순간적으로 올리는 탄력을 이용해 우화탄에게 막대기를 잡지 않은 손을 칼날처럼 펴 자신에게 날렸다. 우화탄는 황급히 손과 검을 동시에 사용하여 우거사를 주먹에 대응했지만 바로 그 순간 우거사의 막대기가 우화탄의 명치에 닿고 말았다 그야말로 전광석화와도 같았다. 그런데 놀라운 것은 우화탄의 눈에는 분명 다섯 마리의 작은 용이 막대기 끝에서 날아오르는 형상을 본 것이었다.

"보았나? 자넨 이미 죽은 몸일세, 자네가 내 제자인 동시에 동생이 아니였으면, 목숨을 부지하지 못했을 거야, 허허허."

우화탄은 명치가 아파 호흡이 곤란할 정도였다. 그가 당황하여 호흡을 몰아쉬자 우거사는 이번에는 또 무엇이 궁금해서 왔느냐면서 득의만만한 표정을 지었다. 한참을 멍하게 서있던 우화탄은 그의 무공이 자신보다 엄청나게 높다는 느낌을 이젠 확신할 수 있었다. 우화탄은 한동안 멍한 정신으로 움직일 수가 없었다. 잠시 후 그는 지하막사의 좁은 들창으로 들이친 일광에 정신을 차렸다. 사막의 강한 햇빛은 어느 틈엔가 그의 얼굴을 뜨겁게 만들어버렸다. 저녁의 뉘엿뉘엿한 햇빛이었으나 사막의 태양이어서 그런지 열기는 참으로 대단했다. 우거사는 방 한켠에 누워 잠든 사호살을 비로소 쳐다보았다.

"그런데 이 아이는 누군가?"

"아, 그게……"

"설마 자네 내게 연락도 없이 도둑장가를 들었나?"

"아니에요, 내 조카요!"

"그래? 그럼, 애도 우씨로구만?"

"그게 저어……"

"그런데 왜 이리 비루먹은 짐승마냥 기운이 없어? 열이 높네?"

그는 호살을 살펴보고는 우화탄에게 물었다.

"아니? 아이가 뭘 먹은 게야?"

"아! 이틀 전에 뱀을 먹었수."

"뱀을 먹어? 어떤 뱀?"

"아니 빨간 점이 있는 백사에게 물렸는데, 그게 그러니까 그때 내가 해독제가 없어 독사 피를 먹이다가 그만 그 뱀의 내단이 아이 몸속에 들어간 거 같애요."

"빨간 점이 있는 백사라구? 사막백사 말이냐? 그 보기 힘든 사막백사를 먹어?"

"글쎄, 어떤 뱀인지는 모, 모르겠수."

"허어! 이런! 혈도가 막혔구먼! 뱀독이 혈도를 막았단 말인가? 이상하군? 근래에는 사막백사가 나타난 적이 없었는데……"

우거사는 허탈한 표정으로 살며시 사호살의 몸을 움직여 보았다. 명치와 중완을 살짝 눌러 혈도에 자극을 주어 운신을 시켜보았다.

"흐흡!"

호살은 숨을 들이키며 깨어났다.

"괜찮으냐? 호살아!"

"으윰."

운기조식을 하자 한결 운신이 쉬워졌진 모양이었다. 호살은 일어나 우화탄과 우거사에게 예를 올렸다.

우화탄은 이틀만에 깨어난 사호살에게 자초지종을 들려주고는 우거사가 생명의 은인이라고 했다. 우거사는 사호살의 눈빛을 눈여겨보더니 다시금 맥을 짚었다. 그리고는 고개를 야릇하게 가로로 저었다.

"안 좋습니까?"

"글쎄, 이상한 일이로군. 나로서는 잘 모르겠구먼, 으음 그런데 아이야, 너는 왜 이 아저씨를 따라왔느냐?"

“예? 그건, 아버님이 따라가라 하셨고 저는 혹시 무공의…… 고수를
보고 싶었고 또 제가 좀 아파서요……”

“그래? 하늘을 날고 땅을 가르는 무공이 있을 성 싶었느냐?”

“예? 그게 그러니까……”

“그래서 나를 보니까 고수가 아니어서 좀 실망스럽더냐?”

“……”

“무공을 보기보다는 무사를 보아야지, 무사의 용기와 싸움에 임하는
자세를 배우려는 마음을 먹어야 하느니라. 가령 나는 그 무엇과도 맞설
수 있다. 그것이 천하 최고수라 해도 혹은 더없이 무서운 짐승이라 해도
또 귀신이라 해도 해도 나는 그와 맞선다. 나는 그 누구와도 맞서 싸운다.
싸워 이긴다. 이런 마음가짐 없이는 무사가 될 수 없다. 알겠느냐?”

“예.”

“좀 더 쉬거라. 내일 길을 떠나야 하니, 아마도 내일이면 거뜬할 거다.
하여간 복을 타고났구먼! 억만금을 주도고 먹기 힘들다는 그 귀한 사막
백사의 내단을 먹고 안 죽고 살아났으니……”

사호살이 다시 잠에 빠져들자 우거사는 우화탄에게 낮은 목소리로 말
을 했다.

“부여의 을탄광소라는 명의가 이 흑수에 왔다는군.”

“그래요? 그렇지 않아도 그분을 찾아가고 있었어요. 서둘러 가봅시다.”

“왜 그를 찾아?”

“이 아이가 계속 악몽을 꾸고 밥도 제대로 먹지 않고 앓아서요.”

“얼마나 되었대?”

“여섯 달쯤이요.”

“그래? 그런데 그게 말이야……”

“왜요?”

“문제가 좀 있어. 이번에는 환자를 봐주지 않을 것 같은데……”

“무슨 문제요?”

“뭔가 음모가 있어! 을탄광소는 의원이면서 대단한 술법자이거든. 게다가 무공도 엄청난 고수라고들 하지.”

“그래요? 하지만 무지하게 좋은 사람이라던데?”

“좋은 사람이 공개처형을 해?”

“예? 그게 무슨 말이유? 사형?”

“그가 이번 그믐에 배신자를 공개 처형한다는 게야. 그 교활한 술법자가 무슨 꿍꿍이를 꾸몄을까 궁금한데?”

우거사는 연신 고개를 까딱거리면서 무언가 곰곰 생각하는 표정이었다가 이내 생각하기를 멈추는 표정을 지었다. 그러자 우화탄이 다시 말을 걸었다.

“그믐이면 내일이네요?”

“그런가?”

“그런데 배신자라니요?”

“나도 잘 몰라, 그 배신자를 처단하는데 관련된 자들이 속속 모여들고 있다는 말은 들었어.”

“어디로요?”

“흑수의 용두나루야.”

“용두나루?”

“그런데 왜 그자가 사방팔방에 배신자처단 운운하면 소문을 흘리고 다닐까? 누구를 불러내려고 그러는 것일까? 알 수가 없단 말이야. 을탄광소는 옛날 부여의 제일상을 지낸 아란불의 외손자인데 가장 강력한 집안의 후계자가 이렇듯 사람들을 불러 모으는지 그 연유를 알 길이 없네."

"그런데 나는 좀 곤란한데, 사형."

"왜?"

"작년에 창해군에서 요하까지 운반하는 일을 하다가 물건을 잃어서 창해표국의 표사들과 낙랑군과 한나라 본토 애들 그리고 복단회에까지 쫓기는 몸이라서 말이에요."

"그래? 네 군데서 자넬 잡으려 안달이 났다고? 자! 이거 받아라."

"이게 뭐요?"

"영감탱이 수염이다. 이걸 얼굴 전체에 다 붙여! 그럼 아무도 못 알아 볼 테니."

"아! 그럴까?"

"일단 붙여봐."

"알았수!"

우거사와 우화탄은 깊은 생각에 잠겼지만 아무도 답을 찾지는 못했다. 밤새 사막의 거친 바람이 막사 위를 할퀴듯 지나갔고 간간히 모래알들이 계단으로 굴러 떨어지면 귀신의 발걸음 소리처럼 스산하게 들렸다.

날이 밝자 우거사는 덤덤하게 길 떠날 채비를 했다. 우화탄도 아무 말 없이 우거사를 따랐다. 사호살은 한결 몸이 가벼워졌지만 우거사와 우화 탄이 침묵을 지키고 있어서 어쩐지 입을 열기가 어려웠다. 호살은 우화 탄 아저씨가 산적처럼 변장을 하고나니 우습기 그지없었지만 차마 입을 떼지도 못했다.

두 사람의 뒤에서 묵묵히 걷던 사호살은 사방에서 종잡을 수 없이 날 아드는 모래바람 때문에 시야가 시종 불편했다. 그러나가 문득 그는 대 평원을 보았다. 그러나 그것은 평원이 아니었다. 검고도 푸르른 수평선이었다. 바로 흑수였다. 이토록 가까이에서 말로만 듣던 흑수를 직접 보게 되다니 그는 자신의 눈을 의심하지 않을 수 없었다. 끝 간 데 없이 광활하게 펼쳐진 호수는 사호살에게 아직 한 번도 본적이 없는 바다를 연상시켜 주었다. 언제가 아버지와 백산에 올랐던 때보다도 더 큰 감동을 느꼈다.

"아! 저토록 넓은 호수가 있다니!"

감탄을 하며 걸음을 멈춘 호살에게 우화탄이 다가와 걸음을 재촉했다.

"서둘러라. 우리는 용두나루로 간다. 앞으로 반나절을 더 걸어야 한다."

"예."

사호살은 앞장서서 빨리 걸어가는 우거사와 우화탄 아저씨가 신기루처럼 보였다. 그리고 마치 해변과도 같은 거대한 호수변을 무작정 걷노라니 피로감도 없었고 시간 가는 줄도 몰랐다. 어젯밤 우거사 아저씨가 말해준 게 사실인 것 같았다. 몸이 날아갈 것처럼 가벼워졌다. 그리고 가슴에 있던 붉은 반점도 거의 없어졌다. 실로 오랜만에 느껴보는 좋은 기분이었다. 아직 예전처럼 가뿐하지는 않았지만 용꿈을 꾼 이래로 가장 몸 상태가 좋은 편이었다. 그는 하염없이 걷다가 시끄러운 소음에 걸음을 멈추었다.

"저기가 용두나루다. 잠시 멈추거라."

우거사는 서서 나루 주위에 집들과 주막 주변의 상황을 살폈다. 그리고는 멈추어선 채로 사방을 살폈다. 나루터에는 배도 여러 척 있었지만 어부나 물건을 파는 사람들은 눈에 띄지 않았다. 그리고 너댓 채로 보이는 주막에도 오가는 사람은 보이지 않았다.

주막 뒤 시장의 광장에 모인 사람들이 분주하게 움직였다. 오색으로 치장한 무당과 백색 옷을 깨끗하게 차려있는 여자아이들도 여럿 보였다.

"이상하군? 오늘 창해신검이 여기에서 누군가를 죽인다고 했는데 하필 같은 날 용왕에게 올리는 풍어제사를 드리는 게지?"

우거사는 제사를 지내기 위해 준비하는 사람들 곁으로 다가갔다. 축문과 얼룩덜룩한 만장에 천왕이라는 글자가 여기저기에 보였다. 우거사는 우화탄에게 고개를 갸웃 거리며 말했다.

"저건 풍어제가 아니라 천제에게 드리는 제사인데…… 이상하군?"

"뭐가 이상해!"

우화탄은 덥수룩한 수염 때문에 거추장스러워 딴청을 했고 곁에 있던 호살이 우거사에게 물었다.

"아저씨 풍어제가 뭐에요?"

"응, 풍어제는 고기 많이 잡게 해달라고 이 흑수의 용왕에게 제사를 지내는 거란다."

"아, 그러니까 어부들이 물고기 많이 잡기 위해서 하는 제사요?"

"그렇지, 마을 전체 사람들이 촌장이나 선주(船主) 등이 주재하는 제사야. 보통 뱃고사라고 하는데, 대개는 보름날에 하지. 아, 그렇고 보니 오늘이 바로 보름이구면."

우거사는 제를 지내는 도인을 눈여겨보고 있었다. 그는 용왕신과 물에 빠진 귀신들을 맞아들여 굿당에 안치시키는 시늉을 하면서 연신 하늘에 기도를 드리는 동작을 반복했다. 이어 무당들은 굿당에 설치된 곳대에 열두 개의 고리를 맺은 긴 줄을 매달아 처녀아이들에게 그 매듭 줄을 풀면서 용왕에게 어부들의 무사와 풍어를 기원하는 노래를 불렀다. 처녀들은 무당의 앞선 노래 소리에 맞추어 뒷소리를 하며 줄을 서서 걸으며 노래를 했다. 사호살은 여자아이 중에 맨 앞에 서있는 눈동자가 유난히 검고 커다란 여자아이에게서 눈을 떼지 못했다. 또 그녀의 피부는 하이얀

눈처럼 투명하고도 고왔다.

노래가 끝나자 처음에 제사를 주제하던 도인이 나왔다. 그는 깨끗한 흑수의 물을 한 사발 떠놓고는 천왕님께 기도를 올렸다. 도인의 기도소리가 점점 커지자 무당들이 배 위에 올라가 어부들의 안전과 풍어를 기원하는 노래와 함께 춤을 추기 시작했다.

콰쾅!

그런데 별안간 커다란 창이 풍어제가 한창인 제단의 한가운데 꽂히며 굉음을 냈다.

"웬 놈이냐? 신성한 제사를 방해하다니!"

도인은 분기탱천하여 창을 던진 쪽으로 향해 고함을 쳤다. 그리고는 창을 던진 자를 보고는 아무 말 없이 고개를 숙인 채 굳어버렸다.

"너희가 천제를 모실 자격이 있는가? 이런 건방진 것들을 보았나?"

창을 던진 자가 오히려 풍어제를 하는 도인 일행을 호되게 꾸짖었다. 그의 목소리는 가히 경천동지할만했다. 그 우렁찬 목소리에 사람들은 모두 혼비백산하여 그를 바라보았다. 우거사도 깜짝 놀랐다. 그리고는 우화탄과 시호살에게 속삭이듯 밀했다.

"아니? 저자는? 아! 저자가 바로 을탄광소다!"

을탄광소가 제사를 지내던 도인에게 천제에 대해 물었다.

"천제께서 네게 제를 허락하셨는가?"

"……"

"그런데 어떻게 네가 천왕님을 모실 수가 있단 말인가?"

"……"

"무식하고 무례한 너희가 어찌 감히 천제님께 제를 올릴 수 있단 말인가. 단씨가 아니고서는 그 누구도 환웅천자님께 제를 올릴 수 없도다! 선주가 누구 누구인가? 선주들은 모두 앞으로 썩 나서라!"

을탄광소의 호된 꾸짖음 앞에 사람들은 침묵으로 일관하였고 선주라는 사람들도 달아났는지 나서는 자가 없었다. 을탄광소는 제를 지내던 도인과 무당들에게 소리쳤다.

"모두 배에서 천제단을 치우라! 천제는 중단하고 용왕 풍어제만을 간단하게 마치라. 내 오늘 이곳에서 중차대한 약속이 있도다. 한시진 안에 창해가문의 배신자가 나타날 것이다. 나는 그를 죽여 흑수의 물고기 밥을 만들 것이다. 그러니 풍어제에 부정이 타지 않도록 조속히 제사를 끝내라!"

"예예, 예."

도인과 무당들 그리고 신녀로 데려온 처녀들은 서둘러 제사상을 치우고 두려움에 떨며 일대의 풍어제를 대충하고 굿판을 정리하기 시작했다. 그런데 사호살은 엄청난 기인인 저 을탄광소보다도, 서둘러 청소를 하는 희디흰 피부에 검은 눈을 한 여자아이를 쳐다보느라고 정신이 없었다.

요동전체와 남으로는 목지국 아래 변한국의 남해에서부터, 저 북으로는 북부여의 흑수 건너편까지 그리고 동으로는 동부여를 지나 용성국 동해까지 천하 당대 최고의 의원이라고 하는 을탄광소의 배신자 처형 공포에 천하의 관심 있는 자들이 흑수의 용두마루에 모여들기 시작했다. 낙랑군의 고위부군으로 보이는 변복한 장군들과 숙신국의 검객들 또 옥저나 동예 혹은 삼한 지역에서 온 사람들도 모여들었다. 오랜 방랑생활 덕분에 우화탄은 그들의 복장이나 생김새로 보아 그들의 정체를 대강 미루어 짐작할 수 있었다.

그런데 제를 지내던 도인과 무당들이 뱃사람들에게 돈을 요구하고 자리를 뜨지 않고 있었다. 그것을 본 을탄광소가 다시 한 번 꾸짖었다.

"이놈들! 용신을 모시는 자세를 삼가고 정성을 들여 용신제를 지내야 하거늘 어부가 뱃삯을 속여 받듯이 치졸하게 돈타령을 하는 것들은 어제를 지낼 자격이 없도다. 썩 물러가거라!"

혼비백산한 무당들이 자리를 떴고 마을에서 동원된 처녀아이들은 가지도 못하고 서있지도 못하는 어정쩡한 자세로 을탄광소의 눈치만 보고 있었다.

그때였다. 묵묵히 입을 다물고 있던 우거사가 앞으로 나서면서 을탄광소에게 말을 건넸다.

"을대인께서는 저를 기억하시니까?"

"기억이 나네."

"그렇다면 부여에서 제게 신세지신 것도……"

"물론이네."

"그럼 지금 그 보답을 받고 싶습니다만."

"말하시게."

"이 아이를 고칠 수 있습니까?"

우화탄은 사호살을 앞으로 밀었고 사호살은 얼떨결에 앞으로 밀려나왔다. 사호살의 어깨를 감싸 안은 우거사는 을탄광소를 똑바로 바라보았다. 을탄광소는 다소 당황한 표정을 짓고는 호살을 찬찬히 살펴보았다. 그리고는 좌중을 한번 바라보고는 호살의 맥을 짚었다. 을탄광소의 손이 자신의 팔에 닿자 호살은 번개에 맞은 사람처럼 몸이 저르르 떨려옴을 느꼈다. 그리고 잠시 후 을탄광소도 놀람을 금치 못하였다. 그것은 실로 대단한 일이었다. 을탄광소는 좀처럼 얼굴에 표정변화가 없기로 유명한 의원이었기 때문이었다.

"이 아이는 누구인가?"

우화탄은 잠시 망설이다가 입을 열었다.

"백산의 사씨촌 사두계의 아들 사호살이라 하옵니다. 제 조카이옵니다."

"그래?"

"그럼 어미는 누구인가?"

"백산 아래 무씨녀입니다만……"

"그들은 친부모인가?"

"예? 아, 예, 그럼요."

"으음, 이상하군! 아이는 병에 걸린 것이 아니다."

"예? 그럼요?"

"용이다."

"예? 용이라니요?"

"어떤 용이 아이에게 술법을 부려놓았구나."

"아니, 그게 무슨 말씀이시온지……"

"음, 이런 해괴한 일이 있나……"

을탄광소는 사호살을 한번 이리저리 둘러보더니 고개를 끄덕였다. 그리고는 우화탄을 불렀다. 그리고는 귀엣말로 나지막하게 말했다.

"자네는 이 아이에 대해 더 아는 것이 없는가?"

"없습니다."

"아이의 진짜 아비가 누구인가?"

"예? 그, 그게, 저도 잘 모릅니다. 다만 아이가 어렸을 때 요하에서……"

우화탄은 하마터면 단씨 가문의 후손이라 발설을 할 뻔했다.

"그게 아니고 그건 잘 모르오나, 애가 그러니까 어려서 뭘 잘 먹었는지. 뭐 하여간……"

"그만. 조용히 하라!"

“예?”

을탄광소는 한참 동안 대단히 집중한 모습으로 맥을 짚었다.

“되었다. 알았으니, 내 오늘 간단한 치료를 해 줄 것인즉, 아이를 잘 돌보시게.”

을탄광소는 사호살을 좌정시키고는 그의 등 뒤에 앉았다. 그리고는 등 여러 군데를 손바닥으로 툭툭 쳤다. 명치의 뒷부분을 향해 기운을 세차게 주입하는 것 같았다. 그런데 그렇게 치료를 받던 사호살은 잠시 앉아 있다가 심하게 상기가 되었다. 그리고는 정신을 잃었다.

“호살아!”

우거사와 우화탄은 동시에 호살을 부축했다.

“일단 혈도가 뚫렸으니 일상에는 지장이 없을 게다. 훗날 아이를 내게 보내라, 스스로 무술을 배우고자 할 때가 있을 것이다. 그때 나를 만나게 될 것이다.”

우거사가 반색을 하면 물었다.

“그럼, 제 의조카 아이를 의원님의 문하에 받아주시는 겁니까?”

“이닐세.”

“예? 그럼요?”

“그때 막힌 혈도를 마저 뚫어줄 것이다. 이 아이의 치료에는 다소 세월이 필요하다.”

“그게 다입니까?”

“아마도 그때는 내가 이 아이에게 검을 물을 지도 모르지. 허허허허허!”

“무슨 뜻이온지?”

“아이를 잘 살피시게, 그리고 아이가 깨어나면 데리고 가게. 그만 가보게!”

우화살이 사호살을 안아들어 주막의 대청마루로 옮겼다. 그리고는 을 탄광소에게 고마운 표정으로 지으며 바라보는데 을탄광소는 좌중을 향해 소리쳤다.

"무당들은 들거라! 저 계집아이를 데려오라!"

"예? 예!"

무당들은 허리를 굽실거리면서 흰옷을 입힌 여자아이 중 유난히 피부가 하얗고 눈동자가 큰 여자아이를 데리고 을탄광소 앞으로 나왔다.

"아이가 몇 살인가?"

"잘 모르오나 아마도 십육칠 세 정도……"

"이 아이는 어느 집 아이인가?"

"예, 그 아이는 본시 고아로서 버려진 것을 저희가 거두었습니다."

"무엇이? 그런데 아이가 어찌 흐르는 물은을 먹었단 말인가?"

"예? 저희들은 무슨 소리이온지 도무지 알 길이 없습니다. 물은이 무엇이옵니까?"

"이 아이는 물은 즉 수은(水銀)에 중독되었느니라."

을탄광소는 여자아이를 사호살이 누운 주막 마루에 엎드리게 한 후 목과 등의 혈도를 짚었다. 그리고 여자아이는 잠시 후 먹은 죄 음식을 토해냈다. 아마도 제를 지내기전 무언가를 먹은 모양이었다. 을탄광소는 우거사를 불렀다.

"내가 지난날 자네로부터 약초를 얻은 은혜보다 오늘 내가 자네의 조카 아이를 고쳐준 것이 훨씬 중하다 할 수 있도다. 그렇지 않은가?"

"그렇사옵니다."

"그럼 이제 자네는 내 부탁을 들어주어야 하네. 그래야 공평하지. 안 그런가?"

"그, 그렇지요."

"자네는 앞으로 석 달 간 이 여자아이에게 매일 맑은 물 열 바가지 씩 먹이게. 그러면 아이가 살아날 터인즉. 그, 후에 믿을 만한 데에 보내 여염집규수로 키워야겠지!"

"아니? 제가 애 아버지도 아니고 다 큰 여자아이를 어떻게 데리고 다닙니까? 나 같은 떠돌이 무사가 애를 또 어디로 보낸단 말입니까?"

"그거야 자네가 나에게 빚을 졌으니 하는 수 없는 일이고…… 나는 분명히 자네 조카를 고쳐주었네. 이제 자네는 내게 은혜를 갚아야지!"

"허! 참!…… 예."

우거사는 을탄광소의 기세에 눌려 아무 말도 못하고 고개를 숙였다. 우거사는 하는 수 없이 사호살의 옆에 그 여자아이를 나란히 눕혔다. 한 시진후 깨어나 자초지종을 물으니 아이의 이름이 정연이라는 것과 백산에서 살았다는 것 외에는 아무것도 알 수가 없었다. 우화탄은 사호살을 살피다가 우거사에게 어렵사리 일을 열었다.

"사형, 수은에 중독된 저 여자아이 말이요. 정연이라는 저 고아 아이는 성도 없는 무당의 시녀인데 어느 여염십에서 재를 받아주겠소, 내가 사씨촌에 보내줄테니 염려 놓으슈."

"그래? 뭐 그렇게만 해준다면 나로서는 고맙기 짝이 없는데…… 가만! 그런데 자네 저 아이를 데려가 마누라 삼으려고 그러는 건 아니겠지?"

"예끼! 사형도! 참 내 나이가 얼만데……"

"그럼? 혹 내게 뭘 바라는 게 있나?"

"아니 뭐, 그 그냥."

"뭔가?"

"어제 사형이 보여준 오룡검법이 있지 않수. 제이초식을……?"

"그건 안 돼. 아직 미완이야. 옛날에 알려준 일초식이나 열심히 계속 연습하게."

"에이!"

"나중에 이야기함세!"

그런데 그때 사호살의 이마에서 김이 모락모락 나기 시작했다.

"사형, 이것 좀 봐요. 호살이가 열이 나는가본데?"

"아닐세."

"그럼?"

"막혔던 혈도가 풀리기 시작하는 모양이야. 자네 가만히 있지 말고 이 아이 팔다리 좀 주물러 주게."

"알았어요."

호살의 얼굴은 점점 평안해졌다. 무슨 꿈을 꾸는지 더러 인상을 썼지만 얼굴에 화색이 도는 것이 누가 봐도 호살의 몸 상태가 좋아졌다는 것을 한 눈에 알아볼 수 있었다.

"이제 호살이가 더 이상 그 용꿈인가 뭔가 하는 악몽을 꾸지 않겠군! 이제 꿈에서 용이 사라지면 건강을 되찾겠지? 일단은 건강이 우선 아닌가, 후후후."

우화탄은 흐뭇했다. 그리고는 곁에 나란히 누운 정연이라는 여자아이를 보고 있노라니 둘이 퍽 잘 어울린다는 생각이 들었다. 그리고는 하늘을 바라보며 자신의 옛 여인을 떠올려보았다. 백산에서 보낸 어린 시절과 이웃 여자아이 그리고 훗날 창해군에서 만난 유곽의 처녀가 주마등처럼 지나갔다.

"긴 시간이 참으로 빨리도 가는 구면!"

"뭐가 빨리 가나 이 사람아! 나는 지겨워 죽겠는데……"

눈치 없는 우거사는 나루터에 앉아있는 창해신검을 그저 망연자실 바라보고 있었다. 호수나루에서 사막 쪽으로 계속 바람이 불어왔고 이제 행인은 뚝 끊기고 모인 사람들은 하나둘 지쳐갔다.

창해신검

용두나루에 백여 명의 사람들이 모인 가운데 시간이 점점 흐르자 이윽고 광장은 무척 소란스러워졌고 질서 없이 광장 여기저기 장사아치들이 돌아다니면서 사방에서 온 무사들이 주막과 거리에서 먹을 것을 먹고 떠드느라고 그야말로 시장통처럼 시끌벅적했다.

"모두 정숙하고 기다리라!"

창해신검의 묵직하고도 감히 저항할 수 없는 목소리에 순간 정막이 흘렀다. 그때였다.

"우당탕! 쿵!"

"어이쿠!"

굉음과 함께 세 명의 무사가 일시에 광장 한복판으로 나뒹굴었다. 아마도 누군가 그들을 짐짝처럼 집어던진 모양이었다. 나루터에 제법 사람들이 모여들어 거의 일백에 육박하는 군중이 구름처럼 모이자 싸움이 난 모양이었다. 하지만 아니었다. 그것은 무림계를 한때 공포로 몰아넣었던 무시무시한 고수의 등장을 알리는 것이었다.

"삼가 창해신검을 뵈오이다."

"오! 어서 오게 사제."

바닥에 넙죽 절을 한 사람은 창봉술의 고수로 명성이 높은 창해신창 (蒼海神槍) 여군탁이었다. 그는 그 옛날 중원 진시황 암살 자객으로 파견된 여홍성의 후손으로 암기와 창술 특히 표창술의 대가로 명성이 높았다. 그는 또한 독을 잘 다루었기 때문에 무림계에서는 누구도 그와 마주치지 않으려 했다. 그는 명에 의해 북쪽 소도를 지키는 창해신검의 사제인 바로 창해신창이었다.

"아니? 을탄광소가 저 유명한 창해신검이었단 말인가?"

"전설의 최고수 창해신검이 의원노릇을 하고 있었다니?"

"믿을 수가 없구만!"

웅성거리는 사람들이 놀랄 틈도 없이 이번에는 보통사람보다는 두 배 이상의 거구가 나타났다. 그도 역시 주위에 모여 있던 무사들 예닐곱 명을 집어던지며 창해신검 앞에 나와 예를 올렸다.

"소제, 대사형을 뵈오이다."

우화탄은 그자를 단번에 알아보았다. 그는 목지국 최고수 탁리평이었다. 과거 용사냥꾼으로도 명망이 높았던 탁씨 가문출신이고 마한촌장의 후손이며 믿을 수 없을 정도의 괴력을 소유한 일명 창해신퇴(蒼海神槌)였다. 그는 신검의 명에 의해 서쪽 소도를 지키고 있었다. 그도 역시 반가운 기색이었다. 그러나 대단히 조심스런 몸짓으로 흙바닥에 절을 올리고는 싱글벙글했다. 이렇게 되면 창해역사의 신물인 다섯 가지 병기를 가진 천하 최고수 세 사람이 이 흑수의 용두나루에 다 모인 것이었다. 우화탄이 거의 대경실색한 표정으로 말했다.

"아! 오신물(五神) 중 삼신물이 한꺼번에 모이다니?"

"삼촌, 오신이 뭐에요?"

사호살은 침을 삼키며 우화탄에게 물었다.

"아, 오신은 말이야, 응? 너 언제 깨어났냐?"

"오신이 뭐냐니까요?"

"응, 과거에 창해역사라는 분이 자신이 못다 한 진시황 주살을 위해 특별히 만든 변한의 백강철로 만든 병장구란다. 그것은 검(劍), 도(刀), 창(槍), 궁(弓), 퇴(槌)로서 모두 다섯 가지인데 지금 저들이 지닌 무기들이 아마도 그것들 중 셋이겠지."

"아! 그렇군요. 저분들 참 멋지군요."

"우거사가 침을 삼키며 나지막하게 우화탄에게 말했다."

"사제, 그런데 을탄광소, 아니 창해신검이 오늘 여기에서 자신을 배반한 자를 죽이겠다고 했는데, 그자가 누군지는 몰라도 제정신이라면 나타날 리가 없지 않겠나? 그냥 집에서 곱게 죽지 저 세 사람에게 난도질을 당하려고 여기에 온다는 게 말이 되는 소리인가?"

"글쎄, 저도 그게 좀……"

천하의 세 고수가 모인지라 일시에 사방이 소란스러워졌다. 군중들의 수군거리는 소리가 이내 광장에 가득해졌다. 우거사는 무언가 대단히 잘못되었다는 생각이 들었다. 혹은 무언가에 홀려 속았다는 느낌도 들었다. 언젠가는 창해신검과 자웅을 겨루고 싶었는데 평생 지금껏 무술수련을 하고도 그와 눈도 마주치지 못하다니 인간의 무공은 도대체 어디까지 갈 수 있는 것인가? 그러다가 우거사는 자신도 모르게 그 말을 입 밖으로 내뱉었다.

"내가 저 창해신검과 겨루면 최소 삼합을 견딜 수 있을까?"

"응? 그게 무슨 소리유? 그거야 사형 본인이 잘 알지 않겠수?"

"솔직히 말해 단 일합도 자신이 없네……"

"어제 보여준 그 오룡검법은 어떻수?"

"그 입 좀 다물게 으음……"

창해신검은 나루터 맞은편의 자리한 의자에 앉아 광대한 흑수 쪽을 멀리 바라보는 듯했다. 그리고 좌우에는 창해신창과 창해신퇴가 호법을 서듯 역시 물 쪽을 바라보고 있었다. 창해신검이 말한 약속 시간이 다되도록 이제 더 이상 방문객은 없었다. 삼강의 먼지바람이 가끔 불어댈 뿐이었다. 사람들은 점점 지루해했고 우화탄과 우거사는 연신 반대편 사막 쪽을 보았으나 인기척은 없었다.

그리고는 반다경이 지났을까, 약속된 시간이 조금 지나 두 무리의 말을 탄 무사들이 먼지를 일으키며 나루터 쪽으로 달려왔다. 그들은 말로만 듣던 신비의 고수 창해신궁과 창해신도였다. 뒤늦게 나타난 창해신궁과 창해신도가 각기 무리를 이끌고 다함께 창해신검에게 예를 올렸다. 둘은 동시에 바닥에 부복하고 인사를 했다. 창해신창과 창해신퇴와 달리 그들은 절을 하지 않았다. 그도 그럴 것이 그들은 창해신검만큼이나 늙어 보였다.

"대사형! 너무 오랜만이라 인사 올리기가 어색하옵니다."

"늦었구나……"

"송구하옵니다."

창해신검은 두 사람에게 각기 신도와 신궁을 가지고 왔느냐고 물었다. 그러자 그들은 자신의 병장기를 매만지며 그렇다는 표시를 했다. 그리고 창해신검의 표정이 매우 일그러지는 것 같았다. 광장 쪽을 향해 무표정하게 고개를 돌린 창해신검은 수백 명의 군중을 향해 소리쳤다.

"여기 모인 분들 중에 나와 검을 겨루어보고 싶은 고인이 있으시오?"

창해신검은 좌중을 한번 둘러보았다.

"저게 무슨 뜬금없는 소리야? 참! 나 원! 구경하러 왔다가 객사할 일 있나?"

우거사는 기가 막히다는 듯이 곁의 사람들이 다 들릴 정도로 입속말을 크게 소리 내어 버렸다. 창해신검이 우거사를 한번 보더니 다시 한 번 외쳤다.

"다시 묻겠소이다. 나와 겨루기가 싫다면, 본문의 이 사제인 창해신도와 겨룰 분이 있으시오?"

군중을 둘러보던 창해신검은 우거사를 향해 손을 가리켰다.

"그대는 어떠한가?"

"예?"

"그대가 좋겠군! 창해신도와 한번 겨루어보게!"

그는 다짜고짜 우거사와 창해신도의 결투를 주선했다. 그는 우거사를 향해 소리쳤다.

"들으라! 자네는 아직도 내게 갚을 빚이 있다."

"예? 그 그게 무슨?"

"너는 당장 창해신도과 맞대결하여 단 다섯 합을 버티면 너의 승리로 간주해주겠다. 자네가 내 빚을 갚지 않겠다면 나는 너에게 목숨으로 그 대가를 받을 것이다."

우거사는 허탈하다 못해 분기가 치솟았다.

"이 이런!"

그러나 정작 발끈한 사람은 창해신도였다. 그는 수염을 한번 시익 매만지더니 자리에서 일어서며 말했다.

"아니? 대사형! 어찌 저와 저런 떠돌이 무사와 검을 섞으라 하십니까? 차라리 저자를 제 호위무사와 대결을 하도록 하시지요."

"신도! 이것은 사형의 명이다."

"으음."

창해신도는 그 옛날 창해역사가 만들었다는 단면 백도를 검집에서 빼어들었다. 그야말로 눈부신 순백의 백도는 햇빛에 반사되어 웬만한 사람은 그 휘황찬란함을 똑바로 쳐다보지도 못할 정도였다. 우거사는 용 문양 막대기를 들더니 위쪽 손잡이를 돌려 검을 꺼냈다. 그 막대기는 단순한 막대기가 아니라 일종의 검이었다. 하지만 창해신도의 위세는 대단했다 일단. 그 전설의 병기만으로 우거사를 압도했다.

"어허! 참! 이, 이게 아닌데……"

우화탄은 난감하기 짝이 없었다. 그는 너무나 혼란스러워 머릿속이 정리가 되지를 않았다. 그렇다면 우거사가 창해신검의 배신자란 말인가? 그런데 그는 자신이 죽을 걸 알면서 왜 여길 왔단 말인가? 그렇다면 창해신검은 우거사를 죽이려고 이 모든 걸 준비했단 말인가? 그냥 죽이지 왜 이런 말도 안 되는 일을 벌인 것일까? 왜? 왜? 왜? 왜가 꼬리에 꼬리를 물며 머릿속을 온통 헤집고 다니는 것만 같았다. 우화탄으로서는 정신이 혼미했다. 하지만 일단 빨리 여길 빠져나가야 한다는 강박관념에 먼저 사호살을 찾았다. 그러나 호살은 이미 대결장의 맨 앞줄에 가서 서 있었다. 그리고 창해신도의 공격이 시작되었다. 우화탄은 이미 어쩔 방도가 없었다. 다만 우거사가 창해신도의 다섯 번의 공격을 막아내기만을 바랄 뿐이었다.

창해신검은 양손으로 신도를 부여잡고 한발 한발 앞으로 나왔다. 먼저 겁을 먹은 우거사는 창해신검을 한번 보았다가 다시 창해신도를 한번 보았다가 하며 좀처럼 당황한 기색을 지우질 못했다.

창해신도는 가소롭다는 표정으로 높이 치켜든 그 날카로운 신도를 우거사를 향해 강하게 내리쳤다. 우거사는 자신도 모르게 뒤로 물러나며 몸을 오른쪽 옆으로 피했다. 그러자 신도는 마치 꿩을 쫓는 매처럼 일순간 칼의 방향을 바꾸어 자연스레 우거사의 몸을 따라가며 공격을 해왔다. 우거사는 그저 피하기에 급급했다. 그런데 창해신도의 공격은 끊임이 없어서 한 합이 언제 끝나는 지 알 길이 없었다. 창해신도가 풍차처럼 칼을 휘두르며 전진하자 이번에는 우거사가 가히 두어 장을 솟아오르며 창해신도의 머리 위로 날아올랐다가 그의 뒤로 겨우겨우 창해신도의 예리한 공격을 피해냈다. 그러자 창해신검이 제 일합을 종료시켰다.

"이런 원숭이 같은 놈!"

"그만! 일합이 끝났다. 이제 네 번의 공격이 남았다."

우거사는 신도의 공격을 피하고는 제 이합에 나서자 다소 자신 있는 표정으로 용문양이 새겨진 자신의 검을 앞으로 쭉 뻗었다. 그러나 이번에 창해신도의 공격은 아까와는 판이하게 달랐다. 필살기라 할 수 있는 창해신참검법으로 단칼에 상대를 베어버릴 태세였다.

창해신도는 우거사를 잔뜩 노려보았다. 그리고는 겁을 주려는 듯 신도는 짐짓 움찔거리면서 상대의 허점을 찾는 듯했다. 그러다가 우거사가 잔뜩 긴장하여 한발 뒤로 물러서려는 찰라 신도는 능란한 참법으로 매우 재빨리 상대를 베는 검법을 펼쳤다. 그러나 우거사는 대단히 침착했다. 창해신도의 발을 보면서 보법에 따라 자연스럽게 움직이며 자신의 검을 빙글빙글 돌려가면서 그는 최선을 다해 공격을 막아냈다. 그리고는 창해신도가 주춤거리는 사이 오룡이 피어나는 이른바 용천검법으로 역공격을 감행했다. 아무도 우거사가 천하의 창해신도에게 공격의 초식을 펼치리라고 상상하지 못했다. 그는 대단히 자연스러운 자세로 검을 휘두르기 시작했다. 그 순간 검은 다섯 마리의 용처럼 그 기운이 다섯 개로 나뉘어 보이는 신비한 검법으로 상대를 공격했다. 당황한 창해신도가 용머리모양의 다섯 개의 검이 동시에 공격해 들어오는 것을 보고 화급히 물러서며 방어에 급급하게 되었다. 그러나 우거사의 오룡검법은 점점 더 현란한 초식으로 변화되어갔다. 우거사는 조금씩 조금씩 상대를 몰아붙였고 급기야 창해신도가 더 이상 피할 수 없는 궁지에 몰렸다가 뒤로 넘어지고 말았다. 참으로 어처구니없는 일이 아닐 수 없었다. 당대 강호의 최고수 중 한 명인 창해신도가 뜨내기 무사에게 완전한 패배를 당하는 순간이었다.

"그만! 우거사의 승리이다. 창해신도는 완전히 패배하였다!"

"아, 아니요! 대사형! 재시합을 하겠소!"

창해신도가 분한 마음에 재시합을 요구하는 순간 창해신검은 무표정하면서도 대단히 엄숙한 분위기로 말했다.

"이놈! 창해 문하의 고수가 적에게 공격할 틈을 주다니! 그리고도 한참을 밀리다니! 수치스럽도다! 창해신도는 입을 다물고 자리에 앉아 내 명을 기다리라!"

"으음……"

"너는 나를! 아니, 창해가문을 망쳤다!"

"뭐요? 이런 황당할 데가 있나! 말이 되는 소리를 하시오! 대사형!"

"넌 이미 졌다. 내가 멈추라는 명을 내리지 않았다면 넌 죽었을 것이다."

우거사의 승리는 한마디로 청천벽력과도 같았다. 가까스로 창해신도를 물리친 우거사는 자신도 스스로를 믿지 못하는 표정이었다. 그는 싱글벙글하며 우화탄과 사호살의 곁으로 왔다.

"우와! 대단해요! 사형! 아니 내 눈으로 직접 보고도 못 믿겠네!"

"와! 아저씨 정말 엄청난 고수셨군요, 그럼 이제 아저씨가 천하최고수

중 하나겠네요. 저두 빨리 아저씨처럼 되고 싶어요! 야!"

어리둥절한 우거사와 신이 난 사호살과 우화탄 그리고 누워있다가 깨어난 정연까지 모두 기쁨을 감추지 못했다.

"자! 잘 들으시오. 다음은 창해신궁과 활 시합을 할 고인을 모시겠소이다."

순간 창해신궁의 표정이 일그러졌다. 그러나 창해신검은 조금 전까지 우거사의 승리에 기뻐 어쩔 줄 모르던 사호살에게 창해신궁과의 대결을 종용했다.

"아이야, 너는 사씨촌 출신이라 했지? 그럼 활을 쏠 줄 아느냐?"

"예, 조금 쏩니다만……"

"그래? 그렇게 생겼구나. 그렇다면 이번에는 네가 나서보아라."

"예?"

사호살은 화들짝 놀랐다. 방금 전까지 비몽사몽한 가운데 환자나 진배 없었던 자신에게 궁술 대결을 하라는 창해신검의 말은 농담으로만 들릴 뿐이었다.

"너희는 나루에 묶여 있는 배가 보일 것이다. 배의 고물 위에 다래를 각각 다섯 개씩 놓아두었다. 보이는가?"

"예? 아! 예."

"더 많이 맞추는 자가 이기는 것이다. 그리고 아이야, 너는 손해볼 것이 없느니라. 아니 그러하냐?"

"예?"

사호살로서는 그저 어리둥절할 뿐이었다. 하지만 차가운 표정의 창해신궁은 창해신도와 달리 아무런 말이 없었다. 다만 사호살과의 활 대결을 선선히 받아들였다. 호살은 어리둥절한 상황에서도 특유의 질문을 하기 시작했다.

"을대인님, 소인 궁술 대결 전에 여쭙겠습니다."

"무어냐?"

"대인께서 저에게는 불이익이 없다고 하셨는데 제가 만일 이기면 창해신궁께서는 불이익이 있다는 말입니까?"

"무엇이? 이놈이? 이런 건방진 놈이 있나!"

별안간 궁술대회에 임하려고 준비하던 창해신궁이라는 자가 포악한 표정으로 호살을 잡아먹을 듯이 호통을 쳤다. 그러자 그를 만류하는 을탕광소가 미묘한 표정을 지으며 말했다.

"아이야, 잘 들어라! 너는 지면 불이익이 없고 이기면 이익이 있다. 창해신궁과 너와는 아무런 관계가 없다. 알겠느냐? 또한 네가 창해신궁의 이익과 불이익을 따질 필요가 없느니라!"

"예."

창해신궁은 미리 준비한 활과 화살을 사호살에게 주었다. 그것은 창해신궁이 지닌 신궁과는 비교가 되지 않았다. 그러나 불쾌해진 창해신궁은 이미 상당량 호흡이 거칠어졌다. 창해신궁의 명궁은 은빛 기운이 감돌았다. 보통 활의 형태는 앞 손으로 활채의 한 가운데 점을 잡고 밀면서 뒷손으로 시위의 이등분 지점보다 높은 곳에 각지를 걸고 시위를 당기는데, 창해신궁 명궁의 각지는 시위의 정 중앙지점에 있었다. 다른 궁은 모두 대나무를 쓰는데 신궁은 저 남쪽 나라인 변한의 명물 신강철로 만들어졌기 때문이었다. 각지를 걸 지점이 활채의 중심과 다른 이상한 활을 본 사호살은 더더욱 긴장이 되었다. 그런데 이상하게도 사호살은 그 명궁이 낯설지가 않았다.

사호살이 받은 활은 실제로 아버지 사두계에게 배운 조선의 활이었다.

그는 시위가 탱탱한 것이 마음에 들었다. 활을 펼쳐 복원력과 탄력이 어울릴 때 두 힘의 중심점들은 활채와 시위의 한 중앙 지점과 일치되고 상하로 양분된 길이와 힘의 세기가 똑같아질 때 균형과 안정이 유지되는 것이다.

사호살이 받은 활은 깍지를 걸 지점이 시위 전체 길이의 한 중앙보다 유난히 위에 있어 탄력의 중심과 어긋나있기 때문에 깍지 걸 곳을 안정된 지점이 되도록 전환시켜 시위의 한 중앙에 있는 것과 같은 효과를 발휘해야만 했다. 깍지 걸 지점에서는 시위는 위아래로 분리되어 한쪽은 길이가 짧고 다른 한쪽은 길어 균형을 맞추기가 어려웠다. 사호살로서는 난감했다. 백장 정도면 과녁을 어디쯤 놓아야 하는지가 감이 잡히지 않았다. 그는 하는 수 없이 첫 발을 쏘아보고 나머지 네발을 맞출 수밖에 없었다. 그는 일단 활의 시위를 당겨보았다. 시위가 짧은 쪽으로 힘이 쏠려 복원력 중심점도 센 쪽을 따라 웃장 쪽으로 이동되어 활채의 한 중앙 지점을 한참이나 벗어나 있었다.

창해신검은 시합시작을 조용했다. 무엇이 그리 급한지 창해신검은 두 사람에게 준비할 시간을 거의 주지 않았다.

“자! 두 궁사는 준비되었으면 백장 밖의 다래를 맞혀라! 모두 다섯 발을 쏘아 다래를 많이 맞추는 자가 이기는 것으로 하겠다! 시작하라.”

신검의 명에 따라 두 궁사는 조준에 들어갔다. 애기 주먹만 한 참다래는 잘 보이지도 않았다. 사호살은 겨우 보이기는 하나 과연 맞출지 자신이 거의 없었다. 창해신궁은 가소롭다는 듯이 사호살을 보고는 코웃음을 쳤다. 제비를 뽑아 사호살이 먼저 쏘기로 하였다.

사호살은 화살을 깍지에 걸고 시위를 힘껏 당겼다. 백산에서 쓰던 활보다 중심이 꽤 위에 있던 까닭에 그는 활을 위로 치켜들었다. 어림잡아 백장을 가려면 다래의 높이보다 한 장 이상 높아야 한다고 생각하고 신중하게 활시위를 놓았다. 시위는 생각보다 훨씬 팽팽했다. 그 때문인지 화살은 다래보다 훨씬 멀리 나갔다. 무려 십여 장을 벗어나 한참을 더 날아 흑수의 호수의 깊은 물속으로 빠지고 말았다.

하하하 우하하하

사호살은 한마디로 웃음거리가 되고 말았다. 창해신궁은 들고 있던 활을 내려놓으며 창해신검에게 말했다.

"사형, 소제는 이 시합에 응할 수 없소이다. 내가 어찌 저런 애송이와 자웅을 겨룬단 말이요. 여기 모인 자 중에 궁술이 가장 뛰어난 자로 재대결을 하게 해주시지요."

"그래? 자네가 내 명을 듣지 않겠다면 나와 자웅을 겨루어야 할 것이다. 나에게 검을 뽑을 텐가? 아니면 저 아이와 활을 겨룰 텐가?"

"도대체 저에게 왜 이러시는 겁니까? 으음…… 이런 낭패가 있나?"

창해신궁은 계속 버텼지만 창해신검이 채근하자 어쩔 도리가 없었다. 그는 꽤 능숙하게 시위를 당겼다. 간발의 차이로 다래를 맞추지 못했으나 맞춘 것과 진배없었다. 그야말로 손가락 하나차이였다. 사호살에 비하여 천양지차였다. 하지만 일단 무승부였다. 우화탄은 안도하며 기뻐했다.

"안 맞았네! 이렇게 되면 일단 무승부 아닌가!"

"하지만 저 정도라면 다음에는 꼭 맞추겠는걸, 야단났네! 이거!"

우거사는 창해신궁이 조금만 조정을 하면 나머지 네발은 모두 맞출 것으로 보았다. 잠시 후 다시 사호살이 제이발을 준비하고는 시위를 당겼다. 그런데 모두들 경악을 하고 말았다. 사호살의 화살은 정확하게 백장 밖의 참 다래를 맞춘 것이었다.

"우와! 명중이야! 명중!"

우화탄과 우거사는 기뻐 날뛰었고 정연도 입가에 미소를 지으며 치마를 곡 잡은 손의 땀을 연신 닦았다. 세 사람은 자신도 모르게 서로 얼싸안고 빙빙 돌기까지 하였다. 그러나 기쁨도 잠시 창해신궁이 여지없이 다래를 맞추었다. 그러자 분위기는 다시 가라앉았다. 그리고 제삼발과 제사발에서는 두 사람이 모두 과녁으로 삼은 다래를 깨끗하게 맞추었다. 이제 마지막 다래가 한 개씩 남아 있을 뿐이었다.

"아! 정말이지 심장이 떨려서 볼 수가 없군!"

우화탄은 앉았다 일어섰다 하면서 안절부절 못하였고 우거사와 정연도 마른 침을 삼키면서 조마조마한 표정을 짓고 있었다. 창해신검은 대단히 재미있다는 표정으로 좌중에 나서며 외쳤다. 자 이제 마지막 한 발씩 남겨두었소이다. 이번 마지막 한발로 승부를 가리겠소. 두 궁사는 최선을 다해주기 바라오!

사호살은 살아생전 이처럼 긴장한 적이 없었다. 아버지와 호랑이 사냥에 나섰다가 호랑이와 맞닥트렸을 때에도 이보다는 덜했다. 깍지에 화살을 걸어 쏘려고 할 때 사호살은 순간 자신도 모르게 그 다래가 수박만 하게 보이는 것이었다. 그리고는 흑해의 호수 위로 신기루처럼 용의 머리가 보였다. 용은 마치 웃으면서 큰 과녁을 쏘기 좋게 화살의 방향을 이끌어주는 듯했다. 호살은 호흡을 멈추고 느긋하게 시위를 당겼다가 자연스럽게 놓았다.

"명중이요!"

"우와! 사호살 만세! 명궁이다! 명궁!"

호살의 화살은 겨우 주먹만 한 다래를 백장 밖에서부터 날아와 박살내며 뱃머리의 판자 위에 꽂혔다. 우거사와 우화탄은 덩실덩실 춤까지 추었다. 하지만 창해신궁의 표정은 이내 어두워졌다. 그는 몇 번이나 화살을 깍지에 걸었다가 다시 내려놓았다. 창해신검은 곁에서 무언의 압력을 넣었고 이윽고 창해신궁은 활을 쏘았다. 하지만 다래 과녁을 맞히지 못했다. 사호살의 승리였다. 창해신궁은 군중을 향해 외쳤다.

"내 가문의 사람이 졌소이다. 창해신궁의 마지막 화살은 어림도 없이 한자 이상 빗나갔다. 그러나 이 아이의 화살은 두 개나 다래에 명중하였도다!"

창해신검은 불같이 상된 표정으로 검을 한번 강하게 잡아 올렸다가 내려놓으며 말했다.

"자! 사문의 명이다! 창해신창과 창해신궁은 자결하라!"

추상같은 창해신검의 명이었다.

"아니? 무슨 그런 말이?"

창해신검은 쓴 웃음을 지었다.

"너희는 창해신창과 창해신궁이 아니다. 너희들은 변복하고 내 사제들을 독살한 후 얼굴까지도 역용을 한 간자임을 내 익히 알고 있었다. 너희가 내 두 사제를 죽이고 낙랑과 내통하여 북부여의 명예를 더럽혔으며 심지어 내 외조부 아란불께서 지정하신 천제의 소도에 장사아치들을 끌어들여 성소를 더럽히다니 네놈들은 죽어 마땅하다! 내 이미 남소도와 동소도가 속세의 무리들로 가득함을 알고 있노라!"

"아, 아니요! 사형! 우리를 믿어주시요!"

"사형이라니? 내가 어찌 너희놈들의 사형이더냐! 너희들이 제아무리 변장을 그럴듯하게 해도 나는 내 사제들을 알아볼 수 있다. 비록 수년간 보지 않았다하나 예전 수년간 수련을 같이한 동문을 어찌 잊을 수 있겠는가? 너희 간자들이 내 사제 둘을 독살하고 변장한 것은 내 사조사님이신 창해역사님에 대한 모독이고 내 외조부인신 아란불님에 대한 배신이

며 나와 그리고 여기 모인 신퇴와 신창에 대한 배반이다. 네 오늘 너희를
죽여 흑수의 검은 물에 던지리라! 그리하여 선대 영웅들과 내 사제들의
원한을 풀어줄 것이다!"

창해신검의 말이 끝나기 무섭게 창해신도가 일어서며 백도를 잡으려
했다. 그러나 창해신창의 표창이 그를 제압한 후 바로 신궁과 신도가 데
리고 온 호위무사들을 모조리 일거에 고꾸라트렸다. 그와 동시에 창해신
창의 절기인 광채가 번뜩이는 백창이 반역자 두 사람 앞으로 쭉 뻗어 나
오며 순식간에 제압했다. 그리고는 신퇴가 그 커다란 백철퇴를 붕붕 휘
두르며 한층 더 살기등등한 태세를 갖추었다.

광장에 모인 군중들은 창해신궁과 창해신도의 자결을 하는 장면을 보
려고 점점 더 그들의 곁으로 몰려들었고 광장은 모인 인파 때문에 자꾸
좁아져갔다. 우화탄과 우거사는 자신도 모르게 그들이 마치 창해가문의
사람들인양 광장을 정리하려고 나섰다.

"여러분 자자! 좀 더 뒤로 가시오, 질서를 유지하시오, 정숙하시오!"

그들이 나서서 광장을 정리하고 나자 일단 광장은 다소 평온해졌다.
창해신검은 두 사람에게 각각 그들의 무기를 내놓으라고 했다.

"이놈들! 당장 창해도와 창해궁을 내놓아라!"

두 사람은 신검의 엄청난 위세에 눌려 어쩔 수 없이 순순히 무기를 내
려놓았다. 그리고 창해신궁이 활을 건네고 창해신도가 그의 백도를 잡는
순간 그는 다시금 백도를 꺼내들었다. 그리고는 뒤로 물러서며 퇴로를
찾는 듯했다. 그러나 이미 그의 뒤에는 창해신창과 창해신퇴가 마치 커
다란 바위처럼 길을 막고 서있었다. 그는 칼을 뽑아들고 창해신검의 앞
으로 다가서며 공격을 하려 했다. 그 순간 단발마 같은 비명소리와 함께
그의 오른팔과 백도가 땅에 떨어졌다.

"으악!"

"네가 손을 쓴다면 네 손이 잘릴 것이고 네가 도주한다면 다리가 잘릴 것이다!"

창해신검이 쾌도를 시전한 모양이었다.

"저, 저것은 검강이다!"

우거사가 심하게 말을 더듬으며 감탄해마지 않았다. 검으로 직접 상대를 베는 것이 아니고 검에서 뿜어져 나오는 기운으로 상대를 공격하는 초절정고수의 검법인 검강을 광장에 모인 모든 사람들이 직접 눈으로 보게 된 것이었다.

결국 창해신궁과 창해신도로 위장한 간자들은 자의반 타의반으로 자결하여 흑수에 수장되었다. 그들을 수장시키기 전에 창해신검은 군중들에게 두 가지 말을 하였다. 하나는 무림전체를 향해 자신의 가문에 대한 엄중한 경고를 한 것이었다. 또 하나는 누구든지 무예와 정신이 출중한 자는 새로운 창해신도와 창해신궁이 될 수 있다고 그 후예를 기다린다고 하였다.

우화탄과 우거사는 창해신검을 도와 광장을 정리하고 시체를 배에 태우고 또 뒤치다꺼리를 하느라고 온몸이 땀으로 범벅이 되었다. 그리고 자연스럽게 우화탄의 변장은 모두 지워졌고 붙어있던 수염도 다 사라지고 없었다. 그리고 그는 스스로의 모습에는 전혀 신경도 쓰지 않았다. 그러던 차에 변장이 다 지워진 우화탄을 누군가 알아보았다. 낙랑부의 무사였다.

"아 아니? 저자는 창해군 표국의 호위사가 아닌가?"

"그래 맞아!"

한나라 무사와 복단회 사람 그리고 창해표국의 표사들이 우화탄을 알아보고 다가왔다. 그들은 각자 자신의 몫과 돈과 물건을 찾기 위해 그에게 책임을 물을 판이었다. 우화탄은 일단 도주하려 했으나 사막으로 가는 길은 단 하나였고 사막으로 뛰었다가는 저 고수들에게 추적당해 죽임을 당할 것이 뻔했다. 그는 우거사와 사호살 뒤에 숨어 궁리에 또 궁리를 거듭했다. 그리고는 창해신검의 앞으로 나아갔다.

"드릴 말씀이 있습니다!"

"무엇인가? 말하라!"

"아, 예, 그것이 매우 중요하고 또 복잡해서 일단 한잔 하시면서……"

"그래? 그토록 중차대한가?"

"예."

"좋다. 그러면 주막에 상을 준비하라 이르라."

그때였다. 젊은 복단회의 검객이 우거사와 사호살 그리고 정연을 가로막으며 엄청난 쾌속으로 발검을 했다. 그는 세 사람을 볼모로 하여 우화탄을 잡을 요량이었다. 우화탄은 검집을 잡았으나 이미 젊은 검객의 칼끝이 우화탄의 가슴으로 들어와 있었다. 그 순간 창해신검이 외쳤다.

"멈추시게! 젊은이! 그들은 나의 손님이다. 검을 거두고 그들을 내게로 보내라!"

젊은 검객은 창해신검과 복단회 사람들을 번갈아 보았다. 그러나 복단회의 조장군이 소리쳤다.

"세연아! 그들을 놓아주거라! 일단 기다려보자. 신검을 믿어보자!"

"예."

조위달 장군과 창해신검은 잘 아는 사이인지라 눈빛을 교환하고는 물러났다. 젊은 무사는 조세연이라는 복단회의 고수였고 얼굴이 깎은 밤처럼 매끈하게 생겼으나 상당히 차가운 인상이었다. 그는 매우 억울하다는 표정이었으나 이내 평상심을 되찾았다. 사호살은 그가 남자가 아니고 여자라는 느낌을 받았다. 그리고 정연에게 말했다.

"정연 낭자, 저 사람은 여자인 것 같아요."

"네, 저도 그렇게 보았어요. 그런데 여자치고는 너무 무섭네요."

"그래도 잘생기기는 했네……"

"어머! 뭐가 잘 생겨요!"

"으음!"

사호살은 정연과 얼떨결에 이야기를 나누고는 한결 가까워진 느낌이 들었다. 야릇한 질투심을 느끼는 정연에게 자신도 나쁘지만은 않은 감정을 드는 묘한 분위기에 휩싸였다. 그리고는 다시 긴장감이 밀려오는 것을 느꼈다. 정연도 쑥스러운 표정을 지었다.

창해신검과 우화탄 일행이 주막으로 들어가자, 한나라 군사도 복단회 고수들과 그리고 창해군표사들도 창해신검이 우화탄과 떨어지기를 바라며 그들의 주위를 맴돌았다. 일단 창해신검이 떠난다면 우화탄은 그들에게 잡힐 상황이었다. 하지만 우거사와 사호살, 정연 그리고 우화탄은 수십 명의 적들이 호시탐탐 노리고 있는 가운데 창해신검이 차려준 술과 고기가 가득한 상을 받았다. 적들 앞에서의 진수성찬은 그야말로 이상하기 짝이 없었다. 네 사람은 실로 배가 고팠지만 그 살벌한 분위기 속에서 차마 먹을 수가 없었다. 그 상황 하에 창해신검은 우화탄과 대화를 나누기 시작했다.

"자, 이제 말하라!"

"신검님! 아니 을탄광소 나으리! 이번에 제 목숨을 살려주신다면. 제가 기필코 귀사문에 신궁과 신도가 될 귀인을 보내드리겠습니다."

"하하하하하! 네가? 네가 보낸다고 그들이 어찌 신도와 신궁이 되겠느냐?"

"반드시 그리하도록 하겠습니다."

"그래? 무엇으로 그리 호언장담을 하는가?"

"저는 백산 우씨 가문의 우화탄이라 하옵니다."

"오? 그래? 명궁의 가문 출신이로군!"

"또 제 어머님은 목지국 조위도인의 따님이옵니다."

"그분 역시 검으로는 뛰어난 분이셨지, 그런데 왜 자네는 아직 그 모양 그 꼴인가?"

"예? 히히히히."

우거사가 자신도 모르게 헛웃음이 튀어나왔다. 우화탄은 적지 않게 당황했으나 다시 말을 이었다.

"지금 제 곁에 있는 이 아이가 제 조카이오나 실은 아사달에서 멀지 않은 백산 기슭의 사씨촌에서 궁술을 연마한 아이로서 제가 보기에 이 아이만큼이나 명궁의 자질이 있는 아이는 없다고 사료되옵니다. 오늘 신검께서도 직접 보시지 않으셨습니까?"

"그건 그러하이."

"그리고 제 육촌형님의 여식이 있사온데 저는 그렇게 뛰어난 자질의 검사를 본적이 없사옵니다. 이제 열여섯이오나 저 같은 무사 다섯이 덤벼도 그 아이를 당할 수가 없사옵니다. 제 생각으로는 이 두 아이가 장차 창해신궁과 창해신도가 되리라 확신합니다."

"그래? 그건 자네 생각이고, 내 생각은 다르네."

"예?"

"지금 자네가 여기서 죽더라도 그 아이들은 후에 내게 올 것일세."

창해신검은 주위를 한번 죽 둘러보았다. 복단회의 고수들, 낙랑군의 무사들 그리고 창해군의 표사들까지 도합 수십 명이 빨리 창해신검이 우화탄을 내놓기만을 기다리고 있는 분위기였다. 그리고 창해신검은 이야기가 끝났다는 표정을 지으며 곧 일어날 태세였다. 우화탄으로서는 정말이지 좌불안석이었다.

이번에는 우거사가 나섰다. 그는 고개를 조아리며 말했다.

"조금 전 창해신검께서는 저희에게 두 아이를 잘 돌보라고 명하셨사온데 우리가 여기서 죽으면 호살이와 정연이를 누가 돌볼 것이며 그럼 장차 신궁을 어찌 보시려 하십니까?"

"이가 없으면 잇몸으로 산다. 너희가 없으면 누군가 돌보게 될 것이다. 또 아이가 죽으면 다른 신궁이 나타날 것이다. 너희는 어찌 거래가 되지도 않는 말을 하며 목숨을 구걸하려 하는가!"

우거사는 아무 말도 하지 못했다. 그러자 신검이 물었다.

"자네 성이 본시 우씨인가?"

"원래 우씨이오나 역씨 가문에서 양자로 자랐습니다."

"그래? 아까보니 용천검법을 구사하더구만."

"예. 신검께서도 용천검법을 아십니까?"

"그렇다. 그대의 사문은 어디인가?"

"사문 따위는 없소이다."

"혹 설자계라는 고인을 아는가?"

"모릅니다."

"그래? 그러면 다시 묻겠네, 그대는 어디에서 용천검법을 배웠는가?"

"용성국이옵니다."

"그래? 용성국! 근래 용왕께서는 무탈하신가?"

"예!"

"내 일찍이 동부여에서 자네의 명성을 듣지 못하였는데, 그 실력을 갖고 왜 숨어 살았는가?"

"그것이 궁금하십니까?"

"무엇이? 자네 지금 농을 할 때가 아닌 것 같은데?"

"우리 넷의 목숨을 살려주시면 말씀드리겠사옵니다."

"그것 참! 재미있는 친구로구만……"

"어떠하십니까? 궁금하지 않으십니까?"

"궁금하네, 하하하하하."

"그러실 줄 알았습니다요. 히히히히히."

"알았네! 말해주면 내 배를 내어주지. 흑수의 서쪽 나루로 가면 저들보다 하루를 먼저 백산으로 갈 수 있을 게다. 이제 말해보라!"

우거사는 쭈뼛거리며 입을 떼지 않았다. 그리고는 한참을 더 시간을 끌었다.

"왜 말을 하지 않는 게지?"

"소인 목숨을 걸고 다시 한 번 말씀을 올리겠나이다."

"말하라!"

"예, 지금 저의 사제 우화탄과 나를 잡으려고 수십 명의 무사가 에워싸고 있음을 잘 알고 있나이다. 그래서 신검님의 엄청난 위상과 배려 또한 잘 알고 있사옵니다. 소인 또한 신검님의 은혜를 뼈저리게 느끼고 있습니다. 하지만 궁금한 것은 그 답을 알 때까지 기다리는 맛이 있어야 한다고 생각하옵니다. 저는 제가 왜 숨어살았는지 궁금해 하시면서 재미난 생각을 하실 수 있는 낙을 신검님께 드리고자 합니다. 보름 후에 동부여의 창해신검 댁으로 찾아가 그때에는 자세한 말씀 올리겠나이다. 그것을 거래조건으로 하여 신검께서는 우리가 떠난 후 복단회 고수들이 배를 타고 우리를 추격하지 않게 해주실 수 있사옵니까?"

"허허! 이놈! 보아라? 하하하하하하하. 그래! 좋다! 배를 내주어라!"

"예!"

창해신검의 명에 따라 창해신창과 창해신퇴의 엄중한 호위 아래 네 사람은 배에 올랐다. 그리고는 백산을 향해 흑수의 호를 떠나 출발하였다. 하지만 아무도 그들은 잡을 엄두를 내지 못하였다. 흑수나루의 모든 배는 이미 창해신검이 모두 출항금지를 내렸기 때문이었다. 한나라 군사도 복단회 고수들과 그리고 창해군표사들도 발만 동동 구를 뿐이었다. 한마디로 닭 쫓던 개 지붕을 쳐다보는 꼴이었다. 그들이 떠나자 창해신검 일행도 떠날 채비를 하였다.

그때 단주청이 복단회의 여러 고수들을 대동하고 와 있다가 창해신검에게 예를 올렸다. 그 곁에는 복단회의 이른바 삼사로 불리는 조위달 장군과 온혼탄주 장군 그리고 고주명 장군이 눈이 띄었다. 단주청 회주는 필요 이상으로 을탄광소에게 저 자세를 취하는 것으로 보였다. 아마도 그의 검강을 본 사람이라면 그러하지 않을 사람은 없었을 것이었다. 하지만 조위달 장군이라는 사람만은 고개를 숙이지 않았다. 오히려 조금 전 우거사 일행을 놓아준 것을 의아해하는 표정으로 창해신검을 정면으로 바라보았고 신검도 유념해서 그를 보았다. 잠시 후 회주가 먼저 와서 인사를 했다.

"나는 복단회 회주 단주청이라 하오이다. 내 창해신검에게 삼가 묻겠소."

"말씀하시오."

"그대는 왜 이 외진 흑수나루에 와서 이런 일을 벌인 것이요? 사문의 일이라면 조용한 곳에서 처리하실 수도 있을 텐데요?"

"그거야 이곳이 소문이 가장 빨리 퍼지는 곳이기 때문이외다. 동시에,

흑수국, 읍루국, 숙신국, 예국, 맥국 그리고 용성국 같은 곳과의 교통의 요지이기 때문이요. 이곳은 대규모 군사를 보낼 수는 없고 그렇다고 궁금한데 안 가볼 수도 없는 곳이지 않겠소? 그리고 내 사문의 사람을 해하고 임의로 창해역사 제자를 참칭한 자들에 대한 엄중한 경고를 한 것이요."

"그렇군요. 그럼 이번에는 간곡한 부탁을 하겠소이다."

"말씀하시오."

"우리는 조선의 부활을 도모하고 있소이다. 우리를 도와주시요. 어차피 그대도 조선에 뿌리를 두시지 않으셨소?"

"그렇긴 하지요. 하지만 지금은 내 한 몸 추스르기도 벅찬 상황이요. 후에 도울 수 있을 때 돕겠소이다. 북부여의 공주궁에 부탁하여 다소나마 군자금을 마련해드리겠소이다."

"고맙소이다. 그럼 때가 되면 꼭 연통을 넣을 테니 도움을 바라겠소이다."

"알겠소이다."

한편 흑수로 배를 띄운 지 한시진이 지나 나루에서 멀리 깊은 곳에 배가 이르도록 사호살은 정연의 곁에 앉아 눈치만 살필 뿐 말 한마디도 건네지를 못했다. 그녀의 투명한 피부를 바라볼라치면 가슴이 방망이질을 하는 통에 정연의 얼굴은커녕 그녀 쪽으로 고개를 돌릴 수조차 없었다.

배가 용두나루를 떠나 육지가 가물가물할 정도로 멀어지자, 사공은 돛의 방향을 반대로 돌렸다. 이제는 그 누구도 추적을 하지 못한다는 안도감이 들자 우거사와 우화탄은 몰래 숨겨 가져온 술병을 꺼내놓았다. 그리고는 거나하게 술판을 벌였다.

"자, 우사제, 한잔 받으시게 내 덕분에 자네 목숨 구한 줄이나 아시게!"

"좌우간 고맙소이다. 하지만 사형도 내 조카 호살이 덕분에 사신 줄이나 아슈!"

"그것도 맞는 말이네. 히히히."

"헌데 사형은 어떻게 그런 말을 해서 사람 애간장을 다 녹인단 말이유?"

"뭔 말?"

"창해신검에게 궁금한 걸 나중에 알려주겠다? 그런데 뭐? 보름만 기다리라구? 그러니 복단회가 우릴 잡지 못하게 해달라구? 하하! 참 간도 크슈! 어떻게 당금 최고수 창해신검 앞에서 그런 억지로 거래를 다 하느냐, 그 말이유?"

"자네도 들었지 않은가. 그건 그 양반이 거래가 된다고 하지 않았어? 그러니까 우리에게 배를 주었지 이 사람아! 안 그러나? 얘들아? 참. 너희들도 좀 마셔라."

우거사는 호살과 정연에게도 술을 한잔씩 권했다. 그러자 우화탄이 펄쩍 뛰었다.

"사형! 정신이 나갔수?"

"아니 왜?"

"얘들은 환자잖아! 그리구 애들이구! 술은 무슨 술이야?"

"참, 그렇네, 그럼 너희는 물이나 마셔."

"아 참! 정연이는 하루에 물을 열두 바가지씩 마셔야 한다고 한 거 기억나지? 자! 지금 당장에 저 흑수물을 쭉쭉 들이켜라!"

"예?"

"그건 너무 심했나? 농담이다."

하하하하, 호호호호

우화탄은 고개를 한번 갸웃하더니 또 우거사에게 질문을 해댔다.

"그런데 사형! 창해신검이 날 살려준 이 사건이 말이요, 이게 보통 일이 아니지 않소? 부여에 속한 창해군에도 영향을 미칠텐데 현재 금와왕인가 하는 그 왕이 을탄광소를 그냥 놔둘까?"

"글쎄, 아직 동부여가 자리를 잡지 못한 상황에서 창해신검을 건드려서 좋을 게 뭐가 있겠나. 금와왕은 동해 용왕하고도 관계가 좋지 않은 것 같던데……"

"아니, 그런데, 사형! 아까 창해신검이 용왕의 안부를 묻던데 사형은 정말 용왕의 근황을 알고 있었수?"

"알긴 뭘 알아? 용왕이 실제 있는지 없는지도 모르는데!"

"뭐요? 하여간 엉터리 같은 양반이라니까! 헌데 그 옛날의 해부루 왕은 왜 동해 용왕과 전쟁을 치룬 거지요?"

"전쟁은 아니지, 일방적으로 당한 거지."

"그러니까 그 얘길 좀 해줘요."

"그건 다 말하자면 길다."

"좀 들려주시구려. 호살아! 너도 궁금하지? 안 그래?"

"예, 저도 무척 궁금하네요."

"허허, 이 친구 보게? 조카아이까지 동원해서 비싼 이야기를 거저 들으려고 하네!"

"그러지 말고 재미나게 얘기 좀 해줘요. 아직 백산 쪽 나루까지 가려면 반나절을 더 가야 하니."

"알았네, 애들아 궁금한 거 있으면 말해봐라."

"예, 아저씨, 그 해부루왕 이야기 좀 더 해줘요."

정연은 용왕과 해부루 이야기가 재미가 있었던 모양이었다.

"오냐! 호살이 너는?"

"으음 저는 지금 천하의 제일 고수이야기요!"

"뭐? 그건 내 이야기인데?"

"뭐라구요?"

하하하하, 호호호

우거사는 거들먹거리며 호살에게 눈을 찡긋하더니 이야기를 하기 시작했다.

"오냐, 고수 이야기를 해주마. 천하의 제일 고수는 지금부터 오십 년 전에는 남쪽의 진한산의 아비가지, 북쪽의 백산에는 창해도인, 서쪽에는 가야산 승균선인 그리고 동쪽에는 용두산의 설자계라는 초절정고수가 있었지. 이 네 사람이 천하 최고수이기는 한데 서로 겨루어보지를 않아서 누가 최고인지는 알 수가 없었지. 그러다가 이십 년 전인가 창해도인과 무철이 요하의 강변에서 사흘 낮 사흘 밤을 겨루었으나 승부가 나지 않았고 상당히 유리하게 싸우던 무철이 싸우다 말고 별안간 사라져버린 일이 있었지 그런데 이상한 일은 창해도인이 북부여의 창해가문은 네 제자에게 맡기고 홀연 자취를 감추고 말았어. 지금까지도 소식이 묘연하지, 아비가지는 승천을 했다는 말이 있고 그리고 승균선인은 그 나이를 알 수가 없는데 혹지는 천살이 넘었다고 하고 누군가는 이천 살이라고 말하는 미친놈도 있지."

"예? 왜 미쳐요?"

"야! 이 녀석아! 인간이 이천 년씩이나 산다는 게 말이 되냐?"

"그럼, 천 년은 말이 되요?"

"어쭈! 호살이 너 지금 숙부님 말씀에 토를 다는 거냐? 혼나볼래?"

"아니요, 죄송……"

"좋아, 좌우지간 승균선인과 설자계라는 고수는 서로의 무공을 가르치고 배우는 말하자면 도를 같이 닦는 도반인데 실력은 거의 신선급이라고 하지, 그들은 인간의 경지를 이미 넘어섰다는 거야. 언젠가 무철이 설자계에게 도전을 했다가 칠주야를 싸우다가 패배를 인정하고 돌아갔다는 소문이 있지만 소문은 그냥 소문일 뿐 확실한 건 아니지.”

“그럼 숙부님 그중에 누가 최고수예요?”

호살이 맑은 눈동자에 호기심을 가득 담고 물었다.

“글쎄다. 승균도인은 늘 봉황과 함께 싸운다는 소문이 있으니 아마도 승균선인이 제일 쎄지 않을까?”

“그럼, 봉황새 없이 싸우면요?”

“글쎄? 하! 고놈! 집요하네! 그거야 걔네들이 서로 싸워봐야 알지! 네가 어떻게 아냐?”

“치이! 혹시 아저씨 이거 다 엉터리 이야기 아니에요?”

“요놈 봐라? 실컷 다 듣고 엉터리라고 하네, 너하고는 이걸로 끝이다! 요놈아! 다음! 정연이 신청한 이야기를 마저 해주마. 에헴!”

우거사의 박식한 이야기가 길어지기 시작했다.

“해부루(解扶婁)왕은 부여의 선왕으로 부여 창업왕인 해모수의 아들이며 당대의 동부여 금와왕의 아버지이지. 그는 나이가 많아도 왕자가 없어 산천에 기도하러 다녔다고 하더군. 어느 날 천상에서 소리를 듣고 따라가니 왕이 큰 연못에 이르렀는데 호수의 이름은 곤연(鯤淵)이었어. 부루왕의 애마는 오신(午神)이라 불릴 정도로 명마였는데, 그 명마가 곤연에 이르러 큰 돌을 보고 눈물을 흘리는 거야.”

“말이 울어? 그래서요?”

“왕이 이상히 여겨 사람을 시켜 그 돌을 들어 올리니 금빛 개구리모양의 어린애가 있었다는군. 왕이 기뻐하며, 이것은 하늘이 나에게 아들을 주심이라 하고 거두어 기르고 이름을 금와라 했지. 왕자를 얻는 해부루는 얼마 후 천제의 계시를 받은 재상 아란불의 말을 따라 가섭원(迦葉原)으로 천도하여 국호를 동부여라고 하였다 이 말이야. 아란불은 해모수 천랑왕의 책사였지. 후에 산신이 되었다는데 그거야 알 수 없고, 그리고 그 아란불 제일상의 외손자가 바로 저 창해신검이라 이 말씀이야."

"아! 그렇군요."

사호살은 우거사의 해박한 지식에 감탄을 한 모양이었다. 그리고는 궁금한 게 많았던 사호살은 거퍼 물었다.

"우거사 아저씨! 그 왕은 죽었나요? 그 개구리 왕이 지금은 사람이 되었나요?"

"해부루왕은 죽었지, 그런데 해부루왕에 관해서는 말이 많은 게 사실이야. 혹자는 북부여의 시조인 해모수의 아들이라는 설과, 조선의 단군이신 준왕의 후손이라고도 하고 또 서하 하백녀(西河河伯女) 사이에 태어난 아들이라는 설이 있지. 단군의 왕자라고 전하는 기록 중에는 왕자 시절에 용성국에 가서 용왕을 만나고 왔다는 말도 있다. 해부루왕이 젊었을 때에 용맹하고 잘생겨서 부여 인근의 모든 나라에서 그를 두려워했지. 그런데 어느 날 그가 동해용왕의 공주와 사람에 빠졌는데 그 사랑이 이루어지지 않았지. 왕가에서 반대를 한 모양이야. 그런데 그 후로는 해부루왕이 병약해져서는 과거 왕자시절의 모습을 찾을 길이 없어졌다고들 하지. 해부루왕은 밤마다 용꿈에 시달려 결국 악몽으로 십여 년 잠을 이루지 못했다는 말도 있어. 우리 호살이도 좀 그런 면이 있지? 후후.

각설하고 나라가 약해진 이후 동해의 가섭원으로 옮겨 가서, 나라 이름까지 동부여로 바꾸었지. 이로써 해부루는 단군 이래로 이어오던 북부여의 정통성을 상실하게 되었고 또 해부루는 정치적 역량뿐만 아니라 해모수와 같은 탁월한 무공도 지니지 못한 것 같은데, 그 이유는 늙도록 아

들이 없었다고 하는 사실이 해부루의 육체적 허약성을 직접적으로 드러
내기 때문이라고 하지. 그래서 왕은 왕위를 이을 용맹한 자를 양자로 삼
기위해 애를 무던히도 썼지. 그러나 그가 그토록 강성했던 무공과 현명
한 정치력을 잃고 왜 무력해졌는지 동해용왕의 공주는 그 비밀을 알 것
이야.”

“그럼, 금와왕을 키워준 왕비가 바로 동해용왕의 따님인가요?”

“아니야, 내가 알기로는 동해용왕이 동부여에 쳐들어와서 자신의 딸
인 당시 왕비를 데려가고 해부루왕은 후에 다시 비서갑의 귀인을 새 왕
비로 맞이했다고 하지 아마?”

“아니? 왜 용왕이 자기 사위를 공격하고 기왕에 시집간 딸을 도로 데리
고 갔지요?”

“그건 나도 모르지 아무튼, 금와왕은 해부루왕의 태자로 책봉되어 후
에 부여의 왕이 되었지. 태자시절 금와왕은 놀랄 만한 체력과 현명한 상
황파단으로 국토를 넓혔어. 주위의 나라들이 금왕을 두려워하게 되었지.
그리고 그 아들이 모두 일곱인데 하나같이 활을 잘 쏘고 말을 잘 타고 검
술에 능한 터라 부여는 다시금 강성대국이 될 것일세.”

“아니, 사형, 그런데 용왕이 왜 동부여에 쳐들어왔는지는 모른단 말
이요?”

“그게 알고 싶은가? 사제?”

“예.”

“그럼, 보름을 기다리게 궁금한 걸 알려줄테니……”

“예끼! 못된 사형 같으니라구! 자기도 모르면서 괜시리 남의 애만 태우
고, 저 성질머리, 응? 아니? 그럼, 사형! 혹시? 보름 후에 창해신검에게 답
을 알려주겠다는 것도 혹시 이 수법?”

"바로 맞혔네! 우히히히히히! 내가 골이 비었나? 다시 을탄광소에게
찾아가게, 헤헤헤헤."

우거사와 우화탄은 배를 부여잡고 한바탕 웃어젖혔다.

"천하의 창해신검을 가지고 놀다니 과연 우거사님이시로구만! 하하하
하하."

우화탄은 말끝에 살짝 우거사를 떠보았다.

"작년에 사형은 용성국(龍城國)과 적녀국(積女國)에 다녀왔다고 하시던
데, 그런데 사형! 도대체 그 용성국은 어디로 가는 거유?"

"이 사람아 그건 왜 자꾸 물어? 자네 용왕에게 볼일 있나?"

"아니 그냥 궁금해서……"

"용성국은 말이야, 대한국과 문신국 사이에 있느니라?"

"예? 그렇게 말하면 어떻게 알아요?"

"좋아, 상세하게 알려주지 삼한국의 동남쪽 바다 안에 적녀국이 있는
데 그 동북(東北)쪽에 모인국(毛人國)이 있고, 또 그 나라의 동북(東北)쪽에
는 문신국(文身國)이 있고, 그 옆의 완하국(琉夏國)을 지나 그 옆의 디파나
국(多婆那國)을 통과하면 용싱국이 나오느니라. 또 거기에서 동북쪽 이천
리에 대한국(大漢國)이 있고, 다시 그 나라의 동북쪽 이만리에는 부상국
(扶桑國)이 있다. 알겠느냐?"

"뭐요? 허, 참! 잘도 지어내는구만! 차라리 모른다고 하슈!"

"그래, 모른다! 어쩔래!"

하하하하

모처럼 우거사와 우화탄 그리고 호살과 정연도 다함께 웃었다. 그들의
이야기로 시간이 천천히 지나갔고 배는 정처 없이 크디큰 호수 위에 떠
서 흐르고 또 흘러갔다.

사찌집안의 몰락

백산에서 가장 가까운 나루에 배가 도착하자 우거사는 쌩뚱맞게 이별을 통보했다.

"자! 사제 또 보세, 그리고 호살이와 정연이는 먼 길에 몸조심하고 잘 가거라!"

"아니? 사형? 백산에 같이 가기로 한 거 아니유?"

"그건 자네 생각이고, 나는 북부여로 가네, 혹시 인연이 있으면 다시 만나세."

"아주 안 볼 사람처럼 구는 구료? 그나저나 부여에 가면 누가 반겨줄 사람이라도 있수?"

"글쎄, 일단 해서우공주에게 가서 의탁할 걸세, 일전에 내가 도와준 일도 있고 하니 나를 내치지는 않을 걸세, 그리고 제 아무리 창해신검이라고 공주님께는 함부로 못 할테니 현재로서는 거기가 가장 안전하지."

"알았어요. 그럼 다시 봅시다."

우거사는 다시 정처 없는 길을 떠나고 우화탄이 사호살과 함께 사씨촌에 정연을 데리고 길을 나서려는데 정연이 못내 아쉬운지 우거사의 뒷모습이 보이지 않을 때까지 반대편 길을 줄곧 바라다보았다. 호살은 정연이 정이 많은 사람이라는 걸 그때 깨달았다. 그 때문인지 더 정연에게 관심이 가는 것이었다. 우화탄이 건강해진 사호살을 데리고 오자 사씨촌은 그야말로 축제 분위기가 되어 버렸다. 이일로 사두계는 우화탄을 더욱 믿게 되었고 몇 번이고 고맙다는 인사말을 했다. 그렇게 되자 우환탄으로서는 정연을 기탁해달라는 말을 꺼내기가 쉬워졌다.

그러나 사두계의 집에서는 사호살을 중심으로 흑수 나루터의 엄청난 이야기를 듣느라고 모두들 정신이 없었다. 사호살은 그때 처음으로 자신이 좀 수다스러운 사람이라는 걸 깨달았다. 그러나 그래도 쉬지 않고 사막백사의 내단을 먹은 이야기와 을탄광소가 지신의 병을 고친 이야기 그리고 우거사와 자신이 강호 최고수들을 꺽은 이야기까지 줄줄이 무용담을 늘어놓았다. 특히 자신이 강호초고수 창해신궁을 활대결에서 이긴 이야기를 할 때에는 침이 몹시 튀었다. 하지만 아무도 호살의 그 엄청난 이야기 믿는 사람이 없었다.

"아유! 오빠! 사람이 왜 그렇게 변했어? 바깥 세상물을 먹더니 아주 뻥쟁이가 되어 버렸네!"

"연홍아! 그게 아니고 다 진짜라니까? 어찌 내 말을 안 믿니. 미치고 팔짝 뛰겠네!"

"형님! 저도 미치겠어요! 우리 형님이 이렇게 되시다니? 뭐 잘못 드신 거 아니네요?"

"아니? 연표야! 너까지?"

하하하하하

이야기를 들은 사람들은 모두 웃으며 다 거짓이라고 여기면서도 그래도 재미있다고 했지만 정작 사호살로서는 답답해 미칠 지경이었다. 그런데 화가 나는 것은 우화타과 정연도 자신의 편을 들어주지 않는 것이었다. 심지어 우화탄은 호살이가 신이 나서 허풍을 떤다고까지 말하는 것이었다.

다시금 만난 우화탄과 사두계는 북방의 사정과 창해신검의 이야기로 밤을 지새웠다. 아침이 되어 겨우 잠이든 둘은 해가 중천에 떠서야 세수를 했다. 그런데 날이 밝자 우화탄은 아차 싶었다. 정작 지난 밤 술잔을 기울이며 정연을 맡아 키워달라고 부탁을 하지 않은 것이 마음에 걸렸다. 그리고 아침 겸 점심 밥상을 물리자 우화탄은 어렵사리 말을 꺼냈다.

"두계, 자네 말이야. 내 부탁 좀 들어줘야겠네."

"말하시게."

"저 여자아이 말일세."

"응."

"자네가 좀 키워줄 수 있겠나?"

"뉘집 처자인데?"

"그게 말이야, 창해신검이 내게 부탁을 했는데 나는 쫓기는 몸이고 또 낭인인데다가 산너머 우씨촌은 이미 잿더미가 되었으니 딱히 맡길 데가 없네 그려."

"창해신검이라면 을탄광소 의원이? 알겠네, 그럼 내 마을 장로회의 때 말해보겠네. 그런데, 사씨촌에 시집오지 않는 이상 여자아이를 부락에서 키우기는 곤란할 거야. 아직 한 번도 여자아이를 양자로 삼은 경우가 없었거든."

"그래? 좌우간 한번 애를 써보게."

"알았네."

사씨촌의 실질적인 촌장은 사두계이지만 아직 구십 세 이상의 노인들이 건재했기 때문에 마을에 사람을 받아들이는 일은 부족회의를 거쳐야만 했다. 그런데 정연을 본 사두계의 당숙이 정연을 받아들일 수 없다고 했다. 정연이라는 아이는 불길한 상을 하고 있어서, 마을에 재앙을 불러온다는 것이었다. 사두계는 애를 썼지만 한 번도 전례가 없었던 일이었기에 그는 정연을 거두기로 한 마음을 포기하고 말았다.

"결국 그렇게 되었나?"

초조하게 마을회의를 기다리던 우화탄은 씁쓸한 표정으로 정연을 바라보았다. 밤새 정이 들었던 사연홍과 사연표도 마음이 좋지 않기는 마찬가지였다. 그러나 정연이 사씨촌을 떠난다고 생각하니 사호살의 실망이 이만저만이 아니었다. 사두계로서도 우화탄이 실망한 것에 대해 미안한 마음을 감출 수가 없었다.

"그래 이제 어디로 갈 텐가?"

"북부여로 가야지."

"미안하게 되었네."

"아니야, 자네가 애를 많이 쓴 길 내 잘 알고 있네."

사호살은 고심 끝에 어렵사리 말을 꺼냈다.

"저어 아버님! 그럼 마을 인근에 집을 하나 지어주고 거기서 살게 하면 안 되나요?"

"그건 안 된다. 맹수들도 있고 우리말고도 사냥꾼들이나 비적도 출몰하는 백산 산중에 저 어린 여자아이를 어떻게 혼자 살게 하겠느냐!"

"우리가 수시로 돌보아주면 되지요."

"이런 녀석하군! 마을원로들께서 허락을 하실 거 같으냐? 아니 될 노릇이다. 그 이야기는 끝났으니 두 사람을 편안하게 보내주자. 자! 우삼촌과 정연이의 배웅을 하도록 하자."

사두계는 떠날 차비를 하는 우화탄과 정연의 곁에 서서 고개를 떨군 채 아무 말이 없었다. 정연도 사호살을 흘금거리며 안쓰러운 표정을 지었다. 그러자 사연홍은 두 사람에 대해 의아한 생각이 들었는지 두 사람을 번갈아보며 나름대로 관심을 보였지만 사두계가 우화탄의 출발을 종용하는 바람이 세 남녀는 이렇다 할 말 한마디 나누지를 못했다.

"자자, 이별을 짧을수록 좋은 거야. 출발하도록 하게!"

"알았네 그려! 자 정연아 가자!"

호살과 정연은 멋쩍게 목례를 하고는 이별의 말을 대신했다. 그도 그럴 것이 우화탄이 후에 북부여에 호살을 데리고 가기로 약속을 했기 때문이었다. 우화탄은 정연을 북부여의 해서우공주에게 맡기기로 한 이상 머지 안아 우거사와 정연을 다함께 보리라는 생각이 두 사람의 이별을 쉽게 만들어주었는지도 모를 일이었다.

"그나저나 자네는 북부여의 해서우공주와는 교분이 있었나?"

"아니, 전혀, 일단 우거사라고 내 사형에게 부탁을 해봐야지."

"그렇군."

해서우공주는 전설적인 무림 고수인 창해역사 제자 중 하나인, 해수인의 딸로 해모수 가문인 해부루의 사촌 여동생이었다. 현재에 막강한 권력을 지닌 부여의 공주일 뿐 아니라 비서갑지역의 맹주였다. 우화탄은 해공주와 표국일로 가까워졌지만 창해군 표국일로 한동안 북부여에 가지 않아 소원해진 상태였다.

두 사람이 떠나고 사씨촌의 일상은 예전으로 돌아왔다. 사두계는 친아들 사연표가 있었으므로 사호살에 대한 마을사람들의 경계하는 분위기가 의식되었다. 그래서 그는 사호살에게 좀 더 많은 교육을 시키고 싶었다. 어쩌면 정연이라는 아이처럼 사호살도 마을에서 축출될지도 몰랐고 그렇다면 아이가 소질이 있는 사냥기술과 특히 용사냥에 대해 더 많이 알려주고 싶었다.

사두계는 호살과 연홍 그리고 어린 연표와 개 다섯 마리를 이끌고 사냥을 나섰다. 멧돼지나 표범을 잡을 요량이었다. 백산을 오른지 반절이 되지 않아 사두계는 표범의 아직 식지 않은 배설물을 발견했다. 그는 즉각 개들에게 냄새를 맡게 했다 그리고 자식들에게 모두 화살을 꺼내라고 명했다. 사두계도 화살을 빼어든 순간 바로 머리 위에서 검고 커다란 물체가 날아들었다.

"커헝!"

"으악!"

흑표였다. 덩치가 호랑이만 했다. 흑표는 순식간에 개 세 마리를 물어 죽였다. 그리고 나머지 두 마리가 달려들자 흑표는 잽싸게 몸을 날려 사두계를 공격했다. 사두계는 반사적으로 검을 꺼냈다. 연홍과 연표는 무서워 고개를 숙였고 호살이 활을 쏘았지만 빗나갔고 흑표는 연기처럼 달아나고 말았다.

"아버님! 괜찮으세요!"

"으음 괜찮다."

다행이 사두계는 어깨에 가벼운 상처를 입었지만 중상은 아니었다. 그는 호살에게 정말 용감했다고 칭찬을 해주었지만 호살은 흑표를 잡지 못한 것이 못내 아쉬웠다. 집으로 돌아가는 길에 수풀에서 또다시 바스락 소리가 났고 호살은 재빨리 활을 뽑아들었다. 그리고 산짐승이 솟아오르는 방향으로 활을 쏘았다.

피잉!

화살은 뛰어오르는 짐승의 목을 관통하였다. 그런데 그것은 백사슴이었다.

"아, 아니! 백산의 영물 백록이로구나…… 이 이런……"

호살은 죽여서는 안 되는 백산의 영물을 활로 쏘아죽인 것이었다. 사두계는 얼른 땅을 파서 백록을 묻으려 했다. 그러나 검으로는 땅을 파기가 녹녹치 않았다. 호살은 죄의식에 사로잡혀서 허둥댔고 연홍과 어린 연표까지 합세해서 땅을 팠지만 제대로 구덩이가 파지지 않았다. 그리고 가장 염려했던 일이 벌어지고 말았다. 마을의 원로들이 버섯을 따라 나왔다가 목을 화살을 맞고 죽어있는 백록을 본 것이었다.

"호살을 사흘 동안 물도 주지 말고 망루에서 보초를 서게하라!"

마을 원로들의 결정이었다. 호살은 벌을 받는 동안 만감이 교차했지만 다시는 실수를 하지 않겠다고 다짐하며 이틀을 견뎠다. 그러나 사흘째 되던 날 오후 결국 정신을 잃었다. 연홍이 울고불고하여 겨우 부모님을 설득했고 연홍은 망루에 몰래 올라가서 수건에 물을 축여 호살이 입술을 축여주었다. 호살은 겨우 정신을 차리고 연홍에게 한번 씨익 웃어주고는 다시 정신을 잃었다.

호살이 사흘간의 벌을 받고 돌아오자 사두계의 집안 분위기는 다시금 좋아졌다. 언제나처럼 사두계는 아이들과 무기창고에서 활과 창 등을 만들면서 담소를 했다. 그는 특히 장남인 호살에게 자신의 모든 지식에 대해 전해주고 싶어 했다.

"호살아, 너는 용을 잡고 싶지 않으냐?"

"예? 무슨 말씀이세요?"

"우리 집안은 대대로 용을 잡아왔으나 내 대에서는 어쩐지 한 마리도 잡지를 못하니 참으로 답답한 노릇이로구나."

"예. 저도 기회만 있다면 용을 잡아서 키워보고 싶어요."

"후후 녀석! 용을 강아지처럼 애완동물로 키우려고 잡는 게 아니란다. 용은 최고의 천제 제물이기 때문에 앞으로 백 년 동안 우리 마을에 안녕과 번영을 빌고 평안을 기리기 위해 하늘제사 때 바쳐지는 제물이지."

"아, 그렇군요."

사호살은 아버지의 말에 무언가 의구심이 생기면서 용에 대한 강한 집착이 생기는 느낌이 들었다.

"그런데 아버님! 우리는 용을 언제쯤 잡게 될까요?"

"글쎄다. 요즘에는 통 나타나지를 않으니 어쩌면 내 대에 못 잡는 건 아닌지 모르겠구나."

"아니에요. 아버님을 꼭 잡으실 거예요. 나타나기만 하면 제가 무조건 잡을 게요."

"용도 아무 용이나 함부로 잡으면 안 되지."

"아니 그럼 용에도 서열이 있나요?"

"물론이다."

"그럼 색깔은요? 청, 적, 흑, 백, 황의 색 말고 다른 색의 용도 있나요?"

"색은 오색이다마는 종류는 매우 다양하다고 할 수 있느니라. 일단 색으로 본다면 다섯 가지 즉 오색용이 존재하지만 생김새를 자세히 보면 네 가지로 분류된다. 옆구리에 큰 비늘이 있으면 교룡(蛟龍), 날개가 있으면 응룡(應龍), 뿔이 있으면 규룡(虯龍), 뿔이 없으면 이룡(螭龍)이라 한다. 혹은 이룡은 암컷용을 일컫기도 하지."

사호살은 무언가 생각이 난 표정으로 질문을 했다.

"그런데 규룡이 뿔이 있는 것이라구요?"

"그래."

"그럼 제가 꿈에 본 것은 마치 백산의 왕사슴처럼 큰 뿔이 있었습니다."

"그래? 그게 바로 규룡이다."

사두계는 자신은 몰라도 아들 사호살은 반드시 용을 잡을 것이라는 확신이 섰다. 그래서인지 호살에게 더욱더 용사냥법을 전수해주고 싶었다.

"우리가문은 대대로 용을 사냥하여왔다. 최근 몇 년간 용이 목도된 것은 불과 두 번에 불과하니 용을 잡는 일은 이제 거의 불가능한 것으로 보인다. 허나 너는 가문의 명성과 명맥을 유지해야 하는 막중한 임무를 맡았다."

"알겠느냐?"

"예."

"그럼 내가 지난번에 알려준 용의 서열을 잘 외우고 있겠지? 용의 등급에 대해 외우고 있는 바를 소상히 말해 보거라."

"예, 용의 등급은 아홉 단계이옵니다. 색깔과 생김새에 관계없이 위계는 모두 구 등급입니다. 그 중 구 등급인 비희용은 주로 천상 선관님들을 모시거나 짐을 싣는 용거로 사용되지요. 이 용들은 무척이나 빠르고 또 순한 용들입니다. 둘째로 포뢰용은 엄청난 포효로 무엇이든 제압하는 이른바 폭발후(暴發吼)로 악을 쓰는 용입니다. 셋째로 폐한은 산도 들어올릴 만큼 힘이 장사인 용이구요. 넷째로 애자구룡은 공격력이 막강한 전투용입니다. 과거 명계의 시왕들이 천상계에 반발하여 들고 있어난 일이 있었사온데 그때 상제의 령을 받은 벽력대제와 뇌전대왕이 애자구룡을 타고 제압한 일이 있었지요. 여섯째 팔야용은 수중에서 가장 활발하게 움직일 수 있는 수룡입니다. 동서남북해의 용왕들이 모두 팔야용의 우두머리이지요. 일곱째 산예용은 입에 불을 뿜는 화공용입니다. 천공에서 불을 뿜어대며 공격을 하면 그에 대항할 자에 누가 있겠습니까? 여덟째 용은 초도로써 어디든지 문을 만들어 순간이동을 할 수 있고 문을 폐하여 통로를 막을 수도 있는 엄청난 능력의 용입니다."

"그럼 아홉 번째가 용에 대해 말해보아라."

"예, 아홉째 용은 신비의 용입니다. 도철이라는 이름의 이 용은 선계의 영물로서 옥황상제님과 같은 천상의 성신들이나 신선과 함께 천상의 고귀한 음식을 함께 먹고 천상술을 마신다 합니다. 이 도철용은 딱히 하는 일도 없고 그저 먹고 마시는데 서열상 최상급입니다. 다른 용에 비해 광채가 더 나고 조금 크기가 큰 것 이외에는 특별히 재주가 있는 것은 아니나, 큰 덕이 있다고 알려져 있습니다. 숙신국 부근의 용의 나라가 있는데 그곳의 용왕이 도철용이고 모두 이십팔 마리가 있다고 하고 이 땅에서 새로운 왕이 나오려면 도철용의 현신이 있어야 한다고 합니다."

"그래 잘했구나."

사두계는 대단히 흡족한 표정을 지었다. 그리고는 망설이던 말을 했다.

"그리고 이건 내 할아버님께 들은 이야기인데 용은 지상에 새로운 왕을 데리고 온다는 전설이 있다고 했다. 그래서 번번이 왕들이 용을 잡아 죽이려한다는 게지."

"새로운 왕이라니요?"

"왕의 아들인 왕자 말고 새로운 나라를 여는 말하자면, 새 왕국의 창업주, 바로 건국시조를 말하는 게지."

"지금 나라가 있잖아요."

"어떤 나라 말이냐?"

"한사군이요. 백산 주위의 모든 땅은 한나라의 한사군 영토가 아닌가요?"

"허허, 호살아! 그건 아니다! 원래 우리 땅인데 한나라 놈들이 쳐들어와 강제로 빼앗은 거지."

"그런데 아버님, 한사군이라는 나라는 역사도 짧은데 어찌 그리 강성해졌나요?"

"한사군이라는 게 나라가 아니란다."

"그럼요?"

"한사군이란 한(漢)의 무제(武帝)가 위만이 세운 조선(衛滿朝鮮)을 멸망시키고 그 고지(故地)에 설치한 네 개의 행정구역으로 즉, 낙랑군(樂浪郡), 임둔군(臨屯郡), 현도군(玄郡), 진번군(眞番郡)을 말한다. 이 가운데 낙랑, 임둔, 진번의 세군은 위만조선을 멸망시킨 바로 그해에, 현도군은 그 이듬해에 설치하여 모두 한나라의 직할영토로서 유주(幽州) 관하에 편입하였다. 이 4군에는 관할 현(縣)을 설치하고 군에는 태수(太守), 현에는 영(令) 등의 소속관리들을 한나라 중앙정부에서 파견하였는데 모두 이십 년만에 망하고 낙랑군만이 남아있는 게지."

"그래요? 그럼 낙랑군이 가장 강했군요?"

"그렇지 영토도 가장 컸지. 낙랑군은 대체로 조선의 옛 영토를 중심으로 평남의 대부분과 황해도의 일부에 걸쳐 있었는데, 설치 당시의 속현(屬縣)은 조선(朝鮮), 염한(邯), 패수(浿水), 점제(蟬), 수성(邃成), 증지(增地), 사망(駟望), 둔유(屯有), 누방(鏤方), 혼미(渾彌), 탄열(呑列) 등 열한 개 현이었지. 낙랑군은 한나라 소제(昭帝) 때인 이십년 전에 진번군을 병합하여 그 일부에는 새로 낙랑군 남부도위(南部都尉)를 분치(分置)하고, 그 관하에 소명(昭明), 대방(帶方), 함자(舍資), 열구(列口), 장잠(長岑), 제해(提奚), 해명(海冥)의 일곱 현을 두고 그 가운데 소명현(昭明縣)을 남부도위의 치소로 삼았다. 또, 그로부터 십년 뒤에는 현도군에 폐합되었던 임둔군의 고지(故地)도 병합하여 그 관할구역이 너무 광대하고 멀어서 단단대령(單單大嶺)의 장진군(長津郡)과 함주군(咸州郡) 사이의 황초령(黃草嶺)과 이동(以東)

의 옛 땅에는 낙랑군 동부도위를 분치하고, 그 관하에 동이(東暆), 불이(不而), 잠대(蠶臺), 화려(華麗), 사두매(邪頭昧), 전막(前莫), 부조(夫租) 등 이른바 영동(嶺東) 일곱 현을 두었다.

하지만 이미 이 땅에는 부여와 예, 맥 그리고 진한의 목지국이 있으니 한나라의 통치는 이제 아무런 의미가 없다고 해도 과언이 아니다. 낙랑군의 지배에서 벗어난 영동의 일곱 현 지방에서는 유력한 거수를 중심으로 하는 부족연맹체가 새로이 형성되어 부조현(夫租縣)을 중심으로 옥저(沃沮)라는 나라가 일어나고, 그 남쪽에는 사두매(邪頭昧)와 불이(不而) 등을 중심으로 동예(東濊)라는 나라가 이미 일어났고 말이다."

"그렇군요."

사호살이 고개를 끄덕이며 잘 알았다는 표정을 짓자 사두계는 더더욱 자신 있는 어조로 말했다.

"호살아! 이제 우리의 나라를 만들어야 한다. 낙랑은 이제 군부재도 아니고, 나라도 아니다. 다만 장사아치들이 중계상을 하기 위한 사병들과 사리사욕에 찬 태수가 독자적으로 이끌어가는 폭력집단이라 해도 과언이 아니다."

"그렇군요."

"그래, 이제부터 내 말을 잘 들어라."

"예."

사두계가 매우 근엄한 표정을 짓고 말하자 시호살은 자신도 모르게 매우 긴장이 되었다.

"용은 본시 물에 속하느니라. 그렇기 때문에 용을 잡을 때에는 각궁이나 철궁 혹은 목궁으로는 잡을 수가 없다. 물은 불로 끌 수는 있으나 물이 너무 강하면 불을 끄기는 커녕 화만 돋우게 된다. 그래서 불화살도 소용이 없다. 다만 석궁만이 용을 제압할 수 있는 것이다."

"석궁이라면 돌촉이요?"

"그래, 화살촉은 돌로 갈아서 만든 화살이지 둔탁한 것 같아도 돌화살을 수십 발씩 맞은 용은 힘을 쓰지 못하고 결국 땅으로 떨어지게 되어있다. 그게 바로 토극금의 원리이다. 말하자면 토, 즉 흙의 힘이 용의 기운의 원천인 물을 메워버리는 셈이란다."

"아! 그렇군요."

부우웅! 부웅!

"아니? 이게 무슨 소리지?"

우각소리와 함께 망루에서 망을 보던 아이가 다급하게 소리쳤다.

"적이다! 적병사가 쳐들어왔다!"

망루에서 보초를 서던 아이가 목청이 터져라하고 소리쳤다.

"병사가 쳐들어온다! 부우웅!"

사씨촌의 노인들이 직감적으로 긴장했다.

"나 이런! 저게 웬 병사들이란 말인가?"

과연 사씨 집성촌의 앞을 외부로부터 숨겨주는 역할을 하는 산모롱이를 돌아 일단의 군사들이 빠른 속도로 달려오고 있었다. 그들은 낙랑과 현도군의 잔당이었다. 지난날 사두계촌장이 복단회를 숨겨준 것이 화근이 되었던 모양이었다. 젊은이들을 중심으로 궁사들이 마을 방책 뒤에서서 활에 살을 메기고 만일의 사태에 대비해 전투준비를 했다.

낙랑, 현도군의 잔당이 침범해 온 것은 사실 이번이 처음은 아니었다. 이보다 먼저 낙랑군 위적수가 관백(關白)이 되어 사씨 집성촌의 위세를 알아보려고 찾아와 작은 전투를 벌인 적이 있었는데 그때 그들이 맥없이 돌아간 이후 군사 백여 명을 대동하고 다시 나타난 것이었다. 지난날 그들은 복단회의 위치를 물어왔다. 그러나 촌장은 대의(大義)로 매우 준엄하게 거절했고 그들은 겁을 주려는 듯 병장기를 휘둘렀으나 사씨의 고수 사냥꾼들에게 호되게 매를 맞고 물러났었다. 하지만 이번에 적은 드디어 백 명 군사를 동원하여 위적수를 장수로 삼아 대대적으로 침입해왔다.

"촌장은 어디 있는가?"

촌로들이 사두계를 찾았지만 사두계는 보이지 않았다. 하는 수 없이 대장로가 전투준비를 시켰다. 그래도 평생을 사냥과 싸움으로 살아온 촌로들이 불시에 쳐들어온 적들을 맞아 싸울 채비를 했다.

"모두 전투준비를 하고 아녀자는 뒷문 아래 촌장의 창고로 피하라!"

마침내 적병 백여 명이 사씨촌 입구를 덮어왔다. 초병을 서던 젊은 사냥꾼들이 화살과 창으로 적병들을 막아섰지만 중과부적이었다. 때마침 앞산 절벽 위에서 사냥을 하다가, 한나라군을 본 사씨 노인들도 그들이 마을 인근을 지나가는 병사들이라 여기고 대비하지 않았는데 미처 사냥꾼들이 다 모이기도 전에 적이 이미 집성촌 안으로 들어섰다. 연로한 팔십대의 전 촌장은 노구를 이끌고 화살을 쏘다가 적의 화살에 맞아 전사했다.

그때 병기창고에서 화살과 칼이며 창 그리고 표창 등을 만들고 있던 사두계와 사호살 그리고 사연홍은 최고의 사냥꾼들인 사두계의 사촌들과 함께 작업에 몰두하느라고 밖의 사정을 모르고 있었다.

결국 사두계는 아녀자들이 창고에 그를 찾아와서야 전투가 발발한 것을 알았다. 그는 화살과 활을 챙겼다. 그는 급히 화살 오십 발을 호살에게 주며 말했다.

"호살아! 나를 따라와라, 연홍아, 너는 연표를 데리고 여기에 꼼짝 말고 있거라!"

"예."

사두계는 활통을 어깨에 둘러메고는 전광석화와도 같이 밀려오는 적들에게 한 발, 한 발 적중시켰다. 그야말로 사두계의 활솜씨는 천하일품이었다. 사호살도 검을 내려놓고는 활을 들었다. 그리고 사두계 곁에서 적들을 향해 활을 쏘아대기 시작했다. 호살은 처음에는 심장이 벌렁벌렁 떨렸지만 식구들을 지키는 일인지라 난생처음 사람에게 활을 쏘는 것이 점점 익숙해졌다. 호살도 제법 적들을 쏘아 맞추었다.

사씨 가문 고수들의 혈전은 거의 몇 시진 동안 계속되었다. 사씨 가문의 무사들이 거의 죽거나 다친 상황에서 진을 친 적군들을 집성촌 입구로 몰아낼 즈음에 전투가 소강상태가 되었다. 적들도 이제는 삼사십 명 밖에 남지 않았다 그러나 마을의 사람들은 거의 다 죽거나 다쳐서 전투가 길어지면 패배할 것이 분명했다.

궁수 몇몇을 남겨두고는 사두계가 아이들을 무기고로 불러 모았다. 중과부적의 상태에서 사두계는 사호살에게 사연홍과 사연표를 부탁하고는 사호살의 물건들을 건네주기 위해 꺼내놓았다.

"호살아! 이것을 받아라."

"예? 이게 무엇입니까?"

"이제 내 너에게 진실을 말할 때가 되었구나."

"예?"

"놀라지 말거라. 호살아! 사실 너는 내 친 아들보다도 더 사랑하는 나의 장남이다마는 내가 낳은 친아들은 아니다. 너는 나의 의형제인 우화탄이 데려온 단씨 가문의 후손이니라."

"예? 아니 그 무슨 말씀을……"

"사실이다. 그리고 이것은 네 부모로부터 물려받은 물건인 모양이다.

이것들을 받아라."

"아……?

"나는 너를 다음 촌장으로 생각하고 있었다. 연홍과 연표 두 동생을 부탁한다. 반드시 살아남아 훗날 우리 가문을 다시 일으키거라."

"그, 그런 말씀 마십시오. 죽는 한이 있어도 함께 싸울 겁니다. 아버님!"

"지체 할 시간이 없다. 자 이것도 받아라. 이것은 복단회에서 받은 신물이다. 이것을 갖고 그들을 찾아가면 그들이 너를 보살펴줄 것이다."

"아버님!"

부웅! 부웅!

"적군이 또 몰려온다. 이윽고 낙랑군의 후속부대가 쳐들어온다!"

단씨집안의 신물들과 금괴 그리고 지난날 복단회에게서 받은 목부인을 그에게 주었다. 순간 목부인에서 광채가 났다.

"앗! 아니 이게 뭐야?"

호살은 소스라쳤다.

"어찌 여기서 빛이 난단 말인가?"

사호살은 당황했다. 그 순간 불화살이 호살의 바로 곁으로 날아왔다. 전투상황이 점점 악화되고 불화살이 계속 집으로 날아들어 그는 정신을 차릴 수 없게 되었다. 낙랑군과 현도군의 잔당들은 바위를 굴리는지 커다란 바위가 굴러가는 소리와 함께 모골이 송연한 굉음이 여기저기서 울려났다. 마치 거대한 야수의 울음소리도 같았고 지옥마귀의 공포스러운 소리 같기도 했다.

"저것이 무슨 소리냐?"

"그, 글쎄요."

"일단 자리를 피하고 보는 게 상책이겠다."

"촌장님! 산사태가 난 모양이외다. 적군들 뒤에 연기가 나고 불이 나는 모양입니다."

"그래? 이틈에 빨리 빠져나가야겠구나."

하지만 사씨 집성촌은 항아리 모양으로 생겨서 입구를 제외하면 계곡을 빠져나갈 수 있는 길이 없었다. 다만 절벽을 타고 올라갈 수밖에 없었다. 사두계가 다시 화살통을 들고 적들을 향해 일어섰다 그 순간 사두계가 적이 쏜 화살에 맞고 말았다.

"으윽!"

"아버지!"

사호살은 사두계를 업고 무기고를 나와 마을 뒤쪽으로 갔다. 그는 사두계를 업은 채로 필사적으로 절벽을 기어올랐다. 연홍과 연표도 뒤를 따라 절벽을 올랐다. 불화살이 수십 개씩 날아오는 상황에서 더 이상 전진이 불가했다.

"애들아! 잘 들어! 이제라도 여기서 적들과 맞서 싸워야해! 연표가 네가 누나를 데리고 가야겠다. 아버님이 정신을 잃으셨으니 내가 여기서 아버님을 지키겠다."

"아냐! 형! 나도 싸울래!"

"내 말 들어 인마!"

"형! 싫어!"

"연홍아! 뭐해! 빨리 동생 데리고 가!"

두 동생을 절벽 위로 먼저 도망가게 한 사호살은 이미 쓰러진 사두계를 내려놓고 화살통의 활을 모두 챙겨들었다. 여섯 개뿐이었다. 호살은 쫓아오는 적들을 향해 화살 여섯 개로 여섯 명을 쏘아 쓰러뜨렸다. 그리고 그는 서둘러 발검을 했다. 그리고 자신의 신표와 복단회의 신물이라는 물건들을 가슴 속 깊숙이 찔러 넣었다. 숨을 돌릴 겨를도 없이 십여 명의 군사들이 절벽 아래로 몰려들었다.

"저기 몇 명 더 있다! 한 놈도 남기지 말고 모두 죽여라!"

우두머리로 보이는 자가 자욱한 연기 속에서 고래고래 고함을 쳤다.

"저놈을 죽여라!"

사호살을 필사적으로 검을 휘둘렀다. 호살은 적들은 발검하여 절벽으로 올랐고 중간에 절벽의 공간을 교묘하게 이용하며 올라오는 적들을 한 명 한 명 베어냈다.

"안되겠다! 불화살을 쏘아라!"

적병이 쏜 불화살이 사호살의 주위의 풀과 나무에 옮겨 붙으며 주위는 점점 불길에 휩싸여갔다. 호살은 절벽의 풀과 나무를 베어내며 흙먼지를 일으켰고, 먼지와 연기로 시야가 부옇게 잘 보이지 않게 되었다. 그리고는 쿠르릉 쾅! 하는 폭발음과 함께 일대에 산사태가 나고 말았다.

으악! 아!

모두가 기절은 한 후에 생겨난 일이라 아무도 알 수는 없었지만 연기와 구름 사이로 거대한 물체가 여기저기서 모습을 보였다가 사라지고 또 드러났다가는 사라지기를 반복했다.

크르르르르!

그것은 용이었다.

용은 사호살의 절규가 있는지 반각도 되지 않아 구름과 연기 속에서 나타났다. 안개와 구름 사이사이로 언뜻언뜻 나타나는 거대한 비룡은 적군들이 쏘아대는 화살을 퉁퉁 튕겨내었다. 용이 한번 몸부림치며 날아다닐 때마다 엄청난 바람과 함께 벼락이 병사들에게 마구마구 터졌다. 벼락을 맞은 병사는 순식간에 구운 참새처럼 시커멓게 타 들판 여기저기에 나뒹굴었다. 적장 위는 더없이 당황했다. 그리고는 엄청난 공포로 먼저 도망가기 시작했다. 그리고 부관들도 누가 먼저랄 것도 없이 혼비백산하여 도망쳤다.

"용이다! 용이 나타났다."

"아니 저럴 수가?"

"전원 퇴각하라!"

용은 황룡이었다. 금빛 비늘이 더없이 눈부신 용은 한동안 적병에게 번개를 내리치고는 유유히 구름 속으로 사라졌다. 사씨촌은 그야말로 쑥밭이 되었고 구름이 점차 사라지려고 할 때 하늘에서부터 일진광풍이 일어나더니 눈부신 광채가 일대를 뒤덮었다. 용은 미처 사라지지 못하고 구름 속에 갇혀 빙빙 돌다가 이내 숲속으로 내려와 은신하였다.

천룡귀천!

천룡귀천!

그리고는 엄청난 굉음과 함께 하늘 위에서 목소리가 들렸다. 그건 용을 부르는 목소리였다. 용은 안개 속으로 부리나케 몸을 숨겼다. 그러나 어느 누구도 피할 수 없는 강력한 기운이 서린 신비로운 바람이 불자 구름이 점점 사라지기 시작했다. 그리고 광채가 가득한 일단의 신들이 하늘에서 내려왔다. 그리고 하얀 수염의 은빛광채가 나는 천신이 둥둥 떠서 숲 쪽으로 날아왔다.

용은 당황한 듯 온몸에서 안개를 뿜어내며 그 안개 속에 은신한 후 도망가려는 듯 몸을 도사렸다. 그러나 용의 주위에 널린 소나무의 수많은 잎들이 마치 붕붕 거리는 벌 떼처럼 일어나 날아올랐다. 그것들은 마치 수만 개의 창처럼 용에게 날아들 태세였다. 용은 몸을 비틀어 반대로 돌아 비상하려 했다. 그때였다. 투명할 정도로 하얀 천신이 손을 들어 올리자 솔잎들이 용의 전신에 쏟아졌고 급기야 용의 수염에도 몇 개가 꽂혔다. 그러자 용은 중심을 잃고 비틀거리면서 땅으로 날아 내려왔다. 그리고는 다시금 건너편 대나무 숲으로 날아갔다. 그리고는 다시금 안개를 뿜어 모습을 감추었다.

"허허허! 이번에는 댓잎으로 맞고 싶으냐! 용아! 나는 풍백이다! 천룡은 네 몸을 보이라!"

용은 그 목소리에 따라 대단히 순종적인 자세로 숲에서 스르르 날아나왔다. 실로 대단히 커다란 용이었다. 족히 인간의 집 열 배는 되는 크기였다.

"나는 너의 주신이다. 그동안 너는 어디 있었느냐?"

"……"

"동해용왕에게 있었더냐?"

"……"

"이천 년 전 개천 하강시에 내려온 아기용이 무척이나 컸구나. 천룡은 지상에 있어서는 아니 되는 법! 그동안 바다에서 진주와 오팔만 먹고 살았느냐? 지상에서 수정과 석영은 먹지 않았으니 내 눈에 들어오지 않았던 게로군! 저 아이를 돕기를 원하느냐?:

"……"

"내 임무가 있었더냐?"

"……"

"그래? 너는 그동안 무망을 만난 적 있더냐?"

"……없습니다."

"오냐. 네 일을 마치고 나면 귀천하도록 하라. 그동안 무망을 만나면 즉시 내게 알려야 할 것이다."

"……바람의 제왕이시여. 감사합니다."

"천왕께 보고올리고 차를 마시는 천상의 시간으로 일다경 후에 귀천하여 풍백전에 와서 대기하라."

"……분부 받드옵니다."

다시 한 번 엄청난 바람이 일더니 사방이 고요해지고 다시금 구름이 모여들었다. 풍백은 일대의 바람을 모두 빨아들일 기세로 엄청난 바람을 일으키고는 순간적으로 사라졌다. 그리고는 그 거대한 용도 구름 속으로 사라지고 말았다.

한바탕 폭풍이 휩쓸고 지나간 사씨촌에는 타나 남은 잿더미가 여기저기 산재해 있어 바람에 이리저리 연기가 피어났고 살아있는 사람은 거의 없었다. 사호살은 바위틈에서 정신을 차렸다. 전투 중에 기절을 했던 모양이었다. 그는 부리나케 아버지를 찾았다. 사두계 역시 근처 바위틈에 쓰러져 있었다. 그러나 이미 호흡이 멎은 지 오래되었다.

"아버지!"

"아버지!"

사호살은 사두계의 죽음을 믿을 수가 없었다. 불과 몇 시간 전에 정답게 대화를 나누던 아버지가 자신의 눈앞에 죽었다는 사실을 받아들일 수 없었다. 그가 한참을 흐느끼고 있는 동안 산 위에서 목소리가 들렸다.

"형, 호살이형!"

"오빠!"

연표와 연홍이 말을 듣지 않고 다시 사씨촌으로 돌아온 것이었다. 동생들도 부모님의 죽음에 커다란 충격을 받았다. 아직 어린 나이어서 그런지 두 아이의 슬픔은 이루 말할 수 없었다. 호살은 이제 자신이 모든 것을 책임져야 한다는 중압감을 떨칠 수가 없었다. 그리고 얼마 전 백산의 영물 흰사슴을 죽인 자신 때문이라는 죄책감을 떨칠 수가 없었다.

'이제 이곳에 남아 있는 것은 너무나도 위험해! 부모님 묘를 쓰고 제사를 지내면 곧바로 이곳을 뜨자!'

생각을 거듭한 끝에 사호살은 연홍과 연표를 데리고 사흘 밤낮을 새워 마을사람들 대부분에게 가묘를 만들어주었다. 너무나 서둔 나머지 체력이 바닥이 날 지경이었다. 그리고 부모님의 무덤 앞에 앉아 있노라니 앞날이 캄캄했다. 호살은 자신도 모르는 사이 탄식이 입에서 절로 나왔다. '아! 이제 어디로 간단 말이냐?'

"형! 그냥 여기서 우리끼리 살면 안 돼?"

연표가 울며 말했다.

"그건 안 된단다. 적군은 반드시 다시 여기로 올 거야. 그러면 우리는 우리 마을에 찾아온 낙랑군 잔당과의 또 싸워야겠지. 만일 그들이 많이 온다면 우리는 꼼짝없이 죽은 목숨이야. 얘들아, 일단 복단회로 가자. 그들은 아버지에게 신세를 졌으니 우리를 받아줄 것이야."

"하지만 아버지, 어머니가 너무 외로우실 텐데…… 이제 겨울이 오면 땅속은 또 얼마나 추울까?"

"나중에 안전해지면 다시 오자 연표야."

사호살은 사연홍과 사연표를 데리고 사씨 집성촌을 탈출하여 단주청을 찾아가기로 마음먹었지만 실제로는 자신이 없었다. 그러나 자신만을 믿고 있는 두 아이에게 용기 없는 모습을 보여주고 싶지는 않았다. 가급적 백산의 사씨촌을 보지 않고 앞만 보고 가려 했지만 계속 뒤를 되돌아 보는 어린 동생들을 억지로 끌고 가려니 자신도 모르게 정들었던 사씨촌 마을이 한 눈에 들어왔다. 아! 아버지는 여기서 사십년을 넘게 살았으니 한동안 아버지의 영혼에 여기를 떠나지 못하겠구나 하는 서글픈 마음이

들었다.

　호살은 마음을 굳게 먹고 어린 두 동생을 데리고 백산을 떠나 남하하기 시작했다. 길을 걷다가 문득 하늘을 올려보니 기러기 떼가 늦가을 하늘을 훨훨 날아 산과 강을 자유롭게 날아가는 것이 보였다. 호살은 제자신이 아버지의 친아들이 아니고 이 동생들과 친형제가 아니라는 사실을 일단 받아들이고 나자 앞날이 걱정되었다. 스스로 자신이 누구인가가 제일 답답했지만 일단 몸을 의탁할 일이 우선이었다. 그리고 여행길에 지친 제일 어린 연표가 가여웠다.

　"산을 몇 개를 넘어가도 사람 사는 고을 하나 없구나. 연표 힘들지?"

　"응, 아유, 다리 아파, 형, 우리가 새라면 얼마나 좋을까?"

　"그러게 말이야 수만 리 먼 길도 저렇게 날갯짓하며 날아 편안하게 제 길을 가잖아."

　그러나 연홍이 나섰다.

　"피이! 바보야! 쟤네들도 저 추운 하늘에서 열심히 날갯짓을 하느라고 우리보다 더 고생이야. 잘 알지도 모르면서…… 그냥 잠자코 걸어!"

　들판에 가득한 온갖 잡초들은 가을이 깊어서인지 바싹 말라있었다. 바람에 따라 흩어져 멀리 날아오르고 먼지가 공중에 가득 일었다. 먼지를 피하려고 이리저리 뛰는 연홍과 연표를 보면서 사호살은 별안간 더더욱 책임감이 느껴졌다.

　그는 속으로 뇌까렸다.

　'어차피 나는 친부모를 찾지 못한다면 사씨로 살면서 용을 한번 잡고야말테다. 그런데 언제 백산의 고향으로 돌아갈 수 있을까? 동생들을 데리고 다시 와서 반드시 용사냥 가문을 일으키고 말테다! 하지만 신령스런 용은 깊이를 알 수 없는 물속으로 숨어들고, 또 때론 구름 속에서 오가는데, 어찌 그것을 잡을 것인가? 내가 만일 단씨 후손으로 밝혀진다면 나는 사씨를 버리고 단씨로 살아야 하는데 복단회에서 나를 반겨줄 것인가? 아니면 없애려고 할 것인가?'

깊은 사념에 잠겨 걷다가 일행은 어느덧 목지국에 다다랐다. 목지국에 도착했으나 복단회의 근거지를 알아낸다는 것도 녹녹한 일은 아니었다. 복단회는 목지국의 지원을 받았으나 목지국왕을 준왕의 후예로 인정하지 않았다. 그들은 그리하여 백산을 넘어 요하부근으로 이주하여 새로운 도읍을 정하고 한나라에 맞서 새로운 국가를 창업하려고 준비 중이었다. 복단회는 당분간 무주공산이 된 창해군과 북부여의 사이의 산간에 마치 비적 떼처럼 임시로 자리를 잡고 있었다. 그러나 그 위치를 정확하게 아는 자가 없었다. 그 때문에 목지국에 가서 믿을만한 자에게 알아내야만 했다.

백산에서 목지국은 그다지 멀지 않았다. 이틀 만에 세 사람은 강을 두 개 건너 이른바 목지국에 도달할 수 있었다. 목지국은 바닷가의 항구를 끼고 있어서 무역을 하는 배와 그 물품이 넘쳐나는 곳이었다. 그야말로 인산인해의 활기찬 모습이었다. 하지만 호살은 어디에 가서 누구에게 물어야 할지 막막하기만 했다.

진왕이 다스리는 목지국은 월지국(月支國)으로도 불렸다. 그들은 마한연맹체의 주도세력이었다. 목지국의 지배자는 진왕(辰王)이라 불렸고, 마한연맹체의 맹주일 뿐만 아니라 진한과 변한의 일부 소국들에 대해서도 영향력을 행사하는 존재였다. 그러나 자립하여 왕이 될 수 없었다. 그만큼 독자적인 세력은 약했기 때문이었다. 마한연맹체가 어느 한 중심세력에 의해 일원적으로 지배되는 집권적 정치구조를 가진 것은 아니었으므로, 진왕의 정치권력은 물적 기반의 상대적 우위나 중국 군현과의 교섭에서의 주도권 확보하고 있는 정도였다. 하지만 목지국은 대단히 중요한 요충지였다. 마한 변한, 진한의 물자들이 이곳을 통해 한나라 혹은 부여나 예맥으로 교역되는 것이었다. 연표는 생전 처음 이런 큰 마을에 와서인지 놀라움을 금치 못했다.

"와! 엄청나다! 저 사람들 좀 봐!"

포구의 즐비한 주점과 객방에는 사람들이 넘쳐났다. 연표는 배가 고파서인지 계속 호살을 졸라댔고 연홍은 쉽사리 머물 집을 정하지 못하고 서성거렸다. 호살은 낙랑군처럼 보이는 검객들이 오가는 길을 피해 일부러 한적한 집을 골라 들어갔다.

후미진 곳이라 그런지 손님도 적고 며칠 유할 객방도 여유가 있었다. 호살은 객점 주인에게 방을 얻고 요기할 것을 주문했다. 주인은 좋은 인상이었지만 퍽 늙은 사람이었다. 얼핏 보아도 칠팔십 세는 되어 보였다. 호살은 속으로 잠시 고민을 하고는 결론을 내렸다. 복단회의 위치를 묻기로 했다. 왜냐하면 저런 노인은 나쁜 사람이 아닐 것이라는 생각이 들었기 때문이었다.

"어르신! 혹시 복단회라고 들어보셨나요?"

"뭐? 복단회? 물고기인가? 나는 복어회는 들어보았어도 복단회란 소린 처음 듣네 그려."

"그래요?"

"으흠! 그럼 식사를 하고 편히들 쉬시게."

셋은 마치 걸신들린 것처럼 허겁지겁 밥을 먹어치웠다. 그리고 객방 안으로 들어가자 연표는 고개를 떨구며 이내 졸기 시작했다. 하지만 연홍은 긴장이 풀리자 부모님 생각이 났는지 눈시울이 붉어졌다. 그리고는 호살에게 어렵게 말을 걸었다.

“저어, 오라버니……”

“응? 왜?”

“우리가 정말 친 남매가 아니라면 우린 이제 어떻게 되는 거야?”

“어떻게 되긴 뭐가 어떻게 돼? 그냥 똑같지 뭐.”

“설마 오라버니는 친부모님을 찾으러 가는 건 아니겠지? 우릴 버리구?”

“무슨 바보 같은 소리야? 연홍아, 연표야! 일단 우리는 아버지 말씀대로 복단회에 가서 머물면서 앞날을 생각해보자. 다시 마을로 돌아가면 낙랑군 놈들이 올지 모르니 당분간 복단회에 가서 앞날을 생각해보자꾸나. 나는 기필코 아버님의 복수를 할 거야. 그리고 우리 사씨촌의 복수도 언젠가 다시 사씨촌을 다시 일으켜 세울 거고 말이야. 연홍아 날 믿어!”

“알았어……”

“연표야! 너도 그만 누워라.”

“응.”

사호살은 연홍의 말을 듣고 보니 다시 혼란스러워졌다. 그러나 아무리 생각을 해봐도 달리 방도가 없었다. 연홍도 피곤해서인지 잠시 후 곯아떨어졌다. 그들을 바라보면 호살은 안쓰러운 생각이 들었지만 자신도 앞으로 어떻게 해야 할 지 막막했다. 거의 뜬눈으로 밤을 새운 호살은 해가 중천에 뜨도록 늦잠을 잤다.

“아유! 오라버니! 이제 좀 일어나요!”

“맞아 형! 배고파 죽겠어!”

“야! 연표야! 너는 맨날 배고프다는 말밖에 몰라?”

“누나는 배 안고파?”

“나? 쪼금, 헤헤헤.”

“히히히.”

　　동생들의 성화에 호살은 겨우 눈을 뜨고는 동생들과 함께 아침 겸 점심을 먹으러 객방을 나와 식당을 갔다. 그는 아직도 복단회의 위치를 묻기 위해 눈치를 보고 있었다. 때문에 밥이 입으로 들어가는지 코로 들어가는지도 모를 지경이었다.

　　식사 후 어린 동생들을 방에 두고 호살은 하루종일 길거리를 배회하며 목지국에 대해 물어보고 다녔으나 허사였다. 객점에서 계속 머물면서 목지국으로 가는 방법을 찾는 일은 어쩌면 불가능할 것만 같았다. 돌아가신 부모님 생각에 동생들은 걸핏하면 울었지만 호살은 두 분이 친부모가 아니라는 사실과 그로부터 생겨난 엄청난 혼란스러움과 서글픔이 온통 머릿속을 어지럽혔다. 그렇다고 돌아가신 그분들을 원망할 수도 없는 노릇이었다. 호살은 점점 밤에 잠이 오지 않았고 지루하고도 불안한 나날을 보내고만 있었다.

호살의 방황

지루해하는 두 동생과 모처럼 저잣거리에 나온 산에서만 살던 호살은 두 동생이 즐거워하는 모습을 보고 흡족했다. 각족 장신구며 생활용품이나 검가 창과 같은 병장구까지 그야말로 시장에는 없는 것 빼고는 다 있었다. 동생들에게 새 옷을 사주고 호살도 날이 추워지기 때문에 두터운 옷을 하나 샀다. 사두계가 남긴 금덩이가 하나 있었기 때문에 옷을 사고도 열덩이의 은덩이를 잔돈을 받아든 호살은 기분이 좋았다. 셋은 저녁도 배불리 먹고 객점으로 돌아갈 때 호살은 무언가 그들 뒤로 쏜살같이 다가오는 것을 느꼈다. 그가 뒤를 보려는 순간 둔탁한 소리가 호살의 뒤통수에서 났고 동시에 연홍과 연표도 비명을 질렀다. 그리고는 호살은 정신을 잃었다.

다음날 깨어났을 때 호살의 소매에 들었던 은덩이는 모두 없어졌고 뒤통수에는 주먹만 한 혹이 생겨있었다. 불행 중 다행인지 복단회 신물과 호살의 단씨 패는 남아 있었다. 하지만 당장 생활할 은자가 없어 불안하기 짝이 없었다.

목지국에서의 한 달 동안 복단회에 갈 수 있는 방법을 몰라 전전긍긍하던 호살은 급기야 객점에서 머물 수 있는 돈이 거의 떨어져갔다. 행랑을 열어보니 백산에서 가져온 은과 한나라 동전이 몇 개 남지 않은 것이었다.

'이대로 가다간 그야말로 객점에서 굶어죽겠군……'

호살은 불안하고 또 답답했다. 그렇다고 부적이나 신표를 팔아버릴 수도 없고 어린 동생들과 장사도 할 수 없는 상황이었다. 호살은 작심을 하고 연홍과 연표를 불렀다.

"얘들아!"

"왜요? 복단회에 가는 길을 알았어요?"

"아니?"

"그래요……"

실망한 두 아이는 눈망울에는 아직도 부모를 잃은 설움이 묻어나는 양 눈가가 촉촉했다. 하지만 호살은 뭔가 살아갈 방도를 내야만 했다. 때문에 호살은 망설이다가 단호하게 말했다.

"얘들아, 우리 여기서 계속 이렇게 지낼 수는 없을 것 같아. 요즘 매일같이 저자거리를 돌아다녀도 복단회에 갈 길은 막막하고 은자도 거의 떨어져가고 있어."

"그럼 어쩌죠? 오라버니?"

"아직 초가을이니 한데서 자도 그다지 춥지도 않을 거야. 더 추워지기 전에 우선은 거처를 정해야겠다. 아무래도 여길 나가 살집을 구해야 할 것 같애."

"그렇군요."

"그럼 뭘 먹구?"

옆에서 이야기를 유심히 듣던 연표가 불안한 표정으로 물었다. 그러자 연홍이가 나무랬다.

"아이구! 얘는 먹는 거 밖에 몰라! 아유! 철부지!"

"나둬라, 아직 어리잖니…… 좌우간 여기서 나가자 내 말 알아듣겠지?"

호살은 마을에서 어느 정도 떨어진 인근으로 다니면서 빈집을 찾아 다닌지 반나절 만에 버려진 집을 한 채 찾아냈다. 하지만 허름한 초막은 마치 동굴이나 마찬가지였다. 버려진 지 몇 해는 됨직해 보였다. 여기 저기 흙을 바른 풀벽은 들짐승들도 쉽게 들어올 만큼 큰 구멍들이 나 있었다. 그는 객점의 동생들을 데려왔다. 그간 머문 숙박비와 음식 값을 치르자 손에는 은자 서너 개만 남을 뿐이었다. 일단 머물 집으로 온 호살은 동생들과 함께 풀을 엮고 진흙을 발라 구멍을 메웠다. 지붕은 그럭저럭 쓸 만했지만 막상 밥을 해먹을 그릇이나 덮고 잘 이부자리가 없어서 걱정이 이만저만이 아니었다.

우선 급한 것들을 구하기 위해 갖바치 일을 시작하기로 했다. 배운 도둑질이라고 가죽 무두질밖에 사실 그들이 돈벌이로 할 수 있는 일은 없었다. 가죽신이나 짚신장사와 가죽 장사를 겸했다. 저녁에 집에서 가죽 자투리로 가죽신을 만들고 짚신을 엮었으며 수시로 산에 가서 여우나 족제비 등을 잡아 그 가죽을 내다팔기로 했다. 호살은 갖바치 집안에서 이십 년 동안 살아온 덕분에 그런 일을 비교적 쉽게 또 잘 할 수 있었다. 그 험준하기 짝이 없는 백산에서 사냥을 하던 몸이라 그는 비교적 수월하게 작은 짐승들을 잡을 수 있었다. 무두질 일을 연홍이도 적극적으로 도왔다. 연표도 툴툴거렸지만 먹거리를 사온다는 말에 열심히 가죽신을 만들었다.

사냥을 하고 또 짐승 가죽을 벗겨내는 일이 몸은 고되었지만 장에 가서 처음으로 가죽과 피륙을 바꾸어오고 또 먹거리를 마련하고 나니 다소 자신이 생겼다. 처음에는 별다른 것을 할 수 없어서 어쩔 수 없이 시작한 장사였지만 삼남매는 이내 적응이 되어가고 있었다.

호살은 며칠 전 잡은 여우와 오소리의 가죽을 벗겨 말려온 것을 정리하고 있었다. 그런데 문득 시장 어귀에 짐승 털가죽을 늘어놓은 좌판 위에 어두운 그림자가 주욱 늘어섰다.

"이거 뭐야? 누가 여기서 장사를 해먹으라고 했나?"

건장한 남자 네 명이 다가왔다. 연홍과 연표는 별안간 나타난 거친 사내들을 보고 벌벌 떨었다. 호살도 더럭 겁이 났으나 여기서 물러나면 끝이라는 생각에 당당하게 그들의 눈을 마주 보았다. 호살은 아주 어렵사리 용기를 내었다.

"물건을 살 거요? 아니면 그냥 가시오."

"어허? 이놈 보게? 어디서 눈깔을 똑바로 뜨고 노려봐 이게? 죽으려고 환장했나?"

"왜 이러시오?"

"몰라서 물어? 인마? 여긴 우리가 세를 받는 길목이야. 애들아! 저 가죽 다 밟아버려!"

"예! 이야!"

네 사내는 연홍이가 팔려고 정리하여 늘어놓은 오소리털과 여우털 그리고 그들이 밤새 만든 가죽신을 발길로 함부로 차버렸다. 가판대에 진열했던 신들과 짐승 가죽이 흙투성이가 되어 길에 굴렀다.

"그만하시오!"

호살은 자신보다 덩치도 큰 자들과 사 대 일로 싸워 이길 수 있을까하는 생각을 할 거를이 없었다. 불량배들에게 돈을 빼앗길 수도 없었고 가죽을 팔지 않을 수도 없었다. 호살은 맨 앞의 가장 덩치가 큰 치를 향해 무작정 달려갔다. 그리고는 순식간에 머리로 그의 코를 박아 버렸다.

쾅!

윽!

들짐승과도 같이 날렵하게 날아들어 가차 없이 박치기를 날린 호살은 머리가 띵 했지만 얼른 정신을 차렸다. 박치기 한방에 두목격으로 보이는 자가 나가떨어지자 나머지 세 명이 칼을 뽑았다. 호살도 바닥에 놓인 긴 막대기를 잡았다. 사냥 갈 때 지팡이로 쓰는 박달나무 막대기였다. 호살은 자신도 모르게 우거사에게 배운 용천검법의 제일초식자세로 세 명을 향해 나아갔다.

"어? 저놈이 막대기를 들고 뭘 하는 거야? 미, 미친 거 아냐?"

세 명은 호살이 막기를 휘두르는 게 가소롭다는 듯이 허세를 부렸지만 사실은 두려운 모양이었다. 아무도 먼저 호살에게 덤벼들지를 못했다. 호살은 일단 기선을 제압해야겠다는 생각에 우뢰와 같은 소리를 지르며 가장 가까운 치에게 용천검법으로 머리와 가슴과 배를 차례로 가격을 했다. 그자도 맥없이 쓰러졌다. 호살은 그야말로 전광석화와도 같이 빠른 막대기 휘두르기로 완전히 적들의 혼을 빼앗았다. 나머지 두 명은 무척 당황했지만 이번에는 발검하여 동시에 양쪽에서 호살을 찌르려고 공격해왔다. 그러나 호살은 너무나도 날랜 발놀림으로 둘 사이를 빠져나와 순식간에 그들의 뒤로 가서 막대기로 뒤통수를 후려갈겼다. 그들은 머리통에 출혈이 심했지만 꽁지가 빠지게 도망갔다. 그리고 호살이 먼저 쓰러진 자들을 발로 차자 그들도 혼비백산하여 줄행랑을 쳤다.

"오라버니!"

"형! 괜찮아! 호살 형! 멋져!"

"응! 난 괜찮아! 히히."

나무막대기로 칼 든 무사 네 명을 제압하다니 호살은 자신이 때려놓고도 그것이 진짜였다고 믿어지지가 않았다. 과연 우거사 아저씨의 용천검은 기가 막힌 검초식이었다. 자신도 모르는 사이에 네 명의 거한이 나가떨어졌으니 말이다. 스스로 놀란 호살은 어깨가 우쭐해져서는 동생들에게 잘난 체를 했다.

"너희들 이제 걱정 말아라 내가 너희들은 언제까지나 지켜 줄테니 말이야!"

"그나저나 오빠 괜찮아? 이젠 장터의 싸움꾼이 아니라 정말 고수검객 같네!"

"형! 그리구 이번 기회에 좋은 칼을 하나 사! 형! 멋진 걸루 말이야!"

연표도 신이 나서 호살의 잘난 체를 거들었다.

"그럴까?"

"그래! 형!"

"아냐, 칼은 뭐…… 그리구 검객들의 칼이 얼마나 비싼데? 사냥할 때 쓰는 이런 활 열 개가 있어도 검 한 자루도 못 사!"

"그래? 그럼 빨리 돈 벌어서 나중에 사자 형!"

"그래, 후후후."

그날 이후로 시장 골목 어귀에서 호살은 장사아치들에게 든든한 보호막이 되어주었다. 불량배가 며칠 동안 시장에 오지 않았기 때문이다. 골목과 시장을 재패한 호살은 영웅이라도 된 기분이었고 사냥도 더 잘되었다. 그리고 시장에 내다놓은 가죽들도 내놓기 무섭게 팔렸다. 하지만 이레가 되지 않아 그날 호살에게 머리통에 몽둥이를 맞고 두건을 두른 털보가 왔다.

그는 말없이 나무편지를 내밀었다. 얇고 누런 사각 목간 위에 거무티티한 글씨로 산채로 내일 아침 오라는 산적 두령의 명령이 적혀 있었다. 호살은 언짢은 기색을 전혀 내비치지 않고 기꺼이 가겠다고 답했다. 두령의 심부름을 온 털보는 호살의 표정을 짐짓 흘겨보긴 했지만, 호살이 인상을 한번 쓰자 그는 생쥐 신세가 되어 여차하면 도망가려고 준비를 했다.

"야! 꺼져!"

연홍이는 호살이 거칠게 굴자, 선뜻 말리고 나섰다.

"그러지 마! 왜 그래! 오라버니! 그러니까 진짜 나쁜 사람 같애요!"

"괜찮아! 저놈들이 나를 겁내는 데 뭐."

"칫!"

연홍은 그가 달아나자 그제서야 내심 안도의 한숨을 내쉬었다.

"그런데 왜 오라버니를 그놈들 소굴로 오라고하는 거죠? 갈 거에요?"

"글쎄?"

호살은 연홍을 바라보며 가벼운 웃음을 흘리며 말했다.

"그야 머리를 한번 돌리면 답은 뻔한 거 아냐?"

"뭐가 뻔해요?"

연홍은 왠지 샐쭉하게 말했다. 하지만 호살은 여동생에게 보란듯 어깨를 으쓱해 보였다.

"놈들이 나를 모시러온 거잖아! 아 고수를 알아보고 말이야! 에헴!"

"체! 잘난 척하기는……"

호살은 동생들 앞에서 자신 있게 말했지만 사실 산적이라는 놈들이 갑자기 공격을 한다면 그 소굴에서 과연 살아남을 수 있을까 하는 걱정이 되기는 했다. 하지만 산적놈들이 자신을 죽이려고 했다면 열 놈 정도 와

서 자신을 해쳤을텐데 두목이란 놈이 편지까지 쓴 걸 보면 다른 꿍꿍이
가 있을 거라고 호살은 생각을 했다.

다음날 아침 일찍 호살은 산채로 향했다. 산으로 가는 길에 그는 조금
이나마 자신감이 있었다. 털보가 알려준 산채는 마을에서 그다지 멀지는
않았다. 입구에서부터 도끼를 든 놈 둘이 서있었고 그 뒤에도 창을 든 산
적들이 보였다. 삼엄한 경비를 지나자 털보가 나와 손사래를 치고 있었
다. 두령의 막사는 맨 위쪽에 있었다. 문이 열리자 술에 취해 비틀거리는
산적들과 두목으로 보이는 건장한 치가 피식 웃으며 호살을 바라보았다.
그는 부하들에게 무소 가죽 채찍을 휘둘렀는지 방안이 난잡하게 칡뿌리
로 얽어 만든 의자와 탁자가 넘어져있었다. 그는 채찍을 들고 한번 휘두
르는 시늉을 하더니 채찍을 다시 뺨에 가져다대고는 느끼하게 웃었고 부
하들은 쩔쩔매고 있었다. 그들은 밤새도록 술을 마신 모양이었다. 그러
나 두령이라는 치는 좀 비틀거리는척했지만 그다지 취하지 않은 것 같았
다. 어쩌면 아침이 되어 술이 다 깬 것인지도 몰랐다.

호살은 일단 두령에게 목례를 했다.

"왜 나를 보자고 했습니까?"

"오호! 니가 싸움을 잘한다는 그 놈인가? 이름이 뭐냐?"

"사호살이라 하오."

"호살이라…… 살인을 좋아한다는 의미이냐? 좋아할 호에 살인할 살
자로구만! 흐흐흐."

산적두령은 완전히 무식한 치는 아니었다. 어제 산적답지 않게 목간을
보낸 것도 그랬고 오늘 호살의 이름풀이를 하는 것을 미루어 보아 어느
정도 한학을 배운 것 같았다. 사십 세 정도의 나이에 그는 훤칠하고, 살결
이 희고, 잘생긴 편이었다. 하지만 눈빛이 상당히 불량스러워 보였다. 사

"이상하군. 왜 용의 기운이 느껴질까?"

공주는 혼잣말을 중얼거리고는 곁에 두었던 활을 호살에게 건네주었다.

"사소협, 이 활의 시위를 힘껏 당겨 보거라."

"예."

호살은 활을 받아들자 자신도 모르게 팔이 부르르 떨리는 게 느껴졌다. 그리고는 아랫배가 급작스럽게 뜨거워졌다. 그러면서 두 팔에 힘이 들어가면서 활시위를 뒤로 쭈욱 당겼다. 공주는 흠칫 놀라는 표정을 지었다가는 이내 평온한 얼굴을 했다.

"으음, 잘했다."

공주는 고개를 끄덕이더니 공주궁 문 옆 한쪽에서 대기하고 있던 창해신검을 불렀다.

"창해신검은 이리 가까이 오세요!"

공주가 부르자 창해신검이 조심스럽게 공주 곁으로 다가갔고 공주의 다소 상기된 표정에 창해신검은 조금 놀라는 눈치였다. 공주는 창해신검에게 귀엣말을 했다. 그러자 창해신검은 적지 않게 놀라는 표정이었다. 공주는 자신의 활을 호살에게 주었고 창해신검은 매우 놀라는 눈빛이었다. 공주는 호살을 데리고 가라면서도 잘 보살피라했고 창해신검은 너무나도 공손하게 공주에게 예를 올렸다. 지난번 흑수의 용두나루에서의 살벌한 모습과는 사뭇 대조적이었다. 창해신검은 호살의 숙소에 와서도 상당히 부드러운 말투로 말했다.

"이 활은 공주님이 아끼는 것이다. 조심해서 간직하도록 해라!"

"예!"

"내일 아침에 인시에 출발할 것이니 오늘은 네 삼촌과 회포를 풀고 새벽에 궁성 앞의 집합하거라. 알겠느냐?”

“예.”

“우거사와 우화탄 협객도 같이 갈 것인즉, 모두 공을 세우길 바라는 바이다.”

“예, 알겠습니다.”

처소에 돌아온 호살은 승면을 두 우거사에게 소개해주었다. 그리고는 그동안의 일을 소상해 말했다. 사두계의 죽음과 사씨촌의 멸문지화를 이야기할 때에는 자신도 모르게 눈망울이 촉촉하게 젖었다. 친구의 비보를 접한 우화탄은 비통한 표정을 짓고 이야기를 다 듣지 못하고는 이마를 두 손으로 감싸 안으며 애써 눈물을 감추었다.

“이번 비적소탕은 네 아버지의 원수를 갚는 일이다. 가서 공을 세워라!”

“예? 아저씨! 그러면 그 비적들이 사씨촌을 습격한 바로 그자들인가요?”

“그건 아직 모르겠다. 나도 우씨촌을 공격한 자들을 추격해왔는데 그 비적들과 관계가 깊은 것 같더구나. 내 나중에 확실히 알아올 테니 그때 같이 가서 원수를 갚자꾸나.”

“예, 아저씨.”

“이제부터는 내가 네 아버지 노릇을 할 테니 걱정말아라!”

“예. 헤헤.”

이번에는 우거사가 끼어들었다.

“호살아, 그럼 나는 이제부터 니 큰 애비다. 알았냐?”

“예!”

“하하하.”

우거사와 우화탄은 호살의 과거 병력이 마음에 걸려 그의 기 순환을 살펴보았다.

했다.

"내가 왜 그를 죽여야 합니까? 그것도 낙랑군 태수의 조카를?"

"너 조선놈 아냐? 그러니까? 너는 이일을 해야만 한다. 너 정도의 깡이 있는 놈은 세상에 별로 없어! 니가 딱이야!"

"싫습니다."

"뭐?"

두목의 얼굴은 이미 무척이나 일그러져 있었다. 그리고는 귀찮다는 표정으로 말을 이었다.

"조선 사람이라면 그 위가놈을 죽여야 한다. 그리고 너는 싸움 잘하는 조선놈이 아니냐?"

"그래도, 난 이유 없는 살인을 하지 않겠소!"

호살이 거부하자 산적두목은 다소 누그러진 목소리로 말했다.

"이유가 왜 없어? 죽은 자는 내 친구 단일건이다. 나도 며칠 전에야 그가 위마준에게 죽은 걸 알았다. 그의 조상은 과거 조선의 왕족이었지! 낙랑의 청부를 받고 사사신(四死神)이라는 자객들이 단일건을 죽였다."

"예? 사사신이라니요?"

호살은 자신도 모르게 두목에게 질문을 했다.

"너 사사신을 몰라? 그들은 무망인가 뭔가 하는 귀신 같은 고수가 키우는 천하제일의 자객집단이야. 그들은 고조선의 후손이라면 세상 끝까지도 따라가서 죽인다는 소문을 들어본 적이 없냐?"

"저, 저는 들어본 적이 없어요."

"그래? 좌우간 이 이유만으로 위마준은 죽어야 한다. 그리고 이일을 하면 넌 돈을 무척 벌게 된다. 동생들하고 살 집도 마련하고 장가도 가야지? 부모님은? 돌아가셨나? 그랬겠지. 그렇다면 이제 니가 동생들이 부

모노릇을 해야 하잖아. 그렇지 않아? 자 그럼 본론으로 들어간다. 일은
별로 어렵지 않아. 다만 깡다구만 있으면 돼! 놈은 목지국과 인접한 낙랑
성의 밖의 집에서 살고 있지. 물론 가솔들과 무사들도 수십 명이 있어. 하
지만 한밤중에 쥐도 새도 모르게 그를 없앨 수가 있다. 놈의 집에서 우리
조선 사람들의 재산을 강탈해간 금과 은이 엄청 많이 있다. 그리고 그 금
은 엄밀히 말하면 우리의 금이야. 원래 우리 것을 다시 가져오는 거야. 그
리고 사사신에게 청부를 한 그 조선의 원수 같은 놈을 죽이는 것은 조선
인으로서 반드시 해야 하는 숙명이야! 알겠지?"

"예? 아, 예!"

"좋아! 좋아!"

호살은 엉겁결에 대답을 하고 말았다. 돌아가신 아버지 정확히 말해서
동생들의 아버지인 사두계가 떠올라 자신도 모르게 '예'라고 대답을 한
것이었다. 그리고 자기 성도 단씨라는 사실 때문인지도 몰랐다. 하지만
무엇보다도 큰돈을 벌 수 있다는 말에 자신도 모르게 귀가 솔깃해진 것
은 분명했다.

위마준은 사흘 후 목지국에 와서 늘 하던 대로 수금을 해 가기로 되어
있었다. 말하자면 세금을 걷듯이 이자를 걷어가는 것이었다. 기간이 이
틀이기 때문에 객점에서 하루를 머무르곤 했다. 물론 네 명의 무사들을
대동하고 다녔다. 둘은 칼만 차고 다니지 정작 회계를 보는 보통 무사였
고 나머지 둘은 장님인데 고수였다. 그리고 그들은 교대로 밤새 위마준
의 객방 문 앞에서 보초를 서기 때문에 그에게 접근한다는 건 거의 불가
능했다. 특히 호위무사 중 장님들은 객방 안팎으로 모든 불을 꺼놓고 보
초를 선다는 것이었다.

두목의 설명에 따르면 아직까지 위마준을 죽이려는 자객들은 성공한

적이 없었는데 바로 장님무사들 때문이라는 것이었다는 것이었다. 자객들은 객점의 입구에서 위마준의 방으로 가기도 전에 칠흑 같은 어둠 속에서 그 눈먼 무사들의 칼을 맞기 십상이었다. 그들은 장님이기 때문에 청각도 매우 예민했다. 문제는 칠흑 같은 어둠 속에서 어떻게 아무런 소리도 내지 않고 호위무사를 피해 방안으로 들어갈 수 있느냐 하는 점이었다. 보통 자객들이 불이 완전히 꺼진 상태에서 그런다는 건 불가능했다. 깡이 좋은 놈만이 눈먼 무사 앞에 다가가서 순식간에 둘을 처치하고 방에 들어가 위마준을 죽이고 돈을 빼앗아오는 것이었다. 그런데 죽이기 전에 위마준에게 왜 단건일을 죽였는지 물어보고 죽이라는 것이었다. 호살은 실소를 했다. 그리고 머쓱해져서는 다시 질문을 했다.

"하지만 방 안에 불이 꺼지기 전에 들어가면 되는 거 아니에요? 다시 말해 아무도 없는 낮에 미리 들어가 있다가 그놈을 없애면 되지요."

"응?"

두목은 눈을 동그랗게 떴다.

"하! 그놈 영악하네! 그렇다면 결론은 그 놈이 어느 방에 들어갈 것인지만 알면 되네?"

"그것도 간단하지요. 위가놈이 오기 직전에 미리 객점의 방을 거의 다 잡아두고 하나만 남겨두면 그리로 들어가겠지요 뭐. 거기서 미리 기다리고 있다가 처리하면 되는 거 아니에요?"

"으응? 햐! 고거 말 되네! 캬! 고거 참!"

두목이 감탄사를 연신 내뱉었다. 그러자 호살이 한심하다는 표정으로 말했다.

"그런데 질문이 있어요."

"뭐냐?"

"밤에는 순찰도 있고 고수급 호위무사들과 싸워야 하는데 차라리 낮에 기습을 하는 게 좋지 않아요?"

"하! 이놈, 하나만 알고 둘을 모르네?"

두목을 또 채찍을 자기 볼에 갖다 대고 느물거리며 말했다.

"낮에는 말이다. 목지국 탐관오리들이 봐주고 있어서 안 되는 거야. 우리가 미쳤냐? 목지국 정규군 수십 명하고 한판 붙게?"

"그럼 위가놈이 자기 집으로 가기 전에 국경근처에서 군사들이 도로 목지국으로 돌아가고 그들이 없을 때 치면 되겠네요?"

"으잉? 아! 고거두 말되네?"

"밝은 데서는 여러 명이 힘을 합치면 눈먼 고수 둘 정도는 해치울 수 있잖아요."

"그렇지! 그렇지!"

산적두목은 매우 단순했다. 모든 걸 호살이 하자는 대로 하기로 한 것이었다. 일단 위마준이 자신의 집으로 돌아가는 길에 목지국 밖까지의 물품 배달을 하는 표국 사람들처럼 위장하며 그를 따라붙다가 목지국군사들이 돌아간 이후에 위마준을 습격하기로 한 것이다.

예정일이 오자 두목은 호살 이외에도 북부여와 옥저에서 온 젊은 무사 두 명을 습격조에 합류시켰다. 그들은 기도가 범상치 않은 고수들이었지만 돈에 무술을 파는 낭인에 불과했다. 고수들과의 만남에서 호살은 자신이 점점 더 황폐해져가는 생각을 떨칠 수 없었다. 인사도 없었고 소개도 없었다. 다만 위마준을 죽이고 나서 두목이 주는 돈을 나누어 가지면 그것으로 그만이었다.

위마준이 오후에 집으로 돌아가는 당일 아침 두목은 무사들에게 선불을 주었다. 호살에게는 선불에 해당하는 금액 대신 한나라에서 가져왔다는 검을 한 자루 주었다. 호살이 보기에도 무척이나 좋아 보였다. 두목은 병법서에서 보고 외운 초식 몇 가지를 알려주었다. 대개는 속전속결로 상대를 제압하는 자법과 빠른 참법이었다. 호살은 매 초식에 필요한 호흡과 강약을 조절해야 한다는 것을 그때 처음으로 알았다. 두목이 오합으로 진검대결을 하자고 했고 호살은 좀 두려웠지만 배운다는 자세로 두목과 검을 겨루었다. 빠르게 공격해오는 두목의 검을 호살은 정신없이 막아내었다. 그는 호살의 공격을 막거나 피하거나 하면서 임기응변의 무술에 능했다. 호살이 용천검법을 쓰지 않았고 주로 방어를 했기 때문에 결국 승부가 나지는 않았지만 두목은 고수는 아니었다. 그러나 그는 공격초식과 방어술에 대해 이론적으로 어느 정도 알고 있었다. 말하자면 그는 무사이기보다는 군사와 같은 학자에 가까운 자였다. 그런데 어째서 산적질을 하는지 호살로서는 알 길이 없었다.

"꼬마야, 너는 초식을 거의 모르는구나! 하지만 말이야, 너같이 잡초처럼 배운 무공이 실전에는 더 강한 법이다. 꼭 위마준을 죽여다오!"

"좋소!"

장터에 나가있던 부하들로부터 연락이 왔고 모두 열 명으로 구성된 위마준 습격조는 국경을 향해 출발했다. 초가을이었지만 벌써 낙엽이 떨어져 쌓인 산길은 고즈넉했고 호살은 사람을 죽이러간다는 생각에 산야의 아름다운 풍경이 눈에 들어오지 않았다.

국경에 디디르지 과연 삼십 명 가량의 목지국 병사들이 되돌아갔다. 위마준 일행 중 누군가가 목지국 병사들에게 무언가를 건넸다. 아마도 뇌물이리라. 목지국에서 수탈한 돈으로 저렇게 검은 돈을 만들어 위마준은 여기저기 뇌물을 주고 있었다. 호살은 저런 자는 죽어 마땅하다고 생각했다. 하지만 그에게도 부모와 아들딸이 있을 거라는 생각이 들자 다시금 살인에 회의감이 왔다.

두목은 목지국병사들이 시야에서 완전히 사라진 것을 확인한 후 기습명령을 내렸다. 습격조는 살금살금 따라가던 매복 추격을 풀고는 돌격대형으로 대놓고 공격을 감행했다.

와와!

우렁찬 고함소리와 함께 열 명의 무사들이 위마준의 네 무사를 향해 돌격했다.

"비적이다! 귀인을 보호하라!"

네 명의 호위무사는 둘씩 짝을 지어 나뉘었다. 소경무사 둘이 앞으로 나서고 뒤로는 돈 보따리를 든 무사 둘이 위마준을 옹위했다. 그러나 실질적으로는 십 대 이의 싸움이었다. 제아무리 소경무사들이 고수라 해도 열 명의 무사를 감당할 수는 없었다. 더욱이 옥저에서 온 무사는 표창을 잘 다뤘다. 그가 처음 날린 표창을 눈먼 무사들이 막아냈지만 연거푸 던진 표창에 맞은 두 소경 무사는 상처를 입고 말았다. 하지만 그들은 모두 쌍검을 휘둘렀고 십 대 이의 절대적 열세의 대치가 자못 시간을 끌었다. 하지만 호살과 북부여의 무사들이 휘두른 칼에 그들은 중상을 입었다. 상황이 종료되는 듯했다. 그러나 별안간 산모롱이에서 말발굽소리가 들려왔다. 세 명의 말 탄 무사들은 위마준의 무사들이었다. 그들은 매우 차가운 표정으로 그리고 익숙하게 두목의 습격조를 하나둘 베어나갔다. 일순간에 산적들이 모두 당했고 두목마저도 단 이합만에 낙랑의 고수 세 명에게 당하고 말았다. 그리고 표창을 던지던 옥저의 용병도 쓰러졌고 결국 북부여의 무사와 호살 둘만이 남게 되었다. 호살도 이미 등에 검상을 입어 움직임이 조금 둔해져있었다. 북부여의 무사는 허리에서 연검을 꺼내들었다. 그리고는 쌍검으로 위마준의 무사들을 향해 전력질주를 했다. 그는 검을 제대로 익힌 정규군 무사 같았다. 소경 두 명을 이미 쓰러 뜨렸고 새로 온 세 명의 무사 중 하나를 베었다. 그러나 우두머리로 보이 는 머리가 하얀 자는 다른 자들과는 확연히 달랐다. 그는 매우 간단하게 북부여의 용병을 단 일합으로 베어버렸다. 그리고 모든 시선은 호살에게 쏠렸다. 호살은 이미 죽은 두목이 준 검을 하늘 높이 치켜들었다. 오룡검 법 제일초식을 시전하기 위해서였다. 그리고 호흡을 잔뜩 들이마셨다가 다시금 뱉으면서 마치 용이 나타나는 장면을 연출해내듯 지난날 우거사 에게 배운 대로 검을 휘둘렀다. 결과는 놀라웠다. 우거사에게 배운 오룡 검법이 이초식만으로도 흰머리를 남기고 모두 쓰러뜨린 것이었다.

호살은 흰머리와 위마준 그리고 호위무사 세 명의 길목을 막고 외쳤다.

“위마준은 들으라!”

“무엇이? 저, 저런 건방진 놈!”

“넌 왜 단일건을 죽였느냐?”

“단일건이 누구냐? 난 그런 놈 모른다.”

“네가 단군의 후손 단일건을 죽이지 않았더냐?”

“난 모른다! 무망님께서 시키신 일 같은데, 내가 어디 그런 놈 하나둘 없앤 줄 아느냐?”

“이얍!”

호살은 별안간 분기가 치솟아 위마준을 향해 공격을 하려 했지만 흰머 리의 무사가 호살의 공격을 막아냈다. 그리고 위마준은 호위무사에 옹위 되어 이미 도망치고 있었지만 돈 보따리를 들고 뛰어가는 위마준을 호살 은 따라갈 수가 없었다. 흰머리의 무사가 호살을 가로막고 있었기 때문 이었다. 거의 모든 무사를 제압한 호살이었지만 흰머리에게는 어쩐지 자 신이 없었다.

"네놈은 누구냐?"

흰머리가 물었다. 호살은 대답 대신 이번에는 검을 아래로 비스듬히 내렸다. 오룡검법 제 이 초식을 시전하려는 찰나 흰머리가 먼저 기습적으로 공격해왔다. 그는 상상 이상이었다. 사람 머리 위로 쉽게 날아다니는 경공술만보더라도 그는 대단한 고수였다. 호살은 순간적으로 당황했다. 하지만 호살도 그 험하기 짝이 없는 백산을 십수 년간 뛰어다니며 수련을 한 사냥꾼 고수였다. 날쌘 다람쥐처럼 호살은 고수의 공격을 모두 피해냈다.

"희한한 자로군! 무술수련을 하긴 한 것이냐?"

흰머리는 호살의 불안한 자세를 보고 무시했으나 실제로 모든 공격을 어떻게 해서든 막아내는 것을 보고 의아해했다. 더더욱 이상한 건 기본기가 전혀 없어 보이는 호살이 이상야릇한 초식을 전개할 때에는 제법 고수다운 면모도 풍긴다는 점이었다. 그는 조금 조심스럽게 호살을 살폈다. 그런데 호살이 오룡검법 제이초식을 시전하며 공격해 들어왔다. 호살은 필사적이었다. 그리고 무척이나 빨랐다. 흰머리가 공중으로 뛰어오르며 낙하와 동시에 호살의 등 뒤에서 호살에게 공격을 했고 호살은 다시 등에 상처를 입었다.

"으윽!"

호살은 고통이 컸지만 다시 검을 두 손으로 부여잡고 흰머리를 향해 돌진했다. 하지만 이미 눈앞이 아롱거리면서 적이 희미하게 보였다. 웬일인지 주위에 물안개가 피어나는 것 같았다. 흐릿한 시야 너머로 호살은 그가 바로 앞에 있다는 것을 느낌으로 알고 검을 휘둘렀다. 그리고 그가 호살의 검에 적중되었다는 느낌이 들었다. '아! 놈을 베었구나!' 그는 입가에 미소가 살짝 감돌았다. 그리고 호살은 정신을 잃었다.

하루가 지났을까? 새벽녘 안개를 해치고 흰옷에 흰 수염이 배까지 길다란 노인이 호살을 물끄러미 바라보고 있었다. 그가 호살을 보살핀 모양이었다. 그리고 잠시 후 호살이 신음소리를 내며 정신이 들었는지 겨우 깨어났다.

"으으으음……"

"정신이 드느냐?"

호살은 주위를 살폈다. 흰머리의 고수가 죽어있는지 확인하기 위해서였다. 그러나 호살이 누어있던 곳은 동굴이었다. 노인이 호살을 이리로 옮긴 모양이었다.

"누구신지 모르겠사오나 어르신께서 저 살려주셨나요? 고맙습니다."

"아니다. 누군가 너에게 응급조치를 취해 놓았더구나."

"예? 누가요?"

"글쎄다. 나는 그냥 네가 차가운 가을 날씨에 밤새 온기를 잃고 객사나 하지 않을까 하고 마음이 쓰여 보다 따뜻한 곳으로 널 데리고 와 뉘었을 뿐이다. 싸움도 못하는 녀석이 싸움꾼 고수와의 결투를 했더냐?"

"아! 참! 그는 죽었나요?"

"너만 누워있었으니 아마도 그자는 살아 돌아갔겠지?"

"그렇군요, 쿨럭쿨럭! 으으!"

"골절은 없으나 내상이 있구나. 어디 좀 보자!"

백 살이 넘어 보이는 노인은 호살을 가볍게 들어올렸다. 그리고는 마치 공기돌을 다루듯이 여기저기를 만져주었다. 그리고는 호살을 똑바로 앉게 하고 호살을 향해 손바닥을 펴 보였다. 그리고 무언가 알 수 없는 기운이 할아버지에게서 호살에게로 흘러들어가는 것 같았다.

"우우욱!"

"이제 좀 어떠하냐?"

"어라? 예! 이젠 아프지가 않습니다! 그런데 할아버님은 누구세요? 산신령님이에요?"

"나는 묘향산에서 공부를 하는 승균이라는 사람이다."

"사람이라구요? 산신령이 아니구요?"

"그렇다! 그런데 너는 어린 녀석이 어찌하여 그렇게 싸움을 하고 다니느냐?"

"예…… 송구하옵니다만 어린 동생들을 먹여 살리려고……"

"예끼! 이놈! 그것도 핑계라고! 무슨 일이든 착한 일을 해야지! 싸움질해서 돈 벌 생각을 해? 왜 가슴속에서 천불이 나느냐?"

"예?"

"그놈, 참, 열불이 나서 못견디는 모양이군……"

"그게 아니구 저는 그러니까……"

호살에게 호통을 친 노인은 다시 목소리를 조용조용하게 말을 이었다.

"그런데 애야, 용과 너는 어떤 사이인고?"

"용이라니요?"

"용을 모르느냐?"

"모, 모릅니다."

"그래? 네가 용의 주인이 아니라면……"

호살을 눈여겨보던 승균도인은 고개를 갸웃했다. 호살은 급하게 품속의 단씨 신패를 보였다. 승균도인은 호살의 신패를 보더니? 적지 않게 놀라는 눈치였다.

"단씨패라…… 골치 아픈 녀석이군! 가슴에 열상이 심하구나…… 흐음! 청하강 너머 웅심산을 찾아가라. 거기가면 비서갑 땅에 하백신이 있느니라. 내 목간 서찰을 적어 줄테니 하백신을 찾아가 보여주거라!"

"그, 그럼 제가 누구인지 알 수 있습니까? 제 부모님도요? 가, 감사하옵
니다!"

호살은 엎드려 절을 했고 고개를 들자마자 혼비백산했다. 동굴 안에
있던 그 승균도인이라는 할아버지가 연기처럼 사라져버린 것이었다. 그
리고 도인이 있던 자리에는 작은 나무토막이 하나 덩그마니 놓여있을 뿐
이었다. 그런데 그 나무에는 아무런 글자도 쓰여 있지 않았다. 호살은 마
치 귀신을 만난 것처럼 한기가 느껴졌다. 그리고 그는 언젠가 우거사에
게 들은 천하 사대고수 중 한 명이 승균이라 했다는 것을 똑똑히 기억해
냈다.

"아! 승균선인? 아! 내가 천하최고수를 만나다니? 그리고 그분이 나를
살려주시다니……"

그는 가슴이 두방망이질치는 것을 어쩌질 못했다. 좀처럼 그 흥분은
가라앉지를 않았다. 한참을 그렇게 흥분을 감추지 못하던 호살은 밤이
이슥해서야 그 나무를 들고 두 동생이 기다리고 있는 집으로 부리나케
놀아왔다. 그는 동생들에게 자초지종을 말했지만 어린 두 동생을 남겨둔
채 비서갑으로 향하려니 아이들이 딱하기는 했다. 열흘이면 올 거라면서
식량과 땔감이 있으니 걱정하지 말라고 하자 의외로 연홍이 잘 다녀오라
고 했다. 연표는 삐쳐서 인사도 하지 않았지만 호살로서는 부모를 찾는
걸 포기할 수는 없었다. 비서갑으로 가는 길 내내 동생들 생각을 했지만
태어나서 처음으로 혼자서 그것도 검을 어깨에 차고 멀리 가는 여행길이
새로운 세상을 만난 것 같아 기분이 우쭐하기도 했다.

호살은 비서갑으로 가는 길에 북부여가 길목에 있다는 사실에 무언가

엄청난 발견을 한 사람처럼 놀랐다. 우화탄 의부와 우거사 의백부가 있기도 했지만 무엇보다도 보고픈 정연이 있었다. 호살은 부여국의 이정표를 보자마자 정연에게 갈까 말까하는 생각을 할 겨를도 없이 전속력으로 달리기 시작했다. 우화탄 의부의 말씀대로 창해가문으로 향했다. 그리고 궁성 십리 전쯤에서 주막을 발견하고는 요기를 할 요량으로 문을 열자마자 마치 기다렸다는 듯이 우거사 백부와 마주쳤다.

"아니? 너 호살이 아니냐?"

"아! 의백부님!"

"니가 부여엔 웬일이냐?"

"아 예, 그냥 의부님께 안부도 전하고 또 백부님도 뵙고 뭐 그냥……"

"정연이도 만나고? 그치? 헤헤헤헤헤."

"아닙니다."

"그런데 이를 어쩌냐? 니가 날을 잘못 잡았구나. 사제와 정연은 한나라에 갔다. 을탄광소 의원, 아니 창해궁주인 신검을 따라 닷새 전에 출발했지. 말을 타고 갔으니 벌써 연경에 도착했겠군. 아마 달포는 되어야 돌아올 것이다."

"정말입니까?"

"왜요?"

"글쎄다? 창해신검이 정연에게 대국의 문물을 보여주려고 그랬나보지?"

"진짜요?"

"하! 고녀석! 순진하긴! 그건 농담이고 공주님의 명으로 신검이 한나라에 가는 길에 우화탄이하고 정연이가 동행을 하게 된 거지. 내가 좀 연통을 넣어 부탁을 했거든."

"그렇군요……"

"그럼 넌 집으로 돌아가야겠네?"

"아니에요. 저도 청하강에 볼일이 있어 가는 길이에요."

"아니, 니가 물고기도 아니고, 강에 볼일이 있어 간다고? 거긴 왜?"

"예, 비서갑에 가서 일이 좀 있어서요."

"무슨 일?"

"나중에 말씀드릴게요. 그럼 백부님, 절 받으세요. 또 뵐게요. 저는 이만."

"아! 이 녀석아! 무조건 도망가려고만 하지 말고 말을 해봐!"

호살은 정연과의 만남도 무산되었고 맥이 빠졌지만 의백부에게 자신의 일을 말하고 싶지가 않았다. 하지만 우거사는 집요하게 물고 늘어졌다. 호살은 하는 수 없이 천하최고수 승균도사의 이야기를 했지만 우거사는 믿는 눈치가 아니었다. 그래도 호살은 하백신이 있는 비서갑 가는 길을 자세히 물었다. 우거사는 용성국에 가는 길이니 비서갑까지 동행을 하겠다고 하며 어린애처럼 희희낙락했다. 언제나 그렇듯이 우거사는 이야기보따리를 풀어놓았다.

"너 유화공주 이야기는 들어보았냐?"

"아뇨."

"옛날에 말이야, 하백(河伯)의 장녀인 유화공주가 화창한 봄날에 말이야, 동생 위화(葦花) 그리고 훤화(萱花)와 함께 압록강가에서 물놀이하고 놀다가 천제(天帝)의 아들 해모수(解慕漱)를 만나 큰 알을 하나 낳게 되었는데, 그 알 속에서 아들이 나왔다더군. 그 아들이 지금은 동부여의 왕자가 되었다지 아마?"

"그래요? 그가 누군가요?"

"주몽이라고하던가? 야! 호살아! 다 왔다! 저길 봐라! 하백궁의 초입에 있는 유화궁이다. 유화공주가 떠나고 나니 지금은 쓸쓸하군. 낙엽만 뒹굴고…… 궁주가 사라졌으니 저렇게 될 만도 하지 뭐……"

버드나무와 보리들이 천변에 그득했다. 청하강(淸河江)가의 보리들이 가을이라 그런지 밭터만 남아 있었고 강 언덕 양옆으로는 버드나무가 무척 많이 있기는 했지만 대개 시들어있었다. 그 뒤로 위화궁의 무성한 갈대와 억새풀이 시야에 들어왔다. 그리고 강 언덕 위로 노란 색의지평선이 나타났다. 훤화궁이었다. 노란 색 꽃이 그토록 많이 피어있는 것을 호살은 한 번도 본적이 없었다. 시야가 울렁거리면서 마치 술에 취한 사람처럼 호살은 일순간 정신이 아득했다. 마치 일렁거리는 노란 꽃들이 땅 전체를 물렁하게 만들면서 호살을 빨아들이는 것이었다. 그가 비틀거리자 우거사가 재빨리 팔을 잡아챘다.

"애야! 정신차려! 빨리 눈 감고 심호흡을 해라! 안 그러면 넌 저 원추리 꽃밭으로 끌려들어간다!"

"예? 알겠습니다."

호살은 우거사 덕분에 정신을 빼앗기지 않고 훤화궁을 에둘러 하백궁으로 향했다. 우거사는 모르는 게 없는 사람 같았다. 호살이 우거사의 박식함에 놀라 그의 얼굴을 바라보노라니 우거사는 또다시 예의의 장광설을 늘어놓았다.

"잘 들어라! 원추리꽃을 많이 먹으면 취해서 의식이 몽롱하게 되고 무엇을 잘 잊어버려 근심 걱정까지 날려 보내는 꽃이라 하여 망우초(忘憂草)라 부르지. 사람들이 노란 꽃을 먹는 까닭에 황화채(黃花菜)라고 부른단다. 꽃에서 풍기는 향기가 정신을 혼미하게 하고 성적 감흥을 일으키기 때문에 훤화궁주에게 잡히는 총각은 정기를 다 빼앗긴다고도 하지. 그래서 그런 쪽으로 관심이 많은 자들은 저 꽃을 금침화(金枕花)라 하기도하지. 흠흠.”

“아, 예.”

“왜? 너두 금침에 관심있냐?”

“아닙니다.”

“원추리꽃은 사실 인간에게 꼭 필요한 꽃이기도 하지. 옛날에 한 형제가 한 번에 부모를 모두 여의었는데 말이야. 엄청난 슬픔으로 충격에 휩싸인 형제는 몹시도 괴로워했지. 형은 슬픔을 잊기 위해 부모님의 무덤가에 원추리를 심고 동생은 부모님을 잊지 않으려고 난초를 심었다는 거야. 세월이 흘러 형은 슬픔을 잊고 열심히 일을 했지만, 동생은 더욱 슬픔에 잠겨 아무 일도 못하고 병이 들었어. 하늘에 있는 부모도 안타까웠던지 동생의 꿈에 나타나 슬픔을 잊을 줄도 알아야 한다고 했지. 그 말씀에 따라 동생도 원추리를 심고 슬픔을 잊었다는구나. 그래서 훤화를 일러 망우초(忘憂草)라고도 하는 거야. 어?”

이야기 도중 우거사는 화들짝 놀랐다. 그리고는 뜰 준비를 했다.

“왜 그러세요? 의백부님?”

“난 이만 가봐야겠다.”

“예? 가시다니요?”

“사실 난 하백신에게 잡히면 뼈도 못추린다.”

“왜요?”

“그런 게 있어! 이 녀석아. 자 그럼 일이 일이 잘되길 빈다! 또 보자꾸나!”

우거사는 그야말로 꽁지가 빠지게 달아났다. 아직 하백궁은 보이지도 않았는데 우거사가 저렇듯 도망가는걸 보니 호살로서는 무척 당황되었다.

그가 정신을 차리고 다시 하백궁이 있는 강물로 방향을 잡는 순간 별안간 하늘이 어두워지면서 걸음을 뗄 수 없을 만큼의 기운이 하늘 위에 서 느껴졌다. 겨우 고개를 들고 하늘을 보는 순간 호살은 화들짝 놀랐다. 십여 마리의 이름 모를 새들이 하늘을 뒤덮었고 선회비행을 하던 새들은 호살의 주위에 내려앉았다. 그리고 한 동자가 그 큰새 등 위에서 내렸다.

"소협은 하백님을 찾아오셨습니까?"

"응? 아, 예? 그, 그렇습니다."

호살은 아이에게 반말을 해야 할지 존대말을 해야 할지 헷갈렸다. 했 지만 백조와 비슷했지만 백조보다는 몇 배나 큰 영물을 타고 다니는 신 선 같은 아이에게 반말을 할 수는 없었다.

"따라오시지요."

동자가 안내한 강가의 하백궁은 투명해보였지만 실상은 커다란 성벽 과 여러 개의 궁성으로 이루어진 성채였다. 호살로서는 신기하기 짝이 없었다. 하백신을 기다리는 강변 정자에는 너무나도 향기로운 꽃향이 너 울거리는 물안개처럼 흩날렸고 잔잔한 물가에서는 마음을 편안하게 가 라앉혀주는 신비한 음악소리가 들려왔다. 호살은 자신도 모르는 사이에 입가에 웃음이 새어나왔다. 그리고 하백신과의 만남에 몹시도 마음이 설 레었다.

잠시 후 투명해 보이는 바위들 사이에서 백지장처럼 하얀 피부를 한 수귀들이 모두 한손에는 길다란 낫과 다른 한 손에는 그늘을 만들기 위 한 일산(日傘)을 들고 나와 도열을 했다. 그리고는 그 뒤로 이상야릇한 악 기들을 든 악공들이 뒤를 따랐다. 고니들이 하늘 위로 선회비행을 하고 악공들의 음악소리가 다시 시작되자 하백궁 인근에는 스멀스멀 안개가 끼기 시작했다. 그리고는 잔뜩 흐린 날씨처럼 직사광선이 보이지 않게 되었다. 청하강의 물가에서는 마치 물이 끓는 것처럼 부글부글 거품이 피어났고 고내들이 수면으로 내려앉자 허공중의 구름이 뭉게뭉게 일어나 수면을 가득 메워버렸다.

그러는 잠깐 사이에 호살을 데리고 온 동자가 하백궁 성문 문 앞에서 하백신의 도착을 기다리는 자세로 예를 갖추어 허리를 숙였다. 음악소리가 점점 커지더니 마침내 절운관(切雲冠)을 쓰고 칼을 찬 하백신의 호법들이 열 명이나 궁성문 뜰 아래로 내려왔다. 그들은 궁전 앞의 백옥으로 만든 의자 옆으로 나란히 진법을 펼치듯 도열했다.

잠시 후 하백신이 물속에서 그야말로 물이 솟아나듯 부드럽게 미끄러져 나왔다. 신의 온몸에서 은은한 광채가 났다. 호살은 지금까지 그렇게 잘생긴 사람을 본적이 없었다. 하백신은 수면을 스르르르 날아왔다. 그는 호살의 인사를 받고 너무나도 황홀한 목소리로 말했다. 하백신의 목소리에는 폭포의 울림이나 계곡물과 같은 청아함과 우뢰와 같은 강렬함이 있었다.

"너는 선인의 심부름을 왔느냐?"

"예, 승균도인의 소개를 받아왔습니다. 여기 목간을 받으십시오."

승균도사가 건네준 목간을 하백신에게 주자 하백신은 나무 조각을 물에 담갔다가 다시 화롯불에 비추었다. 그러자 희한하게도 누런 나무 위에 검을 글자가 보이기 시작했다.

"너는 승균선인과 어찌 되는 사이인가?"

"예, 선인께서 제 목숨을 구해주셨습니다."

"그게 다인가?"

"예."

하백은 고개를 다소 갸웃해 보였다. 그리고는 다시 묵직하게 말을 이었다.

"네가 용을 데리고 있느냐?"

"예? 그게 무슨 말씀이시온지?"

"손을 이리 다오."

호살이 손을 내밀자 호살의 손을 잡아본 하백신의 푸른 광채가 나는 얼굴이 어둑어둑하게 변하기 시작했다. 그리고는 호살의 손을 뿌리치듯 놓아버렸다. 하백은 아까와 달리 목소리에 다소 노기가 서려있었다.

"용은 지금 어디 있느냐?"

"예? 저는 신께서 무슨 말씀을 하시는지 잘 알지 못합니다."

"어허! 이런 우매한 놈을 보았나?"

"무슨 일로 이리하십니까?"

"야비한 놈이로다!"

"예?"

"오래전에 용성국 출신의 용화인(龍和人)이 내 장녀를 넘보길래 그놈을 잡아다가 개구리모양으로 만들어 큰 바위로 눌러 진을 설치해두었다. 그런데 부여의 부루왕과 그의 신하 아란불이 그를 데려가 후사를 잇는답시고 왕을 만들어버렸다. 그 후로 그놈들이 나의 어족들을 몹시도 괴롭혔도다! 그리고 무망이란 놈 역시 용화인으로 내 영토를 넘보고 이무기들을 함부로 잡아가 나를 시시종종 괴롭히지 않았더냐! 에이! 괘씸한 것들!"

하백신의 목소리는 매우 쌀쌀맞아졌다. 하지만 신의 냉대에도 불구하고 호살은 연거푸 물었다.

"하백님! 왜 노하셨는지 모르겠사오나 저는 단씨라고 했는데 그럼 제가 왕족입니까? 왕의 후손인가요? 그럼 제 친부모는 누구인가요?"

호살은 매달리듯 자신의 신분을 알고자했으나 하백신은 차갑게 잘라 말했다.

"난 모른다. 그리고 넌 네 뿌리를 알 것도 없다. 앞으로 삼 년도 못살 인생이 단씨면 어떻고 사씨면 어떤가?"

"예? 그게 무슨 말씀이시온지요? 제가 곧 죽나요?"

"돌아가라! 이번 생은 포기하고 다음 생을 기다리는 게 낳을 터!"

"안됩니다! 저는 제 부모가 누구인지 알아야겠습니다."

"비켜라!"

"제발 말씀 좀!"

"이놈!"

하백은 귀찮을 정도로 매달리는 호살을 향해 장풍을 발사했고 하백의 장풍공격을 맞은 호살은 두어 장 밖으로 나가 떨어졌다. 하백신은 다시 물속으로 들어갔고 호살은 하백을 쫓으려 했지만 허사였다. 이상한 것은 호살이 하백의 장풍을 맞고도 멀쩡한 것이었다. 곁에 서있던 하백신의 동자도 무척이나 놀라는 표정이었다. 호살이 얼떨떨한 표정으로 서서 물만 바라보고 있자, 옆에 서있던 동자가 호살을 다시 인도했다. 호살은 가기 싫었지만 거부할 수도 없었다. 발길을 돌리는 호살로서는 너무나도 답답했다. '무슨 비밀이 있는 걸까?' 호살은 몇 번을 생각하고 또 생각해 보아도 도무지 알 길이 없었다.

하백이 사라지자 강가에는 물안개가 그득해졌다. 마치 용이 강변을 휘돌아감고 호살을 보호해주는 것 같았다. 다시 목지국으로 돌아가는 길에 호살은 정연을 볼 마음에 백산의 사씨 일족이 망한 것을 우거사에게 말하지도 못한 것에 대한 죄스러움이 밀려왔다. 그러면서 인생을 함부로 막살아야겠다는 생각에서 조금씩 벗어나는 걸 느꼈다. 하백신의 장풍을 맞고 난 이후 호살은 부쩍 기분이 좋아졌다. 늘 열감이 있던 가슴이 시원해졌다. 그리고 오히려 힘이 샘솟는 느낌이었다. 참으로 기이한 일이었

다. 호살은 콧노래를 부르며 강 언덕을 넘어 내달리기 시작했다. 그는 초
원을 가르는 야생마와도 같았다.

호살의 뒷모습을 바라보던 하백궁의 동자는 연신 고개를 갸우뚱했다.
그리고는 고니를 타고 하백궁으로 되돌아갔다. 하백궁의 인근에는 이미
안개가 사라졌고 고요하기 이를 데 없었다. 동자는 백옥좌 곁의 수면 위
에 서서 고개를 조아렸다. 그러나 물속인지 하백궁의 투명한 성벽 뒤인
지 알 수 없는 곳에서 하백신의 목소리가 들렸다.

"그놈은 동사했더냐?"

"아니옵니다. 신이 나서 뛰어갔사옵니다."

"무엇이? 내 한빙장을 맞고도 살아갔다고? 보통 한다경이면 얼어 죽거
늘…… 틀림없느냐?"

"예. 그러하옵니다."

"흠! 뱀과도 같은 놈이로다. 무슨 방비가 있었던 게로군. 알았다. 물러
가거라!"

"예."

다시 목지국으로 돌아온 호살은 그래도 동생들과의 만남에 마음이 후
련해졌다. '그래 이 아이들과 살을 맞대고 사는 게 내 운명인가보다' 그리
고 원망과 슬픔 그리고 기쁨이 한데 뒤엉키는 것 같았다. 두 동생과 회포
를 풀고 나서 호살은 그날 밤 모처럼 편안하게 잠자리에 들었다.

그런데 한밤중에 승균도인이 찾아왔다. 호살은 물어볼 말이 많아서 입
을 열려고 했지만 입이 벌려지지 않았다. 승균도인이 도술을 부리는 모
양이었다.

"으읍!"

호살이 애를 쓰면 쓸수록 입이 떨어지지 않았다. 승균도인은 웃으며

말했다.

"가슴이 좀 후련해졌느냐?"

"예?"

"마음에 열이 내렸으니 이제 싸움박질을 하지 않겠지?"

"예?"

"넌 복단회에 가고 싶다고 했지?"

"예! 근데 하백신은 왜 저에게 야박하게 대하셨죠? 아니 절 죽이려고 했어요!"

"그건 알거 없구, 복단회를 가려면 목지국에서 가장 크고 허름한 객점을 찾아라! 거기에서 인연을 만날 것이다!"

"아이구 참! 제 질문에 답부터 해주세요! 도사님! 그런데 왜 저를 하백신에게 보내셨지요? 설마 절 죽이려고 그런 거에요?"

"그건 네가 더 잘 알지 않겠느냐?"

"그럼, 도사님 저에게 무공을 가르쳐주세요! 정말 배우고 싶어요. 으으으……"

"말을 그만하거라."

"예? 저는…… 으으으!"

호살은 일단 입을 벌리려고 했지만 입이 얼어붙어버렸다. 그리고 승균도인은 멋쩍은 웃음을 남기고 홀연히 사라지고 말았다.

꿈이었다.

다음날 아침 호살은 사냥도 가지 않고 마을로 향했다. 승균도사가 꿈에 크고 허름한 객점을 찾으라 했지만 객점이 크면 모두 깨끗했고 허름한 객점은 모두 작았다. 다음날 하루 종일 해맨 끝에 호살과 두 동생은 목지국 변두리에 꽤 크면서도 다소 허름한 객점을 발견했다. 그곳은 달포나 묵었던 바로 그 객점이었다. 호살은 객점 주인에게 반나절 동안이나 계속 목지국에 대해 물었고 객점 주인은 결국 짜증을 참지 못하고 역정을 냈다.

"제발 좀 그만해! 모른다고 이미 수백 번이나 말했잖아!"

호살이 주인과 승강이를 벌이던 차에 객점에 네 사람의 무사들이 들어왔다. 그들은 매우 자연스럽게 객점 안에서 물도 떠다먹고 떡과 술도 마치 자기네 음식인양 마음대로 가져다 먹는 것이었다. 넷 중 두 사람은 기골이 장대하고 두 사람은 호리호리했지만 넷 다 커다란 칼을 어깨에 메고 있어서 그런지 무공이 대단해 보였다. 호살은 주인장에게 다가갔다.

"저어…… 주인어른……"

"또 무언가?"

"정말 복단회가 어디 있는지 모르세요?"

"허허! 모른다니까! 너 미친 거 아냐?"

호살은 다시 한 번 노인에게 지나가는 말로 복단회의 위치를 물었다. 노인은 백번이 넘었다는 뜻으로 양손가락을 모두 펴 계속 내밀면서 대단히 귀찮다는 표정을 지어 보였다. 노인은 좌우를 두리번거렸다. 그리고 노인은 눈짓으로 건너편 식탁에 앉은 네 사람에게 어떤 표시를 하는 모양 같았다. 그러더니 호리호리한 사내가 호살의 곁으로 천천히 다가왔다. 그리고는 소스라치게 놀라며 발검을 했다.

"아니? 너는? 몇 달 전 흑수의 용두나루에서 보았던 바로 그 활 쏘던 아이가 아닌가?"

"어? 당신은? 창해신검에게……"

"그래! 마침 너 잘 만났다. 너의 그 우화탄인가 우화탕인가 하는 그 작자는 어디로 갔느냐? 그자가 우리의 표국 물건을 떼어먹고 달아난 것을 너도 알고 있겠지. 너도 한패가 분명해! 그런데 여기에 와서 복단회의 위치를 캐묻고 다녀? 보통 수상한 놈이 아니구나!"

"아, 아닙니다. 오해십니다. 저는 복단회에게 가서 몸을 의탁하려고 할 뿐입니다."

"아니, 이놈이 눈도 깜짝하지 않고 거짓말을 하네?"

"아닙니다. 그때 일은 저는 정말이지……"

호살은 급히 사과를 하려했지만 이미 상황은 최악으로 치달았다. 네 고수가 그를 포위하고 있어서 호살은 도망을 칠 엄두도 나지 않았다.

"그때 보니까 네놈이 활을 좀 쏘는 것 같은데 여기서는 그런 실력으로는 위세를 떨 수도 없다. 자 바른대로 대라. 그 우표사는 어디 있느냐?"

"모릅니다. 저는 그냥 창해신검, 아니 부여의 을탄광소 의원에게 제병을 고치러갔을 뿐이었고 그 아저씨가 동행을 해주었습니다."

"그런데 왜 너희들 배를 함께 타고 도망을 간단 말이냐? 처음부터 한패가 아니라면 같이 움직일 필요가 있겠느냐? 안 그러냐? 그래도 한패가 아니라고 발뺌을 할 수 있겠느냐?"

"아닙니다. 저는 백산에서 사냥을 하던 사씨촌 사람입니다. 며칠 전 낙랑군이 갑자기 쳐들어와 마을사람들은 모두 죽고 우리 삼남매만 살아남았어요. 그런데 아버지께서 돌아가시면서 일단 복단회에 찾아가라고 하시면서 이 신물도 주셨습니다."

호살이 옷섶에서 소위 천부 인이리고 하는 것을 깨내려고 하자 나머지 세 사람이 동시에 발검을 했다.

추링!

세 사람의 검을 뽑는 속도가 가히 경이적이었다. 마치 번갯불이 튀는 듯했다.

"잠깐! 잠깐만요!"

"뭐냐!"

"자! 보세요. 복단회주님이 주신 신물입니다. 이걸 보고 제 말을 믿어 주세요."

호살은 고개를 숙인 채 양팔을 쭉 뻗어 천부인을 쥐고 흔들었다. 그러나 호리호리한 자는 칼을 휘두를 요량으로 검을 고쳐 잡았다. 그러자 기골이 가장 장대한 자가 만류했다.

"세연아! 그만해! 어차피 이 자는 도망칠 수도 없으니 우리가 데리고 가서 조사를 해보자. 이자도 복단회에 간다고 하잖아."

"사형은 어떻게 이런 자를 회 안으로 끌어들여요?"

키가 제일 작은 무사가 나섰다.

"무조건 의심부터 하면 어떻게 해요? 이분이 은인인지 적인지 확인을 해야죠."

그의 목소리는 거의 여자의 목소리였다.

"넌 빠져! 니가 뭘 안다고 나서냐? 나서길!"

"뭐? 그럼 난 말도 못해? 무조건 화만 내면 다야?"

이번에는 하관에 파랗게 수염이 난 큰 키의 사내가 나섰다.

"자, 두 사매께서는 화를 가라앉으시고 고사형의 말을 따르는 게 좋겠어요. 저자가 말하는 신물이 정말 회주께서 주신 것인지도 가서 확인하면 되고 어차피 저 자를 회에 데리고 가서 간자로 밝혀지면 그때 없애버리면 될 터이니, 이자를 데리고 출발합시다."

"그래, 그게 좋겠다. 자 출발 준비를 하자."

그들은 호살이 내민 천부인을 보는 둥 마는 둥했다. 호살은 분위기가 다소 누그러지자 건너편 식탁에서 밥을 먹다가 어쩔 줄 모르고 있는 두

동생을 동행시켜줄 것을 당부했고 고영황이라는 자가 그러마고 승낙을
했다.

호살은 언성을 높이는 과정에서 호리호리한자 둘이 여자라는 것을 직
감했다. 지난달 용두나루에서 정연과 함께 추측한 것이 틀림없었다.

용두나루에서 본 자는 조세연인데 조위달 장군의 손녀딸이었고 그 여
동생 조세진과 고영황은 조위달 장군의 수제자이고 키가 아주 큰 홍우승
면이 그중 막내인 모양이었다. 조세진은 어쩐지 호살에게 관심이 있는
눈치였다. 그들과 모두 통성명을 하고나자 주막의 주인은 호살에게 의심
스러운 눈빛으로 물었다.

"그런데 자네는 여기가 우리 복단회의 연락처라는 것을 어떻게 알았
지?"

"예? 저는 몰랐어요, 그냥 조용해 보여서 무심코 들어온 것입니다."

"그래? 과연 그럴까?"

노인은 호살을 떠보기 위해 일부러 그러는지 여러 가지 질문을 했다.

"네가 만일 단수림의 은자의 후손이라면 너는 용에 대한 기억이 있을
것이다."

"예."

"너는 용을 본적이 있느냐?"

"예? 아, 예."

"언제 보았단 말이냐?"

"그러니까 그게 제가 아주 어릴 적에……"

"몇 살때인가?"

"두어 살……"

"그게 기억이 난다면 그 말은 거짓이 아니겠느냐? 그 누가 두 살 때 일

을 기억한단 말이냐?

"아니옵니다. 아버님이 말씀을 해주신 이후로는 어렴풋이 기억이 나는 것 같습니다."

"그래?"

"예. 꿈이었는지 생시였는지는 모르나 용에 대한 기억은 분명합니다."

"그럼 용의 색깔이 기억나느냐?"

"금빛이었사옵니다."

"황금용이라구?"

노인은 잠시 말을 멈추고 무언가 골똘히 생각하는 듯했다. 그리고는 다시 말을 이었다.

"단씨라면 천부경을 외우고 있을 터! 한번 암송해 보거라."

"예? 천부경이라니요? 저는 고아로 버려져 사씨촌에서 자랐습니다. 천부경인가 뭔가 하는 그런 것을 알 리가 없지요."

"그렇겠군."

"그런데 낙랑군은 우씨촌에 이어 왜 사씨촌까지 말살시킨 거지?"

"그거야 저로서는 잘 알 수 없지만 아마도 백산의 상서로운 기운 때문이라 사료됩니다."

"상서로운 기운이라니?"

"용이 출몰한다는 이야기가 요즘 부쩍 자주 들립니다. 그리고 우씨와 사씨들은 오래전부터 용사냥을 해왔으니까…… 혹시 용이 있나 해서……"

"글쎄, 이제는 수십 년 동안 용을 잡은 자가 없는 걸로 아는데?"

노인은 다시 한 번 고개를 갸우뚱했다.

"네 말은 다소 의심스럽구나. 낙랑군이 우시촌과 사씨촌을 없앤 건 용을 찾기 위해서가 아니라 반역의 무리가 있기 때문이 아니었을까?"

"저는 잘 모른다니까요?"

"그래?"

"마지막으로 사씨의 비밀에 대해 묻겠다. 사실 내 외삼촌이 사씨다. 내가 알기로 사씨촌 사람들은 용사냥 훈련 중에 노래를 배우는 걸로 알고 있다. 사씨만이 아는 부족의 비밀이지. 용사냥가를 모르면 사씨가 아니라고 할 수 있겠지. 너는 사씨촌에 전해내려오는 이 노래에 후구절을 외울 수 있겠는가? 내 노래를 듣고 뒷노래를 암송해보아라. 만일 외우지 못한다면 너는 이 자리에서 목숨을 잃을 것이다."

노인은 자못 비장한 표정을 비장한 표정을 지었다. 그리고는 용사냥 노래를 암송하기 시작했다.

구곡의 깊은 물가에서 용등에 오르니
용승봉이 물 가운데 거꾸로 잠겨있네.
봉황의 날개소리 끊어진 후 소식이 없고
골골마다 암봉에는 비취 안개 자욱하네.

호살은 처음에는 자못 긴장했다. 그리고는 한 번 씨익 웃어보이고는 다음 구절을 외웠다.

백암산 높은 호수 위에 신선 세계 있었으니
눈녹은 물 흘러 내려 맑은 용이 굽이치네.
그 누가 알 것인가! 폭포소리의 천년 비밀을
그 가운데 귀 기울이면 용의 노래 들려오네.

노인은 안도하는 표정을 지어보이며 말했다.

"사씨가 틀림없구먼, 분명 사씨의 전통 용사냥 훈련을 한 건 사실이군. 자! 고공자! 이들을 데려가도 좋을 듯 싶네."

"예. 알겠습니다."

"그럼 조심하시게, 이건 어렵게 모은 군자금이니 각별히 신경을 쓰시게."

"예, 감사합니다."

객점의 노인은 대단히 귀중해 보이는 꾸러미를 고영황이라는 무사에게 건넸고 그들은 조심스럽게 그 물건을 옷섶에 숨겼다. 그리고는 다른 무사들에게 출발을 채근했다.

"길이 멀다! 서둘러 가자!"

"예!"

그들이 객점을 떠나려 할 때 객점 앞의 거리에 엄청난 파공음이 터져 나왔다. 그리고는 객점 맞은편의 곡물집 주인이 피범벅이 되어 길 위에 쓰러졌다. 동시에 검은 옷을 입은 네 명의 검객이 다가와 날카롭기 짝이 없는 목소리로 물었다.

"네가 무망님을 배신하고 목지국의 간세노릇을 해? 누구의 사주를 받은 것이냐? 창해오신이 그렇게 하라고 시켰더냐? 흐흐흐 네놈을 가장 잔인하게 죽여 배신자의 본보기를 삼을 것이다."

네 명 중 한 명이 검을 꺼내 이미 초주검이 된 사람의 가슴에 대고 조금씩 피를 더 흘리게 할 요량으로 얕게 찔러 이리저리 상처를 내었고 피 흘리던 자는 무척이나 괴롭다는 표정으로 비명을 질렀다. 실로 잔인하기 그지없었다. 호살의 옆에 있던 네 무사 중 연검을 든 자가 발검을 하려하자 고공자라는 자가 만류했다.

"안 된다. 저들은 무망의 사사신이다. 우리가 나설 자리가 아니야!"

"하지만 사형……"

"명령이다. 움직이지 마!"

피 흘리던 자의 몸 전체에서 피가 흘러나오고 거의 죽을 지경에 이르렀을 때 하늘에서 엄청난 소리가 들리더니 두 명의 검객이 날아왔다.

"멈추어라!"

그들의 목소리를 우뢰와도 같았다.

"이놈들 인두겁을 쓰고 이게 할 짓이냐? 잔인하기가 짝이 없구나!"

"아, 아니? 당신들은?"

네 명의 흑의시인들은 퍽 당황한 기색이었다. 그들은 재빨리 진법을 가동하듯 네 명이 두 무사를 에워싸고는 빙빙 돌았다. 그러나 두 명 중 거구의 검객이 자신의 머리통만한 철퇴를 보이지 않을 정도로 빠르게 휘둘러 네 명의 흑의시인을 비틀거리게 했다. 주위 일대에 흙먼지가 엄청나게 일었다. 호살은 순간 숨을 쉬기가 어려웠다. 호살은 재빨리 두 동생을 끌어안았다. 그리고 큰 키의 한 무사가 하늘로 날아올라 긴 창을 휘두르며 세 무사를 모두 쓰러트렸다. 네 무사가 혼비백산하여 도망치자 두 무사는 피 흘리던 자를 객점주인에게 부탁하고는 그들을 뒤쫓아 날아가 버렸다. 그야말로 순식식간의 일이었다. 호살은 실로 꿈만 같았다. 그들은 인간이 아니고 신 같았다. 한참 후에야 호살은 두 무사가 창해신퇴와 창해신창임을 알아차렸다. 그리고 주위에 모여든 많은 사람들이 혀를 내두르며 창해신퇴와 창해신창의 무용담을 늘어놓는 소리를 들었다.

"자! 우리는 서두르자! 늦었다."

고공자라는 자가 길을 재촉했다. 이렇게 사씨 삼남매는 목지국에 들어온 지 하루 만에 다시 요하 땅의 복단회 근거지로 떠나게 되었다. 호살은 대단히 혼란스러웠다. 자신이 단씨라고 주장했다가 혹여라도 단씨의 후예가 아니라면 죽임을 당할 수도 있고, 또 단씨라고 해도 과연 복단회에서 자신들은 받아주지 않을 수도 있기 때문이었다.

　하지만 낙관적인 생각이 드는 것은 지난날 사막백사의 내단을 먹은 후 피로감이 사라지고 아무리 걷고 힘들어도 계속 알 수 없는 힘이 솟아났기 때문에 기분은 좋았다. 호살은 그 기운 덕분인지 체력만큼은 자신감이 있었다. 때문에 복단회로 가는 긴 여정에서 가장 힘이 남아도는 사람은 사호살 뿐이었다.

조장군 문하

이틀을 거의 쉬지 않고 도착한 복단회의 임시 거처는 인근 마을에서 불과 몇 시진 정도 떨어진 산중에 있었다. 고영황은 사제들에게 주위를 살피게 한 후 산채의 입구에서 호살과 동생들을 대기시켰다.

사호살은 의아했다. 복단회의 위치가 요하 부근이라 생각했는데 그렇지 않았다. 복단회 측은 말하자면 헛소문으로 스스로의 위치를 속이고 있었던 모양이었다. 복단회는 의외로 백산에서 그리 멀지 않은 곳에 있었다. 걸어서 이틀 정도면 충분히 갈 수 있을 것 같았다.

단주청은 신물을 알아보고는 반갑게 호살을 맞이했다. 그는 사호살을 기억했다. 그리고 사두계의 사망소식에 자신들 때문이라는 자책을 했다.

"아버님 일은 정말 안 되었네. 그리고 이 신물은 자네가 계속 지니고 있게. 이것이 비록 진품은 아니나, 대단히 정교히 만들어진 모조품이다. 그러니 자네가 혹시라도 이런 물건을 나중에 본다면 우리에게 가져다주면 좋겠네."

"예, 알겠습니다."

"우리가 지난날 자네의 선친에게 커다란 빚이 있으니 자네 남매를 받아주겠네, 당분간 여기서 머물면서 조선의 후예답게 잘 자라주기를 바라네. 내 언젠가 자네 집안의 복수를 해주겠네."

"감사합니다."

호살은 두 동생과 손을 마주잡고 안도하는 표정을 지었고 연홍과 연표도 만족한 표정으로 그저 웃었다. 호살은 회주에게 자신도 단씨라고 말하고 싶었다. 자신의 신표를 그들에게 보여줄까 하다가 아직은 미심쩍은 구석이 있어서 그만두었다.

다음날 아침 호살은 어쩐지 기운이 넘쳐났다. 산채도 둘러볼 겸 몸을 풀면서 여기저기 뛰어다녔다. 그리고는 넘치는 기운을 주체할 수 없어서 최고의 속력으로 마당을 두어 바퀴 돌았다. 그런데 먼발치에서 호살을 바라보던 단주청 회주가 유심히 눈길을 주고 있었다.

다음날 아침 식사를 마치고 회주의 호위무사가 사호살의 거처에 왔다.

"잘 쉬고 있는가?"

"예, 고맙습니다."

"회주님께서 자넬 잠시 보자고 하시네."

"예? 왜요?"

"가보면 알걸세."

사호살은 두 동생과 함께 단주청에게 당분간 몸을 의탁하고자 한 것이었지만 단주청은 그들에게 무공수련과 용사냥을 가르치는 조위달 장군을 소개했다. 단주청은 세력이 약화되었고 끊임없이 자신의 신분에 대한 의심과 반발이 그치지 않자 조직을 재편성하기로 작정하고 은둔 수련중인 조위달에게 사호살을 맡기고자 한 것이었다. 단회주는 사호살의 무골을 알아보고 후에 무사로 쓸 요량이었다. 말하자면 자신의 세력을 보강하고자한 의도에서 호살을 크게 키우기로 한 모양이었다.

"자네, 내가 듣자니 활에 일가견이 있다고?"

"아닙니다. 아직 미천할 따름입니다."

"아닐쎄, 원래 사씨집안은 각궁이 아주 명궁인걸로 명성이 자자하지."

"부끄럽습니다. 지난날 흑수의 용두포구에서 창해신검과 함께 있는 자네 보았네. 과연 뛰어나더구만, 그래서 말인데, 자네 정식으로 무술 훈련을 받아보지 않을 텐가?"

"예? 그렇게만 해주신다면 저로서는 너무나도 고맙겠습니다만……"

"되었네. 그럼 오늘 오후 조위달 장군이 이리로 올 테니 그 문하로 들어가게."

"예? 정말이신가요? 감사합니다. 회주님!"

"잘 되었어, 허허허허허."

오후에 조장군이 도착하자 분위기가 사뭇 달라졌다. 청소도 깨끗하게 하고 무사들의 몸가짐도 한결 조심스러워졌다. 과거 그는 무서운 훈련 사부였기 때문에 대부분의 무사들이 그를 두려워한 까닭이었다.

조위달 장군은 회주로부터 호살의 이야기를 듣고 한동안 호살의 눈을 바라보았다. 그리고는 조장군은 사호살과의 인연이 있음을 직감했다. 그는 사호살을 눈여겨보고는 문하에 들이려고 작정했지만 연홍과 연표는 문하에 들이기를 거절했다. 사호살이 동생들과 함께가 아니라면 자신도 문하에 들지 않겠다고 하자 조장군은 하는 수 없이 연홍과 연표를 받아 들였다. 그러나 문외제자이기에 동생들은 호살과 함께 생활할 수는 없게 되었다. 연홍과 연표는 복단회에 머물면서 달포에 한 번씩 산 위에 있는 훈련소에 올라가 조위달 문하에서 수련을 받게 되지만 그래도 삼남매가 한 달에 한 번씩 만난다는 말에 세 사람은 안도하였다.

조장군이 이끄는 훈련원은 복단회의 산채에서 반나절이나 깊은 산으로 더 들어가야 했다. 그곳은 기암절벽으로 둘러싸여 매우 은밀한 장소에 숨겨 있었다. 산악지형이 워낙 험준해 일반인들은 올 엄두도 낼 수 없을 정도였다.

결국 사호살은 조위달이 이끄는 소위 무술학교에서 수련을 받게 되었다. 일찌감치 호살의 능력을 꿰뚫어본 조장군은 그에게 열흘 정도 강도 높은 훈련을 시키고는 어느 정도 만족한 단계에 이르자 조장군은 비로소 자신의 직계 제자들과 호살을 통성명하게 하고 서열을 정해주었다.

"모두 모였나?"

"예!"

고영황이 지난날 목지국 객점에서 보았던 나머지 세 사람을 데리고 도열해 있었다.

"내가 이번에 받아들인 호살은 자질이 매우 뛰어난 아이이다. 모두들 형제와 같이 따뜻하게 대해주고 서로 아껴주기 바란다."

"예."

"호살은 잘 들어라."

"예."

"첫째 사형인 고영황은 고주명 장군의 손자이니라. 강골에다가 무술이 뛰어나고 술법에도 능통하다. 장차 복단회의 중추적인 인물이 될 것이다. 또한 너에게는 손위의 사매인 세연은 내 딸이긴 하지만 무술이 정치하니 이 아이에게도 배울 점이 있을게다."

"예."

"세진과 승면은…… 그러고 보니, 세 사람이 나이가 같구나."

"그런가요?"

"승면과 세진은 검술을 익힌 지 얼마 되지 않았으니 호살과 더불어 너희 셋은 동기로 친하게 지내며 무공수련에 매진하도록 하여라."

"예!"

"세진이와 승연 그리고 사호살이 모두 열여덟 살이라. 참으로 좋은 나이로다."

호살은 비로소 무공다운 무공을 배운다는 생각에 들떠있었고 그 때문에 여장으로 돌아온 조세진과 조세연을 알아보지도 못했다. 그러나 조세진은 그에게 새로운 친구로서의 반가움을 격이 없이 표시했다.

"반가워! 호살! 궁금한 거 있으면 뭐든지 물어봐. 나와 승면이가 다 알려줄게. 후후."

"네에, 고마워요……으웅."

"뭐야? 그게? 멍청하게! 말을 놓으려면 확실하게 놔야지!"

"어? 어! 그래……"

호호호

며칠 만에 사형과 사매들과 그리고 동기인 승면과 친하게 되자 호살에게 그들은 더없이 가까운 사람들이 되었다. 사호살은 조위달의 수제자 고영황과 경쟁하며 무술수련에 매진했다. 조세연은 쌀쌀맞았지만 도법과 검을 잡았을 때의 몸통과 발의 위치와 자세에 대해 자세히 알려주었다. 호살로서는 그녀의 검법에 대한 여러 가지 충고의 말이 너무나도 큰 도움이 되었다. 한편 그녀의 동생 조세진은 일상적인 도움을 많이 주어 호살로서는 자신의 여동생 연홍이처럼 여겨졌다. 가끔 갓바치 출신인 호살은 토끼털이나 여우털을 벗겨 세진과 승면에게 털조끼를 만들어주기도 하고 힘든 일을 서로 도와주며 그들은 나름대로 우정을 쌓아갔다. 승면은 처음에는 깐깐한 성격이었지만 그럭저럭 호살과는 점점 친밀감이 생기는 모양이었다.

어느 날 기본 체력훈련이 어느 정도 이루어지자 스승은 호살을 불렀다.

"호살이는 앞으로 나와 보아라."

"예."

"일 대 일 적과 맞설 때 기본 공격 검법을 혼자 시전해 보아라."

"예."

"앞에 적이 있다고 가정하고 선공격으로 초식을 펼쳐보란 말이다."

"예."

호살은 자못 긴장했으나 일단 검을 뽑고 휘두르기 시작했다.

"얍!"

호살은 언젠가 우화탄 아저씨로부터 배운 검법과 선친인 사두계의 검법 그리고 몇 번 본 우거사의 검법들을 섞어 아무렇게나 검을 휘둘렀다.

"와!"

조장군과 고영황을 제외한 나머지 세 사람은 그의 속도와 다양한 검법에 내심 놀라는 눈치였다. 하지만 조장군은 혀를 찼다.

"쯔쯧! 그만!"

"예?"

"너는 이제부터 네가 알던 모든 검법을 잊어라. 그런 마구잡이식 검법은 앞으로 너의 공부에 큰 방해가 될 것이다. 알겠느냐?"

"예!"

조장군은 사호살이 시전하는 우화탄의 무공을 괴이하게 여기고 그 무공을 폐지하고 새로운 무술을 가르치기 시작했다. 그리고 그 기초는 고영황이 맡았다. 고영황은 조위달의 수제자로 검술과 술법에 능한 고수이나, 성정이 차갑고 남에게 질투를 잘했다. 반면 정의롭지만 무척 깐깐한 홍우승면은 고영황과 대립적 관계였다. 사사건건 둘은 부딪쳤고 그 때문에 호살과 승면은 고사형에게 늘 구박받는 신세였다. 승면은 본시 조선의 후예였으니 연나라 출신 위만에게 나라가 망하자 그의 오대조때부터 연나라에서 조선의 회복운동을 하던 가문출신이었다. 사호살과 친구가 되고 나서 안 그의 비밀은 중국 땅에서 일가가 용에게 몰살당했다는 것이었다. 조장군에게 도움을 얻고 문하에 내가제자로 들어온 승면은 일취월장 무공이 늘어갔다. 이제 그는 조장군 제자 중 경공술이 가장 뛰어났다. 대사형인 고형황은 특히 호살과 승면에게 야단도 많이 치고 잔소리도 심하게 했지만 호살로서는 상승 무술을 배운다는 기쁨에 사형의 괴롭힘은 참아 넘길 만했다.

달포에 한 번씩은 복단회 본부에서 온혼탄주 장군이 훈련소에 올라와 특별한 술법과 조선의 역사와도 같은 이야기를 해주었다. 모두들 그의 등장을 달가워하지 않았다. 특히 고영황사형은 그에게 여러 번 대들기도 했다는 소문이 있었다. 역시나 달포가 지나자 온장군이 와 있었다. 그날은 비가 부슬부슬 내렸기 때문에 술법이나 검술은 강의를 하지 않았지만 조선무사의 기본에 대한 강의와 천부경에 대한 설강이 있었다. 온장군의 목소리를 카랑카랑했다.

"천부경은 원래 환인시절부터 있다가 훗날 환웅에게 전해진 삼부인 세 개 중의 하나인 거울(용경)에 새겨졌던 것인데 환웅천황이 백두산 기슭에 신시를 개국한 다음 백두산 동쪽에 큰 비를 세우고 거기에 글로 새겨두었지. 그런데 이백 년 전 진시황 사후 연에서 온 위만이 준왕을 몰아내고 왕위를 빼앗고는 그자가 비석을 파괴해버렸다."

"예? 그럼 어떻게 그 글이 전해졌지요?"

호살이 호동그란 눈을 더욱 동그랗게 뜨고 물었다.

"그건 미리 준왕께서 탁본을 해두셨기 때문에 오늘날 우리에게 전해 진 것이니라."

"아! 그렇군요!"

"으음, 왜 거울에다가 써넣으셨을까요? 으흠!"

역시 고영황이 헛기침을 하면서 어려운 질문을 해서 분위기를 조금 산만하게 했다. 그러나 온장군은 고사형의 질문에 대답도 하지 않고 전혀 개의치 않고 강의를 계속했다.

"환웅천왕(桓雄天王)이 하늘에서 내려오신 뒤, 신지(神誌) 혁덕(赫德)에게 명하여 녹도(鹿圖)의 글자로 기록하게 하였다. 이것이 바위에 전각(篆刻)된 것이 바로 천부경이니라."

홍우승면이 물었다.

"녹도의 글자라면 사슴모양으로 된 글씨를 말하시는 것입니까?"

"글쎄다. 오래전 문자가 없던 시절에는 글보다는 그림으로 소통을 했겠지. 그런데 그 그림이라는 게 동굴에 보면 사슴을 사냥하는 그림이 꽤 많이 있다. 그래서 녹도라 하지 않았나 한다. 개마지역에 가면 동굴에 사슴 사냥을 하는 그림이 있는데 그런 것으로 추측할 수 있겠다. 흠! 알겠지?"

"예."

"자! 다시 집중하라! 하늘은 바람 즉 칼이다. 땅은 구름 즉 방울이다. 사람은 빛 즉 거울이다. 거울 뒤에 적힌 천부경을 외우면 하늘이 땅을 울려 인간을 도울 것이다. 천부는 셋이면서 하나이다. 칼은 하늘의 심판처럼 자연스러워야 한다. 칼날은 거울과 같고 칼 가르는 소리는 천지를 울리는 방울소리 같으니라."

"그런데 천부인은 어떻게 생겼지요? 언제 그걸 볼 수 있을까요?"

역시, 고영황이 다소 삐딱하게 질문을 했다. 그러나 온장군은 고영황의 질문에 답하지 않고 계속 강의를 계속했다. 일부러 그를 무시하는 것 같았다.

"천부인을 사용하려면 천부경을 알아야 하는 법! 술법자가 주문 없이 어찌 술법을 부린단 말인가! 구름을 부르지 않으면 용을 부를 수 없다. 용을 부르려면 먼저 하늘의 구름을 불러야 한다. 그렇게 되면 하늘이 변한다. 구름이 몰려오면 천지간의 기운이 달라지니 처음의 그 하늘이 아닌 것이다. 그러한 능력이 없으면 용을 부를 수 없는 것이다. 자! 첫 문장을 다시 한 번 암송해보자! 일시무시일(一始無始一), 하나가 시작되면 그것은 처음의 하나가 아니다. 천부인은 하나이나 실제로는 모두 세 부분으로 이루어져있으나 사람들이 하나이면서 동시에 세 개인 것을 알지 못한다. 용을 부르려면 이 중 먼저 천부인을 돌려 나누어 검을 분리하고 다음으로는 방울을 그리고 마지막으로 거울을 빼내야 한다. 그리고 거울의 뒤에는 천부경이 쓰여 있다. 단씨의 후손이 천부인을 들고 천부경 외우면 반드시 용이 나타날 것이다. 천부인의 모양은 이 그림과도 같도다."

온장군은 천부인의 모양을 그림으로 그려왔다. 호산은 지신이 가지고 있는 가짜 천부인을 떠올리며 마음속으로 분리연습을 해보았다.

"석삼극무진본(析三極無盡本), 삼극으로 나뉘어 그 근본이 다함이 없다. 천부인에는 모두 세 개의 고리가 있다. 그것은 수레바퀴처럼 돌아가도록 만들어져 있다. 각의 글자가 쓰인 세 개의 고리를 순서대로 돌려야 한다. 이 세 개의 고리를 잘 보아라. 비록 그림이나 이깃을 돌리면 잘 돌아가게 생겼지? 그러면 천일은 일에 맞추고 천일은 이에 맞추고 천일은 삼에 맞춘다. 천일일지일이인일삼(天一一地一二人一三), 천부인을 한 바퀴 지를 두 바퀴 인은 세 바퀴를 돌린다. 모양을 잘 보면 두개의 부분으로 되어 있는데 두 부분을 잘 맞추어 탑을 쌓듯이 쌓아 맞추면 열 개의 나사산과도 같이 맞게 되어 있다."

호살은 신기함에 넋을 잃을 정도였다.

"과연 그렇군! 일적십거무궤화삼(一積十鉅無櫃化三), 하나를 쌓으면 아홉의 톱날이 돌아간다. 그러면 것은 세 개의 함으로 변한다. 그 함은 천일이 지일이 인일이로 나뉜다. 그 상태에서 각각 순서대로 다시 천이는 삼에 맞추고 지이도 삼에 맞추고 인이도 삼에 맞춘다.

천이삼지이삼인이삼(天二三地二三人二三), 천지인축을 각각 두 번, 세 번 돌린다.

대삼합육생칠팔구(大三合六生七八九), 천지인 큰 삼자가 합쳐지면 칠 팔 구축이 생겨난다.

운삼사성화오칠(運三四 成環五七), 삼과 사를 움직이라. 그러면 그것이 오와 칠로 돌아 변한다. 그러면 엄청난 기운이 일어난다, 즉 용이 나타난다.

묘연만왕만래(妙衍萬往萬來), 묘연한 기운이 끊임없이 가고 온다.

용변부동본(用變不動本), 그 쓰임은 변하여도 근본은 움직이지 않는다. 용은 술법자의 마을을 따른다. 그 마음은 본시 태양처럼 광명정대해야 한다. 그러면 용은 그 술법자를 따른다.

본심보태양 앙명인중천지일(本心本太陽 昻明人中天地一), 본래 마음은 태양이다. 천지가 하나인 가운데 밝은 사람을 우러러본다. 일종무종일(一終無終一), 하나가 끝나지만 그것은 끝난 하나가 아닌 것이다."

온장군은 강의를 마치고는 한동안 말이 없었다. 그리고는 대단히 만족스러운 표정으로 말했다. 그것이 어떤 뜻인지는 몰라도 호살로서는 무언가 큰 돌 같은 것으로 머리통을 맞은 것처럼 그 충격이 강력하면서도 동시에 멍하고도 신비한 느낌이 들었다.

"이것으로 천부인을 사용하는 천부경의 강론을 마치겠다. 아마도 질문이 없을 것으로 안다. 천부인은 인연이 있는 준왕의 후계자만이 볼 수 있는 것이기 때문이다. 그러나 우리가 이것을 알아야 하는 이유는 우리가 바로 그분을 모시고 더불어 살아가야 할 조선족이기 때문이니라! 너희는 그저 이것을 믿고 따라할 것이다. 알겠는가? 대답하라!"

"예!"

"좋아, 이만!"

온흔탄주 장군은 조위달 장군과는 모든 면에서 달랐다. 그는 대단히 명석한 사람이었지만 조장군처럼 믿음이 가지는 않았다. 그러나 술법에 대해 가르칠 때에는 눈에서 빛이 났다.

점심을 먹은 후 반시진이 지나고 다시 온장군이 훈련소의 막사에 들어왔다. 다섯 사람은 쉬고 있다가 화들짝 놀라 도열을 했다.

"오늘은 오후에도 특강이 있다. 비도 오고 내일부터 나는 삼한 땅으로 떠나야 하기 때문에 달포후의 술법강의를 오늘 미리 당겨서 할 것이다."

"알았나?"

"예!"

온장군은 다소 서둘렀다. 그는 점점 말을 빨리 하기 시작했다.

"잘 들어라. 우리는 수적으로나 무공으로도 낙랑군에 비해 현저하게 열세이다. 최근에 낙랑 태수 위마천은 한나라에서 고수무사들을 대거 영입했다는 소문이다. 술법을 사용하지 않으면 결코 저들을 물리칠 수 없다. 이것이 너희들이 술법을 배우는 이유이니라. 알아듣겠느냐?"

"예!"

"술법가라면 통상 영적인 힘, 악령들의 도움이나 지배를 받아 생기는 힘을 주술사는 사용할 수가 있는 것이다. 하지만 주술법가는 그 등위가 있다. 무공만 고수와 하수가 있는 게 아니다. 하수의 주술가들은 종이책

나부랭이나 스승한테 배운 짧은 지식을 가지고 부적이나 주문이나 신비의 영약을 사용하는 반면, 한편 고수들은 고유의 신비스러운 힘에서 나오며 보이지 않는 신비한 내공에 의해 주술을 행한다. 주술행위는 고귀한 것이야. 누구에게나 어려운 문제를 해결해주지. 가령, 병을 고쳐주고 가뭄에 비를 내려주고 말이야."

"그렇군요."

"주술행위는 유사주술과 접촉주술이 기본이야. 유사성의 원칙에 근거를 둔 것이 유감주술(類感呪術)이고 접촉의 원칙에 근거를 둔 것이 접촉주술(接觸呪術)이다. 유감주술은 모방주술(模倣呪術)이라고도 한다. 예를 들어 가뭄이 계속 될 경우 용왕의 화상을 그려 걸어놓고 비오기를 기원한다든지, 물을 길어다 키로 쳐서 비가 오는 모습을 모방한다든지, 병에 물을 넣은 다음 솔잎으로 그 입구를 막고 거꾸로 세워 물이 조금씩 떨어지도록 함으로써 비가 내리는 모습을 모방하여 비가 내리기를 기원했던 것은 모두 유감주술의 예라 할 수 있다."

"예."

"또한 접촉주술은 한 번 접촉한 것은 접촉이 단절된 후에도 시공을 초월해서 계속 영향을 미친다는 원리에 근거를 둔 주술로서 감염주술(感染呪術)이라고도 한다. 이에 따르면 어떤 사람의 머리카락, 손톱, 옷인 천조각 및 발자국의 흙이라도 있으면 그 사람에게 영향을 끼칠 수 있다고 믿어진다. 도둑을 잡기 위해 그 도둑의 발자국에 마른 쑥을 놓고 불을 붙이면 도둑의 발이 썩는다. 병이 난 사람이 자신의 눈썹을 사람이 많이 다니는 거리의 돌 위에 놓았을 때 그 돌을 제일 먼저 찬 사람에게 다래끼가 옮겨간다. 부잣집의 흙을 파다가 부뚜막에 바르면 부자가 된다는 복토(福土) 훔치기, 아이 낳기를 원하는 여인이 출산한 집에 찾아가 산모가 입었던 치마를 얻어다 입는 것 등도 마찬가지의 예이다. 이러한 여러 가지 주술행위는 죽음, 질병, 자연재해, 농사의 풍흉, 재물, 자손의 출산 등 인간이 살아가는 과정에서 부딪히는 현실적인 문제들을 해결하기 위해 행해졌다.

만일 너희가 누군가를 저주한다면 그의 그림을 그려놓고 송곳으로 찌른다면 그는 필시 고통을 받게 될 것이다. 그러나 이러한 부정적 유감주술을 행한다면 너희들의 영혼이 탁해져서 높은 차원의 주술을 이루지 못하게 되는 것이다."

별안간 주위에서 수군거리는 소리가 났다. 고영황이 수업에 집중하지 않고 혼잣말을 하는 것이었다. 온장군은 집중하지 않으면 엄벌이 내리는데 호살은 순간 긴장하였다. 그러나 고영황 사형이 태연하게 혼잣말을 대놓고 하기 시작했다.

"하지만 우리는 낙랑군에게 부정적 유감주술을 행해야 하는 거 아닙니까?"

순간적으로 온장군의 얼굴이 매우 굳어졌다.

"질문하는 자세가 영 삐딱하구나. 자세를 바로 하라!"

"예, 허면 제 질문에 답을 주십시오."

"낙랑군과 같이 사악한 무리에게 유감주술을 행하는 것은 긍정적인 주술이다. 알겠느냐?"

"그럼 낙랑군의 술법자가 우리에게 유감주술을 걸면 그것도 긍정적이지 않겠습니까?"

"그렇지."

"그러면 말이 되지 않는데요?"

"자신의 신념이 진실 된 것이고 그러면 그 진실된 신념은 언제나 선이다."

"그러면 장군님과 제가 다른 생각을 하고 서로에게 주술을 걸면 우리
는 서로 영혼이 혼탁해지지 않는 건가요?"

"너는 질문을 하려고 말을 하는 것이 아니고 애당초 나에게 시비를 걸
려고 작정을 한 모양이로구나. 이런 건방진 놈을 보았나?"

"아닙니다. 장군님 말씀이 좀 이치가 맞지 않는다는 생각에……"

"네 이놈!"

결국 불호령이 떨어졌다. 그리고 그 벌로써 모두 엄준하고도 혹독한
훈련을 받게 되었다. 온장군이 지시한 훈련은 실로 엄청난 벌이었지만
무공증진을 위해 도움이 되는 것이었기에 조장군이라 해도 뭐라 개입할
이유가 없었다.

온장군은 호살과 승면을 고영황의 양 어깨에 올려놓은 다음 눈을 감게
했다. 그리고는 경공술을 써서 훈련소의 마당을 돌게 했다. 한 바퀴 돌고
나면 호살이 두 사람을 메었고 다음은 승면이 다른 두 사람을 메고 뛰었
다. 그러나 승면은 거의 날아다녔다. 호살은 신기했다. 양쪽 귀에서는 바
람소리가 휙휙 들리고 양눈에는 들과 산이 휙휙 지나갔다. 세연과 세진
도 각기 서로를 업고 뛰었다. 그렇게 한 시진을 하고 나자 훈련소 마당이
다섯 사람의 땀으로 젖어 연못이 생길 지경이 되었다. 그러나 그것은 시
작에 불과했다. 그로부터 혹독한 산중 수련이 시작됐다.

혹독한 훈련은 선 채로 양쪽 무릎을 오므려 맞대고 두 손은 눈높이에
서 교차한 상태로 앞으로 뻗은 자세로 서 있는 변형된 기마자세로 밤을
새는 것이었다. 늦가을이라 산중에는 한파가 밀려오기 시작한 때여서 하
남의 고통은 엄청난 것이었다. 해가 질 때부터 뜰 때까지 오직 이 자세만
취하는 훈련은 말이 훈련이지, 허리를 끊어지게 하는 형벌에 가까웠다.

날이 밝자 호살의 동생 연표가 올라왔다.

"명을 전합니다. 사형! 사매님들! 모두 본채로 오시랍니다."

"누가? 온장군님이?"

"아뇨."

"그럼?"

"조장군님이요."

"그래?"

연표는 호살을 보면 그저 싱글벙글했다.

"형님 힘드시죠?"

"아니, 너는 어떠냐? 잘 지내? 누나하구 안 싸우지?"

"에이! 형님도 내가 어린앤가 뭐, 누나랑 싸우게?"

"그럼, 니가 어른이냐?"

하하하하하

수련을 마쳐서인지 발걸음이 가벼웠다. 언제나 그렇듯이 승면이 쏜살처럼 날아갔다. 그는 거의 땅을 밟지 않고 가는 듯했다. 너무 빨라서 발을 들어 올리는 것을 못 본 것인지, 아니면 수풀의 틈새 사이로 연기처럼 빠져나간 것인지 알 수 없을 정도였다.

큰 나무 한 그루를 장법으로 치면 벼락에 맞은 듯 재가 됐고 쌀 한 가마니 정도는 공깃돌 들 듯 가볍게 다뤘다. 또한 집채만 한 바위를 축구공 차듯 발로 차버릴 수 있었다. 또한 매우 세련된 축지법을 구사했으며 수십 미터 높이의 절벽을 마음대로 뛰어내리고 올라가는 경공법을 능수능란하게 구사했다. 그의 경공술은 실로 대단했다. 통상 저녁 무렵 산정상을 출발해 본채까지 보통 반나절이 걸리는데 그는 자정이 되기 전에 산속 수련터에 돌아오는 일이 예사였다. 보통사람의 다섯 배의 빠르기였다.

조세진은 홍우승면과 동갑이어서 그런지 그에 대해 소상히 알고 있었

다. 조장군님이 작년에 요하지역에서 모래사장에 발자국 남기지 않는 경
공을 쓰는 소년이 있다고 해서 찾아 데리고 왔다고 했다. 호살은 백사장
을 걸으면서 발자국을 남기지 않는다는 말은 한 번도 들어본 적이 없었다.

그는 조장군 문하에 들어오기 전 요하지방의 떠돌이였다. 나이는 불과
열여덟 살에 불과했지만 무술은 강호에서 그런대로 고수였다. 정식으로
무술공부를 한 경험이 전혀 없었던 승면은 강호의 떠돌이 낭인 속에서
좌충우돌했다고 한다. 뜨내기들과 싸우는데 승면은 바람처럼 빠르게 그
들을 때려 눕혔다. 어찌나 빠른지 주먹과 발이 어디서 나오는지 보이지
않을 정도였다고 했다. 호살이 흥미를 보이자 세진은 신이 나서 말을 계
속했다.

"그런데 호살아!"

"응."

"얼마 전 진한의 선도성모인 선도산의 산신과 지리산의 여산신인 마
고신 그리고 가야산신 정견모주신이 각각 진한 마한 변한의 대리왕으로
서 마한 탁군왕을 삼한의 대표왕인 목지국왕으로 결정하고 복단회에도
상호협조를 하라고 한 일이 있었어."

"그런 일이 있었어? 지금도 그 탁군왕이 삼한의 왕이야?"

"그렇지."

"그럼, 그분이 단군의 후손이 아니냐?"

"우린 그렇다고 보았는데 그분 스스로 준왕의 손자가 아니라고 부정
했고 목부인을 시험을 해보았는데도 감응이 없어서 그냥 뭐 단씨가 아니
라고 판정이 난 모양이야. 그런데 승면이가 그 소식을 듣고 왜 그런 자를
삼한의 왕으로 추대하느냐고 펄쩍뛰고 난리가 났었어."

"왜?"

"탁군왕을 용이 키웠다는 말도 안 되는 소문이 났었거든, 승면네 가문이 용에게 망했다는 말은 너두 들었지?"

"뭐? 어떻게 용이 사람을 키워 그럼 그 왕은 어려서 용젖을 먹고 자랐나?"

"뭐 용젖? 호호호호! 너 무지 웃긴다 애!"

"히히히."

홍우승면에 대한 조세진의 재미난 이야기를 들으면서 산을 내려가니 그들은 어느덧 본채에 도착했다. 그들은 우선 조장군 처소에 가서 문안을 올리기로 했다. 승면은 먼저 와서 툇마루에 앉아 있었다. 그는 오랜 시간 기다렸다는 티를 내기위해 일부러 억지 기지개를 폈다. 영황은 그런 승면이 못마땅하다는 듯이 미간을 찌푸렸다.

"사부님은 안에 계시나?"

"예, 기다리고 계십니다. 사형!"

장군은 창밖을 바라보고 있었다. 제자들이 들자 그는 근엄하면서도 다정한 표정으로 맞이했다.

"어서들 오너라! 온장군께서 역정이 이만저만이 아니더구나. 어찌 그렇게 경솔한 것이냐?"

조장군의 말뜻은 제자들을 야단치는 듯했으나 어조나 표정은 화가 난 것은 아니었다. 일단 다섯 제자는 안도를 했다. 회주 집무실 옆의 조장군이 머무는 방에는 조그마한 화첩의 단군왕검 영정이 놓여있는 앉은뱅이 책상과 고목나무 밑둥을 다듬어 만든 차상이 하나 있었다. 복단회의 대장군이 기거하는 처소라기엔 너무도 소박했다. 장군은 일일이 제자들에게 차를 따라주었다. 호살은 새삼 사람의 정을 느꼈다.

장군은 다섯 제자에게 이틀 동안 본채의 경비를 맡겼다. 단주와 삼사 그리고 장로들과 장군들이 소도를 만들기 위해 본채를 비우기 때문이었다.

다섯 제자는 오랜만에 자유를 만끽한다는 생각에 하마터면 웃음을 터트
릴 뻔했지만 사부의 앞이라 억지로 표정을 굳게 만드느라고 애를 썼다.
승면과 짝이 되어 경비를 서게 된 호살은 승면의 경공을 배우고 싶었다.
　"승면아, 어떻게 하면 너처럼 그렇게 빨리 경공을 펼칠 수가 있는 거
니?"
　"배우고 싶냐?"
　"응."
　"내 말을 듣고 놀리지 않는다면 가르쳐주지."
　"절대 안 놀릴게."
　"좋아! 사실 나는 요서의 대숲에서 용을 많이 보았어. 용이 호랑이를
잡아먹는 것도 보았고 용이 대숲 속에서 낮게 날아다니는 것을 보고 따
라하게 되었지."
　"그래? 나도 용을 백산 천지호수에서 보았어. 무지 빠르게 수영을 하더
라고!"
　"그래? 야! 이제야 말이 통하는 친구를 만났네! 우아! 너는 진짜 내 친
구다! 사실 그동안 이야기를 했다가 사부님과 사형한테 무지하게 혼나고
놀림을 받았거든."
　"그래? 왜?"
　"천상의 신인 용이 무슨 호랑이를 먹느냐는 거야!"
　"먹지! 멧닭도 먹는 걸?"
　"그러냐? 닭도 먹어? 그렇구나, 히히."
　"왜 웃어."
　"남들이 보면 바보 둘이서 거짓말한다고 하겠다. 그치?"
　"아니."

헤헤헤, 하하하

그날부터 승면은 호살에게 경공을 가르쳐주었고, 호살은 자신이 배웠던 오룡검법을 가르쳐주었다. 승면은 신기할 정도로 오룡검법을 따라했고 심지어 창술로 응용하기까지 했다. 또한 호살도 경공이 일취월장 늘어갔다.

며칠 후 본채의 산을 하나 너머 너른 협곡에서 회주 단주청이 여러 신하들을 거느리고 새 복단회 도읍의 산수의 형세를 관찰하고서, 삼사인 조위달 장군과 온흔탄주 장군 그리고 고주명 장군에게 강물을 통한 수상작전의 이와 불리를 살펴보게 했다. 그리고 다음날에는 복단회 거점 위치가 편리하고 편리하지 않은 것과 적들의 침입 노정의 험난한 지세와 탈출시의 신속한 도주로를 것을 살피게 했다. 그리고 마지막 날에 제장들에게 명하여 성곽(城郭)을 축조할 지세(地勢)를 면밀하게 검토하도록 하였다.

"회주님, 저산의 능선을 보십시오. 저건 분명히 용이옵니다."

"과연 길조로다! 풍수상으로는 왕터가 틀림없구만."

단회주는 감격한 표정을 입을 열었나.

"자! 여기에 먼저 소도를 만들고 역대 단군님을 기리도록 합시다."

이튿날 소도부근의 박달나무에 까마귀떼가 나타나 사람들의 귀가 아플 정도로 시끄럽게 울었고 부여지역에 갔던 복단회의 고수 한 명이 간자임무를 마치고 돌아왔다. 간자는 먼저 단회주에게 보고하였다. 단회주는 급히 삼사를 불렀고 분위기가 긴박해졌다.

"보고를 시작하라!"

"예, 바로 이틀 전 요하 서쪽 전방 요새의 북부여 군사 백오십이 낙랑군과 싸우다가 패전하였습니다. 병사는 몰살당했는데 한 명이 빠져나간 것으로 파악되었습니다.”

“그게 누군가?”

단회주가 대단히 근엄한 표정으로 말하였다.

“알아보았나?”

“예, 듣기로는, 저희로서는 잘 알 수 없으나, 과거 제나라 땅에서 성을 한씨로 고치고 살던 급친왕자님의 후손으로 보입니다.”

“급친왕자라면 준왕폐하의 세자마마 말인가?”

“예! 그런데 그 지역을 관장하던 북부여의 해서우공주가 자객을 시켜 그자를 구하려 하고 있으나 낙랑군의 고수들이 모두 출동한 상태하옵니다. 해서우공주가 엄청나게 진노했다고 합니다. 공주는 지금 패전한 이유를 들건대, 오로지 이것은 군사들이 마음을 다하여 힘껏 싸우지 않은 데서 그렇게 된 것이니, 마땅히 군율에 의거하여 죄를 받아야 될 것이다. 그러나 나는 사람을 죽이고 싶지 아니하다. 특히 부여를 지켜낼 내 형제와도 같은 군사를 죽일 수 없으니, 잠정적으로 이를 용서할 것이다. 허나 패전한 군사에는 각기 장(杖) 오십 대를 치고, 지휘관에게는 각기 장 백 대를 쳐서 뒷날에 공을 세울 것을 약속하고, 다만 싸움에서 도망간 자와 싸움에 나가지 않은 자들은 소도에 들게 하여 열흘간 굶기고 반성케 하라! 하고 급히 고수들로 하여금 도망친 자를 추격하게 했다고 합니다.”

“그들은 어디로 갔는지 아느냐?”

“예! 남하했으므로 필연 목지국을 경유하리라 봅니다.”

“우리도 서둘러야겠군! 모두 본채로 돌아갑시다!”

본진에 돌아온 조장군은 제자들을 불렀다.

“너희들은 당분간 스스로 수련을 해야겠다. 영황이만 나를 따라 오늘 목지국으로 출발한다. 영황은 채비를 하라.”

“예, 알겠습니다. 사부님! 그런데 어인일인지 여쭈어도 되겠습니까?”

“낙랑군에서 어떤 자를 쫓고 있는데 우리가 먼저 그자를 찾아 구해야 할 것 같다.”

“저도 소문을 들었사옵니다만, 낙랑태수가 쫓는 자가 바로 조선의 후계자입니까?”

“아직 알 수 없으나 그런 첩보가 있다.”

“그렇다면 위만의 증손자인가요?”

“아니다.”

“그렇다면요?”

“그자는 우거왕의 손자가 아니고 준왕폐하의 후손이다.”

“예?”

“그분을 반드시 찾아야 한다. 조선을 복원하기 위해서는 우리는 환웅천왕의 후손을 다시금 왕으로 추대해야 하는 것이다.”

조장군와 온장군이 복단회의 고수 수십 명을 이끌고 목지국으로 떠나자 다시금 본채는 고요해졌다. 그런데 호살과 승면의 한가로운 일상 분위기에 별안간 긴장감이 돌게 되었다.

“조장군의 제자들은 모두 모여라!”

고주명 장군이 조장군 처소에 나타난 것이었다. 하얀 수염을 휘날리는 그는 거의 산신령에 가까운 모습이었다.

“오늘부터 열흘 동안은 내가 조장군을 대신해서 너희들에게 특별수련을 하도록 하겠다.”

“예?”

연세가 저렇게 높은 고주명 장군이 조장군을 대신해 수련을 계속하다

니…… 다섯은 실망이 이만저만이 아니었다. 고장군의 수련은 주로 내실
에서 호흡법을 위주로 이루어졌다. 그것은 더더욱 고역이었다. 밀려오는
졸음과 다리가 저려오는 고통을 이겨내기가 녹록하지 않았기 때문이었
다. 연홍과 연표가 같이 앉아서 코에 연신 침을 바르기 일쑤였다. 하지만
고장군은 태연하게 할 말을 다하셨다.

"일반적으로 단전이라 하면 기해혈을 중요하게 여긴다. 단전에 기를
모으는 호흡은 우리 몸의 음혈인 기해와 양혈인 관원에 기를 집중시키되
관원의 기를 돌려 기해로 응집시켜야 하느니라. 단전에 기운을 모은다는
것은 마치 단전 안에 있는 구슬과 같은 덩어리를 만드는 일이다. 단전은
이 구슬이 점점 커지는 기분으로 정성을 다해야 하느니라. 이미 단전에
기운이 자리를 잡은 아이는 손을 들거라."

세연과 세진 그리고 승면이 손을 들었다. 그러자 고장군은 호살을 쳐
다보고는 의아한 표정을 지었다.

"호살이, 너는 아직이냐?"

"예, 저는 아직……"

"그럴 리가 있는가? 그토록 성난 말처럼 뛰어다니는 놈이 단전에 기운
이 모이지도 않았다구?"

"예."

"그것 참 해괴한 일이로고…… 너와 네 동생들은 오늘부터 하루 종일
단전만 마음에 새기고 살거라. 그러면 단전이 느껴진 것이야. 알겠느냐?"

"예!"

"좋아! 다음 단전이 자리 잡으면 그 다음에 해야 할 것은 축기와 운기
다. 축기(蓄氣)란 기운을 쌓는 것이고, 운기(運氣)란 기운을 돌리는 것을
말한다. 앞서 단전이란 기운을 모으는 그릇과 같다고 했다. 결국 단전이

자리를 잡아야 축기가 되고, 축기가 된 후에야 운기를 할 수 있는 것이다. 그러나 단전자리가 형성되지 않은 자들이 나름대로는 기운을 모으고 운기도 하는 경우가 있다. 에헴! 마치 저 호살이처럼 말이다."

"히히히, 헤헤."

"이놈들! 누가 수련 중에 누가 웃으라고 했느냐! 어험!"

동생들이 웃다가 불호령을 맞고 웃음을 멈추었다.

"물론 사람에 따라 단전에 기운이 모이지 못한 상태에서도 기운이 모이는 것이 느껴지고, 기운을 돌릴 수도 있다. 단지 이 때 돌아가는 기는 진기가 아닌 허기(虛氣)다. 허기란 의념의 기 또는 상념의 기라고 한다. 책에서 얻은 지식으로 의념이나 생각만으로 기운을 돌려주게 되면 허기가 따라 돌게 된다. 이렇게 허기가 돌면 사람이 허망해진다. 호살이는 특히 주의해야 할 것이다."

"예? 아, 예!"

히히히, 헤헤헤, 하하하, 호호호호

이번에는 호살이의 어쩔 줄 모르는 표정에 동생들뿐만 아니라 세진과 승면 그리고 세진까지도 웃음을 참지 못하였다.

"허허! 이런 놈들을 보았나! 안되겠구나! 우리 한바탕 실컷 웃고 다시 하자꾸나!"

허허허허

하하하, 호호호호호, 우헤헤헤헤헤!

마음씨 좋은 이웃집 할아버지 같은 고장군은 온장군처럼 매섭지도 않았고 조장군처럼 근엄하기 짝이 없어서 비집고 들어갈 데가 없는 그런 빡빡한 구석이 있는 것도 아니었다. 호살로서는 그런 고장군님이 좋고 편했다. 모두들 한바탕 실컷 웃고 나자 연표와 승면의 얼굴에는 눈물과 콧물까지 나는 것이었다. 그 모양을 본 호살이와 세진이가 따라 웃었고 급기야 고장군까지도 더 웃고 말았다. 한동안 배가 아프도록 웃어재낀 수련생들은 어느새 고요한 채 좌정을 하고는 명상에 임하고 있는 고장군을 보고 다시금 정좌를 하고 앉았다.

"자! 다 웃었으면 다시 집중하거라. 우리 인간의 몸 안에는 진기가 존재하고 있다. 진기는 무의식에 의해 생겨서 무의식으로 운기되는 무의식의 기이니라. 그러나 보통 사람들이 느끼는 기감은 아무리 예민하더라도 주관적인 것이기 때문에, 그 자체가 가지는 한계가 있으므로 너무 자신해서는 안 된다. 진기는 너희들도 모르는 사이 생겨 쌓이는 것이다. 진기 수련은 단전에 무의식중에 기운이 모인 것을 무의식적으로 운용해야 하는 것이다. 단(丹)은 본질적으로 인간의 내면에 존재하며 원천적인 조화의 힘을 가지고 있는 힘이니라. 이 힘은 세 개의 단전 즉, 삼단전(三丹田)이라 하여 각각 하단전, 중단전, 상단전이라 한다. 그 중에서 하단전을 통해서만 정(精)을 찾을 수 있는 길이 열리고, 그 다음으로는 중단전의 기(氣)를, 마지막으로 상단전이 신(神)을 찾을 수 있는 문이 열리게 된다. 이렇게 세 가지의 기운을 찾아야 무공을 자유자재로 펼칠 수 있는 경지를 이룰 수 있고, 대우주와 소우주인 인간이 하나인 우아일체(宇我一體)가 되며 신인합일(神人合一)의 경지에 오르게 되는 것이다. 이처럼 하단전의 정은 모든 것의 시작이 되는 참으로 중요한 바탕이 됨을 기억해야 한다. 환웅천왕께서 천상삼사를 보내시어 인간을 이렇듯 도우시니 우리가 어찌 그 높은 뜻을 감히 저버릴 수 있겠는가! 풍백의 운기법인 풍류법은 우리 인간에게 있어 너무나도 소중한 것이니라! 다시 한 번 말하지만 삼단전을 모두 열어 소주천이 완성되면 몸이 새털처럼 가벼워지는 양신이 생긴다. 양신(陽神)의 단계라 함은 수련의 최종적인 목적이다. 양신을 이루게 되면 호흡의 수련을 끝마친 것이 된다."

고장군의 수련방식은 확실한 효과가 있었다. 호살은 열흘간의 수련을 통해 드디어 단전의 따뜻한 기운을 느낀다. 그리고 지난날 얼떨결에 먹었던 사막백사의 내단 때문인지 기운이 매우 강하게 느껴졌고 승면에게 배운 경공술도 날이 갈수록 늘었다. 승면은 괜히 가르쳐주었다며 호살을 놀리기도 했지만 실제로 호살은 경공에서 승면을 거의 따라잡을 정도로 경공술이 빨라져있었다.

호살은 비로소 무공이 무엇인지 알 것 같았다. 그리고 지난날 우화탄 아저씨 덕분에 먹은 사막뱀의 내단이 무척이나 효력을 발휘해서인지 무슨 일이든지 일취월장하는 자신에게 점점 놀라게 되었다.

삼한땅에서 돌아온 조장군과 온장군은 급히 단회주의 처소에 들었다. 최정예군으로 조직되고 최고의 장군 둘이 인솔한 이번 임무의 실패는 참담했다. 급친왕자 후예 추격사건의 실패는 단회주로서는 단군복위의 야망이 물거품으로 돌아간 실망이 이만저만이 아니었다. 단회주는 침통한 표정으로 입을 열었다.

"두 장군께서 그토록 애를 쓰셨건만 실패한 것은 하늘의 뜻이라 보오이다. 그런데 낙랑군도 북부여 무사들도 모두 실패했나? 노대체 어디로 그분이 은신을 한 걸까? 준왕의 후예께서 칠보산이나 묘향산의 신선이 되었다는 소문을 믿는다면 과연 그 산으로 가신 것은 아닌가?"

회주가 골똘히 생각에 잠겨있을 때 온장군이 슬쩍 보고를 했다.

"회주님 책임을 전가하고자 하는 것은 아닙니다만 조장군은 애당초 홍우승면이라는 경공이 가장 뛰어난 제자를 참가시키지 않은 것도 문제였거니와 목지국에서 부여군과 낙랑군을 신경 쓰지 않고 독자적으로 행동한 것이 귀인을 더욱 숨게 만든 발미가 되었다고 봅니다.”

“무엇이요?”

조장군은 기가 막히다는 듯이 온장군을 바라보았다. 그러나 온장군은
계속 주장을 펼쳤다.

“조장군의 무사들이 너무 성급하게 추격하는 것은 낙랑군무사들이 눈
치를 챘고 때문에 낙랑군이 우리와 경쟁을 하기 위해 서두르는 틈에 귀
인께서 자취를 감추신 것은 확실하지 않소이까? 조장군!”

“이보시오! 온장군! 그게 어찌 내 잘못이란 말이오? 내가 포위망을 좁
혀가며 온장군무사들에게 반대편을 철저하게 봉쇄하라고 했는데 장군은
부여군과 낙랑군 무사들이 나설까봐 퇴로를 열어놓고 막지 않아서 그런
것이 아니오?”

“허허! 조장군! 이런 억지가 있소! 누구에게 지금 책임을 전가하는 것
이오?”

“뭐요? 에이! 음!”

“두 장군은 그만하시오!”

온장군의 트집에 조장군이 진노하자 회주가 나섰다. 그리고는 새로운
명을 하달했다.

“이제 귀인을 모셔오지 못하였기 때문에 더더욱 많은 군자금이 필요
하게 되었소이다. 연전에 우리가 흑수의 용두나루에 갔을 때 창해신검에
게 부탁한 군자금은 북부여 창해군의 해서우공주께서 만들어 주시기로
했으니 조장군은 사람을 보내 받아오도록 하시오. 그리고 온장군은 마한
의 맹주께서 지급을 약속했으니 그 쪽에 사람을 보내 받아오시면 좋겠소
이다.”

“알겠나이다.”

"그럼, 물러들 가시오."

두 장군의 군자금 확보 역시 경쟁관계에 놓이게 되었다. 조장군은 생각이 복잡했다. 그리고는 제자들을 불러 모았다.

고영황을 비롯하여 내가 제자 다섯과 외가제자 수십 명이 암자의 수련처에 모여들었다. 이미 조장군과 온장군의 결렬 소문이 회 내에서 파다한 지라 모두들 긴장을 하고 있었다. 조장군은 한동안 말이 없었다. 그 때문에 제자들의 긴장은 이루 말할 수가 없었다.

"잘 들으라! 금번 목지국으로 갔던 대추적 임무는 실패하였다. 하여 나는 두 달간 폐관 수련에 들어가기로 했다. 그런데 회주님으로부터 부여 땅 창해군의 해서우공주께 군자금을 받아 호송해오는 심부름을 우리가 맡게 되었다. 영황은 누가 다녀오면 좋겠는가?"

"예, 아무래도 경공이 뛰어난 승면과 세연이 다녀오는 것이 어떨까합니다."

"그래? 너희들의 의향은 어떠한가."

세진이 낮은 목소리로 말했다.

"승면과 호살이 전령 역할을 하는 것이 좋겠습니다. 남녀가 같이 움직이는 것도 문제가 있고, 또 요즘 호살의 경공 실력이 저보다 월등하옵니다. 심지어 승면을 따라잡을 정도입니다."

"그래? 알았다. 소중한 군자금을 받아오는 일이니 각별히 조심하고 지체 없이 돌아와야 하느니라!"

"예."

"그럼 부여국의 해서우공주로부터 군자금을 받아오는 일은 승면과 호살이 다녀오도록 한다."

"예!"

"나는 앞으로 한 달을 폐관 수련에 임할 터이니 영황이가 암자의 수련소를 맡아서 내가 제자와 외가 제자를 모두 가르치도록 하라."

"예. 명을 받자옵니다."

호살과 승면은 뛸 듯이 기뻤다. 무엇보다도 호살은 불과 몇 달 만에 조 장군님이 자신을 믿고 일을 맡겨주신 점이 좋았다. 호살은 부여에 가면 우화탄 아저씨에게 사씨촌의 사건을 이야기할 수 있어서 다행이었다. 그리고 우거사와 무엇보다도 정연을 다시 보게 된다는 사실에 가슴이 벅차올랐다.

북부여로의 출발하는 길은 발걸음이 가벼웠다. 다만 호살의 두 동생과 조세진이 같이 가고 싶다고 졸랐으나 장군의 허락이 떨어지지 않아. 그녀는 무척이나 골이 난 모양이었다. 환송하는 사형과 사매들 그리고 동생들의 손사래 치는 모습을 뒤로 하고 두 사람은 매우 빠르게 산을 내려왔다.

북부여궁의 비밀회의

이제는 한나라의 현도군과 진번군이 없어지고 난 이후라 부여지역의
영토는 무주공산이나 진배없었다. 그렇기 때문에 강호의 검객들이 모여
자유롭게 활동하는 곳이었다. 창해신검이 모시고 있는 해서우공주는 자
신의 세력도 엄청나지만 천하의 고수들을 가객으로 받아들였기 때문에
명망이 높았고 세력과 무공으로 실질인 부여지역의 통치자나 다름없
었다.

창해신검과의 약속도 없이 무작정 찾아간다는 것이 다소 걱정이 되었
지만 단주의 시찰만 믿고 두 사람은 북부여 공주궁이 있는 창해군 궁성
으로 들어갔다. 그런데 문제가 있었다. 궁성안의 회의 때문에 수문장이
없었고 몇몇 말단 무사들만 경비를 서고 있었다. 당연히 그들은 복단회
의 서찰을 인정해주지 않았다. 그렇다고 성문 옆으로 월장을 할 수도 없
었다. 궁성의 안은 밖과는 달리 매우 경비가 삼엄했고 창해신검을 만난
다는 것을 거의 불가능에 가까운 일이었다. 궁성 안에서는 고관대작들의
회의가 시작된 모양이었다. 두 사람이 주위를 두리번거리자 병사들이 창

을 치켜들고 부리나케 달려왔다.

"너희는 누구냐? 아까 그 거지 놈들 아냐? 썩 물러가지 못할까?"

"하! 참! 거지라니! 우린 공주님을 뵈러 왔소이다. 여기 서신도 있지 않소?"

"어림없는 소리! 오늘은 초청장 없이는 들어갈 수도 없거니와 왕이나 부족장들만 들어갈 수 있는데 네깟 놈들이 어딜 감히 들어간단 말이야?"

"그럼 한 가지 묻겠소?"

"뭐냐!"

"창해신검 나리도 안에 계시오?"

"그걸 내가 어떻게 아냐? 썩 물러가라!"

두 사람은 경비병들에게 제지당하여 하는 수 없이 궁성 밖으로 나왔다. 둘은 동시에 배부터 채우자는 의기투합으로 객점에 들어갔다. 호살이 주문을 하고 좌우를 살피다가 우거사와 우화탄에 대해 객점주인에게 물었다. 인상착의를 아무리 소상하게 이야기해도 허사였다. 하지만 승면은 먼저 해서우공주나 창해신검을 만나야 한다는 강박관념에 제대로 밥도 먹는 둥 마는 둥했다. 승면은 무척이나 애가 닳은 모양이었다.

"이러다가 우리 군자금을 받아가지 못하면 어쩌지?"

"글쎄? 하여간 창해신검님을 다시 한 번 찾아가봐야겠지. 일단 을탄광소 의원으로 가보자!"

"그래!"

의원은 생각보다 조용했다. 사람이라고는 중병에 걸린 환자들만 방안에 서너 명 누워있을 뿐이었다. 호살은 우화탄 아저씨를 만나기 위해 무작정 의원으로 달려온 것을 후회했다.

"아! 이제 어쩌지? 무슨 뾰족한 수 없냐? 승면아?"

"가만있자…… 그래 좋아! 궁의 가장 경비가 허술한 성벽을 넘자."

"뭐? 미쳤구나? 그러다가 걸리면?"

"그러면 공주님께 끌려갈 것 아니냐? 그럼 그때 공주님께 회주님 서찰을 보여드리면 되지 뭐."

"그전에 목숨이 달아나면?"

"재수 없는 소리 마! 자! 가자."

두 사람은 경비가 제일 허술한 곳을 찾았다. 남문과 서문사이의 성벽에는 역시나 경비가 없었다. 한때 북부여 해모수 대왕이 재위 시 나라를 다스렸던 궁성의 담은 오래되어서 그런지 그다지 높지가 않았다. 그러나 성벽 안의 왕궁 건물은 매우 높아서 한 번의 도약으로는 올라가기 어려웠다. 호살은 그때 믿을 수 없는 광경을 보았다. 승면의 놀라운 경공술은 그야말로 한 마리 새와 같았다. 그는 도약하기 위해 달리는 것도 거의 없이 가볍게 날아올라 축대와 처마 밑의 돌 축을 연달아 차며 지붕 위로 올라갔다. 호살도 용기를 내어 승면의 경공을 그대로 흉내 내었다. 승면의 놀라는 표정에 어깨를 으쓱하고는 호살은 살금살금 건물 안쪽으로 향했다. 승면은 호살의 경공술 증진에 매번 놀라는 것이었다.

"기가 막히네! 하여간 경공을 괜시리 가르쳐주었다니까? 이제 나를 이겨먹으려고 하네?"

"후훗. 가자!"

승면과 호살의 묘기에 가까운 경공술로 둘은 경비병을 뒤로하고 궁성 벽 지붕 위로 잠입하는 데에 성공하고 회의실 천정의 서까래 위에 바짝 엎드려 회의장을 살폈다. 행여나 그들의 소리가 들릴까봐 멀리서 몰래 숨어 내려다보는데 승면은 누가 누구인지, 즉 왕들과 그 부족장들의 정체를 거의 다 알아맞히었다.

"지금 말하는 사람이 동예의 왕의 동생인 서술대장로야."

"그래?"

"동예라는 나라도 있어?"

"예국, 맥국, 동예국도 몰라? 이런 무식하긴! 하긴 산에서 활만 쏘았으니 니가 뭘 알겠니?"

"뭐?"

"쉿! 조용! 무슨 얘기인지 들어보자."

동예의 서술 대장로가 해서우공주에게 예를 표하고는 연설을 하기 시작했다.

"예로부터 동예(東濊)는 조선의 동해안 일대에 자리 잡고 평화롭게 살아왔소이다. 작금의 임둔군 잔존세력의 퇴치를 통하여 다시 한 번 평화로운 나라로 살아갈 수 있게 하고 싶소이다. 공주님을 비롯하여 여러 제장께서 이처럼 도와주시니 우리도 힘을 합하여 옥저와 동예에 횡행하고 있는 비적 떼를 소탕하고자 합니다."

동예의 제일장로의 말이 끝나자 모두 고개를 끄덕이며 강하게 동의하는 분위기였다. 승면은 연신 호살에게 작은 소리로 설명을 해주었다. 둘이 숨어 있는 곳은 아래의 회의장과는 사뭇 떨어져있었고 거대한 나무 기둥들로 둘러싸여서 다행히도 그들은 작은 소리로 대화를 나눌 수 있었다.

"예나라는 말이야 고조선의 제후국이지, 예라고 불렸으나, 예맥과 구별하기 위해 통상 동예라고 부르지."

"그래?"

"응, 예나라는 산과 하천을 경계로 읍락이 셋으로 구분되어 각 읍락을 삼로(三老)가 통치하지, 저기 그 중의 제일로가 와 있었군."

또한 맥국의 제 이인지라 할 수 있는 대장로도 참석하고 있었다. 그리고 읍루라고 불리는 물길족의 족장이 있었다. 읍루국은 고조선의 제후국이었으나 위만조선이 망하고 나자 전문적인 자객집단으로 변질되어 버렸다. 백산에서부터 인근 강과 동쪽으로는 바다에 이르는 넓은 지역에 걸쳐 분포했으며, 통일된 국가를 이루지 못하고 산과 계곡 사이에 부족별로 흩어져 살고 있는 종족이었다.

"예나라 사람들은 말이야, 깊은 산속에 살면서 여름에는 나무 위에서 살고 겨울에는 동굴에서 살면서 무술수련에 매진하고 있지. 그래서 고수들이 많아. 활을 다루는 데 특히 능숙하지. 우씨촌이나 사씨촌과 매우 밀접하게 사냥업을 경쟁하던 무리야. 너 백산에서 읍루사냥꾼들을 못 봤어?"

"아니!"

"그래? 좌우간 읍루족이 활촉의 재료로 썼다는 청석(靑石)은 흑요석 계통의 석재로 매우 강력했다. 일부는 숙신족으로 불리기도 해지만 이번의 회의에는 숙신족의 족장도 왔는데? 이상하군…… 이번에는 옥저왕이 해서우공주에게 문안을 올리고 있어."

"그래?"

"응, 옥저(沃沮)는 백산과 두만강 유역 일대에 걸쳐 있었던 종족과 읍락집단이었지만 점차 강대해지고 있어. 토지가 비옥하여 오곡을 생산하였고, 어물과 소금 등의 해산물이 풍부했는데, 과거에는 고조선에 소금, 어물 등을 공납으로 바쳤지. 한편 북옥저는 치구루(置溝婁)나 구루로 불렸는데 북쪽은 읍루, 부여, 남은 예(濊)에 접하고 있고, 이번에 임둔군 잔존 세력 토벌에 앞장서고 있나봐. 공주와의 대화를 정리하면 낙랑군태수 위마천과 현도군 태수 왕자양이 뒤에 버티고 있었지만 해서우공주의 임둔군 잔존 세력 토벌은 강경한가봐. 동부여의 금와왕은 반대하지만 연합군의 토벌작전은 이미 개시된 것이나 다름없네 뭐."

옥저왕은 원군에 대한 감사와 창해신검의 문하 고수들이 대거 참가한
데에 무한한 감사의 말을 전했다.

"먼저 북부여의 해서우공주님과 천하고수들께서 이렇듯 제 나라를 돕
기로 하신 결정에 대해서 감사의 말씀을 올립니다. 무엇보다도 천왕랑
해모수 대제의 따님이신 해서우공주님의 하해와 같은 은혜에 감읍할 따
름입니다. 우리 옥저국은 예로부터 조선과 부여의 그늘아래 평화롭게 살
아왔습니다. 작금에 이르러 한나라 군사들이 우리 양민을 해치고 비적
떼가 된 그들의 횡포로 말미암아 백성들의 안위가 위태로울 지경에 이르
렀습니다. 동옥저는 고구려 개마대산의 동쪽으로 큰 바다(大海)를 접하
였습니다. 그 지형은 동북은 좁고, 서남은 길어서 천 리나 됩니다. 북쪽에
는 부여와 읍루, 남쪽에는 예맥에 접하였습니다. 또한 남으로 조선 예맥,
동으로 옥저, 북으로 부여와 접하였습니다. 북옥저는 남옥저에서 팔백여
리의 거리에 있으며, 읍루와 접하고 있습니다. 이 광활한 영토에 여기저
기서 출몰하는 비적의 그 근원을 발본색원하지 않으면……"

쿵!

그때였다. 비밀회의장에 쿵! 소리와 함께 비명소리가 났다.

"으악!"

"누구냐!"

창해신검의 사제인 창해신창이 표창을 던지고 승면과 호살이 가까스
로 그 표창을 피하다가 한꺼번에 서까래에서 떨어진 것이었다. 실로 놀
라운 창해신창의 표창술이었다. 나무기둥 뒤에 숨은 승면의 옷깃을 표창
을 회전시켜 맞춘 모양이었다. 때마침 뒤 쪽에 앉아 있던 우거사가 앞으
로 나왔다.

“아니 너는? 호살이 아니냐? 호살아!”

“어? 아저씨!”

“어찌 니가 저 서까래 위에서 떨어진단 말이야?”

“이자들은 간자가 분명하오!”

부여군 경비대장이 검을 뽑아들고 부리나케 다가왔다.

“그렇소! 낙랑태수나 현도태수가 보낸 자들일 것이외다.”

모든 사람이 두 소년을 의심했고 분위기가 무척 곤란해지자 우화탄이 나섰다.

“공주마마! 그리고 여러분! 이 아이는 밀정이 아닙니다! 이 아이는 제 조카입니다.”

“무엇이?”

“그럴 리가? 그렇다면 왜 여기 숨어들었단 말인가!”

“창해신검님께서도 이들을 아십니다.”

창해신검이 사호살이 우화탄의 조카임은 증명했다. 그러나 그는 매우 진지하고도 중립적으로 말했다.

“이 아이가 우화탄협객의 조카는 맞지만 그렇다고 해서 낙랑군 밀정이 아니라는 증거는 없소이다!”

“예? 그 무슨 말씀이시옵니까? 신검님!”

일이 이렇게 되자 호살과 승면은 공주께 절을 올리고 큰 소리로 외쳤다.

“공주마마! 드릴 것이 있나이다.”

승면은 단주청 회주의 서찰을 공주에게 바쳤다. 먼저 호살을 한번 보고는 무표정하게 서찰을 일별한 공주는 정색을 하고 두 아이를 우거사 옆에 서게 했다. 그녀는 아무 일 없다는 듯이 다시 회의를 주재했다. 얼굴이나 목소리로 봐서는 환갑을 넘긴 나이로 보이지 않았다. 공주는 삼사

십대의 젊은 모습이었다. 실로 믿을 수 없는 일이었다. 공주는 내일 출발하는 대대적인 토벌작전을 결정했다. 그리고 회의가 끝이 났다. 우화탄과 우거사 그리고 호살이 회포를 풀고 부여궁까지 오게 된 자초지종을 설명하는데 창해신검이 다가왔다. 창해신검은 군자금마련에 일조하라는 공주의 명을 전했다.

"예? 저희는 사부님께 그런 명을 받은 적이 없는데요?"

"공주님의 명이시다. 일단 모두 같이 움직인다. 가서 공을 세우거라. 너는 명궁이 아니더냐?"

"하, 하지만……"

"명을 따르거라. 그리고 공주께서 너를 찾으시니 지금 곧바로 공주궁에 들것이니 의복을 단정히 하고 나를 따라 오너라."

"아니 왜요? 무슨 일로?"

우거사가 나섰지만 창해신검을 대답하지 않았다. 묵묵히 창해신검의 뒤를 따르던 호살은 별안간 더럭 겁이 났다. 혹시 몰래 스며든 일 때문에 벌을 주려고하는 걸까? 어엿한 복단회의 사자가 담을 넘은 것은 분명 복단회에 대한 치명적인 약점이 될 수 있을 텐데, 어쩌니…… 불안한 생각은 꼬리에 꼬리를 물었다. 그때 창해신검이 등을 툭하고 쳤다.

"무슨 생각을 그리 골똘히 하느냐? 공주께 들어가거라. 예를 지키거라! 알았느냐?"

"예? 아, 예."

창해신검은 정중하게 공주의 방 앞에 서서 시녀에게 공주께 고하라는 눈짓을 했다.

"공주마마! 창해신검과 복단회의 사호살이 들었습니다."

"안으로 들이라."

공주의 목소리는 젊은 여성의 활기 넘치는 소리였다. 그리고 공주의 방 역시 밝고 우아하면서도 화려한 분위기가 육십을 넘긴 할머니의 방이 아니었다. 집무실 같은 큰 방에는 세련된 장막과 고급스러운 천으로 둘러친 창이며 금테가 둘러진 병풍이 매우 여성스러워보였지만 반대편 탁자 벽에는 용 그림과 기다란 검이 두 자루 놓여있어 무장의 방 같기도 했다. 창해신검은 매우 정중하게 고했다.

"공주마마 복단회의 사소협을 데리고 왔나이다."

"수고했어요."

호살은 창해신검조차 어려워하는 공주 앞에 서자 무척이나 긴장이 되었다.

"소, 소인, 사, 사호살이라하옵니다."

"이름이 사호살이라고? 백산의 사씨이구먼."

"예."

"앉으시게."

"예."

"일찍이 우거사에게 들었는데, 요동나루에서 왔다고 하던데?"

"예? 아닙니다. 저는 백산의 사씨촌에서……"

"아니 그전에 우화탄 협객이 자네를 데려온 곳을 말하는 것이야."

"저는 잘 모릅니다."

"아까 서까래 위에서 떨어질 때 자네를 유심히 보았는데, 체격과 얼굴 그리고 몸놀림이 요서의 한씨 일가 사람들과 흡사하더구먼. 혹여 그 집안과 관계가 있는가?"

"아, 아니요, 한씨라는 말은 처음 듣습니다."

"그래?…… 으음."

공주는 호살을 한동안 뚫어져라 쳐다보았다. 그리고는 가까이 오라는 손짓을 했다. 호살은 너무나 긴장한 나머지 공주의 다가오라는 손짓을 알아차리지 못했다.

"자네 품에 보물이 있구나, 내게 보여줄 수 있는가?"

"예?"

호살은 순간 공주가 신통력을 지닌 사람이라는 걸 알았다. 그리고는 더욱 긴장했다. 그는 조심스레 자신의 신표인 나무 조각을 꺼내 공주에게 바쳤다.

"아니?"

공주는 소스라쳤다.

"아니? 이것은? 한씨가 아니라 단씨의 유물이 아닌가? 그럼 자네가 복단회의 후계자인가?"

"예? 아닙니다. 저는 그냥 무술수련생으로 조위달 장군의 문하생입니다."

"그래? 이게 어찌 된 일인가? 이걸 복단회 회주에게 보여준 일이 있는가?"

"아니요."

"그렇군. 일단 이게 자네의 것인지 아닌지 모르니. 아무에게도 보여주지 말게. 혹시 위험할 수도 있느니. 흠!"

"예. 알겠습니다."

"으음, 그리고…… 혹시 용을 본 적이 있느냐?"

"예? 기억은 없지만 그렇다고 하는데요?"

"기억이 없다?"

"예."

실 호살은 그가 자기를 죽이려면 자객을 보냈을텐데 다른 목적이 있을 것으로 판단하고 겁을 내지 않았다. 그는 모든 것을 무시하고, 마음을 편하게 먹자고 결론을 내린 것이었다.

산적두령의 방 안은 칼이나 창과 같은 철제 병장기들로 가득했다. 그는 미친 사람처럼 이리저리 왔다 갔다 하더니 별안간 깔깔대고 소리를 지르며 껑충껑충 뛰어댔다. 그리고는 다시 채찍을 들어 자신의 앞에 서 있는 다섯 산적을 향해 마구 휘둘러댔다. 휙! 휙! 착! 착! 소리가 살벌했지만 실상 그들을 때린 것은 아니었다. 하지만 채찍질 소리만으로도 산채 안에는 엄청난 살기가 느껴졌다.

"어때? 놀랐지! 이게 다 니가 우리아이들을 패서 이렇게 된 거야! 알겠냐?"

그는 채찍을 집어던지더니 이번에는 다섯 명의 산적에게 욕을 해대기 시작했다.

"이 버러지 같은 새끼들아! 그러니까 평상시에 무술수련을 해야 산적질도 해먹는 거야! 알아들어? 이 쓸모없는 새끼들아! 그럼, 저런 이린놈에게 맞지도 않을 거 아냐! 자! 이네 내가 보는 앞에서 누가 저놈하구 다시 붙어볼테냐?"

두목은 호살을 한번 째려보더니 느물거리는 표정으로 입을 열었다.

"어디 솜씨 좀 보자! 야! 흑곰! 들어와!"

입구에서 도끼를 메고 있던 거구가 안으로 천천히 들어왔다. 그는 매우 기분이 나쁘다는 표정을 지어 보였다. 하지만 두목의 명을 순순히 따랐다.

"도끼나 칼 같은 거 놔두고 맨주먹으로 한번 붙어봐! 꼬마야 니가 이기면 시장통에서 계속 장사를 잘 해먹도록 해줄게! 후후후후."

얼굴에 털이 가득한 흑곰이라는 자는 양 손가락에서 뚜뚜둑! 소리를 내고 이번에는 머리를 좌우로 심하게 비틀면서 뚜둑! 뚜둑! 뚝! 하는 소리를 내며 공포분위기를 조성했다. 하지만 두목이 싸움시작! 이라는 말과 함께 호살은 순식간에 앞으로 튀어 올라 흑곰의 머리통을 발로차고 가격을 당한 그자가 비틀거리며 중심으로 잡으려는 찰라에 다시금 엄청난 속도가 달려들어 박치기를 했다. 흑곰은 코피를 흘리며 큰 나무가 무너지듯 쓰러져버렸고 아예 정신을 잃었다. 그걸로 승부는 끝이었다.

"어? 어라?"

두목이 놀라서 몸을 진정시키려 애썼지만 헛수고였다. 그는 놀란 표정을 감추지 못했다.

"이 바보 같은 흑곰! 이 곰탱이 새끼! 죽지는 않겠지? 꼬마놈! 진짜 대단하네?"

잠시 후 정신은 든 흑곰은 바닥에서 문으로 엉금엉금 기어갔다. 그러다가 문 바로 바깥에 있는 기둥에 부딪혀 나동그라졌다. 뒤에서 따라 산적들이 어쩔 줄 몰라 했고, 산적두목은 야릇한 미소를 입가에 지었다. 호살에게 바짝 다가선 두목은 느닷없이 엉뚱한 얘기를 꺼냈다.

"한 남자가 살해됐다. 내 듣자하니 낙랑태수의 조카라는 놈이 사주를 해서 죽였다더군. 내가 알고 싶은 건 누가 언제 어디서 살인을 저질렀느냐가 아니라, 왜 죽였느냐는 것이다. 알고 보니 그 태수의 조카놈은 죽어 마땅한 자야. 어때? 니가 그놈을 죽여줄 수 있겠나?"

"나보고 살인을 하라구?"

"니 이름하구 딱 맞잖아! 호살(好殺)! 안그래?"

"농담하지 마시오! 이건 생명이 달린 문제예요!"

호살이 자리에서 벌떡 일어나 두목에게 달려들 듯이 앞으로 나서며 말

"그럭저럭 괜찮군. 많이 좋아졌어, 내가 기를 좀 타통시켜주마. 똑바로 앉아라!"

"예!"

우거사는 호살의 등 뒤에 앉아 명문혈에 기를 주입했다. 그러나 호살은 아랫배와 머리 위쪽 그리고 엉치뼈 아래에서 뜨거운 기운을 느꼈다.

"으으! 온몸이 뜨겁습니다."

"되었다! 이제 운기조식을 해 보거라!"

호살은 몸이 날아갈 것 같았다. 그가 기운을 느끼는 것을 알아차린 우거사는 자신의 비기인 용천오룡검법의 처음 두 초식을 알려주었다. 우화탄에게는 한 초식도 알려주지 않았던 바로 그 비기였다. 초식은 의외로 간단했다. 용이 바다 위를 솟아오르듯 검초를 펼치는 일초식은 발검후 많은 적들에게 빈틈을 주지 않으면서도 동시에 여러 명을 공격할 수 있는 대단히 빠른 초식이었다. 주로 찌르는 자법보다는 상대를 베어내는 참법으로 이루어져있어서 화려하기까지 했다. 호살은 우거사가 알려준 대로 부드럽게 따라했다. 그러자 우거사와 우화탄은 물론 승면까지도 무척이나 놀라는 눈치였다.

"이놈 봐라! 천재로군! 한 번에 그대로 따라하다니? 조장군 밑에서 기본기를 충실하게 배웠구만!"

그리고는 두 번째의 이룡분광이라는 초식은 두 마리의 용이 일광과 월광을 나누듯 빠른 참법과 자법으로 적을 공격하는 초식이었다. 호살은 그대로 따라했으나 우거사는 들숨과 날숨의 호흡이 바뀌었다는 지적을 했다. 하지만 서너 번의 연습만에 제이초식도 그럭저럭 흉내를 내었다. 우거사는 대단히 흡족한 표정을 지었다. 더욱이 놀라운 것은 승면도 그럭저럭 우거사의 용첨검법을 따라할 수 있었다.

"자, 자! 그만하자, 그 정도하면 내일 전투에서 네 목숨 하나는 부지할 게다."

호살은 몇 번이나 고맙다는 인사를 한 뒤 그동안의 재미있었던 이야기를 한참이나 했다. 호살이 한동안 이야기를 하고나서는 좌우를 두리번거리며 누군가를 찾는 기색이 있자 우거사가 능글능글하게 호살을 놀렸다.

"이 녀석! 산속에서 도를 닦고 무술수련을 한다는 놈이 그렇게 여자를 그리워해서야 쓰겠느냐?"

"예? 아닙니다. 저는 그냥……"

"그나저나 지난번에 청하강 비서갑에 간 일은 잘 되었냐?"

"아뇨."

"그럼?"

"아무것도 아니었어요. 제가 정연이 보고 싶어 거짓말을 한 거에요."

"뭐? 옛끼! 이놈! 백부님께 거짓말을 해!"

"죄송합니다."

"후후후, 정연이는 잘 있다. 을탕광소 어르신께 의술을 배우고 있지. 조금 있으면 이리 올 것이다. 그나저나 내일 우리가 쳐들어갈 흑룡강의 비적들은 수적과 산적으로 나뉘어 있는데 우리가 과연 어느 쪽으로 갈지 모르겠군."

"아이구! 사형 그야, 보나마나 수적이지. 흑룡강이라면 여기서 그리 멀지 않은데 숙신산까지 갈 필요가 있겠수? 그리구 동예와 옥저의 왕들이 숙신산을 맡을 텐데, 공주님께 원군을 요청한 건 수적들을 물리쳐달라는 뜻 아니유."

"아니야. 그렇게 간단하지가 않아. 동해용왕과의 문제가 있었다면 그리고 동부여의 금와왕이 허락하지 않았다면 동쪽의 숙신산으로 우리 모두가 갈지도 모르는 일이잖아?"

"그건 말도 안 되지요. 금와왕에게 해서우공주는 고모님인데 둘이 서로 싸운단 말이유?"

"하긴 그건 또 그렇네. 근데 수적들을 물리치려면 수중전에 능해야 하는데 공주님은 무슨 계획이 있으신가? 흑룡강에는 이무기들이 많아서 배를 뒤집고 물에 빠진 병사들을 마구 잡아먹을 수도 있는데 말이야."

그때 조심스럽게 방문이 열렸다.

"안녕하세요! 아저씨?"

정연이 밝은 표정으로 들어왔다.

"정연이, 이 녀석! 다 큰 처녀가 이렇게 늦은 밤에 돌아다녀도 되는 거냐?"

"예? 괜찮아요. 호호."

우거사는 정연을 놀렸지만 정연은 호살을 보며 반가운 기색 가득한 얼굴로 함빡 웃었다.

"잘 지냈어요? 호살 오라버니?"

"어? 오라버니? 으응, 나야 뭐 잘 있지, 너 의술을 배운다며?"

"예."

"부럽다."

"부럽기는요 뭘……"

호살은 옆에서 연신 눈을 호동그랗게 뜨고 큰 눈을 껌벅이는 승면에게 눈이 갔다.

"정연아, 아참! 여기는 내 친구 홍우승면이야. 서로 인사해."

"처음 뵙겠습니다. 저는 홍우승면이라고 합니다."

"안녕하세요. 저는 정연입니다. 호살오라버니 친구세요?"

"예? 아 예……"

두 사람은 멋쩍게 인사를 나누었고 정연과 호살 그리고 승면은 머쓱하면서도 풋풋한 표정으로 그간의 이야기를 나누었다. 하지만 우거사와 우화탄은 공을 세우기 위해 그러는지 아니면 입이 근질거려서 그러는지 몰라도 비적 떼와 이무기를 처치할 방도에 대해 계속 이야기를 했다.

"아! 참! 단씨 후손이라면 흑룡강의 이무기를 제압할 수 있다는 말이 있어."

"엥? 그게 무슨 소리요, 사형?"

"신수(神獸) 중에서 용을 제외하면 내륙의 담수에게 가장 강한 괴물은 바로 이무기 아닌가. 그런데 이무기는 용이 되기 전 상태의 동물로, 거대한 물고기나 여러 해 묵은 구렁이거든. 차가운 물속에서 오백 년 동안 지내면 용으로 변한 뒤 굉음과 함께 폭풍우를 불러 하늘로 날아올라가지. 나도 한번 보았는데 그야말로 그 승천광경은 일대 장관이야. 이무기는 물에 사는 모든 물고기의 왕이며, 특히 헤엄치는 동물은 모두 이무기의 지배하에 있다고 봐야지. 물고기 무리가 이천오백 마리를 넘으면 어디선가 이무기가 나타나 그들의 왕이 된다는 거야. 그러나 자라가 있으면 무슨 영문에선지 이무기가 오지 않는다는 거야."

"그럼 자라를 데리고 가면 되겠네?"

"꼭 그렇지만은 않아. 이무기는 자라를 싫어할 뿐이지 자라에게 지지는 않기 때문이지."

"아, 그렇군요."

"물속에 사는 이무기는 용과 마찬가지로 비를 불러올 수 있어. 그러나 용이 비와 폭풍, 번개, 우박, 구름을 불러오는 강력한 힘을 가졌다면, 이

무기는 비구름을 불러올 수 있는 정도의 약한 힘밖에 없지. 용처럼 물을 지배한다고는 할 수 없지만, 이무기가 근처에 살고 있으면 샘물이 마르지는 않는다는 거야. 그래서 늘 물의 수량을 일정하게 지켜주기 때문에 우발수에서 흘러내려오는 흑룡강은 가뭄이 들어도 물이 마르지를 않는 게야.”

“그래서 하백신이 이무기를 자신의 수궁전의 초병으로 세워두었구먼.”

“그런데 사형 이야기가 무척 길어졌는데 단씨 후손이 이무기를 어떻게 이긴다는 거유?”

“단씨는 자라나 거북이와 용을 부를 수 있어.”

“그런데요?”

“공주와 창해신검이 호살이를 데리고 가려는 게 그런 이유가 아닐까 이말이지.”

“그래요? 난 그런 소리 처음 들어요.”

“자네 같이 무식한 아우를 둔 내가 무슨 말을 하겠나! 참!”

하하하하, 호호호

우거사가 실컷 이야기를 했지만 우화탄이 딴소리를 하자 우거사는 콧구멍을 파며 우화탄을 쏘아보았다. 하지만 우화탄은 정말 이해를 못하겠다는 듯이 다시 물었다.

“그런데 만일 흑룡강에 물귀신들이 바글바글하면 어쩌죠?”

그러자 우거사는 놀라움이 가득한 표정으로 우화탄을 바라보았고 생뚱맞은 표정으로 입을 열었다.

“그렇구만! 물귀신이라면 하백신을 불러와야겠지! 지들이 스스로의 주신한테 덤비겠어?”

“하백신이요? 무슨 수로 그 귀신을 불러온단 말이요?”

"나야 모르지! 공주님이 알아서 하시겠지."

"뭐요? 그게 무슨 소리요? 사형?"

"이보게 사제, 흑룡강에 괴물이 있다면 물리치면 되는 거고, 안되면 그냥 오면 되는 거야, 알았어? 자네는 그냥 공주님의 명을 받고 비적을 그냥 없애버리는 되는 거라구!"

"아, 글쎄, 사형은 답답하시네, 이무기나 물귀신하고 싸울 채비가 되어 있느냐 하는 게 제 질문의 요점인데 사형은……"

"아저씨, 이야기가 아직 멀었나요? 하암!"

곁에서 연신 하품을 하던 호살이 결국 참다못해 두 사람의 대화에 끼어들었다.

"이제 그만들 말씀하시고 주무시죠. 내일 싸우다가 졸겠어요."

"그래, 알았다."

"정연은 방으로 들어가서 자고, 우리는 모두 마루에서 자도록 하자!"

막상 잠자리에 들자 호살은 잠이 오지 않았다. 공주가 자신에게 한말이 마음에 걸렸다. 또 복단회의 영황사형에게 서찰을 보내야 할 텐데 출정 전에 그럴 여유가 있을지도 궁금했다. 밤이 이슥하고 새벽별이 점차 빛을 강하게 빛나는 밤, 하늘 저편에서 별안간 유성이 하나 휙하고 지나갔다. 그리고 호살은 그 편안하고도 아늑한 시간이 오히려 불안감으로 느껴졌다. 호살은 곁에 누운 의부 우화탄을 물끄러미 바라보았다. 그러다가 문득 그와 눈이 마주쳤다. 호살은 무언가 말을 하려했고 우화탄은 그의 심중을 알고 있기에 그를 데리고 밖으로 나왔다.

"공주님께서 혹여 돌아가신 너의 친부모에 대한 이야기를 하신 게냐?"

"예……"

"나도 근 이십 년간을 네 집안 소식을 백방으로 찾아보았지만 알 길이 없다. 그때 무망에게 일가족과 노비까지도 몰살당한 모양이다. 네가 단씨라는 말은 내가 요서의 한씨 집안의 집사에게 들은 것이지만 아닐지도 모르고 또 네가 단씨 적통일지도 모르는 일이다만 일단은 복단회에는 절대 밝혀서는 안 된다!"

"왜요?"

"그들은 준왕의 후손을 찾고 있기는 하나 자신들의 세력을 키우는데 더 혈안이 되어있다. 그들은 준왕의 후손을 찾는다는 명분으로 여러 나라 왕들과 영웅들에게 후원금을 받아 조직을 거대하게 부풀리는 일에만 몰두하고 있는 형국이다. 네가 나섰다가는 오히려 해를 입을까 걱정이다. 그 누구에게도 너의 신분을 말해서는 아니 된다. 언젠가 때가 되면 내가 나서서 너의 원래 자리를 찾아주마 알겠느냐?"

"예. 의부님!"

방으로 돌아온 호살은 무언가 후련하기도 했고 또 다시 알 수 없는 불안감이 밀려왔다. 하지만 아버지 같은 우화탄 아저씨와 우거사 그리고 승면 게다가 옆방에서 자고 있는 정연이 곁에 있다는 사실이 불안감을 떨쳐주었다.

대출정

북부여 공주궁의 고수들의 출정식은 일대 장관이었다. 해서우공주궁의 좌우 정예기병과 창해신검의 문하의 고수들이 아직 일출전의 어둠이 아직 가시지 않은 공주궁 성문 앞 광장에 도열해 있었다. 어둠 속의 그들은 야차나 유령처럼 귀기가 감돌았다. 그만큼 군기가 강하다는 증좌였다.

북부여의 좌군 정예병과 창해신검의 문하생들 그리고 우거사의 일행은 사막을 지나 수적 떼를 공격하기로 했다. 공주궁의 우군 정예기병과 옥저와 동예 그리고 읍루와 숙신의 병사들은 동부여 쪽의 산적들을 소탕하기로 했다.

"전군은 들으라!"

"예!"

"우리는 오늘 예조선의 영토를 좀먹는 한나라 잔존세력들을 소탕한다. 그들은 이미 군사가 아니고 한탄 비적 떼에 불과하다! 우리는 그들에게 조선의 위대함을 보여줄 것이다. 또한 이번 토벌은 비적들을 부추기는 무망의 세력을 없애는 길이 될 것이다! 공을 세우는 병사에게 후한 상을 내릴 터이니 모두 최선을 다하라! 자 진군한다!"

와! 와!

공주의 일성대갈은 여자의 목소리가 아니었다. 그 쩌렁쩌렁함은 깊은 내공에서 비롯된 것이었다. 공주의 추상같은 명에 따라 수천에 육박하는 군사들은 일제히 출발하였다. 흩날리는 먼지 속에 우거사 일행도 창해신검의 문하생 뒤에서 진군하기 시작했다. 먼발치에서 정연이 손을 흔들었고 호살은 가슴 벅찬 표정으로 소릴 질렀다. 하지만 수천 명의 웅성거리는 거대한 소음 때문에 그들은 그저 손 흔드는 것만 엄청난 흙먼지 속에서 바라보고 있을 뿐이었다.

호살은 정연을 등 뒤로 하고 심기일전하여 승면과 함께 말을 몰며 심호흡을 했다. 생애에 이처럼 군사를 대동하고 대규모 전투를 처음으로 하는 그로서는 무척이나 떨리고 설렜다. 그때 우거사가 호살의 등을 툭 툭 쳤다. 호살은 뒤를 바라보았다. 그런데 천천히 걸어가는 말들의 행렬 사이로 웬 하얀 손 하나가 하늘하늘 떨고 있었다. 정연이었다. 그녀는 하얀 보자기에 떡을 싸가지고 온 것이었다.

"호살아! 빨리 받아, 재 팔 떨어지겠다."

그러고 보니 여기저기 출정하는 군사들에게 먹을 것을 챙겨주는 가족들이 눈에 띄었다. 호살은 얼떨결에 마상에서 허리를 숙여 정연이가 건네준 떡보따리를 잡는다는 게 그만 그녀의 손을 덥석 잡고 말았다. 그 순간 그는 가슴이 덜컹 내려앉으면서 온몸이 찌릿했다. 머리가 어릿하면서 숨이 막히는 것도 같았다. 그러다가 정연을 바라보았다. 그녀 역시 고개를 숙이며 손을 뿌리치더니 군사들의 행군이 만들어내는 부연 먼지 속으로 뛰어 달아나는 것이 아닌가. 그리고는 그녀는 이내 호살의 시야에서 사라졌다. 호살은 떡을 들고 있다가 우거사와 우화탄 아저씨 그리고 승면이 각자 자신들의 떡을 다 먹을 때까지 멍한 채로 있었다. 그러다가 우거사에게 나머지 떡도 빼앗기고 말았다. 하지만 그의 입가에는 웃음이 한동안 떠나지를 않았다.

창해신검이 특별히 배려해 우거사 일행에게 네 필의 말이 배당되어 호살과 승면도 말을 타고 가게 되어 둘은 매우 신이 났다. 한껏 들떠있던 두 사람에게 창해신창(蒼海神槍) 여군탁이 다가왔다. 그의 흑마는 다른 말보다 월등하게 컸다.

"어제 다치지는 않았는가?"

"아닙니다. 괜찮습니다."

"너희가 운이 좋았다. 공주님이 계시지 않았다면 표창은 너희 둘의 목을 관통했을 것이야. 앞으로는 절대로 공주궁에 몰래 잠입하는 일을 하지 말거라! 알았느냐?"

"예!"

호살과 승면은 마상에서 하마터면 오줌을 지릴 정도로 가슴이 오그라들었다. 그의 목소리와 눈빛에 기를 펼 수가 없었던 것이었다. 창해신창은 옛날 창해역사와 함께 진시왕을 암살하려 했던 여홍성의 후손답게 늠름하긴 했는데 어쩐지 살벌해서 다가갈 수가 없었다. 특히 암기와 표창술의 대가였기 때문에 언제 어디서 그에게 당할지 모른다는 불안감 때문에 누구도 그에게 곁을 내주려 하지 않았다. 그의 흑마가 먼지를 일으키며 앞으로 나아가자 이번에는 보통사람보다는 두 배 이상의 거구이면서 비교적 보통 정도의 말을 타고 가던 창해신퇴가 다가왔다. 그의 본명은 탁리평이었다. 그는 호살과 승면의 어깨를 툭툭 쳤다.

"공주님께서 너희들에게 관심을 두고 계신다. 반드시 공을 세우도록 해라!"

“예! 예!”

그는 눈을 크게 뜨고는 호살이 어깨에 메고 있는 활을 보았다.

“아니? 이것은 해모수 천랑왕의 황룡궁과 똑같은 활이 아닌가? 이것은 어디서 났느냐?”

“예, 어제 공주님께서 하사하셨습니다.”

“무엇이? 공주님께서? 이상하군……”

“왜요? 신퇴님?”

“아니다! 잘들 싸워라!”

목지국 최고수답게 거구이면서도 빈틈없는 그는 역시 아무런 표정의 변화 없이 앞으로 나아갔다.

사막 길에 접어들면서 행군의 대열이 길게 늘어졌다. 사막의 모랫길이 길이 꼬불꼬불했기 때문이었다. 말을 탄 장군들이나 부대장들은 앞서 나아갔고 그 뒤를 따라 걸어가는 병사들은 엄청난 양의 모래바람 때문에 자연스럽게 행군이 지체되었다. 지난밤 엄청난 사막폭풍인 사진폭(沙塵暴)이 휩쓸고 지나간 자리어서 근방의 길은 쑥대밭이 되어 있었다. 하지만 적의 본거지가 사막을 지나 흑룡강 상류에 있기 때문에 서둘러가지 않으면 안 되었다. 우거사는 흑룡강 비적들에 대한 대대적인의 본채공격이 이처럼 산채와 수채를 동시에 공격하는 처음이라고 했다. 그리고 혹시 모를 적들의 매복을 조심해야 한다고 했다.

호랑이도 제 말을 하면 온다더니 아니나 다를까 매복이 있었다. 커다란 모래둔덕을 행군이 대열이 중간쯤 돌아가고 있을 때였다. 매복했던 적들로부터 화살이 날아왔다. 매복병이 행군의 허리를 자른 것이었다.

“적병이다! 적의 기습이다! 모두 전열을 정비하라!”

　창해신검은 엄청난 사자후로 명을 내린 다음 홀연히 몸을 날려 적들 한 가운데로 날아갔다. 그의 경공술은 한마디로 인간의 그것이 아니었다. 차라리 비상하는 새에 가까웠다. 그리고는 창해신퇴와 창해신창이 역시 무서운 속도로 날아올라 적진 깊숙이 경공을 펼쳐갔다. 그 세 사람만으로 적진은 풍비박산이 나고 말았다. 백여 명의 비적들은 이리저리 싸웠지만 창해삼신 앞에서 그들은 지푸라기에 불과했다. 그들은 이내 지리멸렬할 것 같았다. 그러나 잠시 후 사막의 높은 모래언덕 위에서 화살이 쏟아져왔다. 후방에 비적 지원군이 있는 모양이었다. 창해신검은 우거사 일행을 향해 언덕 위에서 아군에 활을 쏘는 궁수부대를 저지하라는 명을 수신호로 했다. 사호살은 재빨리 활을 꺼내 언덕위의 적들을 향해 쏘았다. 두 발의 화살이 모두 적중하였다.

　"우와! 저 먼 거리에서? 대단하구나!"

　승면이 가장 놀랐다. 창해신퇴가 천랑왕의 활과 똑같다고 하더니 과연 신기한 활이었다. 호살도 스스로 놀라는 눈치였다. 잠시 후 병사들이 놀라는 환호성을 뒤로하고 우거사 일행은 모래 언덕 위로 내달리기 시작했다. 호살은 자못 흥분되었다. 역시나 경공과 말달리기가 뛰어난 승면과 우화탄 아저씨가 앞서가며 마상에서 화살을 조준해 언덕위의 비적들에게 활을 쏘았다. 그들은 불과 십여 명에 불과했다. 우거사 일행을 뒤따르는 정예병 십여 명도 대단히 빠른 속도로 달려갔다. 우거사 일행과 정예병이 오자 매복해있던 적들은 순식간에 사라졌다. 호살의 활에 맞은 또 다른 두 명의 적들을 버려두고 그들은 말을 타고 언덕 반대쪽 계곡으로 달아났다.

　우거사와 호살 그리고 우화탄은 시위병을 이끌고 말을 달렸다. 해가 나면서 아침의 바람이 강해지기 시작했다. 사막의 길은 바람에 따라 달라지지만 온통 사막모래 위에서 생활을 한 우거사는 흑산 방향을 잘 알고 있었다. 불과 두어 다경만에 우거사 일행 본대막사의 흔적을 찾을 수 있었다. 사람은 물론 낙타와 말들도 보이지를 않았다. 말은 전투시 모두 기병들이 타고 갔겠지만 적들이 머물렀던 막사의 흔적으로 미루어보아 적병은 대규모였다. 이들이 단순한 비적들이란 말인가. 사호살은 불현듯 두려움이 앞섰다.

"흩어져라! 사방을 경계하며 반경 백장 안에서 흔적을 찾으라!"

"예!"

공주궁 정예병들은 우거사의 명에 바람처럼 움직였다. 그들은 모두 날랜 무사들이었다. 모래에 납작 엎드린 자세로 그들은 사방을 수색하기 시작했다. 사막은 멀리 지평선이 보이는 광활한 곳이지만 사구 밑에 은폐하여 숨어있다 기습한다면 꼼짝없이 당할 수밖에 없는 곳이기도 했다. 만일 비적이 아직도 수백 명 이상 남아 있다면 속절없이 당할 판이었다.

"거사님! 어젯밤 사진폭에 모두 휩쓸린 것 같습니다. 모래 속에 엊그제 죽은 사체들이 한두 구 보입니다. 도주한 병력 외에는 흔적이 없습니다."

사막에 대해서는 동물적인 감각을 가진 있는 사막 출신의 군사들이 우거사에게 고했다. 그 순간 승면이 낙타발자국을 발견했다.

"여기 낙타 발자국이다!"

그런데 낙타의 발자국이 여기저기 나있다가 다시 끊겨 있었다. 이상한 일이었다. 낙타는 과연 어디로 간 것일까? 하늘로 솟았단 말인가? 비적들이 사라졌으니 자기들 마음대로 먹을 것을 찾아서 어디로까지 갔을 텐데? 우거사는 주위를 조용히 시키고 정좌하여 기운을 귀에 집중하고 인근의 작은 소리에 귀를 기울였다. 몇십 장 밖에서 과연 짐승의 숨소리가 들렸다. 지난밤 우거사의 내공을 조금 전수받은 덕분인지 기운을 모으는 일은 매우 자연스럽게 이루어졌다. 사구 뒤로 다가가니 과연 낙타 두 마리가 있었다. 멀리 가지 못하도록 줄을 서로에게 엮어 엇걸어 이은 낙타는 날아가버린 본대의 막사 천막 가까이에서 꿇어앉아 되새김질을 하느라 끙끙거리며 낙타 특유의 낮은 소리를 내고 있었다. 그것들은 서로 줄에 묶여 모래 위에서 걷다가 구르다가 하며 옮겨 다니느라고 발자국이 여기저기 난삽하게 이어졌다가 끊겼다가 하기를 반복해서 만들어놓았다. 두 마리의 낙타 등에는 비적들의 물품도 그대로 있었다. 사막 생활에 알맞게 콧구멍은 자유롭게 여닫을 수 있어서 바람이 잠시 잦아들면 낙타들은 거친 숨소리를 내었던 것이다. 우거사의 시위병사들 모두 경악을 금치 못했다.

"과연 대단하십니다. 거사님!"

"그런데 이상하지 않느냐 비적들은 왜 저 물건들을 건드리지 않았을까?"

"지난밤 엄청난 사막폭풍을 피하고자 막사를 옮긴 것 같습니다."

"그렇다면 지금 가져갔어야지. 이상하군?"

낙타가 쌍봉을 씰룩대며 꿇어앉아 있는 처량한 모습은 마치 자신들은 비적과는 아무 상관없다고 말을 하는 것처럼 보였다. 다리의 관절이 다른 동물보다 하나 더 있는 낙타는 쉴 때나 잠잘 때나 항상 꿇어앉은 자세를 취하는 것이지만 호살에게는 그 꼴이 퍽 비참해 보였다. 낙타를 처음 본 호살과 승면은 그 기괴한 동물에 눈이 팔려 정신없이 바라보고 있었다. 그때 우거사가 소리쳤다.

"낙타들을 일으키라! 호살과 승면은 저기 제일 높은 사구로 올라가 사방을 둘러보라!"

호살과 승면은 경공으로 단숨에 사구에 올랐다. 흑산 방향으로는 개미 한 마리도 보이지 않는다고 했다. 호살은 다소 걱정이 되었지만 일단 임무수행을 위해 추격할 잔당을 찾는 것이 급했다. 우거사의 목소리에는 서두르는 기색이 역력했다.

"저기 흑산 기슭의 흑룡강이 멀리 보인다. 아까 활을 쏘던 자들은 대략 저 강가로 도망간 것이 분명하다. 우사제는 저곳으로 병사들을 인솔해오라! 말을 타고 가니 두어 식경이면 우린 도착할 걸세. 자네 확실하게 장소를 기억하지? 우리가 먼저 거기 가있겠다."

"예! 사형! 하지만 나도 같이 가는 게 어떠하신……"

"잔말 말고 아우는 내 명을 받게 한식경 후에 거기서 만나세, 자네들은 저 낙타와 물품들을 챙겨오게."

"예, 사형!"

우화탄은 입에 미소를 머금고 말을 달려 쏜살같이 사라졌다. 사구 아래에서 기다리는 무사들에게 전속력으로 달려가도록 명하고는 사구 위의 세 사람에게 손사래를 쳤다. 그는 만일을 대비해 삼인의 무사는 활을 삼십 발씩 나누어 등에 메고 뒤의 사주경계를 하며 나아갔다.

낙타들을 우화탄에게 주어버리고 우거사와 호살 그리고 승면이 말을 몰아 빠르게 날듯이 흑룡강으로 이동했다. 벌판에는 새로운 풍경이 펼쳐지고 있었다. 왼편에는 여전히 아름다운 모래언덕이 계속되고 오른편에는 황토고원, 그리고 앞에는 길게 지평선이 뻗어 있었다. 해가 높게 솟아오르자 사막의 열기는 무서울 정도로 급상승했다. 모래언덕과 지평선과 황토고원은 끝없이 계속되고, 모래바닥에서는 열기가 달아올라 숨을 쉬기가 곤란했다. 말들도 지친 기색이 역력했다. 사구를 오르면서 사주경계를 했지만 지평선까지 모래만 그득할 뿐이었다. 얼마나 달렸을까. 세 사람은 그늘진 사구의 서늘한 아침공기에 잠시 기대며 반식경 정도 말을

걷게 했다. 천산기슭으로 가까워질수록 모래산들은 점차 줄어들기 시작
했다. 멀어진 사구들은 햇살을 받아 음영이 지면서 마치 일그러진 달처
럼 보이기도 했다. 모래바닥 열기가 뜨거워져 말에서 내려걷다가 다시
마등으로 올라탔다. 어느새 사호살은 양의 밥통을 말려 만든 물주머니의
물을 반이나 마셨다. 하지만 말은 아무것도 마시지 않았다.

밀려오는 어지럼증과 무기력증에 큰 검을 짊어진 승면은 다소 지쳐있
었다. 사막의 온도는 이미 인간이 견딜 수 있는 한계를 넘어선 듯 했다.
어지럼증과 무기력 탓인지 앞의 모래언덕과 지평선이 묘하게 이글거린
다. 살아 있는 것이라고는 아무것도 없다. 도마뱀조차 지나가지 않았다.
바람에 지푸라기가 날리는 것처럼 어디선가 날아온 건초들 빠르게 날아
갔다.

"모두 조심하라! 흑산 입구의 협곡에는 언제나 세찬 바람이 분다! 마등
에 바짝 엎드려 몸을 낮추라!"

"예!"

그때였다. 산기슭에서부터 말발굽소리와 커다란 소음이 연거푸 울려
왔다.

"저쪽 관목 숲으로 매복하라!"

우거사의 단발마 같은 명령에 두 사람은 전광석화와도 같이 몸을 날렸
다. 먼지를 일으키며 내려오는 한 떼의 무리는 다름 아닌 좌장군직을 맡
은 창해신창과 그의 수하무사들이었다. 더러는 말을 타고 더러는 부상당
한 채 절뚝거리면서 산을 내려오고 있었다. 우거사와 호살, 승면은 그들
의 앞길을 가로막았다.

"멈추시오! 신창님! 이게 대체 어찌된 일입니까?"

"오! 그대는 후미의 우거사가 아닌가? 반갑소! 이제야 안심이 되는군!

아니? 그런데, 그대들은 모두 세 명뿐인가? 그대들도 모두 당했소?”

“당하다니요? 우리는 선발대로 본대를 찾아 먼저 왔소이다. 후발대는 이제 곧 도착할 것이외다. 그나저나 병력은 모두 어찌되고 오십 명 남짓이요?”

“그게…… 저…… 기습을 당했소. 모래 속에서 수백 명이 나오는 바람에, 그래서 장졸들은 모두 밤에 뿔뿔이 흩어지고, 나와 본대 몇 십 명만 목숨을 겨우 부지했소.”

“백오십 명을 다 잃으셨소이까?”

“창해신검님은? 선봉은 어찌되었소?”

“모르겠소이다. 대사형께서야 설마 무슨 일이야 있겠소, 그분이야 걱정이 되지 않지만 후방의 신퇴가 걱정이 되는 구료. 땅속에서 그야말로 화살이 비 오듯 했소이다. 화살이 어디서 날아오는지도 모르는 상황이고 사막한가운데서 고슴도치처럼 죽을 수는 없어서 없이 이리저리 피하다 보니 여기까지 오게 되었소.”

그때였다. 우화탄이 인솔해온 보급대가 마침내 도착했다. 우거사는 부상당한 병사들을 살피고는 낙타 등의 봇짐 위에 앉아 걱정스러운 표정을 짓고 있었다.

“사제는 본대병사들이 맞은 화살을 살펴보라. 흑산석족 비적들의 것이 맞는가?”

“이 화살은 흑산 비적의 것이 아닙니다. 더욱이 한나라 군사의 살도 아닙니다. 이것은 숙신족 화살로 사료됩니다. 제가 읍루국에서 어릴 적 보았던 그런 화살입니다.”

우거사는 고개를 갸우뚱했다.

“신창장군! 아군을 공격해왔다면 흑산비적과 충돌이 있었을 텐데. 숙신족들이 사막까지 왔다는 것은 이상하옵니다. 흑산비적들이 숙신군의 활과 화살을 대량 구입했을지도 모르는 일입니다. 아무튼 숙신군의 영향이 있는 것은 틀림없습니다."

"숙신은 본래 동부여의 영향권 아래 있는데 어찌 북부여 공주궁의 군사들을 공격한단 말인가?"

"글쎄요."

창해신창은 다시 한 번 자세히 살필 것을 권했다. 부상자들의 몸에서 뽑은 화살을 자세히 살핀 우화탄은 우거사에게 화살을 보였다. 우거사는 한눈에 화살을 알아보았다.

"맞다. 숙신의 화살이다."

우화탄은 또 다른 몇 개의 화살을 들고 면밀하게 살펴보면서 우거사 옆에서 다시 무언가를 생각하느라 골몰했다.

"이리 주어봐라."

"예."

"아니? 이것은 한나라의 화살이다. 어라? 여기 목지국의 것까지도 있구나!"

창해신창은 깜짝 놀랐다.

"임둔 진번 잔존세력들이 한나라에 반란을 일으켜 그 세력이 흑산에서 서쪽으로 향했을 뿐만 아니라 다시 동쪽의 숙신까지 진출했다는 말은 들었으나 이렇게 북부여 가까이에 출몰할 줄은 몰랐는데?"

그들은 숙신과 목지국까지 내통을 하는 모양이었다.

"비적산채에 날랜 무사로 하여금 정탐을 하는 것이 좋겠다."

창해신창이 신중한 표정으로 말했다. 그리고는 정찰병을 보낸 지 한각이 채 못 되어 창해신창은 흑산 산기슭의 수적의 근거지를 알아냈다. 우거사의 의견을 참작하여 우선 군을 기슭의 안전한 장소로 집결시키고 비적산채의 천여 장 거리에 주둔시켰다. 정찰병의 정보에 따르면 시야에 들어온 비적들은 모두 백 명이 안 된다고 하였으나 막사안의 병력이 얼마인지는 가늠할 길이 없었다. 한나라군의 잔당들이 북부여군 이백 오십 명을 제압할 정도이면 기백 명 이상일 것이므로 그들과의 전면전은 불가했다. 강 건너에서 대략 살펴본 바로는 적의 규모를 알 수 없었다. 현재 우군 칠십 명 정도로는 기습으로 비밀리에 산채에 잠입해서 공격할 수밖에 없었다.

창해신창은 사호살을 불렀다. 그리고 후방공격 선발대를 맡겼다. 우거사 일행은 정면으로 선발대를 이끌고 공격을 하고 사호살은 후방을 치도록 계획하였다. 사호살은 날랜 병사 십여 명을 선발했다. 물론 경공이 뛰어난 대원만으로 이루어진 선발대였다. 흑산 비적의 산채에 도착한 것은 오후 늦은 시각이었다. 산채 뒤쪽의 절벽에 은신한 사호살 일행은 산 아래를 굽어보며 작전을 짜기 시작했다.

모든 계획은 우거사가 생각해 낸 것이지만 그는 정작 선발대에 가담할 수 없었다. 그는 창해신창이 본대를 맡아 지휘하는 동안 정면의 선발대원들을 이끌어야 했다. 작전은 가변적이었다. 먼저 일단 어둠을 기다려 막사를 염탐하고 한나라 군대가 산채에 주둔했을 경우, 비밀리에 잠입하여 막사에 불을 지르고 기습공격을 하는 것이고 혹 비적들만 수십 명이 있을 경우 기습으로 전면전을 벌이고 우거사가 이끄는 본대지원군 오십 명이 산채로 들이닥치는 것이었다.

사호살 일행은 열 명은 조심스럽게 흑룡강을 건넜다. 열 명이 모두 수영을 잘하는 선발조였지만 흑룡강에 이무기가 있다는 소문에 그들은 모두 한손에는 검을 빼어들고 다른 한손으로 수영을 했다. 수영이 가장 능한 승면이 먼저 강을 무사히 건넜다. 그리고 두 번째 병사가 기슭에 다다르려는 순간 중간에서 비명소리가 들렸다.

"으악!"

"쉬잇! 뭐야?"

"물밑에서 뭔가가 잡아당겨요! 으악!"

중간의 병사가 물 아래로 빨려 들어가듯이 물에 잠겼다가 솟구치기 반복했다가 다시 솟구치며 안간힘을 썼다. 맨 뒤에서 따라오던 호살이 급하게 앞으로 다가왔다. 그러자 신기하게도 두 사람이 물 위로 솟아올랐다.

"푸! 하! 헉헉!"

"괜찮소?"

"죽는 줄 알았네! 물귀신들인가 봐요."

"아니요. 수귀들이라면 이유 없이 열 명의 군사들에게 공격을 감해하지 않았을 것이요."

"엄청난 괴물이 물속에 있는 것 같아요!"

"내가 가보리다!"

호살은 화살을 활에 매긴 후 물속으로 잠수했다. 한동안 물거품만 간간히 수면 위로 올라왔다. 그러나 호살은 좀처럼 물 위로 나오지 않았다. 어마어마한 거대한 물체가 물속에서 은근하게 움직이는 것도 같았고 강물 전체가 출렁거리며 깊은 곳에서 큰 움직임이 일어나는 것도 같았다. 그리고는 한참 후에야 호살이 물 위로 솟아올랐다. 그리고 잠시 후 가히 열 척은 되어 보이는 거대한 물고기가 물 위에 둥둥 떴다. 이무기였다. 이무기는 호살의 화살을 아가미 부위에 정통으로 맞고 죽은 모양이었다. 승면이 호살에게 다가왔다.

"괜찮아?"

“응.”

“물속에 엄청난 괴물이 있는 것 같았는데 니가 물속으로 들어가고는 이내 사라진 거 같애.”

“뭐가 엄청나다는 거야?”

“겨우 이무기 한 마리는 아니었는데 강물의 출렁거림으로 보아 열 마리는 넘는 줄 알았어. 힘들지 않았어? 나는 수면에 안개가 깔리길래 용이 나타난 줄 알았어.”

“그래? 용은 무슨, 물속에는 이무기 한 마리가 그냥 멍청하게 떠 있길래 활로 쏘았지 뭐. 어서 가자.”

“으응.”

무사히 강을 건넌 호살 일행은 산채 뒤 절벽의 관목 숲에 은신했다. 승면이 먼저 뛰어난 경공으로 절벽으로 날아올라 길을 열었고 나머지 병사들이 차례로 절벽에 기어올랐다. 해가 지자 그들은 완벽한 은폐를 할 수 있었다. 절벽은 하루 종일 강열한 태양열을 머금고 있어서 뜨거운 방안 바닥과 벽 같았다. 몸에 가득 찬 열기는 초경이 가까워서야 수월해졌다. 어지럼증과 무기력증이 조금 가라앉고 나서 하늘을 쳐다보니 여기저기에서 은하수가 흐르고 있었다. 사호살은 긴장을 풀기위해 북두칠성과 이십팔수의 별자리를 이리저리 찾아보았다. 마치 금방이라도 땅으로 쏟아질 것 같은 별들이 저토록 많았다는 것이 새삼스러웠다. 그리고는 늘 부친이 별처럼 위대한 사람이 되라고 말해주셨던 말 하나하나가 다 떠올랐다. 그리고는 자신도 모르게 주먹을 힘을 불끈 쥐어보았다. 알 수 없는 자신감이 밀려와 가슴 속이 든든해지는 것 같았다. 그는 승면에게 염탐을 준비시켰다. 먼저 사호살과 승면이 산채를 둘러보기 위해 잠입하기로 하고 열두 명을 네 개조로 나누어 사호살의 신호를 기다리기로 했다.

절벽 아래로 산채의 후원의 문에서 별각까지 가는 길은 좌우가 꽃이 만발한 아름다운 숲으로 이어져 있었다. 사호살은 승면과의 거리를 십여 장 옆으로 벌리고 별각의 지붕으로 오르기 시작했다. 그는 아무도 없다는 수신호로 승면을 불렀다. 그리고는 본대의 대형막사 방향을 잡았다. 좁은 길을 꺾어드는 순간 그는 갑작스런 긴장감이 들었다. 보이지는 않지만 뇌옥으로 향하는 숲의 소로길이 꺾어지는 길 너머에 누군가가 있다는 것을 느꼈기 때문이었다. 바로 별각에서 십장 정도 떨어진 곳이었다. 별각에서 뇌옥으로 난 길에 있는 본채와 정문 쪽의 별채 쪽으로 십여 명의 산적들이 보였다. 그뿐만이 아니었다. 산적두목의 본채 주변에는 몇 명인가가 몸을 소리 없이 은닉하고 있는 것이 아닌가? 사호살은 조용히 몸을 숨기고 있는 비적초병들도 놀라웠지만 그들의 위치와 소음을 알아차린 자신에게 더 놀라고 말았다. 이 모든 게 지난밤 우거사가 내공을 불어넣어준 덕분이었다. 그는 먼저 숲속의 매복한 산적의 뒤로 다가가 소리 없이 입을 막고 목을 돌려 꺾었다. 그리고 다시 그림자처럼 다가온 승면에게 본채 부근의 네 명의 초병이 있다고 알려주었다.

여기저기 보이는 초병들은 토번의 정규군이 아니었고 마굿간의 말들도 몇십 마리에 불과했다. 몇몇 동의 별채와 본채를 다녀온 승면은 확신했다.

"호살아! 한나라의 대군은 여기 없어. 선발조를 부르고 본대에도 연락하여 전면전으로 기습을 해야 할 것 같다."

"좋다! 창해신창님에게 신호해라. 기습으로 기선을 제압하자."

승면에 절벽에 은신한 매복조에게 수신호를 하는 그 순간 별각의 어두운 곳으로부터 검은 인영이 그들을 향해 무서운 속도로 공격해 오는 것이었다. 그들은 이미 사호살 일행을 보고 준비를 하고 있었던 모양이었다.

"침입자다! 군사가 쳐들어왔다!"

그들은 고함을 치면서 맹렬하게 달려들었다. 네 명의 초병들은 호살과 승면에게 각각 두 명씩 달려들어 창을 찔러댔다. 그때마다 창과 칼을 서로 부딪쳐 예리한 금속소리를 냈다.

"네 놈들은 누구냐!"

어느 틈엔가 산채의 두목이 나타났다. 그는 무척이나 분노한 표정으로 철퇴를 들고 소리쳤다.

"저놈들을 모두 죽여라! 여기 들어온 이상 한 놈도 살려두지 않겠다!"

그는 전원 전투태세를 할 것을 명했다. 하나 둘 새로 나타난 산적들은 기도가 범상치 않았다. 그들은 예상외로 전투경험이 많은 자들이었다. 사호살은 태어나서 처음으로 무서운 살기를 느꼈다.

"호살아! 우리가 왔다!"

때마침 우거사와 우화탄 아저씨가 선발대를 이끌고 담을 넘었고 그들은 들어오면서 목책에 불을 놓아 본대에 전면전의 신호를 알렸다. 사호살은 잠시 후 냉정을 찾았다.

"들거라! 비적들아! 나는 복단회의 사호살이다! 지금이라도 무기를 버리고 순순히 나의 말을 들으면 목숨을 살려줄 것이니 저항하지 말라. 저 문밖에는 우리 군사 수백 명이 진을 치고 있다. 그들은 잠시 후 밀물처럼 이곳에 쳐들어올 것이다 어떠냐? 내 명을 따르겠느냐!"

"개소리 마라! 한 놈도 살려두지 말고 죽여라!"

산적들은 두목의 명을 떨어지자 함성을 지르면서 사호살 일행을 공격하기 시작했다. 사호살은 수적으로 열세인지라 군사들의 기를 죽이지 않게 하기 위해 제일 앞에 서서 그동안 배운 조장군의 기본검법으로 앞서 공격하는 세 명의 비적을 멋지게 베어 쓰러트렸다. 그들은 잠시 주춤했지만 다시금 소리치며 뛰어들었다. 그때 커다란 목소리가 산채에 울려났다.

"물러나라!"

보기에도 섬뜩한 모습의 얼굴에는 커다란 칼자국이 나 있었다. 대머리에 가슴에는 설표가죽을 두른 털복숭이 거한은 나타나자마자 야수처럼 포효했다. 산채 여기저기에서 이글거리는 횃불 때문에 그의 모습은 더러 괴기스럽기까지 했다. 목소리 또한 산채를 찌렁찌렁하게 울렸다.

"너는 누구냐?"

"나는 백산 사씨촌의 사호살이다! 네가 사씨촌을 공격하여 우리부족을 몰살시켰느냐?"

"뭐? 하도 많이 죽여서 기억이 없다만 그럴지도 모르지! 껄껄껄."

"오냐! 네놈은 내 칼에 죽으리라!"

"허허! 어린놈이 제법이구나! 나는 산채 부두목어르신이다. 어디 한번 나와 목숨을 걸고 겨루어보자!"

"오냐! 좋다!"

사호살은 자신의 검을 놓고 대신 승면의 장검을 꺼내들었다.

"그건 무슨 말라비틀어진 쇠막대기냐? 내 칼을 받아랏!"

털보의 완력은 대단했다. 그가 내려치는 검의 위력은 가치 보통무사의 두어 배에 해당하는 무게가 실려 있었다. 털보의 칼을 받아낼 때마다 승면에게 받은 장검이 징징 울렸지만 사호살은 그의 강력한 검들을 다섯 초식이나 받아냈다. 부두목은 적지 않게 당황한 기색이었다. 사호살로서는 그의 막강한 공격을 이처럼 가볍게 막아내는 자신이 대견할 뿐이었다. 그는 털보가 당황하여 주춤할 때 지난밤 우거사에게 배운 검초 제이 초식을 펼치기 시작했다.

"이룡분광!"

호살의 오룡검법 제이 초식은 대단히 현란했다. 손목에 내공을 주입하여 검을 찌르며 빨리 회전시켜 검끝에서 두 마리의 용이 음양으로 빛나며 검의 기가 뿜어져나오는 듯한 검법은 일방적으로 산적 부두목을 몰아붙였다. 뒷걸음치며 겨우겨우 사호살의 검을 막아내던 거한은 불과 네 번째 검을 막다가 뒤로 나가자빠졌다. 사호살은 재빨리 다가가 그의 머리통을 검집으로 후려치자 그는 개구리처럼 뻗어버렸다. 호살은 아버님의 원수에 대한 감정이 복받쳐 쓰러진 그를 발로 밟고 또 밟았다.

"보았느냐! 비적들아! 너희들은 나 사호살을 당하지 못한다. 괜히 귀한 목숨 버리지 말고 지금이라도 무기를 버리고 투항하라!"

"나서라! 모두 저놈을 죽여라! 뒤로 물러나면 죽음뿐이다!"

비적두목은 뒤로 숨어서 전투를 독려했지만 이미 산적들의 사기는 저하된 지 오래였다. 설사 그들이 용기가 있다손 하더라도 부두목이 처참히 당한 것을 보고는 선뜻 나서지 않았다. 바로 그때 정문에서 창해신창이 이끄는 본대가 도착한 모양이었다. 커다란 굉음과 함께 산채의 문이 함락되고 있었다. 비적두목은 철퇴를 버리고 도망가기 시작했다. 그 순간 사호살은 놀라운 속도로 비적두목을 따라잡았다. 호살은 승면에게 배운 경공술을 사용해 도망가는 비적두목을 덮쳐 쓰러트린 것이다. 그러자 그는 품속의 칼을 꺼내들고 사호살에게 저항했다. 사호살이 물러나려는 순간 허공을 가르는 핑하는 소리와 함께 창해신창의 표창이 날아들어 그의 단검에 적중하였다. 비적 두목은 바닥의 돌멩이들을 주워 북부여군사들에게 집어던지기 시작했다. 그의 돌팔매질은 겉으로 보기에는 별것 아닌 것 같았으나 돌에 맞은 군사들은 맥없이 픽픽 쓰러지는 것이 아닌가. 최소한 십여 명이 속수무책으로 돌에 맞았다. 마치 자갈밭의 괴물과도 같은 모습으로 주먹만 한 돌을 던지는 그는 미친 듯이 돌을 던져댔다. 어떤 병사는 머리에 돌을 맞아 피를 흘리기도 했다. 사호살은 돌팔매질을 하며 창해신창에게 창을 던지라 명하고는 산적두목의 주의를 끌었다. 창해신창의 창은 허공을 가르는 굉음을 내며 거의 빛의 속도로 날아와 정확하게 산적두목의 가슴에 꽂혔다. 일격에 거한이 죽었다. 창해신창은 아주 간단하게 그 괴물을 처치한 것이었다.

막상 두목이 쓰러지자 비적들은 우왕좌왕하면서 도망가느라 바빴다. 그때 정문에서부터 밀고 들어오는 본대 앞에서 우거사가 크게 외쳤다.

"도망치는 자는 죽고 무기를 버리고 투항하면 살려준다!"

그의 말이 끝나기 무섭게 도망가는 자를 호살은 활로 쏘아 맞혀 죽였다. 공주가 친히 하사한 궁은 실로 그 위력이 대단했다. 호살의 화살은 경천동지할 만했다. 그 살벌한 분위기 때문에 산채는 일순간에 조용해졌고 살아남은 삼십여 명의 비적들은 모두 투항했다. 창해신창은 말에서 내려 사호살에 다가와 놀랍게도 깍듯이 인사를 했다.

"장하군! 네가 큰 공을 세웠구나. 호살아! 그리고 승면이도 수고가 많았다."

"아닙니다. 신창님께서 수괴를 죽였는데요. 뭘!"

뇌옥에 잡혀있던 사람들을 풀어주고 본채에서 비적들이 약탈한 물건들을 챙겨 낙타와 말에 싣고 북부여 공주궁으로 귀대하기위한 준비를 마치자 동쪽의 흑산 산등성이가 밝아오고 있었다. 그제서야 부상자와 함께 창해신검과 창해신퇴가 산채로 당도했다. 창해신검은 사막에서 그 많은 비적들을 모조리 죽였던 것이었다. 그는 간략하게 창해신창에게 보고를 받았다. 그리고는 낙타에서 내려서서는 사호살에게 손을 흔들며 그의 공을 인정했다. 신검의 일행은 사막해서 매복했던 적 군사들과 사막폭풍 속에서 혈투를 벌였기 때문에 백여 명의 병사들이 거의 부상을 당한 모양이었다.

창해신검은 급한 부상자를 손수 치료했다. 그는 모두에게 아침을 먹게 하고 험한 산길보다는 둘러가지만, 부상자들을 생각하여 편안한 황토 사막길로 복귀하기로 했다. 정오 무렵이 되어서야 어제 본대가 사진폭에 당한 부근을 지나치게 되었다. 모래바람이 제아무리 심하게 불었어도 여기저기 나뒹구는 시신들을 모두 다 날려보내지 못한 모양이었다. 전투의 흔적과 수십 명의 신체들이 모래 여기저기에 파묻혀 있는 것이 보였다. 한눈에 보아도 누런 복장의 한나라군이 대부분이었다. 창해신검은 부대를 정지시켰다.

"모두 말에서 내려 시신들을 수습하라!"

"아니 신검님? 돌아갈 길이 급한데. 죽은 자들은 일단 놔두시지요."

"우거사! 어찌 동료들의 시신을 버리고 간단 말인가. 수습해야 하오!"

"제군들은 들어라! 우리 군사들의 시신을 모두 수습하고 신상명세를 파악하라!"

"예!"

모래 속에서 시신이 계속 나왔다. 부여군들은 대부분 화살에 맞아 죽었거나 몇몇 장졸들은 전투에서 칼에 맞은 모양이었다.

"모두 몇 명인가?"

"지금까지 찾은 시신은 모두 구십오 기이옵고, 아군인 공주궁 소속의 군사가 십여 명이옵니다."

"알았다. 소속과 이름을 아는 자를 파악하고 모두 시신을 한데 모아 향을 피우라."

창해신검은 사호살에게 후방의 사주경제의 지휘를 맡겼다. 그리고 장군들이 타는 큰말을 주었다. 호살은 몇 번을 사양하다가 낙타를 타기로 했다. 사실 낙타를 타려면 낙타와 동심일체가 돼야 했다. 흔들리는 낙타의 걸음을 따라 안장 위의 손잡이를 잡은 손의 힘을 적절하게 놓았다가 풀어 줘야 하고, 다리와 발은 구르듯 당겼다 펴야 하며, 엉덩이와 허리는 상하 앞뒤로 유연하게 버텨야 했다. 처음 큰 동물을 타면 온몸이 쑤시긴 마찬가지지만 그렇다고 내려서 뜨거운 사막 길을 걷는 퍽이나 괴로운 일이었다. 한낮의 뜨거운 열기의 모랫길을 온종일 걸어간다면 아무리 강한 동물도 몇 시간 못 되어 지쳐 쓰러질 것이다. 사호살은 커다란 사구가 나올 때마다 휴식을 취하고 병사들에게 목을 축이게 했다.

인근의 비적의 분초들을 돌아보고 완전한 섬멸을 확인 한 창해신검은 귀궁을 서둘렀다. 흑룡강을 떠나 다시 사막 길로 접어들자 우려한 대로 맞바람이 불고 있었다. 날이 어두워지기 시작하면서 바람은 아까보다 거세어졌다. 멀리 모래언덕 위로 용오름이라고 부르는 회오리바람이 지나가고 있었다. 길게 기둥처럼 뻗은 용오름은 한 개가 지나가자 마치 기다렸다는 듯 또 한 개가 희부연 귀신처럼 지나갔고, 잠시 후에는 여러 개의 기둥이 차례로 모래언덕 위에서 일어서기를 반복했다. 황혼이 대장관을 보여주려는 무렵에 천지는 온통 모래먼지로 휩싸여버렸다.

바람이 점점 드세어졌다. 잔모래가 마구 날아와 팔과 어깨와 얼굴을 때렸다. 두건으로 코와 눈을 가리고 걸었지만 모래와 흙먼지는 틈을 찾아 눈가에 귓가에 구석구석을 파고들었다. 낙타에 탄 부상자들은 천으로 온몸을 감싼 채 시체처럼 엎드렸지만 우거사만은 눈을 감고 편안한 표정이었다. 창해신검도 커다란 천을 뒤집어쓰고 겨우 얼굴만 내 보이며 낙타 등에서 흔들리고 있었다. 짐과 사람을 실은 낙타는 상체를 꼿꼿이 세우고 눈을 끔벅이면서 코를 씩씩거렸다. 다만 호살과 승면만이 바람 부는 뒤 쪽을 향하여 똑바로 앉아서 눈을 가늘게 뜬 채 사방을 쉼 없이 둘러

보고 있었다. 모래폭풍 때문에 시야는 안개가 긴 것처럼 희미했다. 말 아래 모래바닥을 내려다보니 모래가 바람에 길바닥을 마치 풀밭의 뱀처럼 마구 꿈틀대며 지나갔다.

본대와의 거리를 두기 위해 사호살은 일단 전열 정비를 위해 행군을 멈추었다. 장졸들과 지친 비적포로들은 모래 위에 뻗듯이 드러누웠다. 사호살은 물과 말린 떡을 저녁식사로 배급해주었다. 다시 밤이 찾아오고 투명하리만큼 맑은 하늘에 박힌 별은 보석처럼 아름답게 빛나고 있었다. 더위는 여전하였지만 사호살은 정신이 맑았다. 승면은 사호살에게 비적 산채에서 가져온 강족들이 먹던 맛있는 큼지막한 떡을 가져왔다. 그 떡에는 각종 채소와 향채를 섞은 볶음밥알과, 꼬치에 끼워 구운 양고기가 들어있었다. 호살은 자신에게 가져온 떡을 병사들에게도 골고루 나누어 주었다. 승면은 모래바람 속에서 떡을 우적우적 먹으면서 말했다.

"우리가 이 고생을 한 거 복단회에서도 알아줄까?"

"글쎄, 그렇겠지 뭐."

"이틀 밤을 세웠으니, 졸릴 만도 할 텐데 너는 괜찮은가봐?"

"솔직히 말해 나도 죽겠지 뭐, 하지만 후미 경계를 맡았으니 어쩌겠냐? 자! 또 출발하자!"

사호살은 피로가 몰려왔지만 아무리 눈을 감고 있어도 잠을 잘 수는 없었다. 다시 행군을 시작하자 이번에는 온몸이 가려워서 견딜 수 없다. 비적과 싸우느라 땀을 많이 흘렸기 때문에 씻지 못한 몸에 먼지를 뒤집 어썼기 때문에 피부가 퍽 가렵고 쓰라려왔다. 낙타등 위인데도 얼굴과 목 주변에 모기 소리가 윙윙거렸다. 사막은 보통 모기가 없는 곳인데 한 여름이라 그런지 각다귀들이 몰려든 모양이었다. 피를 흘린 부상병들이 많은 탓이리라.

"전령이오!"

본대에서 급하게 말을 타고 전령이 당도했다. 호살은 일단 책임자로서 그를 맞았다.

"속히 본대로 합류하라는 신검님의 명이요!"

"예? 왜요?"

"모릅니다. 전군 최고 속도로 전방 오리에 주둔한 본대로 진군하시오."

"알았습니다."

사막 길은 이제 거의 끝이 난 모양이었다. 길은 이미 단단한 흙길이었다. 본대는 이미 사막이 끝난 흑수의 나루에 당도해 있었다. 그리고 커다란 만장들이 즐비한 것으로 보아 공주님이 행차하신 모양이었다.

이번 전투에서 부상당한 군사들을 대신할 공주궁의 수비대인 두막루부대를 이끌고 왔다. 두막루부대는 창해신검이 직접 훈련시킨 북부여 공주궁의 최정예부대 기마부대였다. 그들은 불과 일천에 불과했지만 웬만한 병사 만 명과 맞먹을 정도였다.

막사의 정중앙에서 공주가 매우 반가운 표정으로 일행을 맞아주었다. 그리고 공주는 우거사 일행을 불러 치하했다.

"큰 공을 세웠으니 내 마음이 무척 흡족하군요. 우거사와 우협객 그리고 사호살과 홍우승면은 그만 물러가도 좋아요."

"예? 또 다른 전투가 있습니까?"

"우린 개마산의 비적 잔당을 토벌할 것입니다. 앞으로 열흘은 더 간다고 봐야지요."

"그렇군요."

"자! 호살과 승면은 고생이 많았다. 약속대로 황금 열 냥을 지원하겠다. 자! 황금을 받거라!

"예, 공주님, 감사합니다."

금 열 냥을 받아든 호살과 승면은 싱글벙글하느라고 입이 다물어지지가 않았다.

"거금이니 특별히 조심하고, 복단회로 돌아갈 때, 행여 비적을 만나지 말고 조심해서 가거라."

"아이구! 공주님도 참! 비적들이 이 아이들을 만나면 그들이 재수가 없는 거지요. 히히히."

"허! 이 사람!"

창해신검이 농담을 하는 우거사를 만류했으나 이미 좌중은 웃음바다가 되어 버렸다.

하하하하, 허허허, 호호호호

제2부
용들의 몰락

우발수의 기인

공주와 모든 군사들이 떠나고 나자 우거사와 우화탄은 난감했다. 그리고 우거사는 아니나다를까 장난기가 발동했다.

"호살아, 너 우발수(優渤水)라고 들어보았느냐?"

"예? 우발수요? 처음 듣는데요."

"우발수는 말이다. 아주 신기한 곳이지. 넉넉하기가 바다와 같은 호수가 바로 우발수이니라."

"그런데요?"

"거기에 바로 해치가 산다는 거 아니냐! 너 해치 알지? 그게 말이야, 모든 비밀을 다 알려주는 신비한 영물 아니냐!"

"그렇지만 우리는 복단회에 속히 돌아가야 해서……"

"인마! 너 정연이도 봐야 하고 네 부모가 누군지도 알아야 할 거 아냐! 안 그래?"

"그렇기는 하지만……"

"호살아! 너 우발수에 같이 가자. 을탄광소 의원에도 들러보구말이야.

이틀이면 다녀와. 정연이랑 같이 가자! 기기 가면 해치가 모든 네 비밀을 알려줄 거야. 그리구 사씨촌과 우씨촌을 몰살시킨 원흉을 알아봐야지."

"정말이요? 해치가 모든 걸 알려준단 말이에요?"

"암. 그렇고말고."

"하지만 우리가 해치를 만난다는 보장이 있어요?"

"그거야 가봐야 알지. 그리구 말이야, 창해신창이 그러는데 이번 비적들의 소굴로 그 해치에게서 들은 거라고 하더구나?"

"예? 그래요?"

"그래, 그러니까 지금 가면 해치를 만날 수 있을 거다. 그럼 가는 거지?"

우거사는 조금 능글맞은 표정으로 재미난 일이 생겼다는 몸짓을 했다. 우화탄은 조금 마음에 걸렸지만 어차피 호살을 위한 일이니 묵묵히 동의했다. 그리고 호살은 무엇보다도 정연과 함께 간다는 말에 마음이 돌아섰다. 그는 다짜고짜 깐깐하게 구는 승면을 설득하기 시작했다.

"승면아! 우리 같이 가자. 어차피 사부님은 한 달 동안 폐관 수련을 하시니 우리 사람을 사서 이번 전투에 참가한 것을 알리고 며칠만 더 있다 가자."

"그러다가 걸리면 고사형한테 죽도록 맞으려고?"

"너와 나만 아는데 어떻게 걸려?"

"그야 모르지, 나중에 공주님께 말해서 사부님 귀에 들어갈지?"

"야! 걱정을 일부러 만들어서 할 필요는 없잖아? 안 그래? 너두 요하지방에 있는 홍우씨 친척을 알아보고 싶다고 했잖아. 같이 가자! 응? 맨날 고사형이 너보고 홍씨도 아니고 우씨도 아닌 사이비 성이라고 놀렸잖아? 안 그래? 우리 가서 홍우씨의 가문도 찾아보자 응?"

"그래도 나는 어째 좀 마음에 걸린다."

"야! 그 걸린다는 소리 좀 하지마!"

"알았어? 그럼 딱 이틀 만에 다녀오는 거다?"

"물론이지."

그리하여 네 사람은 을탄광소 의원에 들러 정연을 데리러 갔다. 모두가 출정하여 거의 빈집이나 다름없는 의원에 뜰 의자에 정연이 따분한 표정으로 있다가 우거사 일행을 보고는 반가라고 뛰어나왔다.

"벌써 오신 거에요?"

"오냐."

"비적을 다 물리치셨어요?"

"그럼! 이 아저씨가 몽땅 다 잡았느니라."

"에이! 우거사 아저씨는 맨날 뻥만 쳐서 믿을 수가 있어야지요."

"뭐? 뻥? 요 녀석이, 허허허."

"우협객님에게 여쭈어봐야지, 아저씨 우거사님 말씀이 정말이에요?"

"그래. 그리고 이번에 호살이와 승면이가 큰 공을 세웠다."

호살이 정연을 바라보자 호살은 쑥스러운듯 괜시리 자신의 어깨에 메고 있는 활과 화살을 만지면서 다른 곳을 쳐다보았다. 정연도 겸연쩍어서인지 호살에게 직접 물어보지 않고 계속 우화탄에게 질문을 했다.

"사막에서도 싸웠어요? 근데 흑룡강에 정말 흑룡이 있었나요? 그리구 비적들을 다 죽였어요?"

"아, 이 녀석아! 하나씩 물어봐야지 대답을 하지! 그리고 나한테 묻지 말고 호살이한테 직접 물어보라구!"

"예? 예……"

"좋아하면 말도 못하냐?"

하하하, 허허허허

승면은 사람을 사서 복단회에 보내고서야 겨우 안심을 했다. 아무래도 고영황 사형에 대한 걱정이 컸기 때문이었다. 하지만 호살은 복단회에 대한 걱정보다는 자신이 태어 난 곳에 한번 가보고 싶었다. 그는 우화탄 의 눈치를 보며 겨우 입을 열었다.

"아저씨……"

"뭐냐?"

"저어, 아저씨가 저를 발견하신 요하에 한번 가보면 안 될까요?"

"지금 말이야?"

"예."

"글쎄다. 왕복 이틀은 족히 걸릴 텐데…… 에라! 모르겠다! 한번 가보 자꾸나! 너두 네 출신이 궁금하겠지, 자! 가자!"

요하의 용나루는 생각보다 대단히 협소한 곳이었다. 우화탄은 불탄 흔 적만 남은 나루터의 주막과 몇몇 집터를 둘러보고는 한숨을 내쉬었다.

"십여 년 전 만해도 표국사람들과 대상들이 떠들어대고 술을 마시며 여독을 풀고 쉬었다가는 곳이었는데…… 인생무상이로구나. 이렇게 폐 허가 되어버렸다니…… 인근에 민가도 없으니 물어볼 데도 없구나. 호살 아! 보아라! 여기 박달나무 아래의 이 집터가 네가 태어난 곳이었는지 모 른다. 그때 팔십이 넘어 보이는 백발의 노인이 나에게 너를 맡겼던 바로 그 집이다!"

"그래요?"

호살은 집터를 이리저리 돌아다보았지만 불에 탄 돌조각만 뒹굴뿐이 었다. 그가 망연자실하고 있자 곁에 서있던 정연이 옆에 나란히 서서 뭐 라고 위로를 할까하고 안타까운 표정을 짓고 있었다. 하지만 그뿐이었 다. 두 사람은 서로를 바라보고 서로의 눈망울이 촉촉해진 것을 알아차

리고는 누가 먼저랄 것도 없이 고개를 돌려 눈시울을 훔쳤다. 요하인근
의 노인들과 행인들에게 한씨 일가족의 소식이나 용에게 멸문당한 홍우
씨 가문에 대해 물었지만 결국 허사였다. 호살과 승면은 결국 의기소침
해지고 말았다. 우화탄은 아이들이 딱했지만 별 수가 없었다.

"그만 가자! 후에 내가 어떻게 해서든 네 부모님인 가족의 소식을 한번
알아보마. 또 홍우씨도 한번 알아볼게. 나도 아직 홍우씨라고는 너밖에
모르지만 말이야. 후후."

"고맙습니다. 아저씨!"

"서두르자."

부여로 돌아오는 길 내내 정연과 호살은 어찌된 영문인지 친남매처럼
다정한 사이가 되어버렸다. 때문에 호살은 부쩍 기운이 났고 발걸음이
가벼웠다. 다만 승면은 호살과 정연이 서로 다정하게 지내는 것이 눈꼴
이 사나웠던지 줄곧 어깃장을 놓았다.

출발 전에 우화탄은 해치를 만났다는 사람에게서 그 정확한 위치를 알
아냈다. 정연과 호살은 들떠서 말 위에서 연신 해치에 대한 이야기로 쉴
새 없이 이야기를 나누었다. 하지만 승면이나 우화탄도 해치를 만난다면
자신의 가족에 대한 소식을 들을 수 있기를 간절히 원했다. 승면은 해치
라는 신비의 동물이 실제로 있다는 게 무척이나 신기한 모양이었다.

"그런데, 우거사님, 해치는 어떤 동물이에요?"

"해치는 말이다. 지상에 살지만 용이나 봉황처럼 천상의 명을 따르지.
해치는 시비와 선악을 판단하여 안다고 하는 신비의 동물이긴 해도 하백
의 명을 따를지는 알 수 없어. 모양도 괴상해, 호랑이와 양을 합쳐놓은 모
양과 비슷하나 용처럼 머리에 뿔이 있지. 해치는 천상신이 달아준 방울
에서 악을 물리치는 영롱한 소리가 난다고하지. 몸 전체는 비늘로 덮여

있다고 알려졌다. 또한, 거드랑이에는 날개를 닮은 깃털이 나 있고, 여름에는 늪가에 살며 겨울에는 소나무 숲에 산다고 알려져 있지. 혹여 길을 다니다가 해치(獬豸)가 부정한 사람을 보면 뿔로 받는다는구먼. 난 말이야, 흑룡강 상류에 있는 지상신인 하백이 천상신물 해태를 파수꾼으로 잡아다 놓지는 못했을 거로 본다.”

“하지만 해치라 해도 하백의 수하들인 물귀신에게 싸우면 질 거 아니에요?”

“그거야 알 수 없지, 싸워봐야 알지 뭐! 물귀신은 물속에 살아서 그런지 긴 생선모양으로 몸이 아주 늘어졌어. 키는 보통 사람의 두 배 이상 크며 아주 말랐지. 보통은 하늘거리는 몸매로 물속에서 솟구쳐 나와서는 머리는 길게 풀어헤치고 그 긴 머리 사이로 눈이 번쩍거리지. 몸에서 심한 비린내가 나. 보통 신은 신고 있지 않으며 육지에 올라와 있을 때에도 계속 머리카락과 옷에서 물이 뚝뚝 흘러내리지. 낮에는 머리를 묶고 있다가 밤에는 머리를 풀고 다닌다. 낮에는 깊은 물속을 헤매고 다닌다고 들 하지. 담력이 약한 사람에게는 달려들어 물로 끌고 가지만 담력이 강한 사람에게는 더 이상 달려들지 못하고 물러난다는 거야. 하지만 전투가 벌어지면 조심해야 돼. 그놈들은 날카로운 도끼를 지니고 다니는데 평소에는 그 도끼가 보이지 않다가 싸움이 나면 물귀신 손에 어느 틈엔가 도끼가 들려있게 되지. 참 이상한 노릇이야.”

해치가 출몰한다는 곳은 두 곳이었다. 북부여 서쪽의 벽호와 비서갑 지역의 넓은 호수인 우발수였다. 비서갑은 백산의 북쪽에 있어서 호살에게는 고향에 대한 그리움이 가득한 곳이었다. 다섯 사람은 말을 달려 반나절 만에 벽호에 도달했다. 그러나 인근을 샅샅이 뒤져도 해치는커녕 너구리나 족제비도 찾을 수 없었다. 다섯 사람은 하는 수 없이 다시 비서갑의 우발수로 향했다.

우발수는 생각보다 넓었다. 바다 같은 흑수에 비하면 작다고 하지만 일단 수평선이 보일정도로 어마어마했다. 호살은 호수를 다 돌아본다는 게 엄두가 나지 않았다. 이미 날은 저물고 있었다. 땅거미가 내리기 시작한 호수는 물안개 때문인지 신비하게 보였다.

"우거사님, 그런데 해치를 어디에서 찾죠?"

"글쎄다."

"그럼 혹시 해치가 출몰할 만한 위치는 어디인지 감이 잡히세요?"

"글쎄다."

"아이구! 답답해!"

"벽호는 솔밭 부근이라고 했는데 거긴 아무것도 없었고, 여기 흑수쪽으로는 용바위 부근이라 했는데 저 절벽부근에 있는 바위가 다 용같이 생겨먹어서 통……"

"무슨 용 닮은 바위가 있다는 거에요?"

"저길 봐라. 작은 용, 중간 용, 기다란 용, 용이 무지하게 많네!"

"모든 바위를 무턱대고 용을 닮았다고 하지 마시고, 혹시 용이라면 길고 커다란 바위가 아닐까요? 우거사님?"

이번에는 정연이 나섰다. 그리고는 왼쪽 언덕 위 기다란 등성이의 바위를 가리켰다. 그 긴 바위는 흡사 가래떡처럼 생긴 것이 용바위처럼 보였다.

"저리 가보자!"

"예!"

우거사는 경공으로 날아올랐고 호살과 승면도 뒤를 따랐다. 마치 세 마리의 새처럼 그들이 날아가자 정연은 감탄해마지 마지않았다.

"우와! 어쩜 저리도 멋지게 날아오를까?"

우거사는 주위를 살폈다. 물가는 가파른 절벽이라서 해치가 살만하지 않았다. 호수주변의 숲에는 소로가 나있었고 산쪽의 비석에는 웅심산(熊心山)이라는 글자가 새겨있었다.

"웅심산이라?"

우거사는 고개를 갸웃했다. 그리고는 다섯 사람은 절벽아래의 물을 보고 동시에 그리고 대단히 놀랐다. 물은 진초록의 신비한 색을 띠었고 물속에 괴상한 물체가 어른거렸으며 물위의 수초와 바위들이 일종의 문양처럼 기기묘묘하게 배열되어 있었다. 우화탄이 별안간 소리쳤다.

"아니? 저, 저건 진이다."

"예? 진이라구요?"

"그래! 누군가 물속으로 근접하지 못하게 하기 위해 진을 설치해두었군. 그래서 물 아래가 이상하게 보였군!"

"누가 그랬을까요? 그리고 저 속에는 무엇이 있을까요?"

"글쎄, 일단 조심해서 내려가 보자!"

"잠깐! 멈추시게, 사제!"

우거사가 만류한 까닭은 십여 장쯤 떨어진 곳에서 대단히 기다랗게 생긴 야릇한 배를 저어 오는 자가 있었기 때문이었다.

"저건 또 뭐야? 기괴하군, 검은 옷에 검은 방갓을 쓰고 있다니 저승사자라도 되나?"

우화탄은 대수롭지 않게 말했지만 그 기인에게서는 먼 거리에도 불구하고 무시무시한 기운이 느껴졌다.

호살은 그에게 물아래 해치가 있는지 묻고 싶었다. 하지만 웬일인지 말이 나오지 않았다. 그는 일단 아무 생각 없이 방심한 채로 승면과 함께 절벽 아래로 내려갔다.

그때 우거사가 소리쳤다.

"호살아! 멈춰라! 진으로 들어가선 안 돼!"

승면과 호살이 강바닥의 수면 가까이로 가려는 순간 일대가 다시 절벽으로 바뀌었다. 아니 눈에 보이는 모든 세상이 절벽처럼 보였다. 진이 발동되려는 것이었다. 이 순식간의 변화로 인해 호살과 승면 놀라움과 두려움을 동시에 느껴다. 호살이 황급히 고개를 돌려 보니 뒤쪽 수목이 우거진 곳에 뭔가 어른거리는 게 보였다. 호살은 대뜸 소리쳤다.

"조심해!"

그리고는 숲 쪽에서 핑! 하는 소리와 함께 암기가 날아왔다. 그는 지체 없이 몸을 솟구쳤다. 수목이 우거진 곳에 매복이 있다는 것은 알면서도 승면은 위험을 무릅쓰지 않을 수 없었다. 암기를 던진 은자를 잡지 못하면 영락없이 승면과 자신이 피해를 볼 판이었다.

그런데, 그의 몸이 허공으로 떠오르는 순간, 두 자루의 장검이 좌우 양쪽에서 번개처럼 기습해 왔다. 동시에 우화탄의 기합소리가 터졌다.

"다시 올라와라!"

호살은 절벽 틈에 뿌리를 박은 소나무를 딛고 경공을 펼치며 사뿐히 절벽 위에 오를 수 있었다. 그리고 승면이 뒤를 따라 다시 올라왔다. 절벽의 수풀에 매복이 있었다. 그러나 수목이 우거진 곳을 다시 바라보았을 때에는 아무것도 보이지 않았다. 강위의 배에는 아직도 한 사람만 타고 있었다.

"그대는 뉘시오! 우리는 해치를 찾고 있으니 우리를 방해하지 마시오!"

우화탄은 씩씩거리면서 거친 숨을 몰아쉬고는 다시 소리를 질렀다.

"그대는 혹시 해치를 보았소? 물아래에 있는 저것이 해치가 아니요?"

"……"

"혹 안다면 그 위치를 일러주시면 고맙겠소이다만."

혹의인은 아무 말이 없었다. 우거사는 자못 위엄 있게 말했지만 배위의 혹의인은 여전히 아무런 대꾸를 하지 않았다. 다만 물가로 내려온다면 공격을 할 기세였다. 그리고 그가 대단한 고수라는 것을 안 이상 우거사 일행은 함부로 움직일 수가 없었다. 게다가 절벽의 수풀 사이에는 매복까지 있어서 진퇴양난이었다.

물속에 어른거리는 것이 만일 해치라면 이대로 물러설 수도 없었다. 모두가 해치에게 궁금한 자신들의 과거에 대해 묻기로 먼 거리를 달려온 이상 혹의인과 승부를 보아야만 했다.

호살은 아무리 이야기를 해도 소용없다는 것을 알았다. 그는 진이 설치된 바로 위에서서 혹의인에게 외쳤다.

"좋소이다! 실력이 있으면 날 공격해보시오!"

호살은 두 발을 모았다가 한 발씩 땅을 찍으며 그 힘을 빌어 허공으로 치솟아 올랐다. 승면도 그 뒤에서 몸을 솟구쳐 흡사 새가 비상하듯 따라 올랐다. 그의 경공술은 호살보다 한수 위였다. 두 줄기의 그림자는 즉시 허공에서 맞부딪쳤다. 그리고는 다시 둘로 나뉘었다.

팍!

호살이 허공을 가르며 혹의인의 하반신을 노렸고, 혹의인은 호두구로 원을 그리며 가슴속에서 날이 시퍼렇게 선 낫을 뽑아들고 호살을 공격했다. 그러나 뒤이어 날아온 승면의 검이 혹의인의 등 뒤를 노렸다. 혹의인이 다시 뒤를 도는 순간 호살의 검이 혹의인의 어깨를 베었다. 혹의인이 선혈이 호살의 얼굴에 튀었고 호살은 순간 당황하여 혹의인이 타고 있던 배 위로 내려앉았다.

“윽!”

흑의인의 입에서 나직한 신음이 뱉어지며 그대로 물속으로 떨어져 내렸다. 그러나 그 속도가 워낙 빨라서 배 위에서 물속으로 순간이동을 한 것처럼 보였다. 날이 아직 저물지 않았지만 산그늘에 가려 희미한 어둠 속에서 그의 어깨에서 흘러내린 선혈이 수면 위에 남아있음을 확인할 수 있었다. 그러나 흑의인의 배를 빼앗은 승면과 호살이 이제 반대로 무척이나 긴장을 하게 되었다. 언제 어디서 그들이 나타날지 모르기 때문이었다.

우거사가 황급히 외쳤다.

“자네들, 괜찮겠나? 우리가 가겠다. 기다려라 호살아!”

우화탄과 우거사는 정연을 혼자 언덕 위에 남겨놓고 배 위로 경공술을 펼쳤다. 우화탄은 헛기침을 한 번 하더니 표창 대여섯 개를 물속으로 마구 던져보았다. 아무렇게나 생각도 하지 않고 풍차처럼 흩뿌린 표창에 흑의인들이 당했는지 그들은 상처를 입은 채 배 양쪽에서 동시에 협공을 펼쳤다. 호살은 이 두 괴인의 힘이 대단하다는 것을 느낄 수 있었다. 게다가 그들이 무기로 사용하는 기다란 장낫은 생각보다 육중하여 정면대결을 벌이면 불리했다. 그래서 네 사람은 그들이 배 위로 뛰어오르지 못하도록 공격보다 수비에 치중했다. 네 명이 수비에 치중하자 흑의인들은 배의 양쪽 물속에서 수시로 솟아오르며 기나긴 낫을 마구잡이로 휘둘러대기 시작했다. 두 흑의인 쉴 새 없이 맹공을 퍼 부었으나 좀처럼 기선을 잡지 못했다. 한편, 정연은 두 괴인과 더불어 싸우는 네 사람이 싸움의 실마리를 풀지 못하는 것을 보고 거들어 주고 싶음 마음은 굴뚝같았으나, 어떻게 해야 좋을지 몰랐다.

우거사 일행은 시간이 흐를수록 초조해졌다.

"잘 듣게. 오늘은 해치를 찾아내는 게 중요하니 여기서 계속 이 물귀신들과 시간을 낭비할 수 없네, 내가 신호를 하면 모두 다시 강 언덕으로 일단 후퇴를 하세. 단 한 번에 도약하여 땅으로 날아가야 하네! 알았지?"

"예."

우거사는 일단 배를 벗어날 결심을 하고 맑은 기합을 토하며 막 몸을 솟구치려는데, 난데없이 청천벽락 같은 기합이 들리며 등 뒤에서 한 갈래의 노도와 같은 힘줄기가 뻗쳐왔다. 그 바람에 호살은 황급히 허공에서 몸을 회전시켜 배 뒤 쪽으로 날아 내렸다.

풍덩!

"호살아!"

그와 때를 같이하여 몸집이 매우 길다란 두 괴인이 긴 팔을 뻗어내 호살을 낚아채려 했다. 물속이라 상대방의 얼굴을 똑똑히 볼 수 없었지만, 긴 허리를 구부려 유연하게 수영하며 맨손으로 호살을 낚아채는 수법으로 보아 수귀들임이 분명했다. 아니나 다를까, 그 흑의인들은 머리카락을 산발한 채로 호살에게 집중공격을 했다.

"호살아! 정신차려! 절대 놈들에게 잡히면 안 된다!"

우화탄과 우거사는 배를 좌우로 뛰어다니며 경공술로 수귀들과 맹렬한 사투를 벌였다. 중간에 호살이 물에 떠있었기 때문에 공격다운 공격을 펼칠 수가 없었다. 그리고 수귀들의 낫을 다루는 솜씨가 가히 놀랄만한 수준이었다. 우거사는 이름난 고수였지만 강호 출도 이래 이처럼 무서운 적수를 만난 적이 거의 없었다. 하지만 그는 최근에 오룡검법 이십오초를 완벽하게 새로 터득해 무공이 더욱 높은 경지에 다다라 있었다. 그는 수귀들의 공세가 대담하고 용맹스러운 것을 보자 은근히 호승심이 생겼다. 그는 즉시 자신의 오룡검을 높이 쳐들고 소리쳤다.

"수귀들아 들어라! 너희둘이 한꺼번에 덤벼도 나 우거사를 당하진 못할 것이다! 여기 셋은 놓아주고 나와 너희 둘! 이렇게 셋이 붙어보자!"

펑!

고막을 찢는 듯한 굉음이 들리면서 일순간에 배가 허공으로 스윽 들리더니 급기야 뒤집히고 말았다.

"으악!"

수귀들이 무슨 재주를 부렸는지 배가 폭파당하듯 뒤집히고 순식간에 전세가 불리하게 되었다. 물에 빠진 네 사람은 극심한 공포를 느꼈다. 물속에서 수귀들과 싸워 그 누가 이기랴 싶었다. 일단 네 사람은 뒤집힌 배 위로 오르려고 안간힘을 썼다. 별안간 우거사와 우화탄은 모두 극심한 발의 통증을 느꼈다. 물속에서 낫에 발이 베여 피가 흘러내렸다. 호살과 승면이 이 틈에 배 위로 올라 우거사와 우화탄을 각각 부축하고 물가로 수영을 하듯 도망쳤다. 호살이 수귀들의 공격을 막으면서 승면과 우거사를 먼저 물가로 밀쳐냈다. 그리고 호살은 우화탄을 업고 날렵하게 뒤로 몸을 솟구치며 강 언덕으로 몸을 날렸다. 그리고는 정연에게 맡겨두었던 활과 화살을 챙겼다.

"승면아! 아저씨들을 부탁한다."

그는 즉시 신법을 전개했다. 승면은 자신도 호살의 뒤를 쫓아가려 했지만 호살이 만류하며 홀로 나섰다. 뒤집힌 배 양 옆으로 수귀 둘이 물속에서부터 다시 올라왔다. 정신을 차린 호살은 화살을 두 개 재빨리 메겨 동시에 쏘았다. 수귀들이 갑자기 독사에게라도 물린 것처럼 흠칫 놀라며 얼른 가슴팍을 보았다. 그들은 단발마를 질렀지만 몸은 멀쩡했다. 그들의 가슴팍에 있던 낫자루에 화살이 맞은 것이었다. 수귀들이 당황한 기회를 노려 호살은 재빨리 물가의 배 위로 몸을 날렸다. 그리고 우거사에게 배운 오룡검법 제이초식으로 둘을 동시에 노렸다.

이룡분광!

호살은 분명히 둘을 베었다. 그러나 수귀의 모습은 보이지 않았다. 그는 배 주위를 샅샅이 훑어보았다. 역시 아무것도 발견하지 못했다. 그들은 호살의 생각보다 훨씬 빨랐다. 호살이 다시 배에서 뛰어오르려는 순간 긴 허리의 수귀 둘이 수면 위로 솟아올랐다. 그리고는 대단히 빠르게 호살을 잡아 물속으로 끌고 들어갔다. 그리고는 거의 동시에 강에 자욱한 안개가 피어났다. 뭉게뭉게 피어난 안개는 순식간에 강 전체를 덮어버렸다.

비서갑의 수귀들이 수중에서 호살을 익사시키기 위해 물속 깊은 곳으로 끌고 들어갔지만 어찌된 영문인지 그들은 강물 위로 솟구쳐 올랐다. 그것도 수십 장의 높이로 날아올랐다. 그 짙은 안개 속에서 허공중에 두둥실 떠올라가다가 이번에는 수직 낙하하기 시작했다.

"으윽!"

순간 일대가 심한 안개에 휩싸이며 거대하고도 투명한 물체가 스르르르 움직였다. 사호살이 정신을 잃지 않은 채로 강불 위로 떨어질 때 타래미르가 바람처럼 다가와 사호살을 받아냈다. 호살은 섬뜩할 정도로 놀랐다. 무언가 물렁하고 거대한 물체가 분명히 존재했지만 호살의 눈에는 보이지가 않았다. 당황한 그에게 깊고도 웅웅거리는 괴이한 소리가 들렸다.

"내가 보이는가?"

"아 아니? 이게 뭐야? 귀신이냐? 넌! 넌! 누구냐?"

"절실한 마음을 모아 눈을 위로하여 감았다가 다시 떠보아라!"

호살은 두려웠지만 목소리가 시키는 대로 눈꺼풀을 위쪽으로 올렸다

가 마음을 안정시킨 후 눈을 떴다. 그러나 무언가 물과도 같은 덩어리들
이 보이는 것 같았다. 그리고 점차 짙은 안개 속에서도 투명하면서도 거
대한 용의 형상이 호살에게 보였다.

"아, 아니? 이건 용이 아닌가?"

"정신이 들어있었군!"

"이게 어찌된 일이지?"

"놀라지 말아라! 나는 너를 수호하는 용이다."

"아니, 그 그게 무슨 소리야!"

"나는 너를 그동안 주욱 지켜보았다. 그리고 두어 번 너를 살려주었다.
요서에서 네가 태어날 때, 요하에서 도망칠 때, 사씨촌에서 탈출할 때……"

"아아! 그럼 그게 모두 네가 모두 살려 준거야?"

"내가 느끼기에 너는 단씨의 후손이 틀림없다. 분명 단씨의 기운이 느
껴지기는 한단 말야. 하지만 너는 천부인에 감응하지 않는 것은 참으로
괴이한 일이다. 감응하다가 감응하지 않는 것은 무언가 대단히 잘못된
것이 생겼다는 뜻이다. 그것은 삼부인이 잘못된 것이 아니니만큼 네 몸
에 이상이 생긴 것이다."

"무슨 이상?"

"그야 나는 모르지. 아마도 네 몸은 무망신의 저주를 받아 단씨의 피가
변질된 것이리라 생각된다. 하지만 누구의 저주인지 모르니 나로서는 그
저주를 풀 길은 없다. 너는 이제 단씨왕으로 즉위할 가능성이 없어진 것
이다. 그러면 해모수의 후예를 찾거나 진나라에 숨어 있는 급친왕자의
아들인 부왕자의 후손을 찾거나 마지막으로 삼한 땅에서 준왕의 후손을
찾아 그를 왕위에 앉혀야 한다. 그것이 너와 나의 임무이다."

"뭐라구? 나는 무슨 소린지 통……"

"만일 해모수왕의 후예나 준왕의 후예를 찾지 못하면 나는 죽을 수도 살 수도 없는 상태로 이 구천을 헤매야 하고 영원히 승천하지 못할 것이다. 나는 풍백님과 약속을 했다. 하늘시간으로 일다경 후에 승천을 해야 한다. 하늘의 하루가 지상의 팔백일이니 한 십 년의 세월이 남아 있다고 보면 되겠구나."

"십 년이면 꽤 긴 시간인데?"

"그렇지 않아! 시간이 별로 없어. 그리고 우리를 방해하는 무망이라는 자가 엄청난 실력을 지녔기 때문에 일이 호락호락하지도 않다."

"무망이라니?"

"이제는 인간으로 화한 용들의 왕이지. 용성국을 세우고 몰래 숨어서 용들을 조정하는 못된 용이다. 그가 너를 찾으면 가차 없이 없애려고 할 것이다. 그를 이길 인간은 북쪽에 무철도인이라는 고수와 남쪽에 산다고만 전해지고 있는 설자계라는 고수밖에는 없다. 무철도인은 인간을 배신하고 용들의 편에 섰다고 하기도하고 이미 혹은 이미 신선이 되었다고도 하고 설계자는 아직 남쪽 산 어딘가에 은둔하고 있다고 하지. 너는 그를 만나 무공을 배워야 하는데, 과연 그를 만날 수가 있을는지…… 좌우간 넌 항상 조심해야 한다. 그리고 그가 준왕이나 해모수왕의 후예를 우리보다 먼저 찾아서는 안 된다. 몇 년 전 천상 삼사 중 으뜸이신 풍백님에게 도전했다가 무망은 큰 부상을 입어 당분간 활동을 못하고 있으나 머지않아 그가 나타날 것이다. 나는 최선을 다해 그가 나타나기 전에 단씨 후손을 찾아야 한다."

"이봐, 용, 그 일을 너 혼자하면 안 돼?"

"이것은 우리의 일이다. 아니 정확히 말해 너의 일이야! 나는 도울 뿐이고. 네가 못하면 너는 반드시 네 대리인을 찾아야 하는 것이 너의 운명이자 임무이다. 너 또한 임무를 마치지 못한 죄 값을 받을 것이다. 어쩌면 죽어 지옥의 불구덩이에 떨어질 것이다.”

“악담을 하는 구나!”

“아무튼 우리는 왕검의 후손을 찾아 나라를 세워야 하는 막중한 일을 함께 도모해야 한다. 깊이 가슴에 새겨라!”

호살은 용과 대화를 한다는 게 대단히 신기하고 얼떨떨했는데 이야기를 나누면 나눌수록 매우 친밀감이 느껴졌다. 아주 자연스러워졌다.

“이름이 타래미르라고 했지?”

“응, 그냥 타래라고 부르면 돼.”

“아까 말한 무망용 말이야. 만일 내가 그를 만나면 어떡하지?”

“무조건 최고 속도로 도망쳐야 한다. 내 생각에 너는 예전에 요하에서 그에게 공격을 당했을 때 무망의 저주를 받아 단씨의 정통성을 잃은 것 같아. 나도 잘은 몰라. 좌우간 너는 이미 경공술을 충분히 익혔기 때문에 무망으로부터 네 한 몸을 피할 수는 있을 거야. 잠시 시간을 벌면 그 사이에 내가 올께.”

“좋아, 타래야! 그러면 준왕의 후예는 어찌 찾는단 말이야?”

“네가 가진 삼부인과 천부경의 주문으로 삼한 땅 전체를 누비며 찾아야겠지.”

“뭐? 삼한 전체를? 그게 가능한 일인가?”

“불가능한 일이란 없다. 우리는 앞으로 목지국에서 준왕의 행방을 찾아야 할 것이다. 너는 네 임무 수행을 완수해야 한다. 그것이 너의 운명이다. 나는 너를 지켜야 하고 너 또한 나를 지켜야 한다. 알겠는가?”

“으음……”

호살은 머리가 복잡했다. 자신이 단씨의 후예였다는 사실과 무망에 의

해 또 자신이 단씨의 자격을 잃었다는 것과 또 용과 함께 친구가 되었다
는 것 등등 생각할수록 머리가 어지러웠다. 분명한 것은 이제 호살은 용
을 타고 천제의 후손을 지켜야 하는 용수호자로서 살아야 한다는 것이었
다. 그런데 그렇게 되면 호살은 우화탄이나 사연표와 같은 용사냥꾼들과
적이 셈이 되었다. 더욱이 홍승우면이나 조세연 같은 용과 싸우려는 친
구나 그보다 더 뛰어난 고수들과의 일전을 불사해야 하는 상황이 되는
것이 아닌가? 그러다가 호살은 문득 우거사 일행이 생각났다.

"참! 아저씨하고 승면은? 또 정연은 어떻게 되었지?"

"걱정마라. 그들은 수면안개에 잠겨 곤히 자고 있다."

"그래? 그럼 저 물귀신들은 뭐야?"

"저들은 하백신의 비복들이다. 해모수왕의 후예를 임신한 유화공주를
지키는 수귀들이지. 해모수왕의 후예는 하백신의 수중궁에 들어있으나
그 누구도 범접할 수가 없다. 때문에 하백신 부재중에 그의 딸 유화공주
를 지상의 호수로 이끌어내야 하기 때문에 그건 너무나도 어려운 일이
다. 더욱이 그녀의 두 동생인 위화공주와 훤화공주의 감시망을 뚫기란
거의 불가능하다."

"그럼 포기해야 하나?"

"우리에겐 포기란 없다. 결국에는 우리가 아니더라도 누군가 유화공
주를 구출해내야 하지."

"그런데 해수모수왕은 누구야?"

"해모수는 천제(天帝)의 아들로 지상에 내려와 인간세상을 다스렸는
데, 그가 처음 공중에서 내려오는데 자신은 다섯 용의 수레를 타고, 따르
는 사람 백여 명은 고니를 타고 털깃 옷을 화려하게 입었다고 했다. 맑은
풍악소리 쟁쟁하게 울리고 채색 구름은 뭉게뭉게 떴고 아침에는 인간 세

상에서 살고 저녁에는 천궁으로 돌아간다고 했다. 천제가 수도인 흘승골
성에 다섯 마리용이 끄는 오룡거라는 수레를 타고 내려왔다. 천제는 이
성에 도읍을 정하여 스스로 왕이 되고 나라이름을 북부여라 칭하였지.
어느 날 물가에서 하백(河伯)의 딸 유화를 만났다. 유화는 두 여동생들과
놀러 나왔다가 해모수의 눈에 띄어 웅심산(熊心山) 아래 압록(鴨淥)가로
끌려갔다. 거기가 바로 지금 이 자리지. 큰 딸이 어떤 낯선 남자에게 끌려
갔다는 전갈을 받은 하백이 급히 달려와 해모수와 대결을 벌였는데, 하
백이 잉어로 변하면 해모수가 수달이 되어서 잡고 사슴이 되면 승냥이가
되고 꿩이 되면 매로 변하여, 마침내 하백은 해모수가 천제의 아들임을
인정하고 딸과 혼인시켰다. 그러나 하백은 딸을 버리고 가지나 않을까
걱정이 되어서 술을 권하여 크게 취하게 한 다음, 딸과 함께 가죽수레에
넣어 오룡거(五龍車)에 실어서 하늘로 올라가도록 준비했다. 그러나 그
수레가 미처 물에서 나오기도 전에 해모수는 술이 깨어 유화의 황금비녀
로 가죽수레를 뚫고 구멍으로 홀로 빠져나와서 하늘로 올라갔다. 반면
하백은 가문을 욕되게 했다고 유화의 입술을 잡아당겨 석 자나 늘여놓고
우발수가에 버렸지."
　　이야기를 들은 호살은 물속을 찬찬히 들여다보았다. 과연 물속에는 사
람의 형상을 한 괴물체가 있었다. 그러나 호흡도 하지 않고 살아서 움직
인다는 게 신기했다. 호살은 더럭 겁이 났다.
　　"그럼, 왜 저 해모수왕의 후손을 구해주지 않아?"
　　"지금은 하백의 유폐주술진을 나도 뚫을 수가 없어. 앞으로 삼 년은 있
어야 효력이 없어지지."
　　"그래? 근데 저게 물귀신인지 유화공주인지 어떻게 알지?"
　　"그냥 알아."

"피이! 용이면 다인가? 뭐 좀 더 물어봐도 돼?"

"응."

"유화는 물속에서 몇 십 년 동안 저렇게 숨도 쉬지 않고 있을 수가 있지?"

"그야 유화는 신이니까, 그렇지."

"그런데 신이 왜 도망을 못가?"

"허허 참! 무지하게 물어보네. 사실 유화는 이십 년 전에 도망가서 동부여에 살고 있어. 아들도 낳았지. 물속의 저건 가짜야."

"그래? 어쩐지 가짜 같더라…… 참! 그런데 여기 어딘가 해치가 산다고 하던데?"

"바로 여기야, 제대로 왔어."

"그런데 없잖아!"

"해치는 용을 보면 달아나게 되어 있지."

"아하! 네가 쫓았군!"

"아니."

"그럼?"

"지들이 미리 알고 도망간 거야."

"치이! 엎치나 메어치나."

얼음 같은 반투명의 용은 서서히 안개를 거두기 시작했다. 점차 용은 황금빛 비늘이 선명한 용의 실체를 조금씩 드러냈다. 용은 실로 엄청 거대했다. 그는 호살에게 부드럽게 말했다.

"너는 조금 전 수귀들의 피를 마셨지?"

"뭐?"

"전투 중에 수귀의 피가 네 입으로 들어갔잖아?"

"응."

"그런데 지난날 너는 사막백사의 내단을 먹고 나서 한동안 몸이 몹시 아프지 않았나?"

"그랬지."

"그건 그 사막백사의 극양기가 너를 괴롭힌 때문이었지. 헌데 너는 하백신의 한빙장을 맞고 죽지 않고 살아난 게 그 극양기 때문이었거든. 이젠 수귀들의 음기가 네 몸에 들어가 음양이 조화롭게 되었고, 너는 이제 엄청난 힘을 얻은 셈이 된 거야! 행운이지!"

"뭐라구? 참 나 원, 무슨 말인지 하나도 모르겠네! 그건 그렇구 하백신에게 나를 패라고 한 그 승균도사는 누구야?"

"나도 잘 몰라 나이가 수백 살이라는 것 밖에는……"

"뭐? 어떻게 인간이 몇 백 년씩 살아?"

"그 모든 걸 차차 알게 될 거다! 자! 이제 네 친구들을 보살펴주어라. 곧 그들이 깨어날 것이야. 내 이야기는 하지 말고."

"알았어. 그런데 타래미르는 언제나 내 곁에 있는 거야?"

"그럼! 보이지는 않지만 네게 위험이 닥치면 곧바로 네 곁에 있게 될 거다."

"알았어. 그럼 언제 다시 보지?"

"글쎄, 네가 어려워질 때겠지. 반가웠다! 친구! 그럼……"

용은 안개 속으로 사라지고 이내 강물의 모습이 보이기 시작했다. 수귀들도 사라지고 우발수의 강가는 어둑어둑 땅거미가 지고 있었다. 강 언덕으로 올라온 호살은 깜짝 놀랐다. 정연이 이미 정신을 차리고 아직 혼절한 상태로 신음 소리를 내고 있는 우거사와 우화탄아저씨의 다리에 지혈을 하고 있었다. 그들은 수귀들의 낫에 베어 출혈이 있었지만 그렇게 심각한 것은 아니었다. 모두 쓰러져있는 가운데 유일하게 정신을 차리고 있던 정연이 호살이 타나자 모두 놀랐다.

"어머! 호살 오라버니! 무사했군요? 어디 있었어요?"

"으응? 으응…… 나, 나는 수귀들을 물리치느라고 진땀을 뺐지 뭐."

"그래? 이상한데? 진땀을 빼기는커녕 아주 멀쩡해 보이는데?"

"응? 어이구! 아이고! 머리야!"

호살이 일부러 아픈척하고 소리를 지르는 통에 곧이어 나머지 세 사람도 정신을 차렸다. 승면이 먼저 호살에게 물었다.

"호살아! 어떻게 됐냐? 그 물귀신들?"

"다 도망갔어."

"그러면 니가 다 물리친 거야?"

"아니. 뭐, 그냥."

"뭐? 그냥? 우릴 죽이려던 놈들이 그냥 도망갔다구? 그런데 왜 우리가 여기 쓰러져있었지?"

"그러게 말이야."

깨어난 네 사람은 모두 어리둥절했지만 호살은 그냥 씨익 웃을 뿐이었다. 그런데 이상한 일은 절벽 아래 물속의 그 괴이한 물체가 사라졌다는 것이었다. 호살은 속으로 생각했다. 도대체 그 해모수의 아이를 수태했다는 유화라는 공주는 어디로 간 걸까? 그리고 이미 탈출해서 애까지 낳았다면 현재 어디에 있으며 물속의 가짜는 또 누구란 말인가? 도무지 알 길이 없었다.

호살은 돌아오는 길에 몸이 찌뿌듯하여 몸을 풀 요량으로 슬슬 경공술을 펼쳐보았다. 그런데 생각보다 몸이 가볍게 하늘로 솟아오르는 것이 아닌가? 스스로도 믿을 수 없을 만큼 몸이 가벼워져있었다. 호살이 내공의 삼할 정도만 사용해 신법을 시전해보였건만 우거사와 승면이 대경실색을 하는 것이었다.

"우와! 너 언제 그렇게 경공이 늘었어?"

"뭐 그냥…… 나 원래 이러지 않았나?"

호살은 얼버무리고 말았다.

"에이 참! 에헴!"

우거사는 뭔가가 좋지 않았는지 심통스런 헛기침을 했다. 결국 해치를 찾지 못하고 물귀신들에게 낫으로 발만 베이고 돌아가는 길이 우거사로서는 참으로 한심했다. 하지만 호살과 승면은 정연과 함께 있다는 게 나름대로 즐거운 일이었다. 우발수 여곽에서 함께 웅크리고 자던 밤에 키득거리며 재미난 이야기를 나눈 일과 돌아오는 일 내내 아무 이유 없이 서로 바라만 보아도 웃음이 나는 좀 바보 같았던 일도 그리고 창해군에 돌아와 정연에게 간호를 받고 침을 맞은 일까지도 모두 새록새록 생각나는 기분 좋은 일이었다. 정연은 창해신검, 아니 을탄광소 의원이 돌아오면 계속 의술을 배울 것이고 우화탄 아저씨와 우거사도 나름대로 새로운 검술을 배우고 익히며 시간을 보낼 것이고 호살과 승면은 앞으로 복단회의 심부름을 핑계로 북부여 창해군 공주궁에 드나들면 그들과 자주 만나게 되기를 기대하면서 복단회의 귀환을 서둘렀다.

복단회에 돌아오자마자 호살과 승면은 공주에게 받은 황금 열 냥을 회주에게 바쳤다. 두 사람은 그동안의 일을 궁금해 하는 고영황 사형에게 자초지종을 이야기했다. 다행이 창해신검이 목간을 보낸 덕분에 여느 때처럼 혼이 나지도 않았고 금을 무사히 얻어온 칭찬을 받았다. 늘 호살과 승면에게 빡빡하게 굴며 호승심을 보이던 영황 사형이 상당히 달라져있었다. 그도 그럴 것이 조장군이 폐관 수련 중이기 때문에 모든 책임을 대신 맡고 있어서 그만큼 진중해진 것이리라 호살은 생각되었다.

연홍과 연표는 호살이 무사히 돌아온 것을 보고는 뛸 듯이 기뻐했지만 호살로서는 변변한 선물도 챙겨오지 못해서 조금 미안해했다. 하지만 승면은 어느 틈에 구했는지 조그만 옥노리개를 선물로 연홍에게 주었다.

"아니 너? 언제? 그런 걸……"

"그냥. 창해군에서 출정 전에……"

"야! 승면! 너 연홍이한테만 잘 보이면 뭐하냐? 나하고 연표한테도 잘 보여야지!"

"뭐?"

하하하하하

복담회의 회식자리에서 온혼탄주 장군이 두 사람을 환대해주었고 고영황 사형의 칭찬도 무척 어색했지만 호살과 승면으로서는 대단히 흡족했다. 무엇보다도 호살은 해서우공주가 준 대궁이 무척이나 마음에 들었다. 길이도 긴 활이었지만 무게는 오히려 가벼워 호살로서는 참으로 좋은 활이라 여겼지만 승면이나 고사형은 활이 별로 좋아 보이지 않는다고 하여 호살은 두 사람을 이해할 수가 없었다.

수련장의 모습이 확연히 달라진 것은 조세연이 쾌검술을 가르치기로 한 것이었다. 언제나 냉랭하던 그녀가 그 특유의 쾌검술을 알려준다는 게 의외였다. 수련장에 모여든 승면과 호살 그리고 그녀의 여동생 세진 모두 셋이 연검을 받아들고 조세연의 쾌검초식을 눈여겨보았다. 그녀는 동작 하나하나 재빨리 시전하면서 따라하지 못하면 날카로운 지적을 했다. 조세연의 검술 가르침은 의외로 매서웠다.

"내가 이 신법과 쾌속검술초식을 알려주는 건 용사냥 때문이다. 복단회가 언젠가 맞서야 할 악마 같은 무망이라는 용이 있다. 그 용을 잡기위해서는 조위신법과 조위검법이 필요하기 때문이다. 자 신중하게 나를 따라해보아라!"

　조의보법이라는 신법을 배운 뒤 재빠른 쾌검을 펼치는 초식은 누가 보아도 감탄을 금할 수 없었다. 한 마리 황새처럼 살포시 날아올랐다가 순간 매처럼 순식간에 연검을 휘두르는 속도는 인간의 속도가 아닌 것 같았다. 그런데 어찌된 일인지 호살은 그녀의 동작 하나하나를 이미 배운 사람처럼 그대로 따라하였다. 승면과 세진은 세연의 쾌검보다도 호살을 보고 더 놀랐다.

　"제법이군, 아니 솔직히 말해서 실력이 나와 거의 같은데? 진작에 배웠던 거야?"

　"배웠다니? 오늘 처음 해보는 건데……"

　"흥! 처음이라구? 말도 안 되는 소리 하네, 흐음, 이상하네?"

　세연은 다소 겁의 난 사람처럼 호살을 한번 째려보더니 계속 연습하라고 말하고는 자리를 떴다. 승면과 세진은 호살에게 어찌 된 일이냐고 물었지만 호살로서는 뭐라 딱히 할 말이 없었다.

　세연의 검초를 공부하던 승면과 호살은 호승심에 서로의 비기를 가르치고 대결하고자 했다. 먼저 승면이 자신의 경공술의 비기인 초상비보법의 비기를 가르쳐주었다. 초상비 보법은 호흡을 조절하여 순간적으로 체중을 줄이는 방식으로 아무리 작은 물체라 해도 그것을 딛거나 타고 나아갈 수 있는 신비한 보법이었다. 조의보법이 내공을 바탕으로 속도를 높이는 방식이라면 초상비는 몸의 힘을 빼고 몸을 가볍게 하는 방식이었다. 둘은 두 가지 보법을 병행할 수 있을 때까지 연습을 멈추지 않았다. 한편 호살은 승면에게 오룡검법의 일초와 이초를 가르쳐주었다.

　일룡출해와 이룡분광법을 배운 승면은 제삼초인 오룡활천을 배우고 싶어 했다. 호살은 자신도 아직 잘 알지 못하는 삼초식을 승면에게 이론적으로만 알려주었다.

"승면아! 나도 아직 잘되지는 않아! 잘 보아라! 용이 다섯 마리로 나뉘어 공격할 것이야! 그 때 약점은 용의 아가리다! 바로 정면이지!"

"우와!"

호살은 과연 검을 휘둘러 용두가 다섯으로 나누어지는 듯한 검법을 시전하였다. 승면은 얼어붙은 듯 대경실색하였다. 둘은 며칠 밤을 새워 서로의 비기를 연습했고 덕분에 그들의 무공증진은 예상보다 퍽 빨랐다.

조사부의 폐관 수련이 진행될 동안 검술 수련과 궁술수련을 하면서 호살과 승면의 우정이 깊게 쌓여갔고 그와 더불어 그들의 무공의 성취도 높아갔다. 본격적으로 조장군 문하에서 비로소 정식으로 그 비기의 검초식을 배운 호살은 우거사의 오룡검법과 비슷하면서도 서로 다른 검초를 나름대로 비교응용하고 대조하면서 차근차근 검술을 익혀갔다. 더러 타래미르의 생각이 났지만 일부러 자신을 위험에 빠트려 타래미르를 불러볼 엄두가 나지 않았다. 하지만 타래에 대한 그리움이 더해가는 것은 사실이었다.

복단회의 위기

복단회가 은거하고 있는 여북산에 늦가을비가 추적추적 내렸다. 처마마다 빗물이 흘러내려 마당 여기저기에 패인 곳이 줄지어 생겨났고 급기야 훈련장에 물웅덩이까지 만들어질 정도였다. 하지만 복단회 본부에 내려와 있는 호살 일행은 무공 연습을 게을리 하지 않았다. 사부인 조장군이 폐관 수련에 들어간 까닭이었다. 호살과 승면은 실전을 참전한 이후 몰라볼 정도로 무공이 증진되었다. 호살은 우거사에게서 배운 용천검법도 제이초식까지 자유자재로 구사할 수 있게 되었다. 게다가 조세연의 쾌검과 승면의 신법을 익힌 호살로서는 혼자 생각으로는 이제 두려울 것이 없다고 느껴질 정도였다. 세연의 여동생 세진은 틈만 나면 호살에게 다가와 장난스런 표정으로 쾌속검과 신법의 연습을 도와주었다. 세진은 열심히 도와주려 했지만 호살은 어쩐지 그녀가 관심을 가져주는 게 부담스러웠다. 세진의 덕분인지 호살은 신법과 검술에 자신감이 부쩍 붙었다. 언제나 구박을 하는 고영황 대사형과도 한번 붙어볼만하다는 자신감이 은근히 들었다. 호살은 처마 밑에서 비를 피하고 있던 승면에게 장난을 걸었다.

"승면아, 저기 서쪽 망루까지 경공 시합할까? 니가 이기면 어포를 하나 주지?"

"뭐? 니가 어포가 어디 있다구 그래?"

"어제 밥 짓는 아주머니가 주셨어, 싫으면 그만둬라!

"아, 아냐! 하지 뭐! 근데, 어차피 내가 이길 건데 그냥 순순히 주면 안 돼?"

"어쭈? 길고 짧은 건 대봐야 알지."

"자! 여기서 대보자. 봐라! 내가 더 길지?"

"야! 누가 키가 크다고 더 길대?"

"크면 길지 안 그래?"

"야! 그거 말고 경공이 더 빠르냐, 아니냐, 이거 아냐!"

"좋아, 출발!"

"야! 승면! 반칙이야! 이거!"

승면은 어포가 탐이 났는지 아스라이 보이는 서쪽 망루를 향해 엄청난 속도로 내달리기 시작했다. 호살은 조바심이 났지만 지난번 세연에게 배운 대로 단전에 힘을 주고 쾌속 신법을 구사했다. 그러자 호살은 자신도 믿을 수 없을 만큼 속도가 나기 시작했다. 망루까지는 승면이 먼저 갔지만 되돌아올 때에는 호살이 승면을 따라잡았다.

"승면아! 너 일부러 봐준 거야?"

"아니! 어포가 달렸는데 미쳤냐? 봐주게? 그나저나 너 어떻게 된 거야? 그런 엄청난 속도를 내다니……"

"나중에 배운 게 더 잘된다고 하잖아. 너도 창술보다 내게 배운 칼솜씨가 이제 나보다 낫지 않냐?"

"하긴 내가 너보다 검은 좀 쓰지, 아마 웬만한 고수들도 나를 이기긴 쉽지 않을 걸? 히히히."

그때였다. 갑자기 고영황 사형이 나타났다. 그는 숨어서 두 사람을 지켜보고 있었는지도 몰랐다.

"검 솜씨가 그렇게 좋아? 그래? 그럼 나하고 한번 겨뤄볼까?"

"아, 아닙니다. 사형!"

"뭐야! 비겁하게! 그러고도 니가 남자냐?"

"하, 하지만……"

"빨리 덤벼!"

승면은 평소에 늘 잔소리하고 괴롭히던 영황 사형에게 언젠가 한번 실력으로 눌러 주리라고 벼르고는 있었지만 아직도 그와 대적하려면 멀었다는 것을 잘 알고 있었다. 그런데 호살이 부추기고 세연과 세진까지 나서서 구경하려고 자리를 잡고 난 이상 더 이상 뺄 수만은 없었다.

"어서 와라!"

영황은 목검을 승면에게 던져주고는 자신도 목검을 잡고 기세를 잡고 겨룰 준비를 하고 있었다. 여러 번 약점을 찾아보아도 빈틈이 없는 기세의 자세였다. 이윽고 영황은 평소대로 사부의 검초식 제일식을 펼치며 익숙한 자세로 승면을 공격했다. 승면도 익히 알고 있는 초식이었으나 영황 사형이 정확도나 속도와 공력을 당할 수가 없었다. 그는 이대로는 안 되겠다고 판단했는지 계속 방어만 하다가 공격 검초를 펼치기 시작했다. 호살이 사용했던 용천검의 일초식을 시전한 것이었다. 승면의 검이 순간 두개로 갈라지게 보이는 검법을 본 영황은 매우 당황했다. 영황은 연달아 서너합이 승면에게 밀렸다. 그는 한눈에 보기에도 무척 화가 나 보였다. 그리고는 양손에 쌍검을 쾌검으로 휘두르며 무차별적인 공격을 가해왔다. 승면은 순간 연습이나 장난이 아닌 살기를 느낀 나머지 공격을 중단하고 마치 어검술처럼 날아오는 검을 막기에 급급했고 결국에는 영황의 날카로운 공격이 승면의 허벅다리에 적중되었다. 목검이었으나 충격은 엄청났다.

"으윽!"

"이놈! 너는 어디에서 그런 해괴한 사술은 배웠느냐?"

"사형! 그게 아니라 그……"

"닥쳐라! 과거에 못된 짓하며 배운 요망한 시정잡배의 검법은 모두 잊어라! 알았느냐?"

"예."

영황은 순간 호살을 쳐다보았다. 호살은 매우 긴장했지만 영황은 목검을 정리하고는 지나가는 말투로 말했다.

"넌 친구의 상처를 좀 봐주어라."

"예!"

승면의 허벅지는 벌써 퉁퉁 부어올랐다. 골절은 아니지만 당분간은 경공을 펼 수 없을 것 같았다. 세언과 세진도 딱하나는 표정으로 승면의 상처를 보았다. 다행히 조금 부어오르기만 했다. 승면은 그래도 연홍이 보지 않은 게 천만다행이라 여겼다.

"미안하다. 승면아."

"뭐가?"

"내가 괜히 내기하자고 해서 결국 이렇게 되었잖아."

"아냐."

"자, 이 어포 먹구 힘내."

"얘걔! 어포가 이렇게 조그만 거였어? 이 사기꾼! 이거 멸치 아냐?"

"마른 생선이면 어포지, 안 그래?"

"뭐? 인마!"

히히히, 하하하

호살이 찬물 찜질을 하며 자기의 잘못 같아 승면에게 사과를 하려했지만, 잠시 머쓱했다가 이내 결국 둘은 웃고 말았다. 그때였다. 북소리가 나며 복단회의 외부 침공을 알리는 망루에서 감시병의 외침이 대단히 긴박하게 들렸다.

"비상! 비상! 적들이 쳐들어왔다!"

하늘이 어두워지며 점차 안개가 산기슭에 깔리면서 하늘에 이상한 기운이 감돌았다. 그리고는 이번에는 더욱더 큰 소리가 났다.

"용이다! 용들의 침공이다!"

"무엇이?"

사람들은 그 거짓말 같은 외침에 놀랐지만 실제로 먹구름이 몰려든 하늘 위에서 천둥이 울리고 번개가 치며 용비늘이 번쩍거리는 것을 보고는 믿지 않을 수 없었다. 구름 속 여기저기에 날아다니는 용은 무려 다섯이나 되었다. 용들이 복단회 본부 건물 위에 벼락을 작렬시키는 광경은 가히 공포의 극단이었다. 지지직 빠지직 하며 하늘에서 엄청난 벽력이 일어났다. 복단회의 사람들이 이리저리 우왕좌왕하는 사이 복단회 회주의 호법이 조장군의 제자들에게 달려왔다. 그는 숨을 헐떡이며 말했다.

"너희는 당장 암자에 가서 폐관 수련 중이신 조장군님을 모셔와라!"

"예!"

"용들의 기습이라니, 이 무슨 해괴한 일이란 말인가! 서둘러라!"

"예!"

용들이 쳐들어왔다는 사실에 어느 누구도 당황하지 않을 수 없었다.

그것도 다섯 마리 용들이 복단회에 쳐들어온 것은 사상초유의 일이었다.

"모두 전투태세를 갖추어라!"

영황사형은 무척이나 당황했다.

"승면아! 준비해라! 아니 참! 다리를 다친 승면을 대신해서 호살이가 사부님을 모셔와라. 빨리 출발해라!"

"예!"

호살은 뒤도 돌아보지 않고 산 정상을 향해 달렸다. 그러나 내심 혹시 타래미르가 온 것은 아닌지 그는 궁금하기 짝이 없었다. 한번 타래미르를 찾아볼까도 했지만 그럴 여유가 없었다. 호살이 없는 사이 용들은 복단회를 쑥대밭으로 만들어놓고 백여 명의 사상자가 생겼다. 용뿐만이 나 아니라 무망군과 숙신국의 군사들까지 몰려온 것이었다.

봉화불이 없었다면 한치 앞을 분간하기 어려운 그믐날 밤이었다. 그런데 어쩐 일인지 봉수대와 불뿐만 아니라 여기 저기 켜놓은 횃불들이 하나둘 꺼져버렸다. 용들이 장대 같은 소낙비를 퍼부어 여북산 일대는 그야말로 물속에 빠진 형국이 되었다. 그 엄청난 강수 때문에 날짐승은 물론이요 산짐승들도 다니기가 힘들 정도였다.

산골짜기에서 흘러내리는 빗물은 산기슭을 무너뜨리고 집체만한 바위를 순식간에 삼켜버렸다. 그 때문에 복단회 위의 산 경사면에서 엄청난 흙탕물이 흘러내렸다. 그 물줄기에 갇히기라도 한다면 그 누구도 살아남기 어려웠다.

한편 하늘 위에서 용들이 복단회로 맹공을 퍼붓는 사이 지상에서는 무망군과 숙신국 군사들이 이미 복단회의 회주 막사 바로 앞까지 진격해왔다.

"적들을 막아라! 진열을 정비하라!"

온혼탄주 장군이 수비대를 이끌고 적들과 정면에 맞고 싸우고 있었다. 그는 싸우면서도 시종 의구심을 떨치지 못했다.

"이게 웬 기습인가? 저들이 왜 우리 복단회를 노린단 말인가! 으흠! 정말 끝도 없이 몰려오는군. 하지만 네놈들은 모두 내 검 앞에 쓰러질 것이다!"

온장군은 조위달 장군과 더불어 조선의 영역일대에서는 십대고수의 일인으로 불렸다. 검으로만 따진 다면 그 누구에게 뒤지지 않는 절대고수이다. 당금 무림에 그에게 부상을 입힐 정도의 고수는 창해신검과 그에 못지않은 극소수의 초고수들 뿐이었다.

복단회 수비대와 고수들이 모두 집결하여 숙신국 군사들과 맞섰지만 이미 어두워진 상태이어서 사방에서 날아드는 화살을 막아내기란 너무도 어려운 노릇이었다. 단회주는 고영황이 이끄는 조장군의 제자들로 하여금 용들을 막게 했다. 조장군과 그의 딸들은 일찍이 용사냥을 해본 경험이 있었기 때문이었다.

영황과 세연 그리고 세진은 쌍검을 꺼내들고 용들이 날아다니는 하늘의 구름을 유심히 살폈다. 그러나 용들이 낮게 날아다니는 부근에는 숙신국 군사들이 매복해 있었다.

"으음, 놈들이 길목을 지키고 있었구나! 결코 가벼이 볼 놈들이 아니다. 전략을 짜가지고 계획적으로 쳐들어온 놈들이다. 승면아, 너 움직일 수 있겠느냐?"

"예, 물론입니다."

악천후라 한 치의 앞도 분간하기 힘이 들지만 영황은 오십여 장 앞 쪽에 일단의 무리들이 있다는 것을 느꼈다.

"승면은 좌로! 세연은 우로! 그리고 세진은 여기에 남아 후면을 맡아라! 내가 정면으로 나가겠다."

승면은 영황의 말이 떨어지자마자 쾌속 신법으로 움직이기 시작했다.

스스슥!

순간 그의 몸은 어둠속으로 빨려들어 갔다. 동작은 그가 부상을 당했다는 것을 믿지 못할 정도로 민첩했다. 어느새 주위에서는 그의 흔적이 보이지 않았다. 다만 잠시 후 멀리서 정체불명의 비명소리만 들려왔다.

"으아악! 어억!"

"적들이 나타났다. 모두 몸을 은폐하라…… 으악!"

영황과 승면 그리고 세연은 어둠속에 도사리고 있던 매복병들을 일시에 급습했다. 그리고는 세연이 먼저 나무 위로 올라갔다가 용을 향해 몸을 날렸다. 그러나 용들이 구름 속으로 사라지는 바람에 그만 땅으로 떨어지고 말았다. 영황이 다급하게 세연을 부축했다.

"세연아! 괜찮나?"

"예."

조세연이 용들을 향해 연검 공격을 감행하자 용들은 구름 속으로 들어가버렸다. 그러자 복단회 군사들을 이끌던 온혼탄주 장군이 자신의 청룡보검을 높이 쳐들고 외쳤다.

"용들이 다시 달아났다! 북서쪽 방향이다! 화살을 쏘아라! 회주, 벌써 우리의 일급 고수들이 백 명 이상 당했습니다. 일단 몸을 피하셔야겠습니다."

"아니요. 내가 적들의 우두머리를 만나봐야겠소이다."

만류하는 온장군을 물리치고 단회주가 나서서 커다랗게 소리쳤다.

"적병의 장군은 들으라! 나는 복단회 회주 단주청이다! 내 일찍이 숙신국과 원한을 산 적이 없거늘, 어찌 그대들은 우리 복단회를 이처럼 무참히 짓밟을 수가 있는가!"

잠시 후 후방에서 말을 탄 장수가 하나 어둠속에서 서서히 모습을 드러내었고 그는 능글맞은 표정으로 말했다.

"우리는 무망님의 특명을 받고 여기에 왔다. 회주는 잘 모르는 일이겠으나 복단회가 찾고 있는 단씨의 후손은 무망님의 원수이다! 몇백 년 된 숙원이니 그대들은 조상을 원망하고 조용히 황천으로 가길 바란다."

"무엇이? 저런! 괘씸한……"

"숙신국 병사들이여! 용들이 우리를 옹위하고 있다! 염려 말고 공격하라!"

"들어라! 복단회 용사들이여! 적들을 제압하라!"

복단회의 무사들은 최선을 다했지만 무망군의 용들을 당해내기가 퍽이나 벅찼다. 영황 일행은 복단회의 일급무사들이 다시 이십여 명이나 더 희생되고서야 겨우 용의 꼬리를 잡을 수 있었다. 어둠도 이제 어렴풋이 걷히고, 비도 어느 정도 그치자 영황과 세연은 더 이상 피할 수만은 없었다. 양 옆으로는 절벽이 버티고 있고, 그 뒤로는 소나무 숲이 울창한 솔숲 위의 낮은 구름 속에서 용들이 웅크리고 있었다. 용의 수염을 자르려면 높은 소나무 위에서 최대한 높이 솟아올라야만 했다. 그러나 승면이 부상을 당했기 때문에 세연과 영황이 절벽 위로 올라야 했다. 그러나 절벽 위로 올라가는 유일한 통로를 막고 있는 숙신국 군사들을 물리치지 않고서는 방법이 없었다.

한편 회주가 이끄는 부대는 숙신국의 정예부대와 횃불을 치켜들고 공방전이 치열했다. 승부가 좀처럼 나지 않자 이번에는 숙신국의 장군이 외쳤다.

"좋다! 회주의 목숨만은 살려줄테니. 그대는 신패를 내어놓아라!"

"무슨 소리냐? 신패라니?"

"우리는 그대들이 용을 부린다는 천부인을 가지고 있다고 들었다. 신패를 내어준다면 그대들의 목숨은 보장해주겠다."

"어림없는 소리 말아라! 있다고 해도 줄 수 없으나 실제로 신패는 없어졌다. 있던 것도 모조품이었으니…… 으음!"

회주는 외치다가 자신도 모르는 사이 신음소리를 내고 말았다. 지난날 백산에서 사두계에게 준 천부인을 지금은 호살이 가지고 있지만 모조품이라고 이미 발설을 해버렸으니 아차 싶었다. 그런데 숙신국 장군이 지금 계속해서 천부인 신패를 거론하고 있다. 저들은 왜 천부인을 찾는 것일까? 그리고 저들은 저렇게 용들을 조종할 수 있는데 왜 구지 천부인을 필요로 하는 일인지 그로서는 알 수가 없었다.

한편 산정상의 조장군 폐관 수련처에 당도한 호살은 깜짝 놀라고 말았다. 사부가 이미 폐관을 마치고 암자 밖에 나와 있었다. 그는 용들이 대대적으로 침공한 것을 벌써 알고 있었다.

"제자 호살, 산가 사부님을 뵈옵니다. 사부님! 회주님께서 급히 모셔오라고 하셔서……"

"알았다. 잠깐 기다려라!"

조장군은 늘 훈련을 시키고 있던 매들을 모두 새장에서 꺼내었다. 평소 영황 사형이 주로 매에 모이를 주어서 자세히 보지는 못했지만 가까이에서 본 매들은 대단히 힘이 있어 보였다. 조장군은 전서를 쓴 다음 그 작은 종이를 돌돌 말아서 각 매의 다리에 동여매고는 매 세 마리를 모두 하늘로 날려 보냈다. 그는 매우 빠르게 검을 들고는 부리나케 일어서며 호살을 불렀다.

"호살아! 자! 가자!"

"예!"

사부는 처음 보는 보법으로 산 아래를 마치 날듯이 내려갔다. 그는 뒤처지지 않고 자신을 따라오는 호살을 보고는 다소 놀라는 눈치였다.

"네 경공 상당하구나. 언제 그런 상승 신법을 배웠느냐?"

"예, 승면에게 배웠고 좀 열심히 연습했습니다."

"그래? 잘했구나."

산 아래의 검은 구름 속에서는 용들이 이리저리 날아다녔고, 복단회 본부 내부에서는 불화살이 오가는 공방전이 한창 진행되고 있었다. 공방전이 다소 늦추어지면서 먼동이 터오고 구름 위의 용이 더더욱 많은 안개를 뿜어내었다.

새벽의 어둠이 물러가고 시야가 확연히 드러나자 지형에 익숙한 복단회 무사들이 점차 실력을 발휘하면서 숙신국 군사들이 여기저기서 쓰러지며 결국 패퇴하기 일보직전의 상태로 몰렸다. 그리고 뒤늦게 나타났지만 조위달 장군의 활솜씨와 검술은 상상을 초월했다. 물론 호살의 활 솜씨도 한몫을 했다. 그 때문에 용들이 선불리 지상공격을 감행할 수 없었다. 조장군은 용잡이용 대궁을 쏘며 구름 속을 헤집어 놓았고 더러 지상으로 숙신국 군사를 돕기 위해 나타난 용들은 가차 없이 조장군의 검강에 공격을 당했다. 용들은 실제로 생각 보다 겁이 많았다. 수염이 잘린 용은 마치 상처 입은 뱀처럼 이리저리 몸을 비틀면서 괴로워했다. 조장군과 조세연의 눈부신 검법은 수많은 사람들의 찬사를 받았고 실제로도 가장 땅 가까이로 날아 공격하던 용의 수염 하나를 자르는 신비의 검법을 구사해냈다.

용들과의 전투는 위험하기도 했지만 신비하기도 했다. 부슬부슬 내비는 빗속에서 새벽안개가 서서히 걷히었다가 다시금 깔리는 신비한 일이 반복되었다. 호살은 싸우는 틈틈이 여러 차례 타래미르를 불러보았지만 타래미르에게서는 대답이 없었다. 호살은 자신이 극도의 위험에 처했을 때 나타나기로 한 타래미르가 오지 않은 것으로 보아서는 위험한 상태가 아닌지도 모르겠다고 생각을 했다. 하지만 타래미르가 용들에게 잡혀 꼼짝을 못하는 일인지도 모르겠다는 생각이 들자 한편으로는 매우 불안한 마음이 들었다. 그래서 호살은 수수방관할 수밖에 없었다. 잔인한 무망군 군사들은 철저하게 복단회의 무사들을 악착같이 죽였다. 그들은 부상당한 군사들을 살려두는 법이 없었다. 그것은 무치의 명령이었다.

어둠속의 대접전은 피비린내를 진동시키며 밤새도록 계속되었다. 호살은 세연, 세진 쌍둥이 자매와 승면과 함께 네 명이 서로 등을 맞대고 무망군과 숙신군의 전사들과 지독한 살육전을 반복했다. 세연이 연검으로 적들을 순식간에 베고 세진이 장검으로 적들의 가까이 다가오기만 하면 찔렀다 승면은 언제나처럼 긴 창으로 쉴 새 없이 적들을 없애갔다. 호살은 다리를 다친 승면 옆에서 화살을 수백 발 쏘았지만 적들의 숫자는 줄지 않았고 오히려 죽은 시체를 타넘고 진격해왔다.

이제는 호흡하는 공기에서조차 피비린내가 아닌 핏물이 자신의 목으로 넘어 들어오는 느낌이었다.

"아! 이 전쟁이 언제 끝나려나!"

"너희들이 죽어야만 전쟁이 끝난다. 흐흐흐흐."

조세진이 자신도 모르게 탄성을 질렀고 뒤이어 바로 적장의 목소리가 들렸다. 적장이 육중한 언월도를 들어 올려 휘두르려는 찰라 호살의 미처 화살을 장전하지 못했을 때 승면이 재빨리 창을 들어 적의 언월도를 막아냈고, 조세진이 장검으로 적장의 목을 베어버렸다.

"으윽!"

"우와 세진 너 대단한데?"

그리고 승면이 큰소리로 외쳤다.

"적장을 죽였다! 적장이 죽었다! 복단회 용사들이여 우리가 이긴다!"

숙신국의 장군들이 여러 명 있었지만 그중에 승면과 세진이 죽인 적장이 대단한 자였는지 적의 기세가 한풀 꺾이고 말았다. 그런데 검은 먹구름사이로 거대한 용 한 마리가 조장군의 검강에 맞고 추락하고 말았다. 그 거대한 용은 마치 어마어마한 뱀처럼 땅바닥을 기어 다니다가 가까스로 날아올랐다. 그리고는 하늘 저 멀리 달아나버렸다. 결국 조장군이 나타난 이후로 용들은 하나 둘 슬금슬금 사라지고 숙신국 군사들도 용들이 달아나자 스스로 물러가버렸다.

고영황 사형은 적장의 적토마를 빼앗아 타고 달아나는 적들을 마구 죽였다. 그는 웃으면서 살인을 즐기는 것처럼 보였다. 잠시 후 조장군의 명에 의해 조장군 제자들이 다시금 모였다. 다행히 한 명도 죽거나 다치지 않았다.

"모두 고생이 많았다. 주위를 둘러보고 이상이 없으면 쉬거라. 나는 회주님께 가봐야겠다."

"예, 사부님!"

조장군은 안도한 표정으로 제자들의 훌륭한 싸움을 격려하고 서둘러 복단회 본부로 향했다. 영황은 빼앗을 말을 은근히 자랑했다.

"애들아! 이거 좀 봐라."

"우와! 대단한데요. 북막의 적토마군요. 하루에 이백 리도 달리겠어요?"

"그렇지! 쫙 빠진 이 몸매 봐라. 사실 웬만한 여자들도 이렇게 머진 몸매가 드물어. 흐흐흐."

고영황 사형이 말을 이끌고 성문 쪽으로 나가자 세연이 못마땅한지 입술을 실룩거리며 말했다.

"여인을 짐승에 비유하다니 사형은 짐승 같은 데가 있어!"

"원래 남자들은 검이나 말을 여자에 비유하곤 해"

"뭐? 너도 사형하고 똑같은 녀석이군!"

"왜 나한테 화를 내고 그래?"

"흥!"

호살이 괜시리 끼어들었다가 세연에게 야단을 맞고 기가 죽었다. 그러자 언제나 뒤치다꺼리를 하는 세진이 다가와 위로했다. 그러자 호살은 금방 얼굴에 웃음이 하나 가득 퍼졌다. 세진은 쌍둥이 언니 세연과는 성정이 하늘과 땅 차이였다.

호살은 전투가 끝나자 그렇게 허망할 수가 없었다. 자신은 활을 들고 검을 잡지 않아서 제대로 싸워보지도 못했고 또 그 용들 중에 타래미르가 있을 까봐 실제로 활을 쏘아보지도 못했다. 적들의 잔당이 몇몇 남아있었지만 급하게 달려온 조장군의 속가 문외 제자들의 활약에 그들은 모두 죽거나 잡히고 말았다.

전투가 끝난 바로 다음날 복단회에 별안간 엄청난 변화가 일었다. 용들의 대습격이 있은 후부터 매일 사방에서 장군들이 모어들었다. 한나라와 삼한 지방이며 부여나 옥저에 퍼져있던 고위급 인사들이 복단회에 모여들었다. 단주청회주가 도처에 흩어져있던 간부들에게 총소집령을 내린 것이었다. 폐관 수련을 행하던 조위달 장군은 시종 단주청 회주와 이야기를 나누었고 온흔탄주 장군과 고주명 장군 그리고 대석오달 등 고위 간부들은 따로 모며 계속 회의를 거듭했다. 모두들 전체회의를 대비하는 당파들의 회의였다. 비상시국이라 그런지 엄청난 사람들이 모여들었지만 분위기는 냉랭했다.

각지에서 사람들이 모여들기 시작한 후 사흘 만에 마침내 회의가 열렸다. 회의는 이상하게도 회주가 아닌 최고 연령자인 대석오달이 진행했다. 그는 온흔탄주와 조위달 장군에게 한때 무공을 가르쳤던 사부였다. 그는 온흔탄주 장군을 불러냈다. 온장군은 대단히 상기된 표정으로 앞으로 나왔다. 늘 입던 비단 옷이 아닌 흰 무명옷을 입은 것으로 보아 비상시국의 전투분위기를 연출하기 위한 의도가 깔려있는 듯했다. 그리고는 여러 인사들에게 대단히 공손하게 예의를 표했다. 평소의 온장군의 모습이 아니었다. 그는 다시 한 번 대석오달에게 목례를 하고는 좌중을 향해 소리쳤다.

"저는 복단회 대장군, 온흔탄주올시다! 만장하신 복단회의 영웅 여러분을 이렇게 뵙게 되어 영광무지로소이다. 제가 지금 여기서 말씀드릴 것은 우리 복단회의 엄청난 비밀과 그 잘못된 점을 바로 고치고자 함입니다. 그렇지 않고서는 복단회의 위상이 제대로 서지 않기 때문이올시다. 자! 잘들 들으시오! 그동안 우리가 회주로 모셨던 단주청 회주는 단씨가 아닙니다."

"무엇이?"

"으응?"

"아니? 무슨 소리야?"

좌중은 일시에 수군거리는 사람들의 반응으로 몹시 웅성거리기 시작했다. 그러자 온장군은 한층 목소리를 높여 외쳤다.

"조용히 하시오! 여러분, 제가 요하에서 단씨집안의 집사였던 노인을 데리고 왔소이다. 그분의 말을 직접 들어보십시다. 자, 집사는 앞으로 나오시오."

칠십대로 보이는 왜소하고 점잖은 노인이 온장군 옆에 섰다. 그리고는 온장군의 눈치를 보면서 입을 열었다.

"소인은 그저 선대 어르신의 말씀을 들은 것이온데 그 어르신의 말씀에 의하면 단환청, 단주청이라는 형제분들이 단씨 집안에 양자로 들어왔다는 것입니다."

"그만!"

온장군이 끼어들었다. 그리고는 단회주를 향해 외쳤다.

"단주청 회주! 하실 말씀이 있소이까? 이래도 아니라고 반박하실 테요?"

단회주는 모진 성격이 아니었다. 그는 온장군의 채근에도 불구하고 입을 열지 않았다. 그러자 온장군이 다시 나섰다.

"자! 보십시오! 여러분, 지금 회주의 함구는 수긍을 의미합니다. 스스로 자격이 없다고 인정하는 것이외다!"

"그만하시오! 온장군! 단주청 회주는 지금까지 이 어려운 난국을 타개해온 우리의 회주이셨소. 그리고 회주는 복단회가 훗날 쥬왕의 후손을 모셔오면 즉위시키기 위해 백방으로 노력을 하고 계시오!"

단주청의 자격박탈이라는 온혼탄혼의 주장에 조위달이 반박했다. 조위달은 단주청이 비록 단씨의 후손이 아니더라도 그를 축출하면 복단회는 유명무실해지고 결국 복단회가 사라질 것을 염려한 것이었다. 그러나 온장군은 다른 욕심이 있었다.

"이보시오! 조장군! 자격이 없는 회주가 회주의 자리를 차지하고 있으면 복단회의 정체성이 모호해지는 것을 모르시오?"

"그게 무슨 소리요?"

"단씨가 아니면서 단씨인 척하느라고 진짜 단씨를 찾는 일에 소홀하게 될 것이란 말이오!"

"아니? 어찌 그런 말도 아니 되는 소리를……"

"단씨 후손을 찾을 때까지 우리는 회주 자리를 공석으로 비워두고 후손님을 찾기에 전력을 기울여야 할 것이오! 그렇지 않소이까? 여러분!"

"와! 와!"

"그렇소이다!"

결국 단주청 회주는 회주자리에서 물러나기로 했다. 또한 회주를 지지하던 조위달 장군과 그에 맞서는 온흔탄흔의 결렬은 매우 자연스럽게 진행되었다. 그리고 온흔탄주는 단주청을 축출하고 진짜 단씨가 나타날 때까지 자신이 임시 회주가 되기로 작정했다. 실제로 대석오달의 지지를 받은 온장군은 수많은 장로들에 의해 임시 회주로 지목되었고 스스로 그 자리를 수락하였다. 그는 이로써 임시회주로서 각지에서 모여든 복단회의 간부들과 부여나 읍루, 숙신, 동예, 맥국, 옥저 그리고 목지국의 사신 대표들에 의해 축하인사를 받았다.

북부여에서는 꽤 많은 인사들이 왔다. 창해신창과 창해신퇴의 방문뿐만 아니라 해서우공주의 특사로 우거사와 우화탄 이렇게 네 명이 복단회에 왔다. 그러나 우화탄은 복단회에서 지명된 처단대상자 명단에 있었다. 온장군을 따르는 자들이 우화탄의 참석을 반대하고 이번 기회에 처벌할 것을 주장했다.

그러자 창해신창이 나섰다. 창해신창이 누구던가. 창해신창 여군탁은 과거 위대한 여홍성 장군의 가문 출신의 유명인사가 아니었던가. 과거 진시황 암살 자객으로 파견된 여홍성의 후손으로 암기와 창술과 표창술의 대가로서 특히 독을 잘 다루고 소도를 지키는 을탄광소의 사제이기도 했다. 또한 복단회에 모인 그 누구보다도 고수였다. 그가 주장하는 말은 엄청난 설득력을 가질 수밖에 없었다. 마침 온장군이 우화탄가문의 죄를 물었다. 그러자 여군탁은 우화탄 선대의 죄는 연나라 간세의 음모에 의해 꾸며진 일이라는 증거를 댔다.

"저는 여군탁이라 하오! 먼저 단군왕검 복위를 위해 애쓰고 계시는 수많은 영웅들을 한자리에서 보게 된 것으로 영광스럽게 생각하오이다. 저는 창해역사님과 제 조부이신 여홍성 대장군님으로부터 직접 들었습니다. 우화충의 반역 사건은 왜곡되었소이다. 우씨들은 과거 단군왕검을 도우려 군사를 일으킨 것이고 이것을 연나라에서 우화충의 반란이라는 사악한 편지를 돌림으로써 충성심을 역모로 역이용한 것입니다. 때문에 우씨 가문은 억울하게 누명을 쓴 것입니다. 그들은 오히려 단군왕검님의 충신들이었소이다. 한나라군들과 낙랑군이 우씨 가문을 여러 차례 공격하여 완전히 멸문시킨 것이 바로 그 증좌인 것이외다."

좌중은 웅성거렸고 여러 가지 말이 오갔으나 온혼탄주는 재빨리 분위기를 환기시켰다.

"알겠소이다. 창해신창께서 그리 말씀하시니 우화탄 대협에게는 아무 문제가 없는 것으로 알겠소이다. 그동안의 오해를 바로 잡겠소이다."

창해신창이 증명하여 우화탄에 대한 모든 오해가 풀리자 이번에는 연로한 고주명 장군이 우거사의 정체에 대해 물었다.

"그렇다면 저기 우거사라는 분은 우화탄 협객과는 어떤 관계시오? 저 우거사라는 무사에게서는 괴이한 기운이 느껴지는데 혹시 그 내력을 알고 계시오?"

다시 창해신창이 나섰다.

"예, 말씀드리지요. 우거사의 본명은 역기청이라 하오. 이분은 위만조선이 멸망하자 준왕을 찾아 삼한 땅으로 내려간 역계경님의 손자이시오.

과거 역계경님은 용조련을 하던 학사였고, 손자분은 당금 조선전체에서 용에 대한 최고의 전문가이시오. 단씨 후손을 찾아 그 진위를 확인하려면 결국 용에게 물어야 할 것 아니겠소이까? 그러니 우거사는 복단회의 회의에 참가할 수 있는 자격이 있는 분이시오."

"아! 그렇소이까? 몰라 뵈어 죄송하오이다."

고주명 장군은 입으로는 알았다는 말을 했지만 눈빛은 여전히 의심이 가득해 보였다. 우거사는 다소 계면쩍은 표정으로 인사를 했다. 호살은 처음으로 우거사의 본명을 알았고, 역계경의 손자라는 사실도 의외였다. 호살은 농담을 할 요량으로 우화탄에게 다가갔다.

"아저씨, 우거사님은 앞으로 역거사라고 불러야 하나요? 역거사란 말이 어째 좀 걸리는 데요."

"뭐야? 이 녀석이?"

우거사는 일부러 화를 내는 척했지만 우화탄이 복단회와의 관계를 정리하고 처단자 명단에서 제외된 것에 대해 너무도 흐뭇해하였다. 창해신창과 창해신퇴도 매우 흡족한 표정이었다.

좌중을 정리하고 온장군은 일단 복단회의 임시 부회주를 맡기로 했다. 이 모든 것이 그의 의도대로 이루어진 것이라 하여도 전 회주인 단주청이 자신의 신분과 정체를 인정한 이상 누군가 복단회를 이끌어야 했기 때문에 먼저 나서서 스스로 자리를 차지한 온장군은 자연스럽게 권력을 잡게 되었다.

온장군의 추대를 가장 반대한 조위달 장군과 그의 제자들은 용들과 숙신국 군사들의 공격시에 복단회를 방어해낸 일등공신들이었으나 전회주인 단주청을 지지했기 때문에 권력에서 멀어졌다. 그의 사부였던 대석오달이 온장군에게 청하여 벌은 받지 않게 되었지만 동문수학한 사이치고는 모양이 좋지는 않았다. 그리하여 그들은 준왕의 행방을 찾기 위해 삼한으로 가기로 했다. 사호살은 사부를 따라 목지국으로 갈 수밖에 없었다. 그는 오랜만에 만난 의숙부인 우화탄과 우거사와 짧은 작별의 인사를 나누었고 정연에게 안부를 전해달라는 말도 입 밖에 내지 못했다. 다만 두 동생을 우거사에게 기탁했다. 자신 대신 정연을 만나게 될 두 동생을 북부여로 보내면서 호살은 비명에 쓰러져간 자신의 의부 사두계를 떠올렸다. 그렇기 때문에 멀어져가는 두 동생의 뒷모습이 더더욱 마음에 걸렸다.

준왕의 행방

산위 암자 수련처에 모인 조사부의 일행은 이십여 명에 달했다. 목지
국으로 떠나기 전 조위달 장군은 각처에서 모여든 문외제자들에게 준왕
의 소식과 남쪽 나라 삼한의 이야기를 듣기로 했다. 준왕 후손의 행방을
찾는데 사방에 퍼져 있는 조위달 장군의 세력은 상당한 정보력이 있기
때문이었다. 특히 최근의 정보에 대해서는 조장군도 상세하게 밝지 못했
다. 조사부는 문외제자들과의 특별한 인연으로 그 관계를 유지하고 있었
다. 조장군이 목숨을 구해주었거가 아니면 위기에서 구해준 그런 식의
인연이었다. 조장군은 영황을 비롯한 내가 제자들과 문외제자들을 아무
렇게나 섞여 앉도록 했고 자연스러운 상태에서 이야기를 나누고자 했다.
둥그렇게 모여 앉은 제자들은 서로 인사를 나누었고 이내 형제처럼 격이
없는 사이가 되었다. 각처에서 온 제자들이 일상적인 차례를 보고를 했
고 특히 새롭고도 중차대한 소식을 지닌 두 사람이 앞으로 나와 앉았다.
하나는 장발의 신비한 모습을 한 동부여 출신의 석노명이라는 무사였고
다른 하나는 변한에서 온 제자인데 모자로 얼굴을 반 정도 가리고 있었

다. 동부여에서 온 석노명은 다시 한 번 조사부에게 예를 올렸다. 그리고 대단히 카랑카랑한 목소리로 보고를 했다.

"사부님, 동부여에서 들은 바로 용성국의 왕이 무망의 명에 따라 용들을 다른 나라에 보내 수시로 염탐을 하기 시작했다 하옵니다."

"언제부터인가?"

"작히 삼 개월은 된 모양입니다."

"그래? 그래서 용들을 복단회에도 보낸 것이었군, 으음……"

"다른 소식은 없나?"

"예, 용들이 단씨 후손을 추적한다고는 하는데 아직 이렇다 할 정보는 없습니다."

"알았다. 수고했다."

"아닙니다."

"다음은?"

"예, 소제 팽덕, 의부님께 삼가 말씀 올립니다."

조위달의 제자 중 변한에서 온 자는 외눈이었다. 그는 조팽덕이라는 이름의 야장꾼이었는데 조위달 장군을 의부님이라고 불렀다. 조팽덕은 변한의 최근 철제 무기에 대해 소상하게 알고 있었다. 그는 본시 철기무기를 녹여 용사냥용 대형 화살과 작살을 만드는 기술자였다.

"변한의 주철 수준이 날로 높아져 한나라와 왜에서 대량으로 철제를 구입하고 있으며 낙랑군이 매우 깊숙하게 개입되어 있습니다. 특히 낙랑 태수 위마천은 패주인 전 현도 태수 왕자명을 시켜 철괴 일정량을 빼돌리고 있습니다. 아마도 후에 큰 이익을 볼 요량으로 사재기를 하는 모양입니다."

"그렇군, 다른 소식은?"

"예, 가야산신 정견모주(正見母主)의 장자인 변한왕 뇌질주일이 달포 전에 준왕의 손자에게 덕담을 들었다는 소문이옵니다."

"무엇이? 그게 사실이냐?"

"사실인지를 모르오나, 안개가 자욱한 지난달 그믐 새벽, 한 젊은이가 용을 타고 홀연히 나타나 뇌질주일 왕과 더불어 백성을 다스리는 일에 대해 이야기를 나누었다고 합니다. 변한 구야국왕이 신분을 물으니 그 용을 탄 사람은 스스로 단군왕검의 후손이라 했다고 합니다."

"누구에게 들은 것이냐?"

"예, 구야국의 신지에게서 제가 직접 들은 것입니다."

"네가 어찌 구야국의 신지를 안단 말인가?"

"예, 구야국에는 본시 소보다 큰 개들이 있사온데, 구야국 신지께서 궁궐을 지키는 그 큰 개들의 쇠목줄을 만들어달라고 해서 열흘 전에 구야국에 갔었습니다."

"수고했다. 네 공이 크구나."

"그렇게 말씀해주시니 몸 둘 바를 모르겠나이다. 하오나 뇌질주일왕은 외부사람들을 절대로 만나주지 않는다 들었습니다. 어찌 왕을 만날지가 걱정이옵니다."

"으음, 그건 내가 알아서 하마. 일단 팽덕을 제외한 문외 제자들은 모두 이번 출정에서는 빠진다. 우리만 변한에 갈 터이니 너희들은 돌아가 내 명을 기다려라."

"예. 알겠습니다."

"내일 날이 밝으면 내가 제자 전원은 나와 함께 당장 변한으로 간다. 팽덕이 안내를 맡아주면 고맙겠구나."

"예! 삼가 명을 받드옵니다."

　문외제자들이 떠나가자, 사부는 영황과 사제들을 불러 모았다. 그리고
는 대단히 엄숙한 표정으로 말했다.

　"앞으로 우리가 임무를 수행하는 데 있어서 혹시 용들과 사투를 벌일
지도 모른다. 저 망령된 무망이 용들을 풀어 준왕의 후손을 해하려할 것
이니 우리는 반드시 그것을 막아야 한다. 우선 오늘밤 내 너희에게 비기
를 전수하고자 한다. 내가 직계 제자에게 전해줄 비기는 조의선검술이라
한다. 초식은 비록 간단하나 검법 하나하나를 다 외웠다 하더라도 초식
마다의 적합한 내공이 뒷받침되지 않으면 시전이 불가하다. 팽덕은 적전
제자가 아니고 문외제자이나 그동안의 공덕이 크고 오랜 세월 나와 함께
동고동락을 해온바, 비기를 전수받을 만하다. 누구 팽덕의 비기전수에
반대하는 사람이 있나?"

　"없습니다!"

　호살은 자신도 모르게 말을 뱉고 말았다. 그리고 영황 사형과 눈이 마
주친 호살은 섣불리 대답을 한 것을 후회했다. 영황 사형의 표정이 좋지
않았기 때문이었다. 하지만 곧 모두 호살과 같이 대답을 했다.

　"없습니다!"

　"좋다. 내가 미리 세연에게 너희들에게 기초를 수련하도록 했을 터, 그
것이 전부이니라. 팽덕은 내가 지시하는 대로만 하면 된다. 지금부터 내
가 너희들의 명문혈에 공력을 주입해주겠다. 너희는 그 기운을 받아 각
혈마다 옮기면서 초식을 암기해야 한다. 모든 초식에는 적당한 공력이
필요한 것이니. 그것을 완벽하게 체득해야 할 것이다. 자! 모두 벽을 향해
앉아 운기조식을 하도록 하라. 내가 일곱 가지 초식을 말할 때 마다 너희
는 회음혈을 조이고 나의 공력을 받아 소주천을 해야 한다. 알겠느냐!"

　"예!"

밤이 이슥하도록 조사부는 제자들에게 내공을 전수했다. 호살은 뜨거운 사부의 기운이 등허리 아래 명문혈로 밀려들어 오자 기운이 등에서 머리를 한 바퀴 돌아 다시 아랫배로 회전하는 소주천을 느꼈다. 그리고는 초식마다 어느 정도의 내공을 주입해야 하는지 환히 알 것 같았다. 승면도 대단히 괴로운 표정을 지었지만 득의의 모습이 비쳤다. 사실 승면의 무공증진은 어느 제자보다도 빨랐다.

조위장달 장군의 조의선검법(早依仙劍法)은 실제로 단군왕검 시절부터 전해내려 온 비기였다. 단군조선시대의 국자랑에서 크게 발전되고 실제 병영에서 훈련되었으나 단군조선이 멸망하고 그 맥이 끊어져 있었다. 그러나 그 맥을 이백 년 만에 다시 이은 사람이 바로 조위달 장군이었다. 조의선술 무예는 기를 바탕으로 이루어졌으며, 자세와 동작이 기의 운용을 바탕으로 형성되었다. 기를 수련하므로 몸을 다스리게 되는 것이다. 이런 기무 수련으로 기가 충만하게 그 강한 기를 바탕으로 싸움에 임하면 패배가 있을 수 없다는 것이었다.

새벽 먼동이 터오자 사부는 비로소 휴식을 취하기 위해 자리에 누웠다. 그는 정오가 될 때까지 그대로 누워있었다. 그만큼 커다란 공력 소모가 있었던 것이었다. 아침이 되자 모든 제자가 밤새 터득한 조의선검법을 시전해보았다. 모두들 자신을 믿을 수 없을 정도로 무공이 진진된 것에 놀랄 따름이었다. 그리고 다시 한 번 사부의 은혜에 감사를 드렸다. 무공이 증진된 그들은 한결 빠른 경공으로 목지국에 도착하였다.

조장군 일행은 목지국에 도착하자 언제나 그랬듯이 예의의 객점에 들렀다. 그곳은 복단회의 삼한으로 가는 전초기지인 셈이었다. 호살이 영황과 승면을 만난 곳도 바로 이곳이었다. 객점 주인이 나와 조장군 일행에게 각듯한 인사를 올렸다. 조장군은 호살의 생각과 달리 늙은 객점주인에게 다소 정중한 인사를 하고는 모두 방을 배정받았다. 승면에게 들은 이야기를 미루어 짐작하건데 과거 객점주인이 조장군에게 큰 신세를 진후 복단회에 가입했고 그는 정성을 다해 조장군을 모시게 된 모양이었다. 방에 들어온 승면은 장난끼가 발동되었다.

"호살아, 너 여기 생각나니?"

"으응."

"그때는 무슨 배짱으로 다짜고짜 복단회를 찾았냐? 그때에 비하면 너 참으로 용됐다? 안 그래? 히히."

"그야…… 그때는 아버님이 돌아가시고 의탁할 데가 복단회밖에 없어서……"

호살은 다시금 의부생각이 나서 콧등이 찡해졌다. 그리고 연홍과 연표가 떠올랐다. 그러면서 자동적으로 정연도 생각이 나는 것이었다. 그는 다른 생각을 하기위해 영황 사형에게 삼한에 대해 물었다.

"그런데 사형, 삼한과 목지국은 어떻게 되는 관계입니까?"

"으음, 목지국이라 함은 통상 삼한의 대표격인 진왕이 사는 나라를 말하는 것이다. 삼한은 바로 마한, 진한, 변한을 말하는데 본래 이 지역에는 목지국(目支國)의 임금을 진왕(辰王)이라고 부르지, 초기에는 조선에서 내려오신 준왕이 즉위하였으나 이미 백여 년이 지난 지금은 한왕(韓王)이라 불리는 왕이 다스리고 있는데 그도 준왕의 후손이 어디 있는지 모른다고 하지. 믿을 수도 없고 그렇다고 믿지 않을 수도 없는 그야말로 뾰족한 수가 없는 상태야."

"그럼 삼한 땅을 모두 다 찾아보아야 합니까?"

"글쎄, 그래야겠지."

그때 승면이 끼어들었다.

"사형, 삼한에는 나라가 모두 칠십이 넘는다고 들었습니다."

"그래, 삼한 지역 내에 분포된 소국의 수는 마한에 오십사 개국, 진한에 십이 개국, 변한에 십삼 개국이 있다고 하였으나 숫자로만 따지면 모두 칠십구 개국에 이른다고 하는구나."

"그래요?"

"응, 변한(弁韓)은 중부 이남 지역에 분포하고 있지 다른 이름으로는 변진(弁辰)이라고도 한다. 변진에는 십삼국 밑에 또 작은 별읍(別邑)이 있는데, 각각 거수가 있고, 이 중에서 가장 세력이 큰 사람을 신지(臣智)라 하며, 그 다음을 험측(險側), 그 다음을 번예(樊濊), 그 다음을 살해(殺奚), 마지막을 읍차(邑借)라 하지. 거수는 격의 차는 있어도 모두 국읍의 지도자에 칭호인데 사사로이는 왕이라고도 하지만 목지국왕이 엄연히 존재하기 때문에 목지국왕 앞에서는 스스로를 거수라고 부르지."

호살은 영황의 박식함에 다소 놀랐다. 그리고는 조심스레 물었다.

"그런데 사형은 변한에 가보신 적이 있나요?"

"응, 미리미동국에는 가본 적이 있지."

"그래요? 거긴 나라가 어때요?"

"어떻긴 뭐? 다 거기서 거기지, 하지만 기후는 따뜻하고 사람들 인심이 좋아. 아마 이번에는 여러 나라를 가게 될 거다."

"왜요?"

"단군님의 후손을 찾을 때까지 나라들을 모두 누벼야겠지."

"어디 어디요?"

"변한(弁韓)의 십삼개국 모두! 그러니까 미리미동국(彌離彌凍國), 접도국(接塗國), 고자미동국(古資彌凍國), 고순시국(古淳是國), 반로국(半路國), 악노국(樂奴國), 군미국(軍彌國), 미오야마국(彌烏耶馬國), 감로국(甘路國), 구야국(狗耶國), 주조마국(走漕馬國), 안야국(安邪國), 독로국(瀆盧國) 이렇게 다 돌고나면 아마도 일 년은 걸릴 걸."

"설마요?"

"가봐야지, 어쨌든 너에게도 많은 도움이 될 거다. 변한은 최근 고도의 철기 문화를 발전시킨 나라야. 요즘 기마전의 전투에서 변한의 철갑옷은 최근의 유행이야."

영황은 문외제자이지만 엄연히 서열이 높은 조팽덕에게 조심스레 물었다.

"저어…… 조팽덕 사형께서는 구야국에 계셨으니까 내부 사정대해 잘 아실텐데, 가야산 정견모주 여산신은 어떤 신입니까?"

조팽덕은 언제나 벗지 않는 자신의 모자를 어루만지면서 모자 왼쪽의 눈을 순간 번득였다. 오른쪽 눈을 잃었기 때문인지 왼쪽 눈이 유난히 날카로워 보였다. 그리고는 쉰 목소리로 다소 느리게 말했다.

"나는 여신을 직접 만나본적은 없어, 다만 전설에 따르면 가야산신 정견모주(正見母主)가 천신 이비가지(夷毗訶之)에게 감응되어 대가야왕 뇌질주일(惱窒朱日)과 청예 두 사람을 낳았는데, 뇌질주일은 이진아시왕의 별칭이고 청예는 그의 동생이라고 하지. 뇌질주일이 그 어머니를 닮았다면 대단한 미모를 지닌 여신이라고 봐."

"그 뇌질주일왕은 잘생겼나요?"

"잘생긴 정도가 아니야, 그야말로 손으로 빚어놓은 것처럼 인물이 출중하지. 구야국에서 가장 잘생긴 사람을 왕으로 뽑았다고 보면 될 걸?"

"그 정도에요?"

"그럼!"

"사형은 그럼 구야국에 대해서는 잘 알고 계신가요?"

"웬만큼은 알고 있지, 분성산에 구야국의 왕궁이 있는데 지금부터 삼백 년 전 변한의 문왕은 진한과 마한의 난을 피해 이곳에 성을 쌓으면서 흑장군과 백장군, 두 장수를 보내 감독하게 하고 좌우 계곡에 왕궁과 전각을 지은 후 동쪽 것은 고양이 바위 즉, 묘암, 서쪽 것은 개바위 즉, 구암이라 불렀지. 흑장군과 백장군은 부족한 병사들을 이끌고 대규모의 진한 병사들과 맞서 싸워 결국 끝까지 궁성을 지켜낸 장군들이야. 흑장군은 고양이 바위에서 최후를 마쳤고 백장군은 황소만한 백구 열세 마리와 끝까지 싸워 살아남은 장군이지. 전쟁이 끝나자 묘암에 위에는 흑장군의 보검이 바위에 꽂혀있었고, 구암에는 열두 마리의 개가 죽고 단 한 마리와 백장군만이 살아남아 있었지. 변한의 백성들은 두 장군을 잊지 않기 위해 성위의 두 바위를 구야암이라 하고 개를 뜻하는 구(狗)와 보검을 뜻하는 야(耶)를 써서 나라이름을 바꾸었어. 바로 그 분성산에서 준왕의 손자가 몇 년 전까지 도를 닦았다는 이야기가 전해지는데 산도 작고해서 우리는 모두 믿지 않았거든. 그런데 이번에 그분이 뇌질주일왕과 담소를 나누었다니 아마도 아직 거기 계신지도 모르일이지……"

"아! 그렇군요. 그런데 사형은 어떻게 그리 소상히 알고 계세요?"

"실은 내가 거기 출신이야. 거기서 오래전 의부님께 목숨을 빚졌지."

"예? 그 얘기 좀 해주세요."

"아니야, 과거에 내가 철이 없던 시절의 쓸데없는 이야기지……"

"사형! 얘기해주세요! 예?"

이번에는 호살과 승면이 함께 그를 졸랐다.

"그게 말이야. 사실은 내가 진한과 변한의 잦은 전투가 일어나던 시절에……"

한창 이야기가 흥미진진할 무렵 조사부가 방으로 들어왔다.

“무엇들 하는가?”

“예, 사부님 그저 담소를 좀 나누었습니다.”

“그래, 먼 거리를 오느라고 고단할 텐데, 단전호흡을 하고 기를 충만시
킨 다음 자도록 해라! 내일 아침 우선 가야산과 변산으로 갈 것이다. 오늘
은 이만 잠자리에 들고 내일 아침 모두 일찍 채비하거라.”

“예!”

피곤했지만 막상 좌정하고 호흡을 가다듬으려는데 막상 승면과 호살
은 고사형의 이야기가 듣고 싶어져 궁금한 생각이 자꾸만 들었다. 깐깐
했지만 궁금한 건 못 참는 승면이 속삭이듯 말했다.

“사형, 조식이 끝나면 아까 그 얘기 다시 해주세요.”

“쉬잇!”

“알았어요.”

“쉿! 인기척이다!”

호살이 정좌를 풀고 검을 챙겼다.

“누가 왔다고 그래?”

그때였다. 밖에서 누군가 함부로 인기척을 내며 커다랗게 소리를 질
렀다.

“이놈들! 방에 있는 놈들 다나와! 모두 꼼짝마라!”

이미 자시가 되어 행인이 끊긴지 오랜데 객점에 들어와서 행패를 부리
는 자가 있다는 게 이상했다. 객점의 손님이라고 조장군 일행뿐이어서
별달리 소란은 없었다. 조장군과 세진 그리고 세연이 이미 객점 식당에
조용히 나와 있었다. 그리고 그 앞에 검은 복면을 한 자 세 명이 검을 뽑
아들고 위협을 해댔다.

“호호호. 이놈들! 모두 가지고 있는 물건 다 내어놓고, 무릎을 꿇어라!”

객점주인은 당황하여 나섰다.

"아니 되오! 이분들은 손님들이오. 내가 돈을 줄 테니 그걸 받고 물러 가시오!"

"흥! 저리 비켜! 돈과 가진 물건을 내놓지 않는다면 목을 내어놓아라!"

그들의 협박이 거세어지자 조장군이 나지막하게 말했다.

"잠깐! 그대들은 날을 잘못 골랐도다!"

"무엇이? 너, 너 죽고 싶냐?"

두목 격으로 보이는 자가 말을 더듬으며 칼을 붕붕 막 휘둘러댔다. 마침 팽덕과 영황 그리고 숭면은 검을 뽑아들고 호살은 활을 들고 식당으로 나왔다. 일행들이 무기를 들고 나오자 강도들을 적지 않게 당황한 기색이었다. 하지만 그들은 더 시끄럽게 소리를 치며 조장군 일행에게 위협을 가했다. 조장군은 당황함이 전혀 없이 대단히 침착하게 말했다.

"너희들은 이미 죄를 저질렀으니 마땅히 벌을 받아야 한다."

"무슨 소리냐?"

"세진이 앞으로 나오너라."

"예!"

"연검으로 오른쪽 자의 복면만을 베어보거라. 얼굴에 상처를 내서는 안 된다."

"예!"

그녀는 대답을 하자마자 신법으로 공중에 새처럼 날아오르더니 공중 제비를 한 바퀴 돌면서 내려앉았다. 그러면서 허리에 차고 있는 연검을 비상하는 순간 풀어내어 좌우로 휙휙 휘둘렀는데 과연 복면이 베어져 땅으로 떨어졌다.

"으악!"

복면이 떨어진 오른쪽 괴한이 소리를 질렀다. 그자는 얼굴 전체에 털이 여기저기 나있는 원숭이처럼 생긴 자였다.

"염려말아라, 검상을 입지는 않았을 것이다. 다음, 승면 나오너라."

"예, 사부님!"

"너는 쾌속보법으로 왼쪽에 선 자의 복면을 손으로 풀어내보아라!"

"예!"

승면은 가히 믿을 수 없는 빠른 속도로 괴한들에게 다가가 왼쪽에 선 괴한의 복면을 잡아당겨 풀어버렸다. 물론 그자가 손을 쓰기도 전에 모든 것이 끝난 것임을 말할 나위도 없었다. 언제나 정의로운 승면은 장난으로 그에게 꿀밤을 한대 갈겼다. 왼쪽에 있던 괴한도 겁에 질려 비명을 질렀다.

"으아아악!"

"다, 당신들 누구야? 뭐하는 자들이야?"

"다음! 호살이!"

조장군은 도둑에게는 전혀 신경도 쓰지 않고 태연하게 말했다.

"예!"

"너는 활을 쏘아 가운데 자의 복면을 풀어보거라! 이번에는 실수로 머리를 관통하여 저자를 죽여도 좋다."

"예? 그 그건……"

"사, 사, 살려주십시오!"

괴한들은 일제히 엎드려 빌기 시작했다.

"제발 살려주세요! 예!"

당금 무림계의 최고수 중의 한 명인 조장군에게 강도짓을 하려고 객점을 들어온 것이 그들의 비극적인 운명이었다. 초고수들에게 덤벼든 괴한

들은 마치 작은 여우들이 커다란 호랑이들을 사냥하려다가 잡혀죽게 된 것과 같은 우스꽝스런 꼴이 되고 말았다. 조장군은 가운데 두목에게 단호하게 말했다.

"이놈! 복면을 썩 벗어라!"

하지만 그는 두려워 떨면서도 망설이며 쉽사리 복면을 벗으려 하지 않았다.

"어허! 당장 벗지 못할까?"

하지만 그는 장군의 추상같은 명령 앞에 그는 복면을 벗지 않을 수 없었다.

"아, 아니? 너는?"

객점주인은 소스라치게 놀랐다.

"네…… 네가 언제 옥에서 나온 게냐?"

그는 삼 년 전 객점주인에게 객점을 내어놓으라고 협박하는 자였다. 그는 다름아닌 주인 며느리의 동생이었다. 아들 집안이 모두 북부여로 떠나가 살게 되면서 객점에 들어와 살게 된 그는 삼 년 전에도 객점주인을 협박하고 죽이려한 것을 조장군이 구해준 적이 있었다. 그는 본시 놀고 먹던 건달이었으나 주인이 이 객점에서 일하도록 하여 생활비를 대주고 결혼도 시켜주었다. 웬만큼 재산도 나누어주고 살도록 해주었건만 칠팔 년 동안 음식 재료며 술 등을 중간에서 다 떼어먹고 심지어 주인의 금고에서 돈도 수시로 도둑질을 하였다. 그리고는 심지어는 객점을 자신에게 달라고 협박을 해왔다. 말하자면 그는 은혜를 원수로 갚은 것이었다.

벌 만큼 벌었고 이제 늙어버렸으니 그만 가게를 내어놓으라는 자는 연전에도 불량배들을 보내 객점 주인을 협박했는데 조장군이 그를 잡아다

관아 넘겨 옥살이는 하게 된 것이었다. 목지국의 법규에 따라 삼 년 동안 옥 갇혔다가 풀려 나오자마자 다시 사돈을 협박을 하러 온 것이었다.

그자는 저자거리 여기저기에서 바람을 피워 임신한 여자가 열 명이나 되었고 남에게 돈을 빌리고 갚기는커녕 빌린 적이 없다고 행패를 부리기가 일쑤였다고 했다.

예전에 이 객점에서 일을 도와준 것을 빌미로 이제는 아주 객점을 자신에게 달라고 생떼를 쓰는 것이었다. 사돈어른에게 빌린 돈을 일부 갚는척하다가 가게를 아예 통째로 달라는 그자는 아직 젊은데 대머리가 진 몰골을 하고 있었다. 그는 안 아픈데가 없다고 했다. 매일 기침과 불면증으로 시달리고 곧 죽을 것 같다면서 불쌍한 자신을 봐서라도 객점을 달라고 다시금 우겼다.

"저 정말 오래 못삽니다."

"젊은 놈이 못하는 소리가 없네!"

"제 나이가 얼마입니까? 마흔이에요! 내 친구들은 다 각자 가게들을 운영한다구요! 나도 독립해서 어엿한 가게 하나쯤은 하면 안 됩니까?"

"그래! 이놈아! 그게 내가 하고 싶은 말이다. 네가 나가서 독립을 해야지! 여기 내 가게를 빼앗아 독립을 하겠다니 그게 말이나 되는 소리야? 그리고 내가 그동안 너에게 준 돈이 얼마냐?"

"솔직히 말해서 내가 일했으니까 영감님도 먹고산 거 아닙니까? 남들도 다 그래요. 이 가게는 이제 내꺼라고! 영감님은 그냥 가게가 망했다고 생각하고 나한테 주면 되는 겁니다!

이, 이런 미친놈을 보았나?"

조장군은 영황을 불렀다. 그리고는 세 괴한을 모두 포박했다. 영황은 사람을 시켜 관아에 신고를 하게했다. 잠시 후 영황은 가야산으로 출발

준비를 마치고 조사부에게 보고를 했다.

"사부님 떠날 차비가 다 되었습니다."

"그래? 알았다. 그 강도들은 관아에 넘겼느냐?"

"아닙니다. 주인께서 그냥 풀어주라 하셨습니다. 아마도 주인장께서 가게를 그자에게 넘겨줄 것 같습니다."

"그래? 나는 그들이 두 번째 강도짓을 했으니 이번에는 한 오 년 정도 감옥에서 살겠거니 했는데, 저 주인장은 나보다 한수 위의 분이셨구만. 허허허허!"

"예? 무슨 말씀이시온지……"

"아니다. 내가 그동안 검만 다루고 살면서 사람을 보지 못하고 산 것 같아서 하는 말이다."

"예?"

제자들은 뜻 모를 표정으로 멍하고 있는 사이 사부는 벌써 객점 저 멀리 빠른 걸음으로 걸어 나가고 있었다.

정견모주와 청예왕자

　장도에 오르는 일행을 축복이라도 하는 듯 밤새 늦가을 비가 멎었고 이른 아침 무지개가 떠있었다. 조사부는 뇌질주일왕을 접견하기 위해 먼저 가야산의 정견모주여신을 만나기로 했다. 변한으로 가는 길은 험준한 산과 아름다운 강이 도처에 있었지만 요하나 흑수일대와 같이 춥지는 않았다. 빠른 경공으로 한나절 만에 조장군 일행은 가야산 입구에 도착했다. 산신이 주재하는 거대한 산답게 산의 기맥이 여기저기 날카롭게 지맥에 솟아 있었으며, 주봉인 상왕봉을 비롯하여 주위에 다섯 개의 웅대한 봉우리가 병풍처럼 둘러치고 있었다. 호살은 산을 오르면서 화강암의 단단한 기운이 느껴졌다. 조장군은 여신과 만날 약속이나 한 사람처럼 거침없이 산을 올랐다. 조사부의 경공술은 대단했다. 언제나 산모롱이를 돌아서면 앞서가다가 뒤에 오는 제자들을 기다리곤 했다. 정상에 오르고 보니 동남쪽을 제외한 모든 사면이 급경사였다. 상왕봉이라는 정상에서 내려다보니 남쪽 골짜기에 작은 시냇물이 흘렀고 소나무와 대나무 그리고 잣나무 등의 수림이 울창했다. 누가 보더라고 그 비경에 산신이 머물

만했다. 그 아래로 내려가자 계곡은 여러 갈래의 물이 서로 모여 급기야 폭포를 이루는 절벽이 나타났고 그 곁에 단아한 암자가 보였다,

"저기로군!"

조사부는 폭포를 건너 십여 장의 거리는 사뿐하게 몸을 날려 뛰어넘었다. 맑은 물, 울창한 소나무숲과 단풍나무 등이 어우러져 늦은 계절을 고즈넉하고도 독특하게 꾸며주고 있었다. 계곡 입구에는 사람이 만들었다고는 믿을 수 없는 신비한 모양의 돌다리가 있었고 다리 입구에는 무릉교라고 음각으로 조각되어 있었다. 계곡을 거슬러 올라가는데 돌연 누군가 싸우는 소리가 났다. 기암절벽에서 둔탁한 소리가 메아리치며 연속을 울려났다. 폭포 아래 넓은 용소에서 무척이나 빠른 두 사람이 엄청난 공력으로 내력싸움을 하는 듯했다. 조장군은 제자들에게 모두 단전에 기를 모으고 귀를 막으라고 했다. 그리고 잠시 후 콰광하는 굉음과 함께 일대의 바위가 흔들거렸고 용소의 물이 열 길이나 높이 치솟았다.

펑!

잠시 후 물기둥이 가라앉자 물에 젖은 두 여인이 계곡의 높은 바위 위에서 폭포가의 자갈밭으로 날아 내려앉았다. 모습이 둘 모두 하늘나라 선녀와도 같았다.

"그대는 누구길래 다짜고짜 내 영토에 와서 행패인가!"

"나는 하백의 딸 훤화여신이다! 나는 그대가 일찍이 내 이무기들을 잡아와 이 용소에 가둔 것을 알고 있다."

"말도 안 되는 소리! 나는 한 번도 이 가야산을 떠난 적이 없다. 나는 가야산을 지키는 신이거늘 어딜 가서 이무기를 잡아온단 말인가?"

"그럼 저 물속의 이무기들은 무엇이란 말인가?"

"그, 그건 내 아들이 내가 무료할까봐 구야국의 강물에서 잡아 가져다

준 것이다."

"무엇이? 그걸 나보고 믿으라고?"

"믿지 않으면 어쩔 텐가, 다시 힘을 써볼 텐가?"

"에이!"

훤화라는 여신이 다시금 공격을 하려고 할 찰라 바로 그때였다.

"잠깐!"

"누구냐?"

"저는 단군왕검의 수호가문의 후손 조위달이라 하오이다. 제가 드릴 말이 있소이다."

"이런! 한낱 인간 따위가 신들의 싸움에 끼어들다니? 정신이 없는 자로다!"

훤화여신이 조장군을 공격하려 하자 정견모주신이 그녀를 제지했다.

"기다려보시게! 일단 저자의 말을 들어보자."

"예, 감사합니다. 여신들이시여!"

조장군은 일단 안심을 했다. 그리고는 대단히 침착하게 말을 했다.

"여신들이시어, 제가 이무기에 대해 소상히 말씀드리지요. 용성국에 무망이라는 신이 있어 옥황상제의 명을 거역하고 지상의 이무기들을 잡아와 그들에게 공력을 나누어주고는 용으로 화하게한 뒤, 승천을 못하게 막아 자신의 부하로 쓰고 있다고 합니다."

"무엇이? 그게 사실이이냐?"

"예! 훤화여신님의 이무기들도 그 무망이라는 자가 잡아갔을 것으로 판단됩니다."

"그래? 듣고 보니 그럴듯하군. 하지만 나는 이무기들과 전음으로 통하는 신이다. 여기 있는 이무기들도 내가 흑수에서 키우던 것들임에 틀림이 없다. 그것은 어떻게 설명할 것인가?"

"아, 예, 그것은 무망이 이무기들을 마구 잡아들이면서 잡히지 않으려고 여기저기로 도망 다니던 이무기들이 우연히 뇌질주일왕에게 잡혀온 것으로 보입니다. 제가 알고 있는 뇌질주일왕께서는 남의 이무기를 노획하는 그런 왕이 아니십니다."

"그래? 그런데 내가 어찌 너의 말을 믿을 수 있단 말인가?"

"저는 과거 단군왕검님과 하백님을 도와 흑수 대전쟁 당시 숙신군을 물리친 조문휴 장군의 십대손이옵니다."

"그래? 그때 나도 전투에 참가했었느니라. 그때 조문휴 장군을 본적이 있다. 그리고 보니 그 조장군과 조금 닮은 구석이 있군. 알았다. 내가 너의 말을 믿으마."

훤화여신은 돌연 태도를 바꾸어 정견모주여신에게 사과를 했다.

"산신께 내가 실례를 범했소이다. 하지만 여기 이무기 세 마리 중 두 마리를 내가 데리고 가겠소. 허락하시겠소?"

"그렇게 하시오. 혹 다 필요하면 모두 데려가도 좋소이다."

"아닙니다. 내가 무례하게 그대를 공격하였으니 사과하는 의미에서 한 마리는 남겨두겠소이다. 그럼 실례가 많았습니다."

훤화는 물속으로 풍덩하고 마치 빨려 들어가듯 없어져버렸다. 잠시 후 물속에서 소용돌이가 치더니 이무기 한 마리만이 물 위로 솟아올라 다시금 유유히 헤엄을 치고 있었다.

"조장군은 다시 여신에게 예를 올렸다. 그리고는 제자들에게 예를 올리라고 지시했다."

"인간 조위달과 제자들이 삼가 여신을 뵈옵니다."

"조문휴의 후손이라 했나?"

“예.”

“그대는 어찌 나를 찾아 왔는가?”

“예, 제가 산신을 찾아뵌 이유를 말씀드리겠나이다. 저는 단군왕검의 후손을 찾고 있나이다. 그런데 그분이 변산의 뇌질주일왕과 만났다는 소문을 들었나이다. 그러나 뇌질주일왕은 외부사람을 쉽게 만나주자지 않는다는 말을 들었습니다. 그래서 여신님께 뇌질주일 왕을 만날 수 있게 해달라는 청을 드리고자 왔나이다.”

“그래? 내가 너에게 신세를 졌으니 부탁을 아니 들어줄 수가 없구나. 기묘한 인연이로다. 삼백 년 전 나는 네 조상에게 빛을 진적이 있었으니 이번에 한꺼번에 갚은 것으로 하겠다. 되었느냐?”

“고맙습니다.”

“자! 이것을 받거라!”

여신은 신비한 빛이 나는 주황색 꽃을 하나 주었다.

“이 꽃은 열흘 동안 시들지 않을 것이다. 이것을 보여주면 왕이 너희를 반갑게 맞아줄 것이다.”

“감사하옵니다. 여신이시여!”

“잠깐! 저 아이는 누구인가?”

“예?”

여신은 호살을 가리키며 고개를 갸웃했다.

“저 아이의 몸에서 빛이 나고 있지 않은가? 그대들은 귀인을 곁에 두고 다른 곳을 찾아 헤매는 것은 아닌가?”

“예?”

조장군은 호살을 돌아보았으나 그의 몸에서는 어떠한 빛도 나지가 않았다.

"빛이라니요?"

"저 은은한 광채가 인간들에게는 안 보이는가?"

"안보입니다."

"그래? 그럼 저것이 무엇인고? 알 수 없는 노릇이로구나…… 그럼, 너는 누구인가?"

"예? 저, 저는 사, 사호……"

호살은 순간 당황하여 말을 더듬었다. 그러자 돌연 여신은 태도를 바꾸었다.

"어라? 빛이 없네? 내가 잘못 보았군! 으음 괴이하도다…… 자! 그대들은 이제 떠나도 좋다!"

"예! 다시 한 번 감사드립니다."

조장군은 구야국의 분성산으로 가는 길 중간 중간에 호살을 눈여겨보았지만 아무런 이상한 점을 찾을 수는 없었다. 다만 승면만이 호살의 몸에서 광채가 난다면 이제 야간 이동 중에 햇불이 필요 없겠다고 농을 했지만 아무도 웃지 않았다.

구야국은 산 구릉지를 중심으로 여기저기 작은 동산들이 있었다. 나라의 구역은 크게 구릉 지역인 내변산과 해안 지역으로 나뉘어 있었다. 변한에서 가장 강력한 나라이기는 전체적인 규모는 큰 편이 아니었다.

부성산은 거한 산은 아니었지만 맑은 계곡과 울창한 숲을 이루고 있다. 숲 속에는 전나무 숲이 울창했다. 산 위에서는 남해를 향해 전망이 무척 좋았다. 동쪽 바다의 일출과 다시금 서쪽 바다로 지는 해를 바라보는 경관이 매우 아름답다고 소문이 나있었다.

조장군은 여신 정견모주에게서 받아온 주황꽃을 궁성 경비대장에게 건넸다. 세연과 세진이 서로 들고 가려고 싸웠던 그 신비한 꽃을 건네자 이내 왕의 접견이 허락되었다. 궁성은 작았지만 대단히 짜임새가 있었다. 풍성한 철기류 때문인지 여기 저기 철제 병장기들이 벽에 걸려있었고 철제로 된 창틀과 기둥도 궁성 벽 여기저기에서 번쩍거렸다. 시녀들에 의해 안내된 왕실은 무척 화려했다. 금빛 장신구들이 즐비한 커다란 방은 신비하면서도 아름다웠다. 가장 희한한 것은 송아지보다 훨씬 큰 털복숭이 개가 다섯 마리나 왕의 집무실에 묶여 있는 것이었다. 개들은 말하자면 왕의 호위무사나 다름이 없었다. 조장군 일행이 들어가자 개들은 일제히 일어서서 경계태세에 돌입했다.

왕은 호피로 된 너른 의자에 앉아 기다리고 있었다. 그의 손에는 조장군에게서 건네받은 주황꽃이 들려있었다. 왕이 꽃을 든 손으로 손사래를 한번 치자 개들은 이내 다시 바닥에 동시에 엎드렸다. 아주 잘 훈련된 병사들과 진배없었다.

조장군은 매우 공손하게 예를 올렸다.

"왕이시여! 복단회의 조위달이 삼가 왕을 뵈옵니다."

"복단회에서 왔소? 반갑소이다. 그래 용건이 무엇이요?"

뇌질주일왕은 투명할 정도로 흰 피부와 깊고도 진한 마치 흑진주와도 같은 눈을 지녔고 훤칠한 키와 낭랑한 목소리까지 과연 미남중의 미남이었다.

조장군은 고개를 조아려 예를 올리며 말했다.

"소장, 삼가 묻겠나이다."

"말씀하시게."

"왕께서는 단군의 후손을 만났다고 들었습니다."

"그랬지. 달포 전의 밤이었지."

"그날 밤, 무슨 대화를 나누셨나이까?"

"대화라? 대화가 아니고 일방적인 가르침이었네. 먼저 그분이 왕 노릇 하기 어떠한지 물었고 나는 힘이 든다고 했지. 이어서 그분은 왕의 본분은 백성을 지키는 것이라고 했네. 그분의 얼굴에서 빛나는 광채가 나를 압도하여 나는 차마 말을 놓지를 못했어."

"그러하옵니까? 하면 연치는 어느 정도이셨습니까?"

"약관으로 보였네, 그분은 머리에 흰띠를 두르고 있었지만 머리 뒤에서 붉은 광채가 빛나고 온몸에서는 이상한 향내가 진동하였으며, 그 외모가 비범하고 오른쪽 팔목에 검은 점이 아홉 개가 있었다네. 어머니께서는 이것이 장차 제왕의 상이니 함부로 누설하지 말라고 하면서 그를 다른 나라로 보내기를 권하셨지."

"혹 그분의 용모가 기억나십니까?"

"물론이지."

뇌질주일왕은 그날 밤일을 생생하게 기억하고 있었다.

"나는 외모에 대해 늘 자신감이 있었네. 그런데 그분을 보고 난 그 자신감을 잃었어. 누가 보아도 부러워할 용모를 지녔지 나조차 부러워했단 말일쎄?"

"이목구비를 좀 자세하게……"

"하하하하, 그런 인물을 어찌 감히 어떻게 생겼다고 묘사한단 말인가. 그대들도 척보면 아! 그분이구나 할 걸세, 일단 얼굴에서 광채가 난다는 것만으로 용모의 묘사가 충분하다고 보네."

"그렇다면 혹 어디에 기거하신다든가 어디로 가신가든가 하신 말씀은 없었습니까?"

"아! 진한 땅으로 간다고 했네, 사로국이든가? 아마…… 그뿐일세, 더 이상은 할 말이 없네, 그만 물러들 가시게. 참! 그대들은 어찌 내 어머님의 마음을 움직이도록 만들었나?"

"예, 산신님께서 훤화여신과 이무기를 놓고 시비가 있었사온데 제가 산신님을 도와드렸나이다."

"이무기? 하하하. 그 무망의 장난질에 훤화도 놀아나는군!"

"왕께서는 무망을 아십니까?"

"알기야 하지, 하지만 안다고 그깟 게 뭐 대수인가?"

뇌질주일왕은 조장군 일행의 사람들을 하나하나 살펴보았다. 그리고는 다소 느물거리는 표정을 짓더니 검지 손가락을 세연과 세진을 향해 두 번 까닥거리면서 말을 했다.

"그런데 저 아이들은 그대의 제자들인가? 딸인가?"

"둘 다이옵니다."

"둘 다라?"

"예, 그렇사옵니다."

"원한다면 둘 중 하나는 내 후궁이 되도록 해주지. 그대도 딸의 후궁자리를 원하지 않는가?"

순간 세진은 호살의 곁으로 바짝 다가왔다. 호살도 순간 당황했지만 세진을 보살펴야 한다는 생각에 자신도 세진 곁으로 바싹 붙어 앉았다. 그러나 조장군은 너무도 당당하게 대답했다.

"아니옵니다. 아이들이 미천한데다가 아직 할 일도 많거니와 이미 정혼자가 있사옵니다."

"그렇군, 싫으면 말고!"

"송구하옵니다."

"아닐세, 사로국에 가서 혹 그분을 만나면 내가 다시 한 번 만나고 싶다고 전해주시게."

"예, 그렇게 하지요."

궁을 빠져나오자, 영황이 분통을 터뜨렸다.

"뭐 저따위 왕이 다 있어! 여색에 빠져서 백성 다스리는 일에는 관심이 없고 허구헌 날 놀고먹으니까. 저 모양이지! 홍! 왕검님의 후손이 찾아와서 나라를 잘 다스리라고 따끔하게 한 말씀하신 것을 알아차리지도 못하고! 에이! 참! 멍청한 자 같으니라구!"

조장군은 영황이 세진을 좋아하는 것을 익히 알고 있었으나 그저 농으로 넘겼다.

"후후후, 영황이는 알아들었구나! 네가 뇌질주일왕보다 영민하구먼!"

하하하하하

조장군은 팽덕을 구야국에 남게 하고 그에게 뒷일을 부탁했다. 바로 그때였다. 조장군과 호살이 동시에 숲을 향해 몸을 돌렸다 둘은 동시에 인기척을 느낀 것이었다.

"누구냐!"

호살이 먼저 소리쳤다. 그리고 다시금 외쳤다.

"그대는 왜 우리를 미행하는가?"

"오호! 놀랍구려? 대나무 숲에서는 아무런 인기척이 없었건만, 대단하구먼, 내 존재를 알아차리다니? 더욱 더 놀라운 건 내가 부양보법으로 따라오는 것도 알았단 말인가?"

대숲에서 나온 사람은 뇌질주일과 맹 흡사하게 생긴 준수한 미남청년이었다. 호살은 그가 누구인지 알 수 있었다. 그리고 구야국의 백성인 팽덕은 고개를 숙여 예를 올렸다.

"왕자님을 뵈옵니다."

"나는 청예라 하오. 이 나라의 왕자이지만 그저 떠돌이 낭인 무사에 불과하오. 그대들의 허락도 구하지 않고 이렇게 따라와서 정말 미안하오이다."

"구야국, 왕자님을 뵈오이다."

조장군도 예를 차렸다. 하지만 청예는 매우 소탈했다.

"그럴 것 없습니다. 나는 왕도 아니고, 나이도 어린데요, 뭐, 여기 젊은 친구들하고 나이가 비슷해 보이니 그냥 이 젊은 협객들하고 친구하면 되겠네, 안 그렇소이까?"

"왕자님! 여기 구야국에서, 그건 곤란하옵니다."

"그래요? 그럼 사로국으로 같이 가서 친구를 합시다."

"왕자께서는 왜 우리와 함께 동행을 하고자 하십니까?"

"아! 내가 진한의 태자를 만나보려 가려는데 마침 그대들이 사로국으로 간다고 들었소이다. 동행을 하면 그 왕검의 후손도 만날 수 있다고 하길래, 겸사겸사 뭐 그렇게 되었소이다."

수려한 외모와 달리 털털하고 명랑한 성격의 청예는 이번에는 태도를 바꾸어 정중하게 부탁을 했다.

"여기 팽덕이란 사람은 여기 남을 것 아닙니까? 그렇다면 이 근방 지리를 나만큼 잘 아는 사람은 우리들 중에는 아마도 없을 줄 아오. 조장군께서 허락을 해주신다면 진한까지 길 안내자가 되어줄 터이니 동행을 하게 해주시지요, 장군!"

"으음, 글쎄올시다……"

"허락을 해주리라 믿소. 안 그러면 그대들이 방금 전 내 형님인 이 나라 국왕을 모욕한 죄로 구야국 뇌옥에서 일 년을 머무르셔야 할지도 모르오. 하하하하하!"

"그래요? 그럼 동행을 하는 걸로 하시지요."

"이야! 잘됐네!"

승면은 청예와의 동행을 무척이나 반겼고, 자신도 모르게 환호성을 지른 후 머쓱해진 그를 뒤로하고 일행을 빠르게 사로국을 향해 걸음을 옮겼다.

진한으로 가는 길은 비교적 평탄했다. 그들은 해안선을 따라 북쪽으로 가기만 하면 사로국에 다다를 수 있었다.

사로국에 도착하기 전 태기왕이 다스린다는 주선국에 다다른 시각은 이미 삼경이 되어버렸다. 너무 늦은 시각이라 궁성으로 들어가는 것은 불가능했다. 조장군 일행은 객점을 겨우 얻어 피곤한 몸을 누일 수 있었다. 방이 두 개밖에 없었기 때문에 여자들이 작은 방을 썼고 조장군과 청예왕자, 영황과 승면 그리고 호살은 조금 더 큰방에서 대나무줄기처럼 다닥다닥 붙어 잘 수밖에 없었다. 잠시 후 잠자리가 불편해서인지 청예왕자는 홀연히 방밖으로 나갔다.

"그럼 그렇지! 왕족이 이렇게 좁아터진 곳에서 어떻게 자겠어?"

영황은 은근히 청예왕자를 비아냥거렸고 조사부는 잠자코 있었다. 그리고는 곧바로 청예왕자는 어디서 구해왔는지 술과 고기안주를 가지고 들어왔다.

"자! 어차피 편안하게 자기는 글렀고 재미난 이야기나 좀 나누다 자기로 합시다. 누가 먼저 얘기 할까요?"

"왕자님이 먼저 하시지요, 찬물도 위아래가 있는데……"

영황이 은근히 딴죽을 치는 듯이 말을 하자 청예는 선뜻 그러겠다고 했다.

"자! 일단 한잔씩들 하시고! 그럼 내가 진한의 비밀에 대해 말해주지요. 진한은 변한의 동쪽에 위치한 열두 개의 소국에 불과하나 백성들이 매우 영민하고 활기차기 때문에 언젠가는 변한을 잡아먹을 나라요! 아니 마한도 다 잡아먹을지 모르지요. 가장 용맹한 사로국(斯盧國)을 위시하여 기저국(己柢國), 불사국(不斯國), 근기국(勤耆國), 난미리미동국(難彌理彌凍國), 염해국(冉奚國), 군미국(軍彌國), 여담국(如湛國), 호로국(戶路國), 주선국(州鮮國), 마연국(馬延國) 그리고 우유국(優由國)이 있지요. 열두 개의 소국은 큰 나라는 사천호에서 오천호 가량 되고 작은 나라는 육칠백호 정도에 불과합니다. 사실 뭐 나라라고 할 수도 없지요. 하지만 전투가 벌어지면 미친 듯이 싸우는 전사들이 많지요. 마한과 변한의 국경 부근에서 늘 먼저 시비를 걸어 전투를 벌이는 게 이 진한의 사람들이요. 그런데 놀라운 비밀이 있소이다. 나는 그런 자들을 좋아하는데, 진한 차기지도자인 내 친구 태기왕자는 싸우는 자들을 몹시 싫어하지요. 이 때문에 진한은 먼 훗날 사로국과 주선국간에 난리가 나겠지요? 어떻소? 내 비밀이야기가?"

승면이 매우 관심 있는 표정으로 물었다.

"그런데 태기왕자가 누군가요?"

"태기왕자? 그는 진한 연맹체를 이끌어갈, 우리가 와있는 바로 이 나라의 차세대왕이지요. 변한으로 치자면 제 형님인 뇌질주일왕이나 다름없지요. 그와 나는 오래전 한 도인으로부터 현묘한 도를 배운바 있소이다. 물론 제 견식이 짧지만 나도 명색이 반신반인인데 과거 어디에서도 들어본 적이 없는 신비한 도이었지요. 도인께서 우리 몸속의 바람을 돌리라고 하셔서 우리가 장난삼아 이름붙이길 풍류도라 했어요."

별안간 조장군이 놀라 물었다.

"지금 풍류도라 했습니까?"

"그렇소이다. 나는 장군과 여기 호살이라는 친구를 보았을 때 그대들에게도 풍류도를 배운 사람들에게서 나오는 어떤 기운을 느꼈어요."

"풍류도의 기운이요? 왕자께서는 풍류도를 익히셨습니까? 그렇습니까?"

"아닙니다. 그런 선술을 익혔다기보다 스승 되는 분에게 다만 조그만 재주를 배웠을 뿐입니다."

"헌데 스승님이라면…… 그분은 누구셨습니까?"

"모릅니다. 우연히 우리에게 나타나셨고, 호흡과 신법 그리고 묘법을 일러주셨습니다. 제가 어려서 그분과 헤어질 때 다시 만나기를 청했지만 그분께서는 아무런 말없이 떠나가셨습니다. 그런데 정말로 신비한 일은 태기왕자와 나 우리는 일 년 동안 그분께 도를 배웠는데 정작 우리가 정신을 차리고 나니 하룻밤에 지나지 않은 것이었습니다. 제 어머니와 태기 왕자의 어머니는 우리를 찾아 하루 종일 그리고 밤을 새워 사방으로 돌아다니셨고 우리는 죽도록 혼이 났지요. 그리고 우리는 호흡법, 경공술, 둔갑술, 내공술 그리고 격물법 등을 자유롭게 구사할 수 있게 되었어요."

"그분은 그럼 어디 계신 것이지요?"

"모르지요, 나도 그분을 다시 만나고 싶어서 여러분과 함께 온 것입니다. 내 형님이 만났다는 왕검의 후손이라면 그분이 누구이고 어디 계신지 알 것 같아서요."

호살은 청예를 진지한 모습을 보고는 적지 않게 감동을 받았다.

"제가 뭘 여쭈어도 되겠습니까?"

"그러시지요."

"왜 이 땅에 그러한 신비로운 일들이 일어나는 것이고, 그 신비한 풍류도를 익히기 위해서는 어찌해야 하나요?"

"이 땅에 신비한 기운이 생긴 것은 하늘문이 처음 열렸을 때 환웅께서 이곳에 오셨기 때문인데 그건 달리 말하면 이 강산이 오묘해서 환웅의 마음에 드셨기 때문이라 할 수도 있겠지요. 그래서 그분에게 선택받은 이 땅에서 풍류도를 인간들에게 가르치시려고 하신 게 아닐까요? 그러니 우리가 이 땅에 태어나서 풍류도를 모르고 살다가 죽는다면 삶에 무슨 보람이 있겠습니까?"

"내 스승님께서는 하늘과 땅의 이치를 배우는 사람은 먼저 천지의 바탕이 되는 자신의 몸을 가다듬어야 한다고 하셨습니다. 그렇게 몸을 가다듬어야만 바른 정신을 갖게 되고, 바른 정신을 통해서만 바른 삶을 이룰 수 있기 때문이라고 하셨지요. 그렇다면 어떻게 그 몸을 가다듬을 것인가? 먼저 스스로를 하늘과 땅의 일부분으로 감각할 수 있도록 훈련이 되어야 하지요. 하늘과 땅과 초목과 불과 물 이 모든 것을 느끼는 길은 바로 바람을 느끼는 것으로 통합니다. 바람의 흐름 속에 햇빛과 비와 태양과 달을 느끼고 별을 헤아리는 것이 녹아 있기 때문이지요. 바람의 흐름이 바로 풍류가 아니겠습니까?"

조장군은 다시금 청예왕자를 눈여겨보았다. 그리고는 그 깊은 생각에 감탄했다는 의미의 예를 표했다. 사부의 공손한 예올림에 제자들도 모두 숙연해졌다. 그 때문에 밤늦게 마련된 술자리 분위기는 깨지고 말았다.

아침 일찍 일어난 세진과 세연이 깨워서야 남자들은 겨우 일어났다. 지난 밤 긴 이야기를 하느라고 늦게야 잠이 들었기 때문이었다. 출발 전에 청예왕자는 조장군을 설득하여 주선국의 궁에서 태기왕자가 혹여 단군의 후손이 아닌가 알아보기로 했다. 조장군은 처음에는 동의하지 않았지만 청예왕자는 끈질기게 조장군을 설득했다.

"조장군! 나는 그와 동문수학한 친구로 형제나 다름이 없소이다. 그러나 그는 내가 생각할 수 없는 신비한 구석이 있고 언제나 나는 그가 단순한 주선국의 후계자가 아닌 엄청난 인물이라 여기고 있소. 조장군은 그를 만나보면 단군의 후손이라는 것을 알 수 있겠소?"

"그렇습니다."

"아니? 어떻게요?"

조장군은 청예왕자에게 이상한 신표를 꺼내 보였다.

"이것입니다."

"그것이 무엇이요?"

"신표입니다."

"아니? 나무에서 빛이 나다니? 이상하군……"

옷섶에서 꺼낸 그 신표는 잠시 약하나마 빛이 감돌다가 다시금 본래대로 평범한 나뭇조각으로 되돌아왔다. 청예왕자는 고개를 갸웃했다. 조장군도 놀라는 눈치였으나, 묵묵히 말을 이었다.

"이것은 천년된 박달나무로 된 신표입니다. 단군의 후손 앞에서는 빛을 발하지요."

"그래요? 그런데 조금 전 미약하나마 빛이 살짝 나는 것도 같던데?"

"글쎄 그런 것 같습니다. 하지만 단군 적통의 앞에서는 강한 광채가 계속 난다고 했습니다."

"장군은 그것을 보았소?"

"아니요. 아직……"

"좋소, 만일 그가 내 형님이 만났다는 귀인이 아니라면, 그 다음에는, 으음…… 일단 주선국의 태기왕자에게 누구를 만나면 좋을지를 물어보기로 합시다. 내가 그와 선약이 있고 훌륭하신 협객들과 함께 가니, 아마 우리 모두 환대를 받을 것이요. 자! 가십시다. 궁에 들어가는 일은 누워 떡 먹기요. 경비도 허술하고 막아서는 자도 없어요."

주선국 궁성은 진한의 대표격인 나라의 성곽치고는 소박한 편이었다.

과연 왕자의 말대로 주선국의 궁성 경비군들은 청예왕자를 보고 예를 올렸고 심지어 왕자와 동행한 조장군일행을 제지하지도 않았다.

왕자는 익숙하게, 마치 제집 들어가듯이 궁성 안으로 거침없이 들어갔다. 태자의 집무실 앞에는 경비무사나 군사들이 없었고 다만 대단히 날렵해보이는 궁녀 둘이 지키고 서있었다. 그녀들은 청예왕자를 보자 깍듯하게 절을 했다.

"먼 길 오셨습니다."

"그래, 태자께서는 계시는가?"

"예, 기다리고 계십니다."

"알았네, 이분들은 귀인들이니 병장기만 여기 두고 왕자님께 내가 데리고 들어가겠네."

"예, 그렇게 하시지요. 태자마마! 변한의 청예왕자님 오셨습니다."

"안으로 모셔라."

태기왕자는 일행이 들어가자 의자에서 일어나 반가운 표정으로 청예왕자와 조장군을 맞이했다.

"무슨 바람이 불어 예까지 왕림하셨나?"

"바람이라? 아름다운 바람이라고나 할까?"

청예왕자는 한 쪽 눈을 깜빡하면서 두 여검객을 향해 양손을 들어 가리켰고 태기왕은 커다랗게 웃었다.

하하하하하

"자네, 어쩜 그렇게 자네의 바람둥이 형님과 똑같은가? 그 표정과 말투가! 하하하하하."

태기왕자와 청예왕자는 배를 잡고 웃었다. 그리고는 잠시 후 태기왕자가 진지하게 바꾸고 조장군 일행에게 눈길을 주었다.

"그런데 이분들은 뉘신가? 범상치 않은 분들이구먼. 자세히 보니 인생을 힘들게 사는 무사들이로군!"

"예, 저는 복단회의 조위달이라 하옵니다. 그리고 이 아이들은 저의 제자들입니다. 인사들 올려라!"

"삼가 왕자님을 뵈옵니다."

"반갑소."

태기왕자는 청예왕자처럼 화려한 비단옷을 입지도 않았고 금관을 쓰지도 않았다. 그는 다소 병약해보였고 청예왕자와 같이 인물이 출중하지도 않았다. 대단히 삐딱한 자세와 마른 체구에서 풍겨 나오는 날카로움과 반골적인 표정이 특이했다. 하지만 눈은 매우 선량하면서도 그윽하고도 또한 신비로운 구석이 있었다. 사호살은 그가 청예왕자와 같이 선술법을 익혀서 눈빛이 그렇게 깊고 신비한 것이라 생각했다.

"조장군이라 했지요? 그대는 내게 뭘 얻고자 오시었소?"

"예, 저희들은 단군왕검의 후손을 찾고 있습니다. 그런데 요즈음 혹시 변한에서 온 귀인의 소식이 있나 여쭈어 보러왔습니다."

"귀인이라면 진한 땅에 오래전부터 살던 이는 몇몇 있소이다만 최근에 새로 온 귀인에 대해서는 아는 바가 없소이다. 그런 소식이라면 여기 청예왕자가 매우 해박할 텐데 구지 여기까지 온 것을 보면 다른 이유가 있을 텐데 안 그렇소? 장군?"

조장군은 조심스레 신표를 꺼냈다. 그러자 이번에는 매우 짧게 반짝이하며 빛이 났다가 역시 그냥 꺼져버렸다.

"그것이 무엇인고? 나에게 주는 선물인가?"

"아닙니다."

"그럼?"

"송구하오나, 이것은 단군왕검의 후손을 알아내는 신물입니다."

"그렇군, 그런데 내가 혹여 그 후손인가하고 이걸 꺼내본 거란 말이 군…… 으음…… 청예의 장난인가?"

"바로 맞추었네!"

청예왕자는 자신 있게 말했다.

"내 평소에 자네가 훌륭한 인물인 것을 알고 있었지만 단군의 후손은 아니었구만?"

"쓸데없는 소리! 언제나 그놈의 장난질을 멈출 텐가! 자네는…… 으흠!"

태기왕자는 다소 흥분했지만 기침을 한번 하고는 다시 낮은 목소리로 말했다.

"그대들이 찾는 사람은 아진포에 가서 물으면 될 것 같소. 사로국과 주선국 사이에는 아진포라는 항구가 있소. 그곳에는 예로부터 선인들이 있다고 하여 일반 사람들이 가까이 가기를 꺼리는 곳이지요. 그대들은 거기에 가서 아진의선을 찾으시오. 아마도 그녀가 많은 것을 알려줄 것이요. 그럼 나는 피곤하여 낮잠을 좀 자야겠소이다. 그만 물러들 가시오. 청예, 자네는 이들과 동행을 할 건가?"

"그럴 요량이네."

"알았네, 다음에 보지."

"잘 지내시게. 태기태자."

"참! 혹 아진의선과 선도성모를 만나면 조심들 해야 할게요. 그녀들은 대단히 괴팍하지요. 그리고 신표 따위는 꺼내지도 마세요. 빼앗길지도 모르니! 하하하하하."

청예왕자는 궁에서 나온 뒤 시종 싱글거렸다. 아무도 그 이유를 물을 수는 없었지만 호살은 그가 태기왕자를 놀려준 때문이라고 생각했다. 아

진포는 그리 멀지가 않았다. 걸어서 두시진이면 당도한다면서 청예왕자
가 주막에서 점심을 사주었다.

바닷가의 주막이라 어물이 풍성했고 늦가을에 잡은 물고기 구이와 어
죽이 매우 맛이 있었다. 밥을 먹으면서 청예왕자는 주선국에 대해 이런
저런 이야기를 했다.

"주선국이란 이름 어딘지 낯익지 않소이까? 특히 여러분들에게는 말
이요."

"글쎄올시다. 그렇다면 왕자님께서 주선국의 내력에 대해 말씀을 해
보시지요."

조장군은 매우 관심 있는 표정으로 말했다.

"예, 주선국이라는 이름은 말이지요. 진한 땅에서 하나의 주(州)가 된,
다시 말해 조선의 유민들이 모여 살게 된 성읍이라 해서 주선국(州鮮國)
이라는 이름을 지었다고 하지요. 그리고 조선(朝鮮)과 주선(州鮮)의 발음
이 거의 같기 때문에, 이 이름 자체가 조선을 떠올리게 하지요. 그렇게 연
나라로 가서 살던 많은 조선의 유민들이 모여 만든 나라가 주선국입니
다. 하지만 태기왕은 그 선대부터 스스로 단군의 혈육이 아니라고 그 근
본을 부정하고 있고 실제로 예전에 복단회의 장로들이 대대적으로 와서
확인한 바도 있습니다. 그때 그는 그들의 확인검사를 거부했었지요."

"아! 그랬군요."

"주선국은 실제로 아무런 문제가 없는 나라입니다. '적게 먹고 적게 싸
자!' 그게 왕의 목표니까요, 하지만 문제는 바로 옆 나라인 사로국입니다.
사로국의 육 부족 신지들은 모두 제각기 군대를 양성하여 실질적으로는
독립적인 나라나 마찬가지입니다. 여섯 신지들은 강력한 왕을 원하지요.
언젠가 그 중의 하나가 왕이 되겠지요. 그들은 태기왕자에게 겉으로는

충성을 다하는 듯하나 다른 꿈을 꾸고 있는 자들이지요."

"태기왕자는 아직 연치가 약관에 불과하나 태기왕자는 실질적으로 진한을 통치하고 있지요. 선왕이 양위하고자 했기 때문이었지요. 그는 작은 나라가 더욱 더 행복하다 라는 이상한 철학을 지닌 왕자이기 때문에 사로국은 통치체계가 왕격인 거수는 없고 신지들로 지도부가 구성된 나라가 강성해지는 것을 반대하게 되었지요. 사로국의 몇몇 읍차들은 태기왕의 즉위를 싫어하는 사람들도 꽤 되지요 아마?"

청예왕자는 태기왕자의 편인지 아니면 태기왕자의 적인지 알 수 없는 말을 늘어놓더니 출발을 종용했다. 늦가을의 바닷바람은 매서웠다. 옷섶 속으로 스며드는 바람이 매우 차가웠다. 다행히 얼마 걷지 않아 포구가 멀리 눈에 들어왔다.

"저기가 아진포로군!"

말이 포구지 실제로 집이 다섯 채밖에 없었다. 양지 바른 곳에서는 추위를 피해 늙은 어부들이 그물을 수선하고 있었다. 그들은 마치 나무껍데기 같은 피부와 거북이 등 같은 손으로 묵묵하고도 느릿느릿하게 일을 하고 있었다. 묻는 말에 쳐다보지도 않고 천천히 대답했다. 아진선인은 부재중이라고 했다. 선인은 용성국에 갔다고 했다. 그리고 묻지도 않았는데 한마디 더 붙였다.

"언제 올지는 모르오."

청예왕자가 다시 물었다.

"그럼, 안 올 수도 있소?"

"오기는 올 거요."

"그래요? 노인 양반! 말씀 좀 여쭙겠소. 입구에 있는 바위에 새긴 하서지촌(下西知村)이라는 글자에서 서(西)자를 왜 새로 썼지요?"

"고쳐 쓴 거지."

"원래 무슨 자였나요?"

"하서지촌(下徐知村)이었는데 봉래산 신선이 오셔서 서(徐)자를 서(西)자로 바꾸었다고 하더군!"

"왜요?"

"난들 아나? 다만 전설에 의하면 진나라 방사벼슬을 하던 서불(徐市)이 진시왕에게 잡히지 않으려고 그랬다더군. 봉래산 신선과 서불이 친구라고 하던가 뭐라던가 그랬지 아마……"

"그래요? 그럼 여기가 하서지촌(下西知村)인데, 그럼 상서지촌(上西知村)은 어디 있소?"

노인은 검지 손가락을 하늘로 들어 보였다.

"으응? 천상에 있소?"

노인은 고개를 한번 끄덕였다. 그러자 청예왕자가 또 물었다.

"서지촌이라는 이름에서 말입니다. 서지(西知)라면 금(金)을 안다는 게요? 아니면, 석(昔) 즉, 옛일을 안다는 게요? 혹 소(蘇)고기와 쌀을 안다는 게요?"

"셋 다요."

"그럼 이 아진포(阿珍浦)말인데, 아도개라는 용왕이 이 바닷가 언덕에서 저 깊은 물로 뛰어내리며 헤엄놀이를 했다는데 노인은 그걸 본적이 있습니까?"

"난 못 보았소. 아마도 당신 스승은 보았겠지?"

"노인장께서는 내 스승을 아시오?"

"바람어르신……"

"아니? 어떻게?"

“그 양반, 복숭아 좋아하시는 풍선생이 아니신가?”

“풍선생이라구요?”

“바람 많은 산에서 선의 도법을 닦으시지 않았던가?”

“으음…… 맞는 것 같소이다. 고맙습니다. 노인장!”

청예왕자는 무언가 갑자기 생각이 났다는 표정이었다. 그리고는 그가 별안간 그 노인에게 예를 올렸다. 처음에는 있소 없소, 하며 다소 막말을 하다가 마지막에는 합니까? 하는 투로 말을 바꾼 청예왕자는 다시 한 번 더 그에게 합장을 하듯 손을 모아 허리를 굽혀 절을 했다.

“아진의선(阿珍義先)을 만나러왔다가 뜻밖의 횡재를 했구먼……”

조장군이 그에게 다가가 물었다.

“도대체 무슨 말씀을 주고받은 겁니까?”

“아! 예, 내 스승이 풍백이라면 나도 또한 찾아야 할 것이 떠올랐소이다.”

“예?”

“그대들도 아마 풍백의 안배를 따라가면 무언가 찾을 수 있을 것이요.”

“그게 무슨 말씀인지?”

“잘 생각해보시오. 풍백이 무슨 일을 했는지를! 나는 그만 여기서 헤어져야겠소. 잘 가시오. 즐거운 동행이었소이다. 참! 조장군! 저기, 작은 따님을 각별히 보호해주시오. 단명의 상이 보이니 매우 조심해야 할 것이외다. 그럼.”

“예?”

청예왕자는 알 수 없는 말을 몇 마디 남기고 홀쩍 떠나고 말았다. 조장군 일행은 하는 수 없이 청예왕자와 더불어 대화하던 노인들에게 왕검의 후손에 대해 묻기로 했다.

그런데 그 순간 여섯 사람은 깜짝 놀라고 말았다. 옹기종기 모여앉아 그물을 고치던 노인들이 순식간에 까마득하게 멀리 배를 타고 바다로 나아가고 있었기 때문이었다. 아무리 경공술이 뛰어나다고 해도 저 먼 바다까지 날아갈 사람은 있을 수 없었다.

호살과 승면은 가슴 한켠이 서늘하게 무너져 내리는 느낌을 받았다. 왜냐하면 그들은 경공술에서 만큼은 사부님과도 겨루어볼 만한다고 자부하며 스스로 경공의 천하제일인을 꿈꾸는 자만심을 가졌었기 때문이었다.

선도산 성모의 비밀

조장군은 사로국으로 방향을 잡았다. 청예왕자와 헤어진 이상 뇌질주일이 말한 사로국에 가서 준왕의 후손을 찾을 수밖에 없었다. 사부는 제자들을 불러놓고 마치 배우는 학생처럼 질문을 던졌다.

"청예왕자가 풍백의 자취를 따라가라고 한 것은 무슨 뜻일까?"

조장군은 자신도 모르게 입 밖으로 말이 튀어나왔다.

"혹시 너희들은 감이 잡히느냐?"

사부의 말에 모두들 제자 중에 가장 영민한 고영황을 쳐다보았다. 그러나 영황은 오히려 호살의 얼굴을 보고 있었다. 분위기가 묘하게도 호살이 대답을 해야만 할 것 같이 되어버렸다. 호살은 그야말로 아무 말이라도 해야 할 판이었다.

"그, 글쎄요. 그러니까? 풍백은 운사, 우사와 함께 천상삼사 중 한분이고 일찍이 단군왕검님을 가르치셨으니까, 아사달산에서부터 풍백의 가르침을 따라가라는 말은 홍익인간 제세이화를 실천하라는 뜻이 아닌가요?"

"그래? 그럼 그 뜻을 청예왕자의 말을 두고 한번 새겨보거라."

"제세이화는 광명개천과 홍익인간의 완결점이고 최종 목표입니다. 제세이화(濟世理化) 세상의 어지러움, 어려움에서 세상 구하여 상제님의 뜻을 편다는 것 아닙니까? 그러니까 무망을 제압하고 단군을 구해내어 환인상제님의 뜻에 따라 나라를 세우라는 것 아닐까요?"

"나라를 세우라?"

"예!"

"그야 왕을 찾으면 나라를 세우는 것은 저절로 이루어지는 일이니……그렇군! 그런데 청예왕자는 바람신 그리고 바람 많은 산과 도의 길이라는 단어를 조합해 무언가를 깨달은 것인데 그게 무얼까? 그리고 이 넓은 사로국 그 어디에서 단군 후손님을 찾는단 말인가, 실로 막막하기 그지없는 일이로군……"

그때 호살이 말을 건넸다.

"사부님! 복숭아의 도와 선도를 닦은 산이라면 선도산(仙桃山)이 아니겠습니까?"

"역시! 그렇군! 사로국 북쪽의 선도산에 성모여신이라는 산신이 있다고 했지! 그리고 가서 준왕의 소식을 물을 것이다. 자! 출발하자!"

경공을 전속력으로 다해 선도산으로 가는 숨이 벅찬 길에 호살은 왜 청예왕자가 자신들을 버려두고 먼저 성모에게 갔는지 알 수가 없었다. 고민을 하다가 호살은 자신이 예전보다 무척이나 빠른 속도로 사부를 따라가는 것을 보고 신기해했다. 사실 조장군의 제자들은 복단회를 떠나긴 전부터 조사부에게 내공을 전수받고 경공술이 눈에 띄게 성장하였다. 일행은 서둘렀기 때문에 두 시진 만에 선도산에 도착했다. 선도산은 비교적 작고 아담했다. 산길을 따라 올라가니 너덜지대의 돌탑이 나왔다. 능선을 따라서 일렬로 이어진 돌탑무더기들이 즐비하게 나타났다. 적을 막기 위해 산성을 쌓은 것이라고 하기에는 퍽이나 초라했다. 호살은 그 돌무더기가 저절로 부서진 바위부스러기일지도 모른다고 생각했다. 능선을 따라 올라가니 다시 세 갈래 길이 나왔다. 그 산모롱이를 돌아서자 다시금 돌무덤들이 나타났다. 그리고 다시 세 갈래 길 다음에 돌무덤길이 또 이어졌다.

별안간 세진이 소리쳤다.

"이건 진법이에요. 우린 진에 갇힌 거에요!"

"그렇구나. 침착하자. 모두 잠시 휴식을 취하자!"

조장군은 제자들을 쉬게 하고 호흡을 가다듬었다. 그는 하늘을 보며 방위를 살폈다. 그는 선도산에는 진법(陣法)이 설치되어 있기 때문에 평소에 산신의 거처가 속인들의 눈에는 절대 띄지 않는다는 것을 깨달았다. 그리고 청예왕자가 자신들을 버리고 간 까닭도 알 것 같았다. 자신이 진법을 파해하면 그 소문이 널리 날 것이기 때문이었을 것이다.

경공이 가장 능한 승면이 내공을 십성으로 끌어올려 하늘높이 치솟아 보았다. 하지만 허사였다. 산 꼭대기가 보여도 그리로 나아가는 길이 진법으로 막혀있기 때문이었다. 여신은 선도산 정상에 있다고 했다. 하지만 이런 식으로 간다면 평생을 간다 해도 정상에 오를 수는 없었다. 어떻게 해서든 진을 통과해야만 했다. 사부는 제자들에게 진중하게 명했다.

"잘 들어라! 너희들은 어떤 일이 있어도 나를 믿어야 한다. 내가 절벽 아래나 바위 밑으로 간다해도 나를 믿고 따라와야 한다. 사물에 현혹되어 누군가 움직이지 못한다면 우리는 계속 이 진속에 갇혀 있다가 죽게 될 것이다. 우선 완력이 가장 좋은 호살이 내 옷을 뒤에서 꼭 잡아라! 내가 만일 평평한 길에서 아래로 떨어지려 하면 나를 잡아채야 하느니라!"

"예!"

"호살의 다음에 영황과 승면 그리고 세진 세연의 순서로 앞 사람을 따라 그대로 와야 하느니라. 진법에 현혹되어서는 아니 된다! 알겠느냐?"

"예!"

"다시 한 번 말한다! 절대로 의심을 하면 아니 된다!"

"예!"

조사부는 눈을 감았다. 눈으로 보는 사물이 아닌 직관으로 방향을 잡기 위해서였다. 그들은 사람과 사람을 끈으로 묶듯이 하여 전진했다. 세 갈래 길에서 돌탑을 따라서 진행하여 내리막길을 내려가니 아름다운 꽃밭이 나타났다. 아까와는 천양지차의 길이었다. 그러다가 별안간 절벽이 나타났다. 그 까마득한 아래는 수천 길은 되어 보였다. 호살은 자신도 모르는 사이 삽의 옷을 꽉 부여잡았다. 사부가 앞서가는 허공으로 자신도 발을 내밀자 사타구니가 졸아드는 느낌이 들었다.

"으윽!"

하지만 호살은 눈을 감고 사부를 따라 나아갔다. 호살의 뒤를 이어 영황도 잠시 망설이다가 호살의 허리춤을 바투 잡고 건넜다. 그야말로 백척간두에서 진일보하듯 크나큰 용기가 필요하였다. 다만 세연이 앞의 승면을 하마터면 놓칠 뻔했으나 뒤의 세진이 잡아 경우 용기를 내고 허공중의 발을 디뎠다.

"으악!"

하지만 앞뒤의 도움으로 세연은 가까스로 통과하였고 세진도 넘어왔다. 모두들 허공중의 절벽을 건너자 이번에는 섬에 갇혀버렸다. 길 양옆에는 거친 물살이 소용돌이치며 굽이치는 엄청난 물살이 마구 흘러내렸고 그들은 자신들 몸만을 겨우 디딜 수 있는 작은 바위 위에 올라가 있는 것이 아닌가! 게다가 우렁찬 폭포소리까지 들렸다. 포효하는 강물 바로 아래 거대한 폭포가 있는 모양이었다. 호살은 얼마나 세게 사부의 허리춤을 옥죄었는지 사부가 소릴 질렀다.

"으윽! 호살아! 조금 여유를 두고 잡아라!"

그러나 호살은 사부를 안다시피 하였다. 사부가 폭포 쪽의 물살이 가장 빠른 곳으로 발을 내디디려할 때였다. 호살은 자신도 모르게 사부를 잡아챘다.

"엇!"

그러다가 사부가 몸이 기울어지면서 외쪽으로 넘어지고 말았다. 그러나 사부는 물속으로 빠지지 않고 거친 물살 위로 일어서더니 계속 나아가는 것이었다. 호살도 눈을 감고 사부를 쫓았다. 그러나 뒤에 오는 사람들이 위험하기 짝이 없는 물 위로 감히 발을 내딛지 못했다. 그들이 워낙 완강하게 거부를 해서 한 몸이나 마찬가지인 그들은 쉽사리 앞으로 나아가지를 못했다.

"얘들아! 잠시 눈을 감고, 호흡을 고르게 하여라! 자! 다시 조금씩 발을 떼어 한발씩 앞으로 나아가자!"

"예!"

그들은 대단히 우스꽝스럽게도 불과 십여 장의 거리를 한 식경이 되도록 걷고 또 걸어 급류지역을 통과하였다. 온몸이 축축하고도 무거웠다. 모두들 진을 나와 눈을 뜨자 그들은 깜짝 놀랐다. 그들은 높은 바위틈의 작은 옹달샘에서 튀는 몇 방울의 물에 온몸이 흠뻑 젖은 것이었기 때문이었다. 그들이 그토록 고통스러워했던 엄청난 급류는 어처구니없게도 작은 옹달샘이었다. 그것이 바로 진의 위력이었다. 바위 틈 옹달샘을 지나자. 드디어 서악선교(西岳仙橋)라고 쓰인 석상이 있는 다리가 나왔다.

다리를 건너자 초겨울의 복숭아나무들이 그 푸르른 잎이 무성한 채 하늘을 가릴 듯 계절을 초월해 서있었고, 가지에는 더러 탐스러운 열매가 열려있었다. 그리고 아래쪽 텃밭에서는 노파 한분이 긴 나뭇가지를 어깨에 메고는 천천히 이상한 약초밭을 돌보고 있었다. 안심을 한 조사부가 비로소 입을 열었다.

"여기서부터는 진을 벗어난 길이다. 조용히 길을 따라서 내려가 저기 계시는 산신께 절을 올리거라."

"예."

하늘을 뒤덮은 거대한 복숭아밭 아래의 풀밭에는 날개가 달린 비천마와 봉황이 노닐고 있었다. 조사부 일행은 자신들을 거들떠보지도 않고 일을 하는 여산신을 향해 절을 했다.

"삼가 선도산 산신을 뵈옵니다."

산신은 다소곳이 앉아 눈길도 주지 않은 채 계속해서 신비한 약초를 다듬고 있었다.

"저희는 복단회의 사람들입니다. 저는 조위달이라 하옵니다. 선도성모님께 단군왕검의 후손에 대해 여쭈어보려고 여기에 왔습니다."

성모는 고개를 돌리지는 않고 나지막하면서도 신비한 목소리로 말했다.

"그렇겠지, 무언가 얻어가려고 왔겠지. 허나 나는 맑은 물과 맛있는 약초밖에 줄 것이 없다네."

차갑게 대하는 선도성모를 향해 조장군은 예의바르면서도 침착하게 말했다.

"혹 준왕의 손자분이 선도산으로 오시지 않으셨요?"

"준왕의 손자? 그를 왜 찾는고?"

"예! 저희는 그분을 왕으로 모시고 단군조선을 다시금 세우고자 합니다."

“호호호호호.”

“으윽!”

성모여신은 어이없다는 듯이 실소를 했다. 그러자 조사부를 제외한 제자들은 귀를 막으면서 괴로워했다. 웃음 속에 녹아 있는 공력이 엄청났기 때문이었다.

“조선을 복원한다?”

“예!”

“그건 불가하다.”

“예? 그 무슨 말씀이시온지?”

“설령, 왕검의 후손이 나타난다 해도 그는 스스로 왕이 되기를 원하지 않기 때문이며, 시대는 물과 같이 가기 때문에 그것을 거스를 수 없고, 인연은 바람과 같이 흐르기 때문에 인력으로 이룰 수 없음을 그대들은 모르는가?”

“그럼, 여신께서는 그 후손님을 만나셨나이까?”

“그 사람 참! 퍽이나 나를 귀찮게 하는군, 서악선교를 넘어오는 인간들이 두 번씩이나 있은 날은 내 평생 처음이니, 내 자네가 원하는 대답을 해 주겠다. 다만 자네는 내가 내는 두 가지 시험을 통과해야 한다.”

“예? 아, 예, 하명하시지요.”

성모는 비로소 일어서더니 스르르 미끄러지듯 날아서 복숭아 밭 끝의 암자 앞 의자에 앉았다. 그리고 커다란 옷자락을 한번 펄럭였다. 그랬더니 그녀가 이내 젊은 여성의 모습으로 화하는 것이 아닌가. 백살의 파파노인에서 삼사십대의 여인으로 변한 성모는 더없이 아름다워 보였다. 그녀는 고혹적인 미소를 한번 짓고는 조장군을 바라보았다.

“조장군이라 했나?”

“예!”

“그대는 용을 아는가?”

“그러하오이다.”

“용은 왕검님의 후손을 보호한다는 것도 알겠군?”

“물론입니다.”

“좋아, 모름지기 용은 기린, 봉황, 거북과 더불어 사령이라 불리지 않던가. 용은 인충(鱗蟲) 중의 우두머리이지. 낙타(駝)의 머리, 사슴(鹿)의 뿔, 토끼(兎)의 눈, 소(牛)의 귀, 뱀(蛇)을 닮은 목덜미, 조개(蜃)와 같은 배, 잉어(鯉)의 비늘, 호랑이(虎)의 발, 매(鷹)의 발톱을 갖고 있고, 그 중에서 상하 각각 아홉 개씩 여든 한 개의 비늘이 있으며, 그 소리는 구리로 만든 쟁반을 울리는 듯 하고, 입 주위에는 긴 수염이 있고, 턱 밑에는 명주(明珠)가 있고, 목 아래에는 거꾸로 박힌 비늘(逆鱗)이 있다. 자! 첫 번째 문제이다. 만일 그대가 그 역린을 만진다면 그대는 어떻게 되겠는가?”

“그야…… 용이 저를 죽이려고 하겠지요. 하지만 저는 그 용을 잡아 가두어버릴 것입니다.”

“어떻게 잡는단 말인가.”

“먼저 용의 양 수염을 잘라버린 다음 역린을 뽑아버리고 여의주를 빼앗으면 용을 쉽사리 잡을 수 있는 줄 압니다.”

여신은 빛을 발하면서 놀라는 얼굴색을 했다. 그녀는 눈을 한번 크게 뜨고는 천천히 표정을 바꾸어 입가에 잔잔한 미소를 지어 보였다. 그녀가 표정을 바꿀 때마다 얼굴 전체에서 환한 빛이 발하였다.

“훌륭하구나. 다음 두 번째 시험은 저기 풀밭에서 놀고 있는 봉황과 겨루어 이겨야 하는데, 해보겠느냐? 아니면 포기하고 산을 내려가겠느냐?”

“해보겠습니다.”

"좋다. 네가 삼초의 공격을 하여 한번이라도 봉황에게 가격한다면 성공이다. 허나 만일 봉황에게 가격을 못했다면, 그 다음으로는 봉황이 너를 세 차례 공격할 것이다. 그것을 모두 견디면 너는 시험에 통과하는 것이다."

"알겠느냐?"

"예."

"좋아, 준비하라."

조장군은 더럭 겁이 났지만 내색을 하지는 않았다. 용과 싸워도 밀리지 않는다는 영물 중이 영물인 봉황과 혈혈단신으로 싸운다는 것은 아무리 천하의 조장군이라 해도 승리를 점칠 수 없었다. 비록 승산은 없었지만 그렇다고 단군왕검의 소식을 얻을 수 있는 귀한 기회를 버릴 수가 없었다. 그는 담담하게 수제자 영황을 불렀다.

"잘 들어라. 내가 만일 일을 당하면 그때는 네가 아이들을 데리고 여신께 매달려 후손님의 소식을 들어야 한다. 알겠느냐?"

"사부님, 어찌 그런 말씀을……"

조장군이 영황에게 이야기를 나누는 동안 여신이 재촉을 했다.

"빨리하는 게 좋겠군! 자! 준비되셨는가? 조장군?"

"예!"

산신이 손사래를 한 번 치자 복숭아나무 반대편의 거대한 오동나무에서 무언가 엄청난 그림자가 날아 내려왔다. 그것은 봉황의 수컷인 봉(鳳)이었다. 봉은 암컷인 황(凰)에 비해 그 크기가 두 배나 되었다. 봉황이 오동나무에서 살면서 대나무 열매를 먹고 신령한 샘물을 마신다고 전해진다더니 과연 전설 그대로였다. 봉의 외형은 닭과 비슷했으나 크기가 수십 배는 커 보였다. 눈동자가 청, 적, 황, 백, 흑의 오색이었고 깃털도 역시

오색으로 다채로우며 강한 빛이 분출되었다. 조장군은 봉을 면밀하게 살폈다. 발톱과 부리만 조심하면 되는지 다른 공격수단이 있는지 알 수가 없었다.

"조장군이 선공을 펼치시오!"

"예!"

조사부는 봉황이 하늘로 날아오를 것을 대비하여 위에서 아래로 내리치는 조의선검의 수직참법으로 봉황을 공격하면서 강력한 검강을 위에서 아래쪽으로 매우 강하게 폭사시켰다. 그러나 봉황은 어이없게도 검강이 미치는 범위바깥으로 살짝 옆걸음질을 치며 조사부의 공격을 너무나도 간단하게 피해냈다. 벼락과도 같은 검강에 땅 위에 불탄 자국이 날 지경이었지만 봉은 태연했다. 그 속도는 조사부의 검강 속도보다도 오히려 빨랐다. 마치 조사부를 어떤 공격을 시전할지 미리알고 피하는 듯했다.

"조장군! 두 번 남았다!"

여신은 무관심하다는 듯한 표정으로 둘의 대결을 무심히 바라보았다.

조장군의 다음 공격은 공력은 다소 떨어지지만 적이 피할 수 없는 열십자로 검강이 나뉘어 시전되는 십자형 참법이었다. 조사부가 봉황에게 전진하여 십자형참법을 구사하자 봉황이 이번에는 양 날개를 펄럭였다. 그 날갯짓에서 강력하게 만들어지는 회오리바람 앞에서 조사부는 호흡이 곤란할 지경이었다. 조사부뿐만 아니라 옆에서 관전하는 제자들까지도 바람 때문에 숨이 막혔다. 결국 십자형 참법도 실패하였다.

"조장군! 마지막이다!"

조사부는 한동안 망연자실했다. 그리고는 뒤로 돌아서서 검을 바닥에 내려놓았다. 권법으로 봉황과 맞붙을 요량이었다. 그는 호흡을 가다듬고는 양손에 기를 모았다. 그는 권법으로 떨어져있는 봉황을 친다는 것은 불가능하다는 것을 알고 있었다. 어떻게 해서든 봉황을 잡기만 하면 한 번이라고 가격을 할 기회를 잡으리라 생각했다. 그는 불시에 봉황에게 달려들었다. 그리고는 한손으로 깃털을 잡고 다른 한손으로 순간 쾌속 권법으로 봉황의 날개 죽지를 쳤다. 아니 쳤다고 여겼다. 그러나 봉황은 깃털 하나만을 뽑은 채 하늘로 두둥실 날아오른 뒤였다. 헛손질을 한 조사부가 중심을 잃고 하마터면 스스로 넘어질 뻔했다.

"아! 사부님께서 기회를 모두 잃으셨어!"

영황이 탄식했다. 그러나 호살은 영문을 몰랐다. 사부님의 실력은 결코 저 정도는 아니라고 생각했는데 봉황이 너무나도 공력이 높은 것이 아닌가 하는 생각이 들었다. 하지만 아무리 생각해도 사부의 공격이 매우 단조로웠다는 의심을 떨칠 수가 없었다. 반면에 성모산신은 그럴 줄 알았다는 표정이었다.

"조장군의 공격은 모두 끝났다. 이번에는 봉황의 공격을 그대가 세 번 막아내야 한다. 시작하라!"

봉황은 마치 사람 같았다. 아니 어쩌면 전문적으로 싸움을 훈련받은 영물인지도 몰랐다. 웃는 듯한 표정으로 눈을 실룩거리며 조장군을 비아냥거리는 듯했다. 그 때문에 조사부는 더욱더 긴장을 하였다. 조사부는 평소에 쓰지 않던 연검과 자신의 애검을 양손에 들고 전력으로 방어 자세에 임했다.

봉황은 양 날개를 피고 엄청난 활갯짓을 하여 공중으로 떠오를듯하더니 양 눈에서 섬광을 쏘았다.

지직!

봉황의 눈에서 나온 빛은 조사부가 막아낸 검에 반사되어 조금 떨어진 나무 껍데기를 태웠다. 실로 소름을 돋게 만드는 공격이었다. 조사부는 검을 놓쳤다. 그리고 양손을 맞잡고 주무르며 얼굴이 매우 일그러졌다. 그는 엄청난 고통을 받은 듯했다. 만일 조사부가 본능적으로 칼날을 대어 막지 못했다면 그의 몸에는 구멍을 났을지도 몰랐다.

"대단하군! 그걸 막다니? 두 번 남았다."

조사부는 고통을 억누르는 표정으로 다시금 자세를 취하려고 안간힘을 썼다. 하지만 양손의 고통이 그의 표정을 계속 일그러트리게 하는 모양이었다. 봉황은 다시금 느물거리는 표정을 지었다. 그리고는 공중으로 살짝 날아오르더니 이번에는 양발을 앞으로 하여 무시무시한 발톱을 앞세우고 공격해왔다. 머리는 닭, 다리는 학을 닮았지만 발톱은 커다란 매를 닮아 강력하기가 이를 데 없었다. 하지만 봉황의 공격은 단순한 할퀴기에 불과했다. 피하기만 하면 되는 것이었다. 평생을 검과 함께 살아온 조장군으로서는 봉황의 발톱공격은 아주 피할 수 없는 것은 아니었다. 어깨와 등에 옷이 찢어지며 두 번이나 조사부는 비명을 질렀지만 치명상은 아니었다. 그렇다고 봉황의 발톱에 맞서 권법을 구사할 수는 없었다. 만일 조사부의 주먹이 봉의 발톱과 부딪친다면 그야말로 손이 피투성이가 되어 산산조각이 날 것이 자명했다. 연속되는 공격으로 대여섯 차례 봉황의 발톱이 허공을 휙휙 가르자 여산신이 소리쳤다.

"그만! 다음 공격!"

봉황은 긴 목을 한번 돌리고는 고개를 까닥해 보였다. 조사부의 놀라운 무공을 보고 당황한 것인지도 몰랐다. 봉황은 양 날개를 최대한 펴고 전진했다. 조장군으로서는 딱히 피할 데가 없었다. 봉황은 높이로는 조장군보다 두 배 정도 컸다. 또한 날개를 다 펴면 옆으로는 열 배 이상 컸다. 그렇기에 전면전을 벌이면 조장군은 상대가 되지 않았다. 봉황은 양 날개로 조장군을 재빨리 감싸 안듯 포위하고는 강력한 부리로 조장군의 정수리를 엄청난 속도로 쪼았다. 그야말로 전광석화와도 같은 속도였다. 그는 봉의 공격을 피할 여유가 없었다. 조장군은 급하게 검을 두 겹으로 겹쳐서 정수리 위에 대고 막아냈다. 그러나 연검은 부러져버렸고 장군의 애검도 꺾여 휘고 말았다.

"으윽!"

겨우 방어를 한 조장군은 그대로 쓰러졌다.

"사부님!"

"아버님!"

제자들과 딸들이 쓰러진 조장군을 부여안았다. 그러나 장군은 숨을 쉬지 않았다. 성모는 매우 차갑게 말했다.

"절명했구나! 너희 사부의 시신을 수습해 돌아가라. 봉황의 부리에 쪼여 살아남는 사람은 없다!"

"스승님!"

호살이 다시 한 번 더 사부의 몸을 흔들었다. 그리고는 자신도 모르게 자신이 지니고 있던 천부인을 손아귀에 꽉 쥐며 사부의 목숨을 살려달라고 빌었다. 잠시 후 산에 순간적으로 바람이 일고 구름 같은 연한 안개가 깔렸다. 얼마 지나지 않아 조사부는 신음 소리를 내었다. 머리 가운데가 퉁퉁 부어올랐지만 그는 살아난 것이었다.

"으으음……"

"사부님! 정신이 드세요?"

"으음……"

"아니? 정녕 그자가 살아났단 말이냐? 어디보자!"

여산신은 손바닥을 펴 조사부의 백회혈에 기운을 불어넣었다. 그러자 조장군은 거짓말처럼 생기를 되찾았다.

"놀라운 자로군! 봉황의 부리에 맞고도 살아나다니! 네가 봉황의 공격을 견딘 것으로 인정하겠다."

"예? 감사합니다. 산신님!"

"일단 샘물을 마시고 안정을 취하시게. 내 곧 돌아오겠네."

여신은 잠시 안으로 들어갔다. 그리고 안개가 걷혔다. 사호살은 순간 타래미르가 온 것을 직감했다. 그러나 주위의 사람들 때문에 그를 부를 수는 없었다. 다만 입속을 우물거리듯 말했다.

"고마워…… 타래미르……"

선도성모는 일단 천도복숭아와 오디를 따와 정자의 넓은 탁자에 진설을 하였다. 그리고는 선도성모는 자신이 가장 아끼는 요리 세 가지를 준비했다고 했다. 먼저 구증구폭녹죽(九蒸九曝鹿竹)이라는 진귀한 음식을 내왔다. 황정이라는 선약재를 쪄서 햇볕에 말리기를 아홉 번 반복하여 만든 것이었다. 모두들 그윽한 향기에 취해 그것이 약초로 만든 것인지 산해진미를 모두 넣어 만든 것인지 분간이 가지 않았다. 두 번째는 산국화요리였다. 옛 선인들은 이 음식을 봉래화(蓬萊花)라고 불렀는데, 이 봉래화는 신선들이 즐겨먹는 음식이었다. 봉래화의 꽃가루는 전신을 향기롭게 만들어주었고 그 맛은 혀에서부터 아랫배까지 은은한 전율을 느낄 정도로 황홀했다. 호살과 승면은 입에서 웃음이 가시지를 않았다. 그 때문에 그들은 턱과 목이 아프기까지 했다. 그리고 마지막으로는 떡인지 과자인지 알 수 없는 솔향이 가득 퍼지는 요리를 내놓았다. 그것은 해송자라는 잣으로 만든 음식이었는데 향에 취해 정신이 다 없을 정도였다. 그윽한 향과 눈이 휘둥그레지는 신비하고 아름다운 음식과 송근주와 신선주를 곁들이자 조장군은 확연히 화색이 돌아왔다.

"너무나도 맛이 좋습니다."

"입맛에 맞는 모양이군. 많이들 드시게."

평소에 내숭을 떨던 세진과 세연도 마침 배고프던 참에 누가 먼저랄 것도 없이 허겁지겁 신선의 음식들을 먹었다. 물론 남자 제자들은 말할 나위도 없었다. 산신은 특히 조장군에게 해송자과자를 권했다.

"잣은 기름기가 많아 맛이 고소하고 몸을 강화하고 심기를 보양하며 기력을 높이며 장복하면 해가 갈수록 더욱 수명에 이롭네."

"예, 고맙습니다."

"따님들도 많이 먹어두어라."

"예."

"여자에게는 폐를 촉촉하게 하고 장(腸)을 매끄럽게 하여 피부를 윤택하게 하고 눈과 귀가 총명해지며 머리카락을 삼단같이 길게 그리고 검게 해준단다. 너희의 그 젊음을 어느 정도는 유지해주지, 하지만 너희들은 굳이 먹지 않아도 되겠구나. 이토록 예쁘니 말이야. 호호호호."

"감사합니다. 여신님!"

모두 배가 부르도록 신선의 음식을 먹고 신선주가 몇 순배 돌아가자 여신은 조장군에게 말을 건넸다.

"배불리 드셨는가?"

"예! 정말 잘 먹었습니다."

"잘 되었군! 그런데, 자네는 용에 대해 해박하더군!"

"과찬이십니다."

"용머리 위에는 박산(博山)이 있지."

"박산이 무엇입니까?"

"박산을 몰라? 용의 머리 위에 박산(博山)처럼 생긴 것이 있는데, 이를 척목(尺木)이라고 하지. 용이 척목이 없이는 승천할 수 없지. 척목은 나무의 길이를 재는 뜻이 있다고 하는데. 여의주를 얻은 용은 천상천하의 갈 길의 방향과 거리를 측정하는 것은 물론이요, 선악과 악 그리고 사람 됨 됨이도 알아보는 능력을 말하는 것이지. 이 용이 박산과 목적을 가지고 있으니 단군왕검과 같은 신분의 사람을 알아본다는 것이야. 내가 수십 년 전에 복숭아를 먹고 회임이 되었네. 그리하여 인간의 시간으로 육십 년 만에 아들을 하나 낳았네. 그런데 용이 찾아와 바로 내 아들을 인정했 다네.”

“예? 인정이라니요? 무슨 근거로 그런 말씀을 하시는지요?”

“용의 턱 아래에 거슬러 난 비늘을 역린이라고 하는데, 이것에 손을 대 는 자가 있으면 용은 반드시 그 사람을 죽이지. 그런데 우리 아기가 역린 을 어루만졌는데도 용은 잠자코 있었네. 용의 역린을 만질 수 있는 사람 은 오직 단군왕검의 후손뿐이지 않은가?”

“그리고 용에게는 귀가 없기에 뿔이 귀를 대신하여 아이가 울 때마다 용의 뿔이 움직였다네. 그것 또한 증좌가 아니겠는가?”

“그렇겠군요.”

“내 자네에게 비밀 하나 말해주지. 지금 삼한 땅에는 마고여신의 딸들 을 제외하면 정견모주와 금흘영모 그리고 나 이렇게 셋이 있지. 마고신 은 환웅천왕의 후손이니 어찌 왕검의 후손을 회임할 수 있겠나? 정견모 주는 아비가지천신을 섬겼고, 금흘영모는 과거 인간 제자 두 사람과 애 틋한 정분을 나누었지. 그러니 이제 누가 남아 이 땅의 신성성을 지킨단 말인가! 바로 나만이 이 땅을 지켜야 하지 않겠나! 안 그런가?”

“예? 저는 영문을 모르겠나이다. 다만 미천한 저로서는 왕검님의 후손 을 지켜야 한다는 것만은 알고 있지요.”

여신은 잠시 조장군을 바라보다가 참았던 말을 하듯 질문을 하나 했다.

"그런데, 자네는 누구에게서 무공을 배웠는가?"

"예, 저는 봉래도인이라는 분에게 무공을 전수받고 그 어르신의 내공을 다소 나누어 받았습니다."

"오? 정녕 그대가 봉래도인의 제자란 말인가?"

"제 스승님을 아십니까?"

"아다마다! 그분은 서불의 제자가 아니던가?"

"예?"

"백여 년 전 진시황제가 불노초를 찾아오라고 보낸 서불이 신선이 되기 전에 삼한땅에서 키운 제자 중 한 명이 바로 봉래도인일세!"

"예? 서불이요? 저는 처음 듣는 말씀입니다."

"그래? 그럼, 자넨 사문도 모르고 사부를 모셨단 말인가?"

"예? 그게 그러니까……"

"괜찮네. 무공이 훌륭하니 자네 사부의 사부도 이해할 걸세."

조장군은 적지 않게 당황하였다. 그러나 여산신은 바로 조장군을 칭찬했다.

"그런데 봉황에게 쪼이고도 부러지지 않은 이 검은 누구의 것인가?"

"예. 사부님께서 물려주신 것입니다."

"그래?"

"이리 줘보게."

"예."

여신은 양손에 힘을 주어 약간 기역자로 휘어진 검을 바로 피려고 했다. 그러나 쉽사리 펴지지 않았다. 여신이 기를 주입하여 한참을 힘을 준 후에야 검이 비로소 원래의 모양으로 되돌아왔다.

"되었네."

"감사합니다. 성모님!"

"나는 내가 부재시에 아이를 돌보아줄 호법이 필요하다. 당금 삼한에서는 그대와 같은 고수를 본 적이 없다. 그대는 내 아들의 호법이 되어주어야겠다. 자네가 단군왕검을 모신다니 하는 말이다!"

"예, 아드님께서 단군왕검님의 후손이시라면 그것은 당연한 저의 임무입니다."

"그래?"

여신은 점점 말을 단호하게 했다. 그러더니 급기야 명령조로 말이 확 바꿔버렸다.

"좋다! 오늘 내 아들을 해치러 오는 자들이 있다. 그것을 너희들이 막아주어야겠다. 상대는 정체를 모를 자객들이다. 그들은 지금 진 속에 갇혀있다. 그들의 공력을 가늠해보니 대단한 자들이더군, 잠시 후 그들이 이리로 들이닥칠 것이다."

"예?"

"너희들은 즉시 서악선교 앞으로 가라! 가서 쳐들어 오는 자객들을 처치하라!"

"예!"

조장군은 지체 없이 발검을 하고 다리 앞으로 나아갔다. 하지만 제자들은 황당했다. 사부가 여신의 부하처럼 구는 것이 의아했기 때문이었다. 호살은 사부가 일부러 연극을 하고 있는 건 아닌가 하고 의심을 할 정도였다. 하지만 조장군은 무엇에 홀린 듯 움직이고 또 그런 식으로 말했다.

"자! 지금부터 영황과 세연이 좌측로를 지키고 호살과 승면 그리고 세진이 우측로를 맡는다! 내가 정면으로 오는 자들을 상대하겠다!"

조사부는 발검을 한 상태로 서악선교 앞에서 진을 뚫고 들어오는 자객들을 기다렸다. 그러자 과연 얼마 지나지 않아 십여 명의 군사들이 다리 위쪽에서 몰려 내려왔다. 그들이 다리를 다 지나 여신의 앞뜰로 오면 아무래도 전투 반경이 넓어질 것을 대비해 조사부는 다리 중앙으로 나아갔다.

다리에는 겨우 서너 명만 일렬로 설 수 있었기 때문에 조사부는 일단 네 명 정도를 제압하면 되었다. 그의 섬광 같은 검술에 앞줄에서 밀려오던 네 명의 무사가 그대로 쓰러져 다리 난간 아래로 떨어졌다. 그리고 반복적으로 두 번째 그리고 세 번째 줄의 병사들도 하나같이 당하여 쓰러지자 병사들이 진격을 멈추었다.

순식간에 벌어진 대접전에서 적들은 무려 열두 명의 병사를 잃은 것이었다. 그러자 뒤에 있던 장수가 외쳤다.

"나는 진한의 태성장군이다! 그대는 누군가? 우리는 성모를 만나러 왔다. 왜 우리를 공격하는가?"

"그대들은 무망의 군사들이 아닌가?"

"무망이 누구냐?"

"그럼 어디서 온 자객인가?"

"우리는 진한국 태기왕자의 직할대이다!"

"그런데 왜 성모님을 공격하는가?"

"우리는 공격하지 않았다. 그쪽에서 일방적으로 우리를 도륙하지 않았던가?"

"무엇이? 이놈들! 여기가 어디라고 쳐들어온단 말인가! 너희들이 쳐들어오지 않았다면 난 공격을 하지 않았다. 너희가 공격을 왔으니 내 칼을 받아야 한다! 후손님을 넘보는 자들은 모두 내손에 죽을 것이다! 이얍!"

태기왕자의 정예 부대는 전열을 가다듬어 맞서려 했으나 조장군은 불시에 다시 검을 휘둘렀고, 또다시 앞줄의 병사 네 명이 죽었다.

"이런! 후퇴하라! 병사들은 다리에서 나오라!"

적들이 물러서자 이번에는 조장군이 다리 끝까지 전진하여, 아예 적들이 다리로 진입하지를 못하게 하였다. 그러나 적장이 앞으로 나섰다. 그리고는 분노에 찬 기색을 소리쳤다.

"그대와 나 둘의 승부를 보자!"

"승부? 승부는 없다! 너희에겐 죽음만이 있다! 나는 성모여신의 호법이다! 너는 내손에 죽을 것이다. 두렵다면 썩 물러가라. 그리고 두 번 다시는 선도산에 들어오지 말지어다!"

"무엇이?"

적장은 엄청나게 긴 언월도를 휘둘렀다. 가히 기백이 하늘을 찌를듯했다. 그리고 자세가 대단히 안정적이었다.

하지만 조장군은 일방적으로 적장을 몰아붙였다. 적장은 겨우겨우 방어를 할뿐이었다. 영황을 비롯한 제자들은 일단 다리 끝까지 가서 사부의 싸움을 구경만할 따름이었다. 성격이 급한 승면은 몇 번이나 싸움에 끼어들려고 검을 잡은 손을 움찔움찔했고 호살도 손에 땀이 쥐어졌다. 적장은 대한한 고수였다. 일방적으로 밀리긴 해도 조사부의 거의 동수를 이루었다. 하지만 그는 반격의 틈을 찾지 못하고 있었다. 그러다가 별안간 서너 명의 부장들이 일시에 검을 들도 둘만의 싸움에 끼어들었다. 그리고 거의 동시에 승면과 호살도 발검하여 싸움에 뛰어들었다. 잠시 후 조사부제자들 모두와 이십여 명의 태기왕자 정예군 간의 대접전이 벌어지고 말았다. 병장기 부딪치는 소리, 흙먼지와 기합소리 그리고 병사들이 칼에 맞고 지르는 비명들로 여산신의 거처 입구는 난장판이 되고 말았다. 그리고는 어느 틈엔가 안개가 서서히 깔리면서 한치 앞만 겨우 보이는 상황이 되었다. 조사부일행의 뒤에는 봉황 두 마리가 버티고 서서 그들의 전투를 응시하고 있었다. 그들은 좀처럼 전투에 끼어들지 않았다. 호살은 이상했다. 봉 두 마리이면 이런 병사들은 손쉽게 제압할 텐데 왜 자신들을 희생시키려는지 알 수가 없었다. 계속되는 접전은 쉽사리 끝나지 않았다. 고도로 훈련을 받은 정예병들은 전열이 정비되자 아까와는 판이하게 달라졌다. 그들의 수비를 좀처럼 뚫을 수가 없었던 것이었다.

"호살아!"

"으응?"

호살은 분명 누군가의 목소리를 들었지만 알 수가 없었다. 그리고 잠시 후 머리를 돌멩이로 맞은 것처럼 정신이 번쩍 들었다.

"타래미르다. 타래가 왔구나!"

"오랜만이군, 호살!"

"아, 아니? 타래미르 언제 온 거야?"

"네가 위험하면 온다고 했잖아."

"내가 뭐가 위험하다고 그래? 이제 내 한 몸 정도는 지킬 수 있어!"

"그게 아니야, 넌 지금 엄청 위험해, 넌 사지에 있는 걸!"

"내가?"

"그래 넌 여신의 진법 속에 갇혀있어!"

"그럼 어쩌지?"

"내가 기회를 봐서 구해줄게. 으흠, 어쩌면 내가 손을 쓰지 않아도 될 것 같기도 하네."

"그게 무슨 말이야."

"구원자가 나타나셨군! 나중에 보자 호살!"

"타래! 어디 있는 거야? 타래! 타래!"

　　호살은 입술을 움직이지 않고 타래미르를 불러보았지만 타래에게서
는 더 이상 전음이 오지 않았다. 그런데 봉황의 돌격이 시작된 것은 태기
왕자의 부대 뒤에 청예왕자가 나타난 직후였다. 청예왕자는 부채하나만
으로 봉황 두 마리와 거의 동수를 이루었다. 그는 반탄강기를 온몸에 휘
감고 봉황의 공격을 받아쳤다. 청예왕자의 지원을 받은 이십여 명의 병
사들은 나름대로의 전열을 가다듬고 조장군측과 소강상태로 수비자세를
가다듬었다. 그리고 잠시 후 은빛 갑옷과 투구를 착용한 태기왕자가 나
타났다. 그 양옆에는 늘 왕자의 곁을 지키는 여무사 두 명이 바짝 붙어있
었다. 태기왕자는 궁성에서 보았던 그 나약한 사람이 아니었다. 그는 봉
황에게 장풍을 쏘아 물러나게 했다. 그리고는 다소 의기양양한 자세로
외쳤다.

　　"성모! 나와 청예를 속인 것도 모자라 아진의선을 속이고 사로국의 여
섯 신지들을 끌어들이다니! 성스러운 산신께서 애들 장난이나 하시고 매
우 유치하시군! 진한국의 신지들! 그들은 내명을 따라야 하오!"

　　"홍! 천만에! 한 시대를 이끌어가는 자는 그에 걸맞은 능력이 있어야
하는 법! 태기왕자! 그대는 아직 멀었다!"

　　태기왕자까지 나타나 시비를 걸자 멀찌감치 서서 소리를 치던 여신은
다리 위로 날아왔다.

　　"호호호호, 너희 힘만으로 안 되니, 금흘영모의 호법들까지 데리고 왔
느냐? 나에게 무력시위를 하려고?"

　　"그게 아니요! 우리는 산신에게 인간사에 대해 관여하지 말라는 경고
를 하러왔소!"

　　"경고라? 경고는 내가 너희에게 해야겠는 걸! 이곳은 진이다. 너희는
아직 진에 갇혀 있는 것이다. 보라!"

여신이 옷가지를 휘날리자 그들이 싸우고 있던 시악대교와 그 부근이 섬의 바닷가로 돌변하였다. 별안간 모두들 가슴까지 차오른 바다 위에서 싸우게 되었다. 실로 믿을 수가 없었다. 정신을 차리고 보니 그들이 여신을 만난 여신의 거처도 모두 진법 속의 장치였던 것이었다. 그리고 유일하게 신선주를 마신 조사부가 여신의 부하가 된 것도 여신의 책략이었는지도 몰랐다. 잠시 후 파도가 거세지면서 커다란 괴음이 울려났다,

"진이 발동되었다!"

청예왕자가 외쳤다.

"자. 모두들 발을 떼지 말고 봉황을 대적하라!"

진법이 발동되자 봉과 황이 부리와 발톱으로 군사들을 마구 공격해 댔다.

"으악! 활을 쏘아라!"

적장이 당황해 소리를 질렀다. 두 마리의 봉황에게 수십 명의 군사들이 이리저리 쫓기면서 전열은 엉망이 되어버렸다. 여신의 명을 받은 조장군은 다시 적들을 향해 검을 휘두르기 시작했다. 하지만 파도가 너무 거세서 누구도 운신을 쉽사리 할 수가 없었다. 다만 공중에 떠서 공격하는 봉황들만이 파도에서 자유로울 수 있었다. 청예왕자는 조장군 진영을 향해 외쳤다.

"조장군! 그리고 제자들은 들으시오. 여신은 인간들을 이간질시켜 서로 죽이도록 하고 있소. 그대들은 소모적인 전투의 희생양이 되고 있소! 모두 이 진에서 나갑시다!"

조사부는 청예왕자에게 오히려 고함을 쳤다.

"일국의 왕자가 어찌 사직을 지켜주는 신성한 산신에게 공격을 감행할 수 있소? 썩 물러가시오!"

청예왕자는 조장군의 눈빛을 보고는 이내 조장군은 포기해버렸다. 그리고 제자들을 향해 다시 외쳤다.

"조장군의 제자들은 잘 들으시오! 그대들의 사부는 여신에게 혼령이 제압되었소! 제자들은 모두 검을 집어넣고 우리와 힘을 합쳐 일단 진을 빠져나갑시다. 자! 우리가 먼저 검을 거두겠소! 수비대군사들은 들으라! 모두 검을 거두고 내 뒤에 정렬하라!"

태기왕자와 청예왕자가 이끄는 병사들은 일사분란하게 검과 창을 거두고 정열을 하였다. 그리고는 맨 앞에서 조심스레 걸어가는 청예왕자의 보법을 따라 걷기 시작했다. 그리고 영황도 그 뒤에 합류했다. 청예왕자는 흡족한 표정을 지어 보였다. 승면과 호살도 검을 거두고는 보법을 시행하였다. 하지만 진에서 나오지 않는 조장군은 아직도 무엇에 홀린 듯 동공이 다소 풀려있었다. 다급해진 제자들이 외쳤다.

"사부님! 아버님!"

"일단 확인을 하셔야죠!"

"무엇을 말이냐?"

"성모의 아들이 왕검님의 후손인지 아닌지 확인을 해야 하지 않습니까? 후손님을 직접 뵙지도 않은 채, 성모의 말만 믿고 이렇게 싸우는 것은 어리석은 일입니다."

"너희는 성모님의 말씀을 의심하는 게냐?"

조장군은 너무도 단호했다. 그는 눈의 초점이 없는 듯해 보이기도 했고 얼굴의 피부가 무표정하게 보여 예전의 그가 아닌 것처럼 보였다. 그는 다급히 말했다.

"나는 여기 남겠다. 여기서 후손님을 지키고 일단 이곳이 안정이 되면 복단회에 연락을 취할 것이다. 아니, 너희들이 지금 당장 복단회에 가서 이 소식을 온부회주에게 전하고 고수를 선별하여 모두 데리고 오너라!"

안개에 휩싸인 바닷가의 섬 부근은 이제 다시 산으로 변해버렸다. 거친 파도와 물살들 그리고 수평선은 온데간데없고 여러 개의 돌무더기들이 보이기 시작했다. 진을 벗어나기 시작한 것이었다.

진에서 빠져나오자 영황은 청예왕자와 태기왕자에게 감사의 인사를 했다. 그리고 자초지종을 물었다.

"어찌된 일입니까?"

"우리도 그대들이 선도산으로 떠난 뒤 알았네, 선도성모가 아진의선을 속여 용성국으로 가게 만들었다네. 마치 용성국에서 사자가 와서 그녀의 고향인 용성국에서 아진의선을 부른 것처럼 꾸미고는 사로국 육부촌의 촌장들을 시켜 서하지촌을 점령하도록 했다는구만. 주선국과 사로국의 경계였던 하지촌은 본래 주선국의 영토였는데 어획량이 많아 태기왕자가 사로국 어부들에게도 어업을 허락한 곳이거든. 그런데 산신은 육부촌 신지들에게 포구를 점령하도록 도와주고 무엇을 얻었는지, 우리는 그것이 궁금하여 사실을 밝히러 온 것일세."

"그렇군요."

"그런데 자네 이름이 무언가?"

"예. 저는 고영황이라 하옵니다. 복단회 고주명 장군의 손자이올습니다."

"그래?"

"그런데 우리가 힘을 합쳐 다시 진으로 들어가 사부님을 모시고 나올 수는 없겠습니까?"

"허허! 이 사람도 참! 진의 바깥에서도 이기기 어려운 상대를, 더구나 그녀의 진법 안에서라면 풍백이나 오면 모를까 지상에서는 저 진에서 그녀를 제압할 위인은 아무도 없네."

"그럼, 어쩌죠?"

"글쎄, 일단 돌아가서 대책을 강구해야지. 자네는 내 보기에 볼수록 마음에 드네. 혹 군사훈련을 시켜본 일이 있는가? 예, 복단회에서 군사들과 사제들을 훈련시켰습니다."

"그래? 그럼 내 자네 사부를 언젠가 구해 줄테니 나를 따라오게. 그러면 충분한 보상을 해줄 터이니!"

고영황은 사제들을 한번 돌아보았다. 그리고는 다시 고개를 돌려 분명하게 말했다.

"예! 감사합니다. 충심을 다하겠나이다. 왕자님!"

"좋아!"

고영황은 사제들에게 이별의 말도 없이 차갑게 떠나가고 말았다. 태기왕자와 청예왕자 그리고 영황마저 군사들과 함께 가버리자, 호살 일행은 선도산 초입의 돌무더기 앞에 덩그마니 남게 되었다. 호살은 자신도 모르게 마치 그들의 지도자처럼 말을 했다.

"최대한 빨리 우리의 행동을 결정해야 돼! 사부님께서 진에 갇히셨고 영황 사형마저 청예왕자를 따라간 이상 우리끼리 움직일 수밖에 없어!"

"우리끼리? 어떻게?"

세진과 세연이 아버지와 헤어진 이후 상당히 당황해 기색이 역력했다. 호살은 곁에서 불안해하는 세진의 등을 톡톡 치며 안심을 시켜주었다.

"세진이는 괜찮아?"

"응."

"자. 우리 모두 세연을 중심으로 복단회까지 일심동체가 되어 움직이자!"

"뭐? 나를 중심으로?"

세연은 뜨악했다.

"아니야! 어차피 지도자가 있어야 한다면 그건 남자가 해야지. 승면과 호살이 책임을 맡아줘. 복단회에 돌아가서 온장군님께 보고도 해야 하고 지원군을 출동시켜야 하니, 아무래도 남자가 나서는 게 좋아!"

승면이 잠시 망설이다 입을 열었다.

"그럼 호살이가 하면 되겠네. 나는 경공술만 빠르지 호살이 같은 지도력이 없잖아……"

"그래! 그게 좋겠어! 호살이 네가 해!"

세진도 한목 거들었다. 진지함이 부족하고 시정잡배라는 출신성분 때문에 승면은 정의로웠지만 전면에 나설 자신감이 없었다. 하지만 호살은 사씨 촌의 차세대 촌장이 될 재목이었기 때문에 일단 분위기로 호살이 대표자가 되고 말았다.

"알았어! 일단 복단회로 돌아가자! 내가 온부회주께 보고하고 어떻게 해서든지 사부님을 구해낼 고수들을 지원받을게! 자 출발하자!"

선도산에서 황해바다의 목지국 성읍까지는 꼬박 한나절이 걸렸다. 이경이 지나 한밤중에 도착한 호살 일행은 목지국 객점에서 유숙할 요량으로 객점에 들어섰지만 객점은 여자들이 몸을 파는 이상야릇한 술집으로 바뀌어버렸다. 물론 잠을 잘 수도 없었다. 주인은 객점을 빼앗긴 후 어디론가 떠났고 그 사기꾼 인척이라는 작자는 불법적인 돈벌이에 여념이 없었다.

그는 호살 일행을 보자마다 문전박대를 했다.

"썩 돌아가슈! 나는 댁들 같은 사람은 안 받아요! 여자까지 데리고 오다니! 여기가 어딘 줄 알고! 헤헤! 정신이 없구만!"

객점은 조사부가 없는 이상 더 이상 목지국의 연락처가 아니었다. 원래주인의 머느리 동생이라는 사기꾼의 사기행각과 추잡한 돈벌이의 꼴을 보고 호살은 불끈 주먹이 쥐어졌다. 하지만 세진이 호살의 주먹을 잡아주었다. 하지만 정작 사고를 친 건 승면이었다.

"이런! 인간쓰레기 같은 놈!"

"퍼퍽!"

"으윽!"

승면의 그 커다란 주먹을 연타로 두 번이나 맞은 사기꾼은 객점 바닥에 넙치같이 쭉 뻗어버렸다.

"가자! 뛰어!"

승면은 먼저 뛰며 소리쳤다. 뒤이어 정신없이 달려가는 호살, 세연과 세진은 얻어맞고 쓰러진 객점주인이 딱하긴 했지만 마음 한켠이 후련했다. 하는 수 없이 그들은 밤을 도와 복단회 본부까지 달려야만 했다. 경공으로 하늘을 날아가는 그들은 마치 철새들처럼 컴컴한 들판 위를 줄지어 날아서 갔다.

〔전자책 무료 다운로드 방법〕

1. 북큐브 사이트 (www.bookcube.com) 접속
2. 회원가입 & 로그인
3. 북큐브 홈페이지 메인 왼쪽 맨 아랫쪽 〈상품권 등록〉 선택
4. 쿠폰번호 입력 가능한 팝업 생성
5. 아래 쿠폰번호 입력
6. 메인 왼쪽 맨 윗쪽 〈마이페이지〉에서 무료 이용 가능
7. 이용 문의처 (Tel. 1588-1925)

[쿠폰번호] 1392CF73F803 [유효기간 2014-12-31까지]

창해신궁 1

초판 1쇄 인쇄일	2013년 10월 17일
초판 1쇄 발행일	2013년 10월 18일
지은이	김정진
펴낸이	정구형
책임편집	윤지영
편집/디자인	심소영 신수빈 이가람
마케팅	정찬용 권준기
영업관리	김소연 차용원
전자책 사업팀	진병도 김지은
인쇄처	월드문화사
펴낸곳	북마을

등록일 2006 11 02 제2007-12호
서울시 강동구 성내동 447-11 현영빌딩 2층
Tel 442-4623 Fax 442-4625
www.kookhak.co.kr
kookhak2001@hanmail.net

ISBN	978-89-93047-58-5 *04800
가격	13,000원